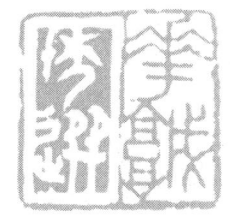

花城年选系列
HUACHENG NIANXUANXILIE

2019
中国随笔年选

中国文学年度盛宴 人文华夏气象万千

朱航满 编选

SPM 南方出版传媒 花城出版社
中国·广州

图书在版编目（CIP）数据

2019中国随笔年选 / 朱航满编选. -- 广州 ：花城出版社，2020.1
（花城年选系列）
ISBN 978-7-5360-9092-7

Ⅰ．①2… Ⅱ．①朱… Ⅲ．①随笔－作品集－中国－当代 Ⅳ．①I267.1

中国版本图书馆CIP数据核字（2019）第277279号

出 版 人：肖延兵
责任编辑：蔡 安　李珊珊　欧阳蘅
技术编辑：薛伟民　凌春梅
封面设计：

书　　名	2019中国随笔年选 2019 ZHONGGUO SUIBI NIANXUAN
出版发行	花城出版社 （广州市环市东路水荫路11号）
经　　销	全国新华书店
印　　刷	广东新华印刷有限公司 （广东省佛山市南海区盐步河东中心路23号）
开　　本	787毫米×1092毫米　16开
印　　张	16　1插页
字　　数	280,000字
版　　次	2020年1月第1版　2020年1月第1次印刷
定　　价	48.00元

如发现印装质量问题，请直接与印刷厂联系调换。
购书热线：020-37604658　37602954
花城出版社网站：http://www.fcph.com.cn

| 目录 |

热风中的静
　　——序《2019 中国随笔年选》| 朱航满 ……001

辑一

浮生取义 | 朱丽丽 ……001
"时代歌手"不再拥有时代 | 李皖 ……005

辑二

瞭望到的星光
　　——我的 1980 年代思想历程 | 孙郁 ……013
"我不喜任何高调，更关注那些可能对人类造成重大危险的东西" | 何怀宏 ……022
城市、诗、译诗 | 裘小龙 ……030

辑三

一个人的"五四"
　　——文学的青春和梦想 | 谢冕 ……039
危机时刻的阅读、思考与表述 | 陈平原 ……045
说不尽的"五四" | 翟业军 ……051

辑四

庄子的起点 | 刀尔登 ……055

女子故事丨止庵　……059
秋夜里的三枚匕首丨王彬　……063
五色炫乾坤丨刘江滨　……068

辑五

我是阿尔法丨冯象　……073
关于人类尊严的思考丨邓晓芒　……088
震撼全球的巴黎大火丨叶廷芳　……095

辑六

生于1899年
　　——纳博科夫和他的同龄人丨叶兆言　……099
人生烦恼识字始丨王安忆　……107
顾随先生的讲堂丨江弱水　……117
我看辛丰年丨朱伟　……126

辑七

宽堂先生丨王祥夫　……133
我眼里的张中行先生丨王宏任　……142
来燕榭丨容洁　……146
道不尽的林斤澜丨章德宁　……151

辑八

送远客离去（外一篇）| 杨苡　　　……167
生命没有终结
　　——记父亲屠岸最后的日子 | 章燕　　……170
从公已觉十年迟 | 郑雷　　　　……179
"我亦飘零久"
　　——忆黄永厚 | 张瑞田　　　……185

辑九

从安妮故居到安妮密室
　　——纪念安妮诞辰90周年 | 朱亦可　……191
宋陵 | 于坚　　　　　　　　　……198
茨维塔耶娃的布拉格 | 刘文飞　……202
青冢 | 黄纪苏　　　　　　　　……222

辑十

吉姆老来得子 | 李彦　　　　　……229
家有如意 | 蒋韵　　　　　　　……234
松仔园行山记 | 熊景明　　　　……238
春在溪头荠菜花 | 张宗子　　　……241

热风中的静
——序《2019中国随笔年选》

_朱航满

2019年的3月,我坐飞机到重庆,在万米高空上看了一部贾樟柯的电影《江湖儿女》。这部电影与我前往的重庆还是有些关系,贾樟柯似乎也对于这个南方的山城颇为青睐,之前的《三峡好人》,也是和重庆有关的。遗憾的是,我们现在选择前往重庆的路线,几乎已经很少选择贾樟柯在电影中的那种坐江船的方式了,而这却是一种可以欣赏三峡美景,也能感受人间万象的方式。我很喜欢贾樟柯的电影,其中有他的一种知识分子的情怀,但又始终有一种来自底层草根的感受和视角,这种混搭的方式,其实令他的人物多少让观者感到一些纠结。诸如在贾樟柯的电影中,他所关注的那些底层人物,却似乎有一种知识分子才有的忧郁和感伤。如果细细想来,这是一件颇为荒诞的事情。但我想,这种不恰,则又恰恰是贾樟柯作为导演的一种独特之处。也正是因此,他的电影,很多观众很可能并不太明白,甚至也没有多少耐心,虽然其中的人与事都是与他们相关的。

记得好多年前,贾樟柯的电影《三峡好人》问世,上海的王晓渔兄写了篇有趣的文章《文学界为什么没有贾樟柯?》,这是对于贾导演的一种赞美,也是对文学界的一种批评。晓渔兄的文章是一个话题,但也是值得深思的。去重庆之前,我在报纸上读到了朱丽丽的文章《浮生取义》时,就曾有一种特别的感动。这篇文章并不是简单的电影批评,而是作者颇有代入感的一种精神共鸣。这种因为贾导演的电影而生发的写作,也是我们时代精神生活的一种折射。后来又读了李皖的一篇关于流行音乐的文章,虽然我已经很久不再关注这个话题了。但当读完李皖的随笔《"时代歌手"不再拥有时代》，我捧着刊有文章的那期《读书》杂志，在屋子里静默了许久。感谢李皖为我们贡献了"时代歌手"这样形象的词语，诸如他所欣赏的罗大佑、李宗盛、崔健、张楚、窦唯等。这个时代的流行音乐，按照李皖的批判说法，是属于大歌手、可能的大歌手或者大嗓门的。

无论赞美还是批判，我从朱丽丽和李皖的两篇文章中，都看到了一种特别的冷静。在2019年的世界，有许多令人难忘的事情。我们每每都在期待一种特别的声音。诸如巴黎圣母院的大火，在看了各种纷扰的资讯和解读后，直到读到叶廷芳先生的《震撼全球的巴黎大火》，才似乎听到了一种沉静而优雅有力的声音，心中才释然了许多。我似乎有了一种特别的念头，如果每每遇到一种世人关注的公共事件，没有读到那一篇沉静而有力的好文章，就会感到一种深深的不安，这不仅仅是一个随笔写作者的特殊爱好。叶廷芳先生的文章不长，但非常有力。先生是懂建筑懂美的，他娓娓道来巴黎圣母院作为人类文明遗产的珍贵，以及这场大火所带来的损毁的深深遗憾，而更令他不安的是那些不文明的幸灾乐祸者，这也是他写这篇文章的真正动机。在这篇文章的结尾，我为读到这样的话语而感到一种振奋："一个民族，只有看得到并承认别人的长处，才能建立起自己的自信！"

冯象的长文《我是阿尔法》，学识深厚，眼光犀利，解读到我们很多无法触及的东西。关于人工智能，人们的期待远远大于对于它的忧思。在专业领域的高歌之外，我们需要人文工作者的另外一种声音，因为除了享受物质的利好之外，我们还是有头脑也有感情的物种。邓晓芒的文章《关于人类尊严的思考》，同样启人深思。基因婴儿的诞生，作为新鲜事物，或许与人工智能一样，还需要在更深层次上进行探索它们存在的可能。这两篇由学者写出的文章，其实都是一种人文学者对于现代文明的一种反思。如果说基因婴儿在狭义专业上属于医学，人工智能在专业上划归计算机科学运用，那么看似法学和哲学学者是作为外行的一种关注，其实却是站在人类文明的角度上的冷静审视。似乎令人感到一种忧思的是，我们人类的文明思考程度已经远远赶不上现代物质文明的进化程度。

熊景明女士的《松仔园行山记》，此文起初读过就印象很深。后来编选随笔年选，没有找到电子版，也怕麻烦身在香港的熊女士，就拿着报纸，一个字一个字地敲到了电脑里。这次重新阅读和敲击键盘，让我有了一种更为深刻的阅读体验。熊景明的这篇随笔写她在香港中文大学供职的一段独特的记忆。因为每每有学者来中文大学进行访学，她都会带着他们去大学后面的小山，一边爬山，一边赏景，一边交流，其乐融融。此文读来颇感亲切，因其中提到的很多学者和作家，也都是我所喜爱的。但细读之下，又不难读出作者对于香港的热爱，短短的文章，写出了香港的历史、风貌和现状，以及香港与内地的那种道不尽的血脉相连，却都在不经意之间。这是一篇静水深流的好文章。

以上诸多文章，在我看来，他们是文学的，也是属于我们时代的，我将之看作我们时代的一种写作。由此记得多年前，我的一位师兄，现在已经是具有国际影响力的著名作家了，回到母校为我们讲座。我刚刚因为回乡，经历了一场不快的旅程，故而颇带着情绪地向他讲述了这个旅程的情形。这位师兄听我讲了这些经历，只是对我说了句，我只是一名作家。当时我颇为这位自己尊崇的作家感到失望。但仔细想想，我觉得倒是自己的幼稚和失礼了。因为一名真正的作家，对于自己的写作是非常珍重的，他有自己写作的尺度、标准和要求，有自己的方式，因此，他的回答是冷静而准确的。这位师兄的回答，恰恰可以成为我对于随笔的一种期待，因为它始终还是属于文学的范畴，它有自己的边界、尺度和方式。也正是因此，我在遴选随笔佳作的时候，首先更看重的是文学以及作为文学的表达方式，它一定是沉静的，温润的、细腻的、深刻的、美丽的，而我也始终相信这种属于文学的形态，其生命力也一定是长久的。

还有几篇并非专业的文学写作者的随笔，却是我非常欣赏的。一篇是王宏任的《我眼中的张中行》。某种程度上或者对某一些读者来说，张中行是个有所争议的人物，但如果我们真正走近这位智者，就不会轻易地下结论了。有时候我们的认识会被复杂的事物所纠缠，难免会雾里看花，但首先应该珍重每一次真诚地审视。王宏任写他认识的张中行，都是生活中的琐碎之事，却看出了这样一位张中行，乃是深得我心的。文章末尾写道："他虽然衣着纯粹中国式，可是思想包容天下先进思想，他是科学和民主的追求者。"另一篇系章燕写他的父亲屠岸，那是他父亲离世前的最后日子，文章《生命没有终结》，就颇给我一种巨大的精神感染。我们很少读到这么动人的告别文章，自然，亲切，宛如在诗歌的湖水中荡漾一样。一个诗人的死亡，让我们看到了诗歌与艺术的胜利。容洁的《来燕谢》，写她的父亲、著名散文家黄裳先生，在不经意之间写及了一个家庭的故事，半个世纪的沧桑，一些恩怨，一些掌故，一些温暖，都在点点滴滴之间。

当然，这是一个特殊的年份，有太多的宏大事件了，充斥着热情甚至激烈的情绪。但对于读书人来说，我们不能不提到"五四"。偶尔，可以读到几篇好文章。谢冕先生的《一个人的"五四"》，令人感到一种温暖和乐观，充满了期待。陈平原先生的《危机时刻的阅读、思考与表述》，角度新颖，也发人深省。翟业军的《说不尽的"五四"》令我们看到了"五四"作为一种文化现象而产生的研究价值。但令人遗憾的是，真正关于"五四"言说者，都是学术界的专家们，而作家们的笔触似乎难以写成举重若轻的好文章。当然，还有关于八十年代，关于改革开放的几篇文章，诸如孙郁先生的《瞭望到的星光》和何怀宏先生的文章《"我不喜任何高调，更关注那些可能对人类造成重大危险的东西"》，都是谈个人思想的文字，可以从一个人的思想成长感受到那个独特的时代。最后，我特别推荐百岁老人杨苡先生所写的两篇怀人的短章，它们浓缩了我们时代的学识、经历与情感。

2019 年 9 月 10 日

辑一

浮生取义

_朱丽丽

  9月份的电影，期待贾樟柯《江湖儿女》的人不少。早年《三峡好人》与《满城尽带黄金甲》在一个档期硬拼，死状惨烈，历历在目。这些年，似乎从《天注定》《山河故人》起，贾樟柯文艺导演的名头逐渐有了市场。大批文艺青年或伪文艺青年还会捧场去影院一观。贾导应该很欣慰，文艺电影最惨淡的年代过去了。

  《江湖儿女》到底讲述了什么？我以为是一个浮生取义的故事。巧巧为了心爱的男人斌斌，一腔孤勇，顶罪坐牢，千里寻人。那个男人已经落魄变心，不愿再见她，她孤独地做了江湖上的女人。男人落难回来投奔，巧巧收留且照顾他。男人问：你恨我吗？答：对你无情了，也就不恨了。再问：无情为什么还收留我？答：这是义，你不懂。赵涛湿了眼眶却没有滚落的泪极好。剧中还有一段插曲：巧巧随着一个萍水相逢的男人去了乌鲁木齐。男人得知她刚刚出狱退缩了，半夜她在路过的小站悄悄下了车。清冷的冬夜，浓厚的黑暗，偶尔有牧人打马走过，像被遗忘的世界尽头，无边的寂寞。就在这时，一道奇异的光芒划过天际，是飞碟？巧巧的脸庞被照亮了，逐渐由木然泛起狂喜与感激。

我非常喜欢这个场景。因为这道光芒，巧巧所有的深情付出及被辜负都不是毫无意义的。她的情义就如那飞碟的光芒，稀有，罕见，举世无双。大多数人不相信，亦从未有机会目睹或经历，但那是浮生中的光明。浮生取义，有了浮世的浑浊、不确定与无可奈何，映照出来的"情义"才更珍贵，催人泪下。

巧巧很长情，贾导也很长情。有人说他的影片是小镇青年现实主义加一点赵涛。可不是，赵涛是他系列电影铁打的女主角。这份长情也许只有姜文对周韵可以约略比拟，但姜文的电影一般都是双女主。赵涛长着一张城乡接合部的脸，越演到后面越不加修饰的苍老与憔悴。我想她的相貌平平也成全了贾的长情。好莱坞明星英格丽·褒曼倾慕意大利新现实主义才子罗西里尼，抛夫弃子私奔成功。结果，明眸皓齿熠熠发光的大明星，在罗西里尼刻意原生态处理的电影中根本就是异数，完全无法融入。褒曼十年后回到好莱坞才重新焕发艺术生命。假如赵涛长得像褒曼般美若天仙，贾导也会面临同样的尴尬。她最大的好处就在于，她是贾樟柯的世界的原住民。

贾樟柯的世界是什么呢？是逝去的民间社会，是迅速现代化之后被视为累赘与落伍抛弃在后的那个世界。

幸亏，我们还有一位贾科长，钟情于这些小镇现实主义社会的白描。他几乎以一己之力构建出中国的县城生活影像世界。乡村早已经消失了，城市变成光怪陆离的折叠空间。那些三四线小城市满面尘埃千篇一律地存在着，贾樟柯以一种近乎偏执的热情，一直在书写他的乡愁、他的记忆。我有时候想，他如此执着，也源于他是山西人。山西人惜物，才使得山西成为全国地面文物保存最多最好的省份。贾樟柯惜物，长情又念旧。他日复一日地书写过往的中国，书写被遮蔽的底层，也将最美好的愿景、情义的想象投射在巧巧们身上，投射在那些无望之中迸发人性之光的人物身上。

据说现场有影迷问贾樟柯："有人说《江湖儿女》是写给赵涛的情书，您认同吗？"贾樟柯回应："《江湖儿女》是写给中国女性的情书，电影里的男性可能更多迷失在金钱等所谓世俗的成功里，越来越软弱，但女性越来越坚强。"这是贾樟柯本人的表白。除此之外，我觉得，《江湖儿女》一如既往，是写给90年代中国的情书。

看一部电影，最有意味的不一定是主人公，而是那些群演。我经常惊叹不知道贾樟柯从哪里找到那么多原生态的非职业演员。他们在电影里的面孔，就像每一个街头巷尾常见的普通人。影片开头就是一段手持摄影的大巴内部场景，应该是隐藏拍摄。晃动的镜头下，那些面孔根本不是演员，而是最质朴的中国百姓。赵涛的脸出现在其中，毫无违和感。这是她最好的地方，她的气质音容都是民间社会的，所以能够激发我们最深层的共情与感喟。

怎么会有人说贾樟柯没有价值呢？他捕捉到那么多一晃即逝的时代符号，以及生活在其中的活生生的人。贾樟柯的长情因故乡而起，却不局限在故乡。他的视野渐渐扩大，投射向整个中国。内地国营厂矿的破败与凋敝，那些坐在街头和麻将馆里消磨余生的老年男人，衣着花花绿绿满脸陶醉在街头跳着广场舞的大妈们；奉节码头上面容呆滞的移民即将永别故土，一地仓皇，被长江带往不可知的命运；光怪陆离的迪厅中群魔乱舞的社会青年，现在连"迪厅"这个字眼都成了历史名词；像吉卜赛大篷车一样的山寨歌舞团，满头杀马特黄发的歌手，唱着走调的粤语老歌，轰炸着银屏内外的耳膜；那个起早贪黑谋生的摩的司机，与妻子长期分居两地，起了色心却令人一点都恨不起来；看到二勇哥的葬礼上出现的国标双人舞，我骇极而笑。嘈杂的乡野葬礼，突然两个人郑重其事地鞠躬致哀，浓妆艳抹半裸着跳起了国标舞，旁边一群乡镇青年围观。那种土洋结合的冲击力，就像《立春》中小镇街头演出的芭蕾舞与歌剧，也像《钢的琴》中在葬礼上演奏的《莫斯科郊外的晚上》与东北二人转……这些在贾樟柯电影中一再出现的符号，是因为急遽的现代化进程而被压缩成一团的民间图景。荒谬的存在，有着深沉隐痛的复杂肌理，让人大脑短路而灵魂出窍，嫌弃、难以置信而又不自觉地热泪盈眶。传统与现代、乡土与城市、过去与未来，以一种猝不及防的喜感的方式叠加在一起，这是所谓叠加的现代性。

对我个人而言，最有冲击力的是江轮的场景。巧巧出狱后，溯江逆流而上去奉节找寻斌斌。我少年时上学，就常常乘江轮在长江中下游来来回回。那时的客轮有江申号江汉号，缓慢沉重，客舱里人多语杂，环境也不甚干净。约几个同学好友，一路吹着江风，看两岸风景。那是我最初认知路上的中国。依稀记得有一处，两岸壁立千仞，江阔水深。正是"天门中断楚江开，碧水东流至此回"之处。年少轻狂的我经常在某些时候蓦然失语。面对这条沉默寥廓的大江，与无数熟记于心的地名，感觉是与古人劈面相逢。如此失重，漂浮在历史的虚空中，以至于脉脉不得语。随着高铁的兴起，这种缓慢的过时的交通工具退出了历史舞台。客轮纷纷改成游轮，即使如此，游客估计也是以中老年为主。我几乎已经从不想起坐江轮了，觉得像是前世的场景。影片中那个一模一样的舷窗，和狭小的内部客舱一下子击中我，似乎都能感觉到一股潮湿的带着铁锈味的气息扑面而来。《江湖儿女》让我再次感觉失重，与历史中的自己，与少年时光劈面相逢。

感谢贾导的长情，使得这些被遮蔽被遗忘的记忆，以一种鲜明的回环反复的方式保存在他的电影中。同时，也借由他的影响力，使得这些空间符号再次被激活，进入公众视野，映照我们每个人的来路。我以为，这样的电影，比单纯进影院买到两个小时的欢愉更有意义。

　　江湖和爱情的叙事都是假的，不变的是贾导对于一切逝去之物的长情。摧枯拉朽的城市变迁，文化拔根的移民，物是人非的江湖。那些粗粝的民间符号令我眼眶发热。人类学家格尔兹说：解释人类学的根本使命并不是回答我们那些最深刻的问题，而是使我们得以接近别人，从而完善人类社会的整体图景。在某种意义上，贾樟柯也是一位影像人类学家，贾樟柯的电影实践也是在浮生取义，借由影像，记录浮生世相百态，记录几代中国人置身其中的时代更迭，记录历史无情之中的有情。

　　那些诟病贾樟柯一成不变的人，不理解一个作者导演浮生取义的生命印记，也不理解这些记录下来的他者生活，对整体人类生活的文化意义。

（原载《文汇报》2018年10月12日笔会副刊）

"时代歌手"不再拥有时代

_李皖

我们的音乐生活中,已然发生、正在发生一些足称重大的转变,但绝大多数人浑然无觉,不以为意。

比如,你已经有多久没有被一首歌深深感动,未再体验那种灵魂直上云天的感受?你已经有多久没有为一张专辑痴迷,一首一首、逐字逐句、一个音符一个音符地反反复复听,似乎用力要把它刻进人生,写入生命?可能,已经很久很久,但我们没觉得这有什么。

我们没觉得这有什么,不再觉得音乐是深刻的,是精神的必需,是灵魂的圣洁洗礼。我们已经习惯于随随便便地对待音乐,偶尔地在社交网络随手转发一首歌曲,就像随手转发一桩八卦传闻。

近五年,中国流行音乐出现了一些值得关注的现象。以2018年6月23日第29届台湾金曲奖无声无息的颁奖为标志,大众,包括以前众多热心歌迷,对各类"音乐奖""提名名单""获奖名单"失去兴趣。大部分音乐奖关张,个别音乐奖勉力在维持,但不再举办颁奖典礼及其晚会。

近五年,由各方评出的媒体公布的各种"年度十大""年度歌曲""年度专辑",大多为大众闻所未闻,所谓的"年度"流行音乐,基本上年度中并不流行。《我是歌手》等电视真人秀,是唯一尚拥有大众热情的音乐节目,但其间表演的曲目,绝大多数为往年流行歌曲的翻唱和改编,当下流行曲目零零落落,面容惨淡。

流行音乐不流行,是这五年流行音乐的一个最大现象。

虽然流行音乐不流行了,但流行音乐仍在持续创作、生产、录制、发行。在音乐不再是必需品的年代,音乐出版的种类数量却空前庞大,其中大多数是作坊式制作和独立发行。新人新作涌现之多之快令人眼花缭乱,每年歌坛名录都在大面积地刷新，哪怕是专业研究者也不明究竟，看不到全貌，把握不清方向。

这五年流行音乐有几个总体特征，值得认清：

音乐出版不受关注，但音乐秀盛行。音乐秀实质上是音乐萧条的表征。音乐秀的本体不是音乐而是真人秀，其中音乐主要起到媒介的作用，将艺人载入大众现场。即使是那些看起来很感人的电视现场，音乐秀起到的功能也主要是娱乐，而非声音艺术。

流行音乐不再产生强烈的社会信息，音乐人很少有自觉的社会意识，只大量生产感性。流行音乐作为公众表情、社会晴雨表的功能，虽然客观上仍存在，却已极为微弱。当下最引人注目的感性力量，一方面低龄化，不影响社会主流人群；一方面代际化，速生速灭，不断更新迭代。

互联网一方面将人变得彼此类似，一方面将人变得愈加偏执。人们只看自己愿意（能）看的，只听自己愿意（能）听的，由此形成了各个"平行宇宙"。"宇宙"间不相往来，"宇宙"内相互趋同。

具体到歌手，具体到作品，深入到音乐的内部和细节，那堪称庞杂、零碎、浩瀚、密集的多样性是无法尽述的。下面，仅就反映这五年流行音乐的总趋势、总特征的部分作品和歌手，做一番浏览和概述。

"时代歌手"

罗大佑在睽违上一张专辑13年后，发表了《家Ⅲ》，回应他在大时代之初提出的问题。这个问题已经相隔33年之久（1984至2017），现在勉强像是有了一个答案。

当初愤然离开，现在热切归来。当初决然出走，现在释怀还家。当初无尽告别，现在欢喜重聚。当初一心背叛，现在全情拥抱。当初断然否定，现在极力肯定。只是这一回的肯定里，没有了当初那一颗迸裂的心，没有了那样炽热、火烫的情感。不能说是虚情假意，但就是没有了灵魂激荡的共鸣。

像是大团圆，像是重新发现了、肯定了并拥抱了人世间那些最基本的——爱、家、不变的心，歌手发现它们不变，发现它们其实就是这世界与人生的至理。人们本是同根而生，从古至今，不管如何动荡，这都不会改变。但是这个发现和肯定，像是一个概念，一个大道理，而非身心魂俱在、磨难与觉悟同历的长旅。《家Ⅲ》是罗大佑最缺乏感染力的一张专辑，是旋律最差的一张专辑，也是感情最可疑的一张专辑。此前罗大佑歌曲的一个重要特征——真情鼓荡、热力灼人、意蕴深厚，在这张专辑里荡然无存。它本该是一个句号，但这个句号打得歪歪扭扭、含含糊糊。在1984年发行的专辑《家》封面上，30岁的罗大佑独自一人站在暗色的背景里；在2017年发布的专辑《家Ⅲ》中，罗大佑携妻女出镜。

李宗盛极为低产，五年里只出了一支单曲。加上五年之前和之后的各一首歌，形成了《自己的歌》《山丘》《新写的旧歌》的一个序列。这三首歌承前启后，内容相仿，形式统一，都是集大成，是个人总结之作，集中呈现了李宗盛毕生所学所长所感。

三首歌都是自传，《自己的歌》写情史，《山丘》写歌史，《新写的旧歌》写给过世的父亲。《山丘》是一个巅峰。在这首歌里，李宗盛把他的口白式唱腔、民谣体歌曲发展到极致。依字行腔无一字不合；句子、段落散漫但歌曲结构紧凑、整洁、优美；歌词不仅真实，还有诸多具体可感的细节；深厚的感情完全在诚挚、朴实的叙述中自然起伏、爆发，不受体裁、格律所缚，不像是在写歌，倒像是自自然然说一段话，写一段文。《山丘》唱出了李宗盛一生所念、一生所求、一生所得、一生所失。一首对自己歌唱生涯盖棺论定、完全属于个人经验的歌曲，却同时具有与千万人人生共鸣的特质，这首歌为大众流行音乐立了一个标杆。

《山丘》之后，《新写的旧歌》（2018）在这一创作方向上更进了一步，却把"歌曲"这一艺术形式彻底破坏掉。从体裁而言，《新写的旧歌》更接近一部个人化的戏曲。依字行腔登峰造极；句子、段落散漫，失去了歌曲结构；深厚的感情在诚挚、朴实的叙述中自然起伏和爆发，却缺少了体裁和格律的自律。《新写的旧歌》是歌曲的末路。

如《新写的旧歌》歌中所说，这首歌是"写一个人子和逝去的父亲讲和"（来源：李宗盛《新写的旧歌》MV）。

崔健在距上一张专辑10年后，推出了《光冻》。客观上，他的专辑历来有为时代造像的性质。这一次他造的像是：光明盖顶，身处无限光明之中，却也同时处在一块冰晶里——光，成了一个透明的牢笼。在《外面的妞》里，像是《一无所有》的旋律变相地出现了，我仿佛自慰，又仿佛隔着天窗在与外太空的妞儿单相思，要飞出地球去，射向外星球。在《死不回头》里，身处当下这个年代，崔健变相地重复了他在《一无所有》年代里提出的问题："你是否还要跟我走，如果我死不回头？"

跟罗大佑类似，这是接近30年（1989—2017）的一个回答，回答他在《新长征路上的摇滚》中的时代之问。崔健的这第六张摇滚专辑，像是一个悠远的和声和回响——回到了摇滚全乐队，回到了歌唱，甚至回到了崔健第一张专辑的歌曲题材和素材，展开了新的一轮对一直困扰他的那个问题（"怎么办"的最新判断，"怎么了"）并给出了回答。这回答如果翻译一下就是，他终于明白和明确了这时代、这人生的处境与方向，就是要更开阔地走出去，更大地开放。

但这张专辑的影响力之小，就像并未发生过。没有形成时代话题，未在网上或报刊上产生讨论，闻者寥寥，跟随者渐稀并且三心二意。"你是否还要跟我走，如果我死不回头？"大多数人，包括曾经的追随者，恐怕连这句问话都没有听到。

罗大佑、李宗盛和崔健，中国流行音乐的这三个具有标志意义的时代人物，此时均不再拥有时代之重。这个年代不再有万众瞩目，主观上做不到，客观上更无法达成。就创作本身而言，创作者的智识、力量、审美创造力本身，也在耗散。

再看看其他几位在"大时代"中曾有过亮眼表现的人物的作为：

卢冠廷以《Beyond Imagination》《Beyond Imagination TOO》，将他在黄金年代里的香港金曲翻唱了一遍，重新编曲、精心制作成了靓声和 Hi-Fi。

张楚出了只有四首新歌的EP《不在绳子上的珍珠》，他面临着如何找到那个大众管道，如何能达成新的交流可能的问题。如同"不在绳子上的珍珠"这个标题所示，他没有找到"那根绳子"。他换了一种打开方式，希望这样"到达"你——"你的笑声才是到达的真的泪点"。

并不像坊间对"魔岩三杰"的妖魔化画影图形，张楚并非"死了"，实际上随着时代之变，变得健康、通达而乐观。但他也因此之变，变得矮小了。这个"孤独的人"这次发出的声音如此微弱，这一次他肯定了生活，又被生活更深地淹没在了孤独之中。

"成仙了"的窦唯，这五年除了《殃金咒》《天真君公》《间听监》《山水清音图》，还有更不为人所知的其他一些专辑。除了都具有"不可言说"这一作品共同点之外，窦唯的创意、创作颇丰，甚至其丰富、多样化的程度，超过了他十多年前创作的总和。在士大夫心境中，在天人合一中，在神游物外中，在"语吁——语虚"的"天真君公"字不成词、词不成句、句不成文、文不成章的念诵中，甚至在黑金属的噪音、谍战老电影的对白和音响中，窦唯出禅入道，仿佛羽化登仙。

"此中有真意，欲辨已忘言。"总的来看，一方面，这些作品承继了中国古典音乐在当代世界即兴音乐中的延续和演化；一方面，现象世界如浮云过眼帘，自不必说，统统化为朦胧的幻象。

"窦唯不唱歌了"，十多年来，这成了大众议论窦唯的一个噱头。仿佛是一个天大的遗憾，众人都在巴望着，望着舞台，期盼窦唯能重开金口。事实上，窦唯已经重新开口了，《天真君公》是自《语吁》之后15年来窦唯第一张歌曲专辑，但没有什么人能听见，多年来热乎对窦唯议论纷纷的看客们这一回哑默无声。更吊诡的是，窦唯这开了口、唱了歌的专辑，跟不唱歌、没有唱词的器乐专辑竟是一样的：不可探究语义，听者也说不清楚它究竟有什么要明确表达的语义。字不成词、词不成句、句不成文、文不成章，就是这些歌、这些歌词的基本形态。

齐秦（《穿乐》）五年仅出了一张专辑，并且完全放下了创作，仅充当人声。这张以"音乐可以穿越轮回，然而时间不能"为概念的专辑没有什么社会信息传递，总体看是在人生如幻的基调中于感情世界"疗伤"的作品。作为灵魂歌者，这40年来中国最具歌唱天才的齐秦在歌唱意识上的修为已入化境，但在体力上、声带上、力度上、演唱力上的表现显得虚弱。他是最有希望一直唱到老并在老年成为炉火纯青的传奇歌嗓的中国人，但现在的表现不尽如人意。

齐豫（《叩钟偈准提神咒》《八圣吉祥祈请文佛子行》《地藏赞》）唱了三张佛经和佛教仪轨的歌曲专辑。潘越云唱了一张《心经》。黄韵玲皈依基督，《初熟之物》人过中年后的感悟、歌声的深挚、音乐的新境令人动容。周杰伦（《哎哟，不错哦》《周杰伦的床边故事》）沿循旧作轨迹推出两张专辑，保持他一贯的音乐品质和精良水准，但没有多大反响，他呼风唤雨的时期已经过去。

大歌手、可能的大歌手和好嗓子

大歌手未能沉淀大作，成就经典名作。未来的可能的大歌手未能引人注目，拥有舞台。好嗓子没有影响力，仅成为各类老歌、好听歌曲的复读机，为各"平行宇宙"的居民们提供情感抚慰。作为优质稀缺嗓音，他们为影视、城市、公司充当代言声音，获得歌手这一职业的实际收益。

张学友早已停止满足大众期待的一年至少一张的发片，事实上也早没有这个市场了。五年来他只出了一张专辑《醒着做梦》。非常难得，《醒着做梦》是一张有个性、有情结、有纠结、不顺滑的专辑，其中有些歌曲有撕裂性的歌唱表现，以此呈现了张学友仍有他难以忘怀、无法解决的问题，他依然有一颗不安甚至惊惧的心。纵观张学友全部的歌唱生涯，《醒着做梦》是仅有的一张有个人真实感的张学友，只是还做得不够。

另一位"国民歌王"周华健，与作家张大春联手推出了《江湖》。一个司职作曲,一个专事作词,用中国古典诗词形式、以现代精神去打通《水浒》。梁山、大名府和三打祝家庄齐飞,摇滚、京剧、民谣共大众歌曲一色,也是一张极有个性质感的专辑,不驯、好玩而兴奋。周华健其实一直喜欢文字游戏,迷恋传统文化,有大众所不识的另一面。这一回貌似出格搞怪,实际上是他本色出演,包括那种又疯又闹又隆重的玩性作风,也是本尊风范。

费翔出了概念专辑《人》,在电子乐的异想空间里演绎"人"的主题。其锐意的改变、新鲜的风格、一体的氛围、专辑的整体性都可圈可点,令人小小地惊艳。但作品最终未落到真人生的实处,意绪仍显浮泛花巧,没有形成真正的穿透力。

黄绮珊,选秀中"再发现"的大歌手,一反舞台上用三四个八度、用强音大力震撼观众的做派,而回到她本人的"小霞"身份,用小嗓、小故事、小题材、小风格去回访初心。《小霞》因此矫枉过正,成为一个小杰作。秦四风在爵士乐上的深厚修为,克制而谦逊的制作,使黄绮珊得以焕发歌唱最重要的本真——真实的生命和心动、感动。但是回望这歌手的30年演艺生涯,直至如今,使这件名器、重剑得其所用,焕发其惊骇力量的代表作,依然没出现。

毛阿敏迄今为止的全部歌唱生涯,也都没有一件可代表她的专辑或精选集。近些年来,甚至也渐渐不再有一首可代表她的新的歌曲。新专辑《歌唱·家》和精选集《天之大》继续延续了这个尴尬。《天之大》将她的代表曲目一网打尽,但在制作上和演唱上都不具经典性;《歌唱·家》为其近年所演唱的电视剧主题曲杂锦,这些主题曲越来越滥,新意诚意渐无。

王菲、那英不再有专辑问世,偶尔为大制作的电影、电视剧献声;韩磊有《时代(张宏光影视作品集)》,做的是同一件事。他们显示了人间最稀缺的嗓音以及这件名器能达到的化境,歌曲一般来说有质量,但在变化太快的世界里也仅是匆匆掠过,强光一闪,来不及看清其意义。这些作品往往更代表的是一件工作,一笔巨额资金,几个最昂贵的行业巨星,在对得起职业、对得住个人声名之下,不负所托,不负邀约,投入生命、技艺、匠心。显然是重金订制产品,却也并不简单,未必没有传世之作,只待时间退潮磨洗。

朴树(《猎户星座》)阔别归来,在乐境、才情、艺术表达上均有了新进境,风格愈加浓烈,但在精神成长上无明显进步,歌曲主旨近似一种后青春的叛逆。李健(《拾光》《第六张创作专辑》)仍处于其最佳时期,与前作相较,《第六张创作专辑》更加具有艺术品的精粹度,像是一块美玉。不仅如此,作品分量轻的问题也稍有改观,它面对着生的困惑,似抬头注意到了那永恒的人生羁旅之难以驯服,虽然词不达意。

张惠妹(《AMIT2》《偷故事的人》)、孙燕姿(《克卜勒》《跳舞的梵谷》)、陈奕迅（《C'mon in》）发片量减少，制作水准降低，专辑分量减轻，流行度大不如前，超级明星的光环不再。汪峰（《果岭里29号》）自我期许极高、用力甚猛的新作，在深度和高度上都不够，只实现了作品的规模和制作品质。陈洁仪（《天堂边缘》）经过持续的进步，将流行唱到了古典的品质，但是专辑中大部分歌曲都是凑数的。

谭维维（《乌龟的阿基里斯》、系列EP）、黄琦雯（《M&M》、单曲《心经》）、姚贝娜（《永存》《天生骄傲》）、林凡（《岁月这把刀》）、A-Lin（《罪恶感》《A-Lin》）、徐佳莹（《寻人启事》《心里学》）、朱婧（《以梦为马》）、刘思涵（《拥抱你》）、铁阳（《发光的海》）等女歌手，不同程度地表现出她们是那种拥有宽广音域、出色嗓音和非凡力量的极致女高音。她们有强大的演唱力，有光芒四射的舞台魅力，是大歌手，但她们未能有幸拥有大舞台。除了在真人秀的舞台上抢来一点发光时刻，没有时代的聚光灯再照向她们。"五月天"（《自传》）、林宥嘉（《今日营业中》）、小宇（《同在》）、薛之谦（《初学者》），这几位演唱格局较大的男歌手，与以上女歌手有着类似处境。降央卓玛（《金色的呼唤II》《弦子》）、侃侃（《睡吧宝贝》）、"凤凰传奇"（《最好的时代》）、"筷子兄弟"（单曲《小苹果》）以"好嗓子"支撑起了另一个平行宇宙。

一方面，可能是他们才拥有中国最广大的听众，另一方面，他们从来就不会出现在专业音乐奖和乐评人的视野中；一方面，这些歌曲的流行从不间断地证明了民族审美趣味的强大稳固性，另一方面，这些"好嗓子"惯于重复而不是创造，大多数时候都是新瓶装旧酒，都是在翻唱老歌、名歌，以好听起到近似情感按摩的功效，究其内在则了无内容。

充当真人秀的导师或歌手，是"时代歌手"和大歌手在这五年中所获得的最大关注，也几乎是他们能获得的唯一的大众关注。除李宗盛之外，包括罗大佑、崔健和刘欢，都坐上了导师的交椅，台上台下、荧屏内外打成一片。

时风真是变了，面对商业大潮，面对重金诱惑，面对娱乐化，似乎再没有冥顽不化的人，大家都兴高采烈地共赴秀场作一出秀。热热闹闹，一团和气，交流碰撞中似乎也颇能彼此互见，映亮那许多心得、体会、感悟、妙语。只是那歌手，那歌曲，那超凡入圣的角色，那似乎唤醒你灵魂的声音，那几乎是巡游在人寰之上的卓越力量，真的就悬置在半空中了。

2018年9月18日星期二凌晨

（原载《读书》2019年第1期）

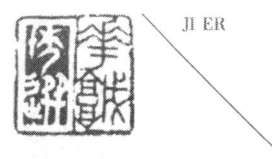

辑二

瞭望到的星光
——我的1980年代思想历程

_孙郁

想起来自己的青年时代,思想上颇为犹疑。比如对于域外思想的吸收,都没有系统性,精神不免游荡在不同的时空里。最初注意俄罗斯文学,后来驻足于德国文化史。这里的反差很大,却无意中启蒙了自己的思想。具体说来,在阅读史上,有过一个从喜欢托尔斯泰到欣赏康德的过程。

一

年轻人可能不解我们这代人对于俄罗斯的兴趣何以这样浓厚,说起来,这与急于寻找参照大有关系。俄罗斯也是一个模仿的民族,从普希金开始,他们面临的就是如何将域外文明转化到斯拉夫文明的难题。而托尔斯泰等人对于命运的苦思带出的思想,恰有我们亚洲知识界没有解决的部分。直到晚年,我在圣彼得堡参观博物馆的时候,才意识到,中国"五四"的那代人与上个世纪八十年代的那代人,面临的也是俄罗斯当年近似的窘境。在强大的欧洲文明面前，自己的位置在哪里？托尔斯泰、屠格涅夫眼前的苦运，我们几代人多少都感同身受。

我自己是从译文里进入俄罗斯的文学王国的。这经历了喜爱、疏远、再喜爱的过程。从译文里感受一个人的思想，可能会遗漏一些什么，应该参考的还有图像资料。我看过许多文物陈列样品，在作家中，托尔斯泰的主题给我的印象很深。其立体的一面渐渐浮现出来。读过托尔斯泰著述的人，忘不掉的常常是那些文字里疏散的纯洁的光泽，一个人掉在隐晦的世界的时候，倘若能够回忆那些文字，自然有一种勇气的支撑。这与圣经的文字可以互为媲美的。在作家队伍里，他大概是最有神性的人物之一。

我最初知道托尔斯泰，是因为巴金的《家》的题词。从这个中国作家的笔底，嗅出了一丝托尔斯泰精神的气息。年轻时看到《家》，颇为喜欢，它的动人的地方，是以人道主义颠覆了儒教的非人化的传统，且击中了传统文化的要害。那时候的青年喜欢巴金，多是因了那背后的托尔斯泰精神，慈悲中散出的无量爱意，击退了身边的寒冷。我知道中国的青年由此走进托尔斯泰主义者很多，上个世纪三四十年代的文学里的俄罗斯笔意，都跳动着这样的灵魂。

但"文革"中批判巴金，其中也涉及托尔斯泰的思想，认为是资产阶级的反动人物。托尔斯泰的不抵抗主义和温和的爱意，在阶级论者看来，都是反动的存在。那些教堂里才有的声音，似乎与红色文化格格不入。上学的时候，托尔斯泰的名字已经是一个禁词，关于他的著述，一般人并不能读到。

七十年代末，巴金在文坛复出。他早期的笔调再次出现，这与世风显得极为不同。在久违的神色里，温情拽出了一抹绿色，《复活》里的忏悔之音再次响起。对于我们这些读者而言，有着不小的惊喜。这意味着几十年间对于托尔斯泰主义的否定，可能出现逆转。随着他的译作赫尔岑《回想录》的问世，十九世纪的人道主义重回到了我们的话语世界。

在巴金的晚年世界里，重新读解托尔斯泰，成了一个重要的工作。而他从阶级斗争话语回到托尔斯泰主义的时候，思想解放运动也因之有了相当的理论基础。后来纷纷扬扬的人道主义与异化问题的讨论，巴金的影子是暗藏于其间的。我到沈阳读书的时候，正是巴金的思想比较活跃的时期，也是各种思想交锋的时期。巴金、冰心、曹禺带来的爱的哲学，一时激动着我们这些青年。那时候通过他们的文本，我们开始体味到了"五四"的价值。

我自己阅读托尔斯泰的小说，感动的是他的慈悲之心。《战争与和平》的宏大叙事里的哲思，《复活》的忏悔意识以及《安娜·卡列宁娜》的人性拷问，都揪着我们的心。托尔斯泰对于感性世界的描摹有哲学家的内蕴，有时候像个神父在抚慰读者的心灵。他能够以同情之心面对失落的人性，但又给不幸以拯救的目光。我们都在罪恶的世界里，但不要滑入更深的河谷，以爱意自救和救人，乃神圣的选择。这样的方式，在七十年代以前的很长时间是一种罪过，但到了1982年，电视里已经可以看到《安娜·卡列宁娜》这样的节目，草婴、周扬的译本也再次出版。文学界开始弥漫着托尔斯泰式的气息，重回人道主义，成为人们热衷的话题。而一些有热点的作品，在精神深处，也在自觉不自觉呼应着这样的传统。

最能够体现这种主题的，是巴金的《随想录》，那些文章陆陆续续发表在香港的大公报上，内地还不能全文刊登这类文章，他的尖锐性和真诚感，让读者颇为喜欢。重要的是，作者以忏悔的口吻检讨自己的缺失，大有基督徒式的内省意味。这都和托尔斯泰的精神重叠在一起。《随想录》揭示"文革"的痛楚毫不温吞，文字中以仁慈的笔触，唤回了失去多年的"人的文学"的理念。这种思想很快传染到文坛上，我自己在八十年代初的思想，其实开始染有巴金式的色调，虽然自己还不能完全理解这位老年的作家的知识结构。

当我到沈阳读书的时候，除了文坛里的思想外，还接触了诸多象牙塔里的知识。阅读到一些科学主义和经验主义哲学文本，思想也开始悄悄地变化，不久就感到仅仅陷在巴金式的自我忏悔和痛楚中，似乎还不能给满足自己精神的需求。因为那些"五四"式的演说的结果，可能导致我们成为一个道德的说教者。但如何跳出这种说教的窠臼，我那时候是非常茫然的。

显然，托尔斯泰对于八十年代的文坛具有启蒙的意义。但是那时候关于他的思想，国人也还只是从单一角度理解，真的看到他的全集的时候，则发现其思想有与中国语境逆反的地方。改革初期，呼唤人道主义的同时，还有对于科学精神的崇尚。但是托尔斯泰是工业革命的敌人，也一向反感科学主义对于人的侵袭。他的回到自然去的精神可以说是法国卢梭思想的翻版，而又与中国老子的精神暗合。而且重要的是，托尔斯泰相信在纷乱的世上，有一个终极的精神在召唤人们，全能的上帝是存在的。而在中国许多青年人眼里，恰如尼采所说，上帝已经死了。

二

有一次古代文学的朱老师在课堂上讲先秦文学，言中偶尔介绍李泽厚的《美的历程》的观点。那老师沙哑的嗓子，一个字一个字念着李泽厚的文章，突然有着电击般的感觉，好似看到了托尔斯泰之外的另一种精神模式的开启。这让我生出兴趣来，找到李泽厚的这本书，大为惊异。那美丽的辞章背后的哲思，一下子吸引了我的目光。李泽厚对于美的历史性的解读和形而上的把握，让我倍感亲切。那种在多种知识背景下的精神凝视，解开了诸多的现象之谜。

李泽厚的文字和他的人一样风度翩翩。多年后在北京见到他，觉得其神态里有一般读书人所缺失的东西。与许多学人不同，他没有教条的东西，在与其对视的时候，他好似有一种原生态的自由的感觉，对于事物的把握，是通透和高远的。我阅读他的作品，感到思维在慢慢变化，以往那些僵化的表达在渐渐失去能力。这是只有阅读鲁迅文本时才出现的感觉，学术文章原可以如此有趣，那是意外的收获。

在李泽厚的文章里，颠覆了一个八股化的词语的世界。他的知识结构和审美方式，都是敞开的。我在其文本里看到了思想延伸的多种可能性，而他暗示给我们的，恰是如何从黑格尔主义到康德主义的路，而康德的主体意识，使我找到了早期精神困惑的钥匙。

一般人谈论马克思主义，是从黑格尔、费尔巴哈的路径走来，李泽厚则从康德、席勒那里出发走到马克思的世界。他的趣味恢复了古典哲学有意味的部分，也衔接了鲁迅的传统。在我看来，李泽厚是从列宁主义回到马克思的初期，回到康德的起点。而康德是关注人的有限性的，从人的认知的有限性出发，就会避免认知的独断论。而我们先前的思维模式的一些问题，都得到了昭示。

阅读李泽厚的最大收获，是本质主义的幽魂开始离去，从黑格尔式的确切性和封闭性里退回到主体世界，发现我们认知结构的作用，精神的有限性的话题也由此诞生。原来我们是在一个先验的理念里思考世界，这种认为的范畴的有限性导致了二律背反的出现，我们的世界突然被什么罩住了。而突围这种困境，只有直面我们的有限性。这个理念对于颠覆"文革"思维最为有效，比起那些以"文革"思维讨论"文革"问题的文章，李泽厚是照耀我们精神暗区的一个引领者。在思想和理论层面，他奠定了八十年代文化启蒙的基础。

八十年代的美学热与李泽厚关系很大。他把人们从苏俄的模式拽到了德国古典哲学的逻辑点上。他的文章具有思辨哲学和分析哲学的因子，虽然这些发展得并不充分，但这些在当时已经难能可贵了。我过去阅读的文论要么是理直气壮的，要么是感情化的倾诉的，一如别林斯基、车尔尼雪夫斯基一样，但李泽厚在处理文化难题的时候，他显得小心翼翼，有时候在分析中留有余地，且从理性的层面不断质疑那些本质主义的东西。这个独到的审视，是"五四"后没有生成的精神，而他竟以特殊的方式，完成了思想上的一次重要转型。

记得在学校图书馆的一角，我整整坐了一个多月，认真拜读了他研究康德的那本《批判哲学的批判》，精神被一遍遍洗刷着。这是异于苏俄模式的另类逻辑里的篇章，他勾勒出康德思想里最为本质的存在。我印象深的是第一次理解了从先验形式出发审视认知的有限性，这给我的刺激很大，立即意识到我们过去几十年代的悲剧所在。当本质主义盛行的时候，人的思想处于奴隶的状态是不可避免的。他的《批判哲学的批判》对于主观主义、意志主义、伦理主义的批评，其实也解释了"文革"思维的要害。在思维方式上，李泽厚使我们这些无知的青年在没有问题的地方意识到了问题，原来我们以为不可撼动的思想也有其巨大的漏洞。李泽厚看到了中国人思维结构里本然的存在，这是鲁迅论及过的。但他从理论上梳理了这个问题，把鲁迅文字里尼采式发散的思维里的意向，变成一种观念。而且表面看不出彼此的联系，但内蕴却牵出千丝万缕的纠缠。

我的硕士论文的基本框架，是在李泽厚的康德思想阐释的范畴里建立起来的。因为研究对象是巴金，其实牵扯出康德传统与托尔斯泰传统的问题。那时候我还无力处理这样的难题，只是从巴金的人道主义的光亮里，找出内中的暗点。而这种方法，是李泽厚传染给我的。也就是说，不再以仰视的方式去讨论问题，而是在矛盾和悖论里，思考存在的多面性。在肯定托尔斯泰主义的时候，便也考察这思想下的诸多盲点，而巴金与安那其主义的悲剧性存在，也在这样的框架里得到一种阐释。于是，托尔斯泰主义与康德主义便在此被不断纠葛起来了。

"五四"之后，托尔斯泰作品盛行一时，推崇其思想者，不仅仅在作家队伍里，思想界的讨论也是十分热烈。但不仅托尔斯泰主义遭遇马克思主义的抵抗，阶级斗争学说取代不抵抗主义，被广大的左翼青年所接受。但左翼对于托尔斯泰的批判，并不能解决自身的问题，特别是"文革"之后，左翼理论一度失效，纠正极"左"的思想时，托尔斯泰主义的理论，便显出自己的效力。八十年代关于人道主义与异化问题的争论，其实存在着托尔斯泰主义与列宁主义的纠葛。

但不久人们便发现，托尔斯泰主义与列宁主义并非没有逻辑的联系。这是更为深切的问题，用简单的理论无法表述这里的悖谬之影。李泽厚正是在这个时候横空出世，带来了同意反复之外的另类思维。康德主义的主体性的言论，恰恰点出托尔斯泰以及俄国唯道德主义者的一些缺陷。

对于道德主义的消解，过去京派文人做过类似的工作。知堂先生觉得托尔斯泰的作品是劝善书，过于说教的意味。沈从文与汪曾祺都认可这种批评，也是喜欢从非道德的语境进入文学的。汪曾祺自己不喜欢托尔斯泰，可能与其厌恶圣人气有关。他欣赏散漫的矛盾式的表达方式，缘自常态人的底层体验。也就是说，作家要思考的是可能与不可能的东西，要承认自己的有限性。这一点，与康德的审美理论也有重叠的地方吧。

八十年代中期的中国文学有很深的托尔斯泰的影子，张贤亮的小说在题旨上是《复活》的中国版。在苦难中靠一种先验的理念拯救自己。这样，就把精神的救赎交给了上帝般的存在。但后来人们发现，这样的审美其实忽略了人的主体内在的潜能，将精神幽微的元素置于黑暗之中。而京派文学不是这样，那些从日常生活与民俗中提炼思想的作品，则开启了精神的潜能。周作人当年从日本引进的民俗学思想，是日本新康德主义的一种文本，在八十年代，这种文本通过汪曾祺得以复活。李泽厚与汪曾祺的共同点，就是在这种康德主义的背景里的。

退回到康德，我们认识世界便会小心翼翼，不再把无知当成常态，而且知道自己的限度何在。而敞开精神之门，在无数陌生的地方寻觅自己的喜爱之地，才可能丰富自己。我在李泽厚那里看到了一种不断可以生长的智慧。他不仅对于先锋的艺术有敏锐的感觉，而且对于古老的哲学有一种历史主义的态度。借着康德和马克思的思想，他重返历史，还从民间艺术那里得到美的精神。这比那些托尔斯泰主义者显得更为浑厚和博雅，我们在其文字里感受到一种启蒙的快慰。而克服"文革"的痛楚，恰恰是从这里可以找到精神之源的。

三

八十年代，真正颠覆人们思想的，哲学上是李泽厚，文学上的代表先是巴金，后来转为汪曾祺。而李泽厚与汪曾祺，在更大的背景上有许多交叉之处。他们把思想史地图与文学史地图，都做了调整。弥漫在精神天空上的浓雾，因之透进了光泽。天门忽开，幻影不再，而各色存在都露出了自己的光彩。

汪曾祺一是颠覆了宏大叙事的文学理念，一是远离了道德主义。士大夫文化中的趣味主义和十九世纪个人主义的思想都在其文字里可以看到一二。他曾经说自己是一个儒家，其作品也确实有儒家温和、悠远之味。但那不是朱熹的儒家，也非马一浮的儒家，而是经历了"五四"新文化沐浴过的儒家。这中和之音与冲淡之曲，也有对于人性的拷问，带着清灵的爽意，引人到自审的高地去。不再观念先行，而是从经验里提取爱意。他剔去了鲁迅的残酷，远离了茅盾的隐喻，开辟出当代审美的新途。那些被许多新文化人压抑的传统，被一点点召唤出来，于是现代白话与明清白话的书写，已不再是断裂的对立者。我们古老的文明与现代的鸿沟，被慢慢抹平了。

汪曾祺在《谈散文》里指出文章之道在于平常的美。激进的文化导致了文脉的丧失，中国要恢复的就是凡人的生活，在日常性里创造无限可能的美的生活：

> 中国文化有断裂。有人以为"五四"是一个断裂，有人不同意，以为"五四"虽提倡白话文，而文章之道未断，真正的断裂是四十年代。自四十年代至七十年代几乎没有"美文"，只有政论。偶有散文，大都剑拔弩张，盛气凌人，或过度抒情，顾影自怜。这和中国散文的平静中和的传统是不相合的。
>
> "五四"以后有不多的翻译过来的外国散文，法国的蒙田、挪威的别伦·别尔生……影响最大的大概要算泰戈尔。但我对泰戈尔和纪伯伦不喜欢。一个人把自己扮成圣人总叫人讨厌的。我倒喜欢弗吉尼·吴尔夫，喜欢那种如云如水，东一句西一句的，既叫人不好捉摸，又不脱离人世生活的意识流的散文。生活本身是散散漫漫的，文章也该是散散漫漫的。

消解伪态的思想，回到本真之中，在差异性语境思考问题，是八十年代知识界看重的部分。与汪曾祺不同，李泽厚一是有自己的专业，很精、很深，另一方面，很杂，有一点杂家的意味。他讨论的问题很多，有的不属于自己的专业，但偶有言论，便成箴言，这在那时候实属罕见。他关于鲁迅，关于王蒙、张贤亮、朦胧诗的看法，关于中医、神话、科学史的见解，都非庸才之论，往往灵光一动，闪出慧语。他对于存在的宽容性理解，消解了"文革"语言的问题，在方法论上有别人没有的东西。在词章上，鲁迅的杂学意识给他的启示很大，而在认识事物的过程，康德式的静思，则带来一种阔大的气象。在《走我自己的路》里，他强调了交叉科学对于青年的价值，而包容意识亦让我看到独断主义的可笑。他说："中国古人早就强调'和而不同''声一无听，物一无文'，不要把学术领域搞得太单一化、干巴巴，而应该构成一个多层多途径多角度多方法的丰富充实的整体。这才接近客观真理。"这些表述，给我这样从独断主义思路走来的青年，都是醍醐灌顶的警示。我的僵硬的思维，也恰恰是在阅读李泽厚的著作后，慢慢解体的。

在李泽厚的著作里，鲁迅是一个不断跳出的字眼。他对于鲁迅的读解，完全没有文学界的那些套路。他太熟悉那些词章，但不是从列宁主义出发诠释文本，而是在历史和哲学的层面瞭望这个远去的灵魂。读到他关于《鲁迅的思想》一文，被这种哲学家的气质所感染。而那些大段的表述让人突然意识到鲁迅与康德的气质的贯通。鲁迅青年时期由欣赏托尔斯泰到后来批评托尔斯泰，也找到了一种解释的可能。而不久我便意识到，没有鲁迅和康德以及荣格的学说，李泽厚的思想骨架确实是无法建立起来的。

我后来深思李泽厚的思想，觉得他是站在巨人肩上思考问题的智者。庄子、屈原、曹雪芹、鲁迅、康德、爱因斯坦的传统，在其世界被奇妙地嫁接起来。这些从静止的逻辑里出离的巨人，在敞开的精神之门，瞭望到人间奇异的风景。李泽厚一定程度接续了他们的智慧里能动的元素，于有限里渴念着无限，在平静里弹出多调的旋律。他不再像极"左"文人那样拒绝存在过的各类遗产，而是从差异性里看思想的可能。但这种温和的态度可能带来一些问题，有位批评家就在文章里指出过此点。不过在那时，我自己站在李泽厚的立场上，觉得仅仅以尼采式的方式指责李泽厚可能会导致思维的单一。而那时候的中国，需要的是多元与宽厚的精神。

我一直觉得自己在青年时代遇上了新启蒙的浪潮，在前辈学者那里发现了"五四"的意义。但这种发现不是简单回到激进主义的逻辑里，而是看到启蒙的价值。在李泽厚看来，"五四"遗产有着多重性，可惜后人将这些存在简化了。他在《启蒙与救亡的双重变奏》里，客观还原了"五四"文化的整体框架，在肯定马克思主义和救亡的思潮的同时，对于"从教育、科学、文化等工作的启蒙方面"的存在，亦多肯定。而后者恰是人们忽略的所在。所以，我觉得人道主义热之后的文化热，与对于"五四"启蒙意识的重新发现，是互为因果的。李泽厚在新的启蒙时期，将一条被长期淹没的传统，重新呼唤出来。而我们这一代人的逻辑起点，也恰好是从这里开始的。

后来中国学界的一些研究，正是从他所开启的路径延伸下来的。我们现在对于知识论、国学、民间艺术的理解，都可以上溯到他们这一代人的世界里。许多学者的研究，在专门的层面，已经远远超越了李泽厚。而一些人对于他的批评，也都丰富了我们对于哲学与文学的认识。许多年过去，李泽厚与汪曾祺的书依然畅销，可能与他们的文化立足点不无关系。但就格局而言，他们依然是无法简单代替的人物。两人不仅仅属于八十年代，而应当属于中国启蒙文化里的灯塔式的人物。在鲁迅、胡适、钱钟书等人之后，他们自有别人无法代替的意义。

我自己偶尔回忆那个时期的生活，觉得我们在审美上依然没有离开俄罗斯文学的影子，但在思想的路径上，已经开始和五四时期的激进主义有别，走上了理性主义的道路。不过这只是大的方面而言，具体到日常生活与学术对话，俄国精神传统与德国古典哲学的影响是交织在一起的。许多世人以俄罗斯的方式告别俄罗斯，而一些人则在德国思想启示下走向了罗素式的道路。这造成了后来的分化，知识界的左右之争，其实是启蒙过程的必然产物，他们的基因里都有着相似的元素。这让我想起以赛亚·柏林在《俄国思想家》一书所说的话，也适合中国的启蒙年代吧。

　　托尔斯泰视真理为最高美德。另外也有人说真理是最高美德。他们对于真理的称颂，同样令人感念，固然难能可贵，其中真正足堪缅怀者，又寥寥可数，而托尔斯泰足当其一。他牺牲所有，供奉于真理；他舍尽幸福、友情、爱情、平静、道德与思想上的把握，最后还献上他的生命。而她汇报他的，只是怀疑、不安全、自菲自薄，以及无从解决的矛盾。

　　在这层意义上，他会严厉否认他是欧洲启蒙运动的烈士与英雄，但他仍然是——也许可以列为这个传统里天资最丰富的一位烈士英雄。这好像是吊诡之论；不过，我们要知道，他整个一生，见证了一项命题——他此生最后几年全心否定的一项命题：真理很少是完全单纯或清晰的，而且不像凡常观察者眼中所见那么浅显。

　　以赛亚·柏林是一个自由主义者，他对于托尔斯泰的矛盾体的解释，其实已经让我们看到了取代托尔斯泰思路的另一种可能。托氏的启蒙不能长久居于精神界，不久被另一种思想置换，可能与其斯拉夫意识里的完美主义有关。而康德提供给我们的是一个不完美的世界图景，这个时空里的存在具有无限的可能性。启蒙者如果不能被质疑的时候，思想的短路是不可避免的。

　　前面已经说过，中国人迷恋托尔斯泰和康德，与自身文明的缺失颇有关系。就定力而言，没有几个知识分子具有他们那样宏阔的空间与思考力。我们的精神徘徊于怀疑与信仰之间，还没有形成属于自己的精神哲学。八十年代的我们还没有自己的辨析力，在阅读与思考中，借助这些域外思想者形成自己的问题意识，也显得有些浅薄。但是我们当感谢这些伟大的存在。在精神之夜没有亮点的时候，我们瞭望到了遥远的神秘的星光。

（原载《探索与争鸣》2018年12期）

"我不喜任何高调，更关注那些可能对人类造成重大危险的东西"

_ 何怀宏

1978年伊始，当"文革"结束后恢复高考录取的第一批大学生步入校园的时候，我还在军队，在塞外的大青山下。早春的时候，我也进入了一个学校，是北京军区空军在天津军粮城办的五七干校。而它恰是"文革"的遗产之一，是遵照毛泽东"文革"前夕著名的、要把全国办成一所"学工、学农、学军和批判资产阶级"的大学校的"五七指示"建立的干校，我参加的大概是最后的一两期。

在干校尽管也忙，但比起我在基层部队的时间还是多了许多，也不用担负什么直接责任。而当时的时代气氛已经在朝着"思想解放"的路上走，这结果就是年底召开的启动了改革开放的十一届三中全会。到1978年的干校，大批判已经不怎么搞了，更没有了针对具体批判对象的批斗会，学员主要是劳动和学习。

白天种水稻、打马草，读书讨论，晚饭后我会有一次在旷野中长足的散步，可以极目四望，看到远处勘探队的蓝色活动房屋，再远则是大海。春天的时候，万物都在萌生，我的思想也在苏醒和活跃。其时的一些想法载入了我后来出版的《若有所思》——我把这本书戏称为"包含了我后来所有思想学术的萌芽"。

夏天又回到原部队，担任政治机关的干事，但到了次年春天，我又获得一次学习机会，而且是调离原部队，到上海江湾五角场的空军政治学校教员队学习。在这里一年半的时间里，我的主要精力实际是花在一门"非功课"——学习英语上。1980年夏天，我被分配到了北京的空军学院做政治教员。在我所住的小屋子里，可以看见颐和园万寿山上的白塔。

从内蒙古—天津—上海—北京，应该说我的读书条件越来越好，时间越来越多。但为一生的职业计,还是希望有专门的读书求学机会,终于在1984年得以转业,当年秋天进入中国人民大学哲学系读研究生。那时国内的学校体制和各项规定还不严密,学生相当自由,但学习的风气却是浓厚,思想的交流也非常活跃,几个学生找一个不上课的教室就可以贴海报请人来讲演,而蛰伏到一个远离北京的地方读几个月书也无大碍。

自此以后,我后来的学术研究就获得了一种职业前景的保证,也可以说这时才真正走上了一条学术研究之路,以后的经历就基本是从学校到学校了,虽然也经过了90年代初开始的市场经济大潮,但也心如止水。如果没有前面的社会阅历,我大概也是会不满意老待在学校的,以青春的年龄,也会想到世界上去闯荡闯荡。

但是,到那个时候,我想我已经知道了自己最想要的是什么,最适合自己的生活是什么,那就是一份思想学术的工作。后面我就不再谈经历了,而主要说说这些年从事这一工作的几点体会。

平衡的吸收

一个较深的体会是平衡的吸收。我们这一代学者的学徒期是漫长的,尤其又是从长期封闭的环境中走出来。而要保持思想的敏锐,"学者"的职业含义又还隐含着需要终身学习之义。而我还希望尽可能地从思想和知识的来源上平衡自己的学习和吸收。

这并不是说我一开始就很明确这一点,最初的选择还是有些运气或个性的成分,但越到后来就越是比较自觉地坚持这一点了,即尽可能地"眼观六路、耳听八方"。这不仅包括书本和文字的学习,也包括对世事的观察。这样看起来,我在进入大学之前的社会阅历也可以说是一种"学"了,近年有机会到中国和世界各地"游学",也会注意观察当地的社会情况。

当然,在80年代初,我得首先努力补上书本学习和学校训练这门课。整个80年代,我没有多写作,一个是读书,一个是译书。我在进大学之前就仔细地读了几本西方哲学史,并翻译了我的第一本译著、悌利的《伦理学导论》。这翻译也是因为我读他的西方哲学史引起的。悌利不算是很有独特创造性的思想家,但也许正是因此,他能够相当客观公允地将一部西方哲学史梳理得相当清晰。

我也读其他各有特点的西方哲学史和原著,比如黑格尔与他的哲学和世界历史体系联系在一起的哲学史讲演录;罗素重视与政治社会联系的西方哲学史等。我对罗素的哲学史中的一句话印象很深,即"一种思想往往是另外一种思想的解毒剂"。

我同时也读了从柏拉图、亚里士多德到笛卡尔、康德、洛克的一些原著。我以为无论后来研究什么哲学,先用西方哲学打下思想方法的底子是有必要的。但我的确也感觉到了有些西方形态的哲学可以理解和得到启发,却是中国学者难于做出来的,比如20世纪最有哲学思考天才的两位:海德格尔与维特根斯坦。

我还翻译了德国哲学家包尔生《伦理学体系》的理论部分和历史部分,这起因也可以说包含有对曾经用文言翻译其理论部分的蔡元培校长的敬意,和对曾经细读这个译本的毛泽东早年思想的留意。包尔生在其当世影响较大,但现在几乎不提他的名字了,但他对近代西方思想来自希腊和基督教的两个来源却有精到的叙述,包括对基督教带来的一种根本的价值观的转折和近代转折的意义也多有阐述。

我自己带有学术意义的研究则是从法国"存在主义"开始的——虽然那时将许多人和思想都归在"存在主义"名下是很可疑的。我首先注意的是萨特的哲学,读了英文版的《存在与虚无》等,也有翻译过来的他的大量生动有力的文学作品,写了一组有关其自由哲学的论文。但是,我不久就转到了存在主义的另一面,即有神论的一面,写了马塞尔的论文,并上溯到帕斯卡尔,写了介绍他的思想的一本小书。另外我也开始很留意加缪,尤其是他强调包容和节制的思想。我也很喜欢读卢梭,但在思想理念上对阿隆,以及更早的托克维尔、孟德斯鸠更加重视。

所以,我实际上是从法国思想起步的。虽然后来我也从英国哲学如霍布士、休谟、洛克,甚至经济学兼伦理学家亚当·斯密等、从德国古典哲学以及更广义的思想家如韦伯那里受益匪浅。但以上也都主要是欧陆思想,80年代后期我翻译罗尔斯《正义论》的理论部分和诺齐克《无政府、国家与乌托邦》,则表明我思想关注的重点已经转到社会政治制度及其正义而非个人生命选择的问题,从思想方法上也是更重视理性乃至经验而非直觉和情感。

他们两人的思想也形成自由主义内部的一种对照,前者更强调平等,后者则更强调自由。当然,我也喜欢读西方哲学的早期经典,尤其是喜欢古希腊哲学,也留意其在近代的演变,并在80年代后期翻译了拉罗什福科的《道德箴言录》和马可·奥勒留的《沉思录》,前者指明人事实上是什么,后者则谈到人可以想望什么。平衡吸收——这就是我早期学徒生涯印象较深的一点体会。

独立的思考

第二点体会则是独立的思考。我曾经在一篇"知识分子,以独立为第一义"的文章中谈到知识分子应当具有的独立精神。但我这里想说的"独立思考"还不是作为知识分子社会角色的独立思考,而是一种内部的力求独立,即尽可能地独立于各种思想学术流派,包括独立于中西思想学术之间来进行思考,即应当总是尽力以探求真知、真理、真相为目的,而不受派别、国别和文化地域的过分影响。

我从 90 年代开始就基本不再翻译了,而且想回到中国,回到中国的历史,以便日后或许能够开始自己的真正具有独特思想意义的写作。所以,我有两三年甚至不怎么读西书了,几乎完全"浸入"在中国典籍的阅读之中。在阅读中国典籍的时候,我也尽可能地"顺着读"而非"逆着读",全面地读而非单面地读,经史子集都读,且是作为修养而非研究的目的来读,避免"为用而学",更不"急用先学"。

"顺着读"比较容易防止先入为主地以今天的眼光来看待历史。虽然一个生活在今天的人肯定会带有现代的考虑和眼界,甚至我后来也尝试做一种传统思想的现代转型的工作。但在那段阅读期间,我希望尽量通过古人的眼光来了解历史,努力认识中国数千年的文明历史和在这段历史中生活的人们对历史的体验和渴望,我希望深入体会我所属的文明的原汁原味。我今天依然觉得,有这一段封闭期——一段对域外思想、对现代思想的封闭期还是挺好的,这或也可以说是一种中西古今思想之间的平衡。

读中国历史可能最好不是只读一个方面,它的文化传统本身就是以综合和连贯为其特征的,是无法严格以现代学科方式划分的。比方说,如果仅仅读史,读其现实黯淡的一面的材料,那可能会觉得中国历史就是一部"相斫书",或者就是一部专制史,甚至是一部黑暗史、血泪史;而如果仅仅读经,则又可能容易夸大它理想的方面,它理论的方面,将它实现的方面与未实现的方面混同。

另外,我们自然还需读诸子、文学等集部,如此才能注意到它思想曾经活跃和文化相当精致的一面。我想,如果没有这几年的潜心阅读,我是无论如何也写不出《世袭社会》和《选举社会》两本书的,也写不出《良心论》这样的书。

我非常肯定中国传统文化的历史价值和意义,不仅认为它在历史上达到了一种独特文明的高度，而且到今天一些最重要的思想也是完全可以成为我们的独特精神价值资源的，它总体上也是可以调整得与现代社会良序制度相容的。但是，我不认为在今天的情况下，中国的传统文化，或者说主要是儒家文化，能够大规模复兴，原因主要就在于它上要依赖政治的力量，包括一套社会政治制度——尤其是文官治理和选拔制度；下要依赖一套乡村社会的家族制度，但上面的社会政治制度在上世纪初就已不存，下面的制度经过百年来的政治动员和市场冲击也几乎被摧毁殆尽。

传统文化在现代社会全面复兴的上行与下行两条路线实际都将遇阻。中国传统文化强在"人文"，但也弱在"人文"，自西周就开始了的"周文"取得过了不起的成绩，尤其是其从察举到科举的古代选举制度，为社会等级的开放流动与不流血地更换统治阶层开辟了一条独特的道路。这是传统中国最特殊也是最伟大的一个发明，迄今也可以给我们一些现实的借鉴。但传统人文作为"人文"还基本是文化精英性质的，它甚至不太容易像真正的宗教信仰一样，具有可能超越社会政治和基层结构的爆发力量和普及力量。

在中国文化中浸泡过一段时间之后，反过来对西方思想也有了一些新的更深认识。在80年代，我们那一代学人对西方思想的确深入辨析不够，只是如饥似渴地吸收，而且往往会根据当时西方的热点来吸收，我们缺乏自己的文化主体性，甚至也缺乏对西方历史文化的统观。

在现代世界中，西方思想的影响也是太强势了。这有它的原因和理由，并不能一概批判和否定，尤其是它具有的人文社科学术上的长期积累、递进的优势，是我们现在的学术还不能比的，更不要说自然科学和技术了。但也正是因为这种强势，我们在人文社科领域又要有所警醒，不宜亦步亦趋。

后来，我不仅注意读西方的哲学史、思想史、观念史，也注意读西方的"经史子集"，尤其是读了许多西方的社会政治的历史，比如希腊罗马的历史、中世纪史乃至教会史、《统治史》，休谟等人写的英国史、霍布斯鲍姆和托尼朱特写的近现代史等。后来也有机会去更多地游历、去实地"看世界"了。

另外，也要注意西方社会和思潮的最新变化，这种变化在价值观念上的一个侧面，或可用一位非洲裔的美国学者托马斯·索维尔（Thomas Sowell）的话来说："如果你一直相信每个人都应该按照同样的规则参与博弈，并按照同样的标准来给予评判，那么，你在60年前会被贴上'激进主义'的标签，30年前会被贴上'自由主义'的标签，现在却会被贴上'种族主义'的标签。"

他的话可能说得比较尖锐甚至夸大，但我们的确可以看到在西方，尤其近年在美国的这样一种在思想学术上的演变趋势，那就是越来越强调实质的甚至物质化的平等，也强调一种满足个人欲望的充分自由。于是在西方可以说已出现了一种"西方反对西方"的情况，这种"反对"一是表明西方的思想分裂和价值冲突，即一部分西方正在反对另一部分西方；二是表明，在这种分裂中，在西方思想学术界看来还是批判和否定西方的思想更占上风。用索维尔的另一句同样尖锐的话来说就是，对多元主义文化的强调今天似乎已经变成了："你可以赞扬世界上的所有文化——除了西方文化；你不能谴责世界上的任何文化——除了西方文化。"他说的可能有点极端，但也是对另一种极端的反应。

我感到庆幸的是，我的直接"看世界"——实地接触当代西方社会和思想比这稍早，而且在某种程度上也是精神上准备好了，内心已经有一种定力了，所以可以比较从容地选择，不被时新的西方思潮淹没，不至于西方热什么，我们就热什么。我一方面还是赞叹西方思想学术的精致，但也不会摧毁自己的自信，知道自己到底要什么和不要什么了。

我希望使自己的视野尽量开阔，努力独立地去追求对的东西而不是新的东西，也不想刻意维护属于哪一个派别或地域的东西。但由于西方思想目前事实存在的强势影响，又有不少呼声说要建设世界一流大学，和国际学术——实际是西方的学术紧密接轨。考虑到这一点，我倒宁愿与当代西方思想新潮保持一段距离，甚至有意拉开一段距离。这样或许才能保持自己比较独立的思考，专注于自己的问题意识。我希望继续补课，不仅更深地认识自己的传统，也更深地认识西方的传统。

我很遗憾，对犹太教、佛教等都还了解得不够。对内亚、西亚、北非等中西以外的历史也了解得不够。当然，精力有限，也不可能全面补课，但是，还是想尽可能地具有世界眼光和历史眼光，就这样静观这世界，静观其往，也静观其变。我不仅想了解思想学术，也观察社会现象，包括一些极端的现象、异常的观念也都要在观察之列。我大概也会或者也应该做一些微薄的努力来试图影响这世界，但要警惕为追求当前的影响力而写作。

我的基本思想观念甚至学术体系，大概在20世纪90年代就已基本形成，不容易改变了。在进入新世纪之后，我在伦理学的一些应用领域，比如政治伦理、国际关系伦理、生态伦理、科技伦理等方面也尝试做了一些研究，甚至也发表过一些社会时评，当然还有散文札记。我的思想大概不容易归类或入派，但有一点可能是我的特点，即不喜任何高调——无论是社会的高调还是道德的高调，甚至常常是持一种底线思维，更关注那些可能对文化、社会乃至人类造成真正重大危险的东西。

我的学科意识甚至学术意识大概不如我的问题意识强烈，我的思想学术更多的是跟着问题走。我甚至常常觉得自己就是一个传统的读书人，但却不可能再像过去传统的读书人那样会有时感叹"书读完了"。我们所处的这个世界一下变得很大，变化的速度更是惊人。

如果从今天世界的眼光看，仅仅读中国的四部书，也不难发现它单调、重复的一面，但它也有稳定人心和更加重视常态的一面。今天从四处涌来的书再也不会读完，永远不会读完了，就连自己书房的书也不可能读完了，而且每日还有许许多多通过网络等各种新媒体涌来的新知识和新信息。我们只能努力地做一个文化薪火的传承者，如果还有一些创造性，也尽力增加进去一点自己的热力与火光。

我喜欢德尔斐神庙的两条铭文，一条是"认识你自己！"一条是"不走极端"。在我看来，独立是我这一行的自我要求。平衡则不仅是一种方法，甚至还是一种值得追求的价值目标，或者说是一种"中道"。当然，每个人都可以走自己的路，完全可以是专家之学，可以是立场鲜明乃至极端思想，甚至从一个极端走到另一个极端。社会应当容忍所有偏激的思想，我甚至也非常欣赏某些偏激的思想，但还是不希望自己这样。

社会可以在容忍各种偏激的但也遵守某些基本规则的思想竞争乃至斗争中保持平衡（当然中道的思想最好还是主流，否则社会也容易过度分裂），但我希望自身也有一种平衡。我固然还是一定会有自己的思想倾向性，甚至可能有自己不易觉察的"极端"。但我至少是努力想保持平衡和中道的态度。我提醒自己保持反省，对他人的观点和意见保持敏感和开放。而要清醒地认识和遵循中道，可能也恰恰需要透彻地了解各种极端，即"叩其两端而执中"。

1978年以来的40年，一般是被称为"改革开放的四十年"。但人文学者不像经济学、法学等社会科学的年轻学者那样，直接参与了一些重要政策的"改革"，对于人文学者来说，更重要的可能是"开放"所带来的思想变化。在久久封闭之后，西风西潮迅速涌入，我们一开始大都是如饥似渴地吸收、学习，然后才有如何自立，如何在自身文化传统和现实社会的基础上发展的考虑。而更大的进步则还有待于来者。

"昔我往矣，杨柳依依；今我来思，雨雪霏霏。"40年世界已大变，新鲜事不断涌现。但现在我们这一代学人耳边与闻的声音已不再是出发或集结号了，经常听到的倒是"日归日归"的声音。个人也还有一些精神上的求索，可能是无关学术，甚至无关中西，但却始终潜藏在心底。我想在这里就以我在40年前——那是还写诗的年龄——写的一首短诗作为这篇回忆的结束：

读 Augustine

好像我的灵魂
跳出了腔子
突然看我一眼
我停住了脚步。

只是
那么一刹那
好像：
一切创伤都得到了抚慰
一切名利都成为粪土
一切野心都成为泡沫
还有一切的笑和一切的哭
一切烦恼都不再存在
一切的希望都成为无
好像只有一种莫名的惊畏
充溢在天地宇宙之间
一切的白昼只成为一个梦。

只是那么一刹那
我只来得及写好信封
最后发走的
却是一张白纸。

（原载《探索与争鸣》2018年《一个人的四十年》专栏）

城市、诗、译诗

_裘小龙

上海

我大约是在二十世纪七十年代初认识了万。他是与我一起去外滩公园打太极拳的一个同伴,比我小一岁,却多才多艺,能吹几下黑管,说几句英语,写几行诗歌;此外,万更有其他人所没有的一个"条件",在市中心独自拥有一间前厢房。这在当时的上海简直是难以想象的奢侈。不过,他与我一样,属于出身黑五类家庭的子女,也在里弄生产组工作。

上海里弄生产组最初是在五十年代中期,一些家庭妇女响应党和政府解放妇女生产力的号召,自发组织起来的;在六七十年代,除了"解放出来的"家庭妇女外,还容纳进了一些病休在家而不能去上山下乡的知识青年。里弄生产组的条件自然不能与全民国营企业相比,工资待遇极差,仅仅七角钱一天,也没有医保,排在社会的最底层。

尽管这是一个在"灵魂深处爆发革命"的年代,上海人在生活中还是很讲现实的。在生产组工作的男青年一般都找不到女朋友。说到底,经济基础决定上层建筑,这是马克思主义的基本原理之一。于是,我也只能像沙漠中的鸵鸟一样,一头扎进书和幻想里。

我们一起去外滩公园的两三个星期后,我就放弃了练太极拳,开始学英语。在公园的板凳上,在一本袖珍版的英美诗选中,我第一次读到了英国现代诗人路易斯·麦克尼斯(Louis MacNeice)的一首爱情诗,题为"花园中的阳光":

花园中的阳光/渐渐硬了、冷了，/在金子织成的网中，/我们捕捉不住那分分秒秒，/当一切都已说清，/我们无法乞求原谅。//我们的自由像自由的矛，/投出去，飞向终点；/大地逼迫，诗行以及/麻雀都纷纷坠落地面，/哦，我的伙伴，很快/我们将没有时间舞蹈。//天空让你高高飞起，/挑战教堂的钟声，/以及每一处邪恶的/汽笛警报所传达的内容：/大地逼迫不停，/我们要死了，埃及，要死了。//再不期望什么原谅，心又一次硬了、裂了，/但还乐意与你——在雷电中，/在暴雨下，坐在一起，/而且充满感激，/因为花园中的阳光。

初读时，我并不太理解这首诗，但原文中低回的节奏充满音乐性，抑扬格与扬抑格的交错运用，再加上朦胧、含混的意境，却给我留下了很深的印象——或许多少是因为自己当时还没有类似的经验，或许也有自己"捕捉不住那分分秒秒"的遗憾。

不过，万却是捕捉到了属于他的"分分秒秒"。他有了一个女朋友——雁——与他一起坐在外滩公园绿色的长凳上，仿佛"在金子织成的网中"。雁长得苗条、俊秀，拉小提琴，也喜欢诗和翻译小说，还有一个政治上很红的家庭背景。她在幼儿园当老师，属于大集体编制，各方面的条件都要比里弄生产组好很多。她无视七十年代的现实和家人的反对，与他恋爱了——"在雷电中，在暴雨下"。

过了一阵子，万要我去听一场家庭音乐会，就在他那间前厢房里，曲目是《世世代代铭记毛主席的恩情》。他与几个友人为曲子重新编配了乐器；他吹黑管，她拉小提琴。那是一个到处响着毛主席颂歌的年代，对我来说，这些红歌更多是政治宣传，很少想到要真正作为音乐来欣赏。那一个下午，我却深深感受到了艺术的惊艳。不仅仅因为是音乐，更因为是演奏音乐的人。一个个音符在雁的纤秀的指间像午后的阳光那样倾泻出来，跳动着金子般闪亮的欢乐，让我第一次置身于象征主义诗歌所讲的朦胧甚至是超验的彼岸。

出乎意外，这对恋人在那场音乐会后闹起了矛盾，嚷着要分手。朋友们纷纷劝解，我也加入其中。雁似乎已下了决心，不过她告诉我，想到与万在一起度过的时光，她心中依然无悔，更对属于他们共同的日子充满了感激。这自然让我想到了麦克尼斯的那首诗，还心血来潮地为她背诵了几行。可不到一个星期，他们又和好如初了。

甚至就在"文革"那些岁月里，青春和生活中还是有着一些像诗一样美好的东西，我这样想，就像万和雁的故事。

1976年"文革"结束后,全国恢复高考,我先考入华东师大,翌年再考入中国社会科学院研究生院,那一年,万也考入了上海师大;我去北京读研究生,临行,万和雁送了我一张他们俩在外滩的合影。这张照片夹在了我常用的一本词典里,让我带到了中国社科院研究生院。那里,我开始试着翻译一些诗歌,一个同学在我打开的词典中见到这张照片,眼中掠过狡黠的一闪,呵呵笑着说,可惜名花已经有主了。这自然是无的放矢。

在北京的日子相当忙。我在卞之琳先生指导下学习西方现代主义诗歌,一本本生吞活剥大部头理论著作,同时自己也开始创作并翻译一些诗。一次,王佐良先生与我谈起他想编译一本英国诗选的计划,要我推荐几个诗人,我提了四五个名字,其中有麦克尼斯。那时我已经读了他不少的诗,特别欣赏他把现代感性与传统抒情糅合起来的努力。麦克尼斯不像浪漫主义诗人那样,动辄就动情、滥情得忘乎所以,即使在他抒情最高潮的时刻,仍保留着一种现代主义清醒的反嘲与低沉。如在《花园中的阳光》那首诗中,"我们要死了,埃及,要死了"一行,即引自莎士比亚《克里奥帕特拉》,凸突的互文性技巧运用,把个人的悲剧推到一个普遍存在的高度。王佐良先生选了几首要我译,包括了《花园中的阳光》。那首译诗记得先是发在一本刊物上,我特地签了名,给万和雁寄了一本,虽然我并不知道雁是否还记得,这首诗我几年前曾书生气十足地给她念过;译诗后来也收入了中国青年出版社编的《欧美现代派诗集》中。

八十年代初,我从北京分配回上海社会科学院文学研究所工作时,万和雁已经成家了。万分配在一个外贸进出口公司工作,雁还在原来的幼儿园上班,但好像不怎么拉琴了。她太忙了,成天像捧一束花似的捧着他们的家。我偶尔还会去他们那儿坐一坐,雁是个很会招待人的年轻主妇,也善解人意。

那期间,我自己的个人生活中出现了波折。这一次是轮到雁来阁楼里安慰我了。那一天下午她谈了很多,谈到了诗,也有一次让我想到了麦克尼斯的"花园中的阳光"。生活常常充满了阴差阳错的无奈、嘲讽。好几年了,似乎还有什么东西在记忆中遥遥呼应。

我没有给雁看我模仿"花园中的阳光"写成的一首诗,诗的名字是"也许",与我自己的经历有关。诗中有这样两节:"硬了,冷了花园中的阳光,/我们不能把灿烂的幻想,/放在精致的邮票本中收藏,/得抓紧盖上邮戳寄出,/时间不会原谅。//纵然什么都不用再想,/心也被胶水沾得闪亮,/但这一刻还愿在你的身旁,/看风筝飘失在渐暗的远方。"

那一阵子,我经常给一位远方的朋友写长长的信,等回信,久久地等,因此邮票、邮戳、胶水等都成了生活中信手拈来的意象;也闭门看存在主义,又觉得时间不会原谅,人因此不得不做出这种或那种选择,更要对此负责。不过,这样的存在难免显得太哲学、太枯燥了一些,还是需要有一点自欺欺人的诗意,纵然如奥登所说的那样,诗并不能使任何事情发生或改变。

圣路易斯

八十年代末,万被他的单位公派到中国驻法国使馆工作,接着雁也去了巴黎,与万在一起。我去了美国,在圣路易斯华盛顿大学作福特访问学者,因为那一个夏天所发生的一切,我只能改变计划,开始在那里读起了比较文学的博士课程。万听说也离开了使馆,自费在巴黎读企业管理。没有雁的消息,但我想她一定是在万的身边陪读,捧着他们的家,像一朵绽放得更绚丽的花。只是我们各自都太忙了,顾不上写信,在没有电子邮件和微信的年代,要保持联系并不太容易,时间一长,也就渐渐失去了音讯。

不过,我还是常常会想到他们,尤其是在读麦克尼斯诗的时候。华盛顿大学图书馆资料丰富,一本本诗集找起来也方便。那时除了他的作品外,我还看了一些关于他的传记材料。麦克尼斯写《花园中的阳光》的时候,其实正经历他个人生活中的危机。妻子玛丽·埃兹拉的婚变对他打击很大,但他努力使自己接受这一难以接受的事实,写下了这首"哀而不伤"的诗,甚至为他们曾一起度过的时光表示了感激之意。

只是那些日子里我真正能读诗、写诗的时间其实并不多。华盛顿大学博士学位有必修课程规定,要努力完成这些学分之外,我还兼了两份工。一份是在西格玛化学试剂公司,我负责输入寄往中国的产品目录上的姓名地址;另一份是在大学的学生活动中心值夜班,一直要到他们的聚会活动完了后才能离开。一次结束时已近午夜两点,我独自在哆嗦的星光下走回家,仿佛突然听到背后麦克尼斯的脚步声,一瞬间,星光也像在他诗中一样硬了、冷了……我开始对他作品中的挫折感有了一种新的理解。他本来有可能成为超一流的诗人,却因为各种繁重而琐碎的工作,无法全力以赴写作。他自己不会不认识到这一点,他的诗也因此受到影响。英美新批评派主张把诗与诗人分开来,但实际上是很难彻底分开的。

当然,用读者反应的理论来说,也可以说随着读者自身的经历变化,对作品的理解也相应地会变。"大地逼迫,诗行以及/麻雀都纷纷坠落地面,/哦我的伙伴,很快/我们将没有时间舞蹈。"没多久,因为开始写博士论文,我还真忙得连读诗的时间都快没有了。不过,我还是把这首仿麦克尼斯的诗又修改了一遍;严力当时正在纽约办《一行》诗刊,来信索稿,我就把《也许》寄过去，由他发表了出来。

上海

　　因为博士论文以及其他种种因素，我一直要到九十年代中，才得以第一次回国。意外地听说万已在上海经商，我们联系上了，约在南京路新雅饭店见面。远在"海归"这个新名词出现之前，万已是一个成功的"海归"了，开了一家外贸公司，长年驻扎在上海，做起了服装进出口生意。雁却滞留在巴黎，只身一人。没等我开口问，万就坦承说他与雁之间出现了一些问题，过失在他，只因为"在花都太花心了"。他并未试图为自己做任何辩解，反而得意地说起了他在国内与好几个女孩子的风流轶事。毕竟，一切都是可以想象的，凭他现在的资产和身份。在我们中间的餐桌上，久违了的蚝油牛肉与烟熏鲳鱼依然那样美味可口，我仿佛是在听一个陌生人在讲一个难以相信的故事。

　　饭后，万坚持要带我去对面的东亚饭店KTV包厢尽兴，打电话找来了两个陪唱的女孩子。我本来就不怎么熟悉流行歌，在老歌目录上找了半天，居然翻到了那首《世世代代铭记毛主席的恩情》。那两个陪唱的女孩子像发现一块恐龙化石似的瞪着我。我其实没有什么特别意思，只是在灯光黯淡包厢里，想到了雁……

　　想到在圣路易斯，《未央歌》的作者鹿桥有一次跟我聊天，说他绝不会原谅他的朋友，也是《未央歌》中的一个人物，因为他在多年后获悉，这位朋友与他的妻子，小说中的另一个人物，在大陆离婚了。在《未央歌》中，也在鹿桥的个人记忆中，他们是一对这样完美的爱侣，成了他青年时代浪漫主义幻想的化身。鹿桥如是说，或许与他自己无可挑剔的生平经历有关，但并不见得每个人都能这样说。有这样一句英国俗语，住玻璃房子中的人别往外扔石子。我不想，也不能去做什么道德意义上的判断，只是我有时还不禁要打打记忆的水漂，像在KTV包间中的那个晚上。

　　那天夜里回到和平饭店，我在窗子旁伫立了好一会儿。浦西和浦东，新的和旧的高楼上霓虹灯灿烂，像一支狂想曲似的向江中投影，不远处，外滩公园也在闪烁，像依然充满往昔的梦幻。"昨天流失了像是醉于水/过去流失了/回忆仍迂回/此刻正溶去古老的清辉。"那还是在七十年代初，我刚认识万与雁时写的一首诗中的一节，但是不是与他们有关系，我记不清了。

　　我也不知道万是否还记得在他的前厢房里那次"家庭音乐会"中所演奏的曲子。

也就是在九十年代中期起,我开始有较多的机会回国,看到国内的种种变迁,沧海桑田,想写些什么,又觉得更适宜个人抒情的诗,较难描述急剧转型中的时代,就动手写一本名为"红英之死"的小说。

其间来来去去,与万又匆匆见了几次面,倒是没再去过KTV之类的场所。也一次都没见到雁。

巴黎

又过了一些年,我和妻子去巴黎为我小说的法文版做宣传促销。行前,我问万要了雁的联系方式,万支支吾吾了一通后,说我其实是偏向雁,但最后还是把她的电话号码给了我。

到巴黎后,我第一件事就是与雁通了电话。

第二天一早她就来到了我们住在圣日尔曼区的旅馆。雁变化不大,还能见到当年的清秀、妩媚,打扮得甚至更时髦了一些。她是由一个叫大卫的中年男子开着一辆奔驰送过来的,他们陪我们在巴黎兜了半天。

从凯旋门上走下,步行转入香舍丽榭大道时,雁开始轻声给我讲述她这些年的故事,也包括身边的大卫在其中的角色。如万在新雅饭店中所说的那样,他的"花心"使他们的婚姻出现了问题,导致了巴黎与上海的两地分居。他们的关系倒还维持着,万给她买了一套小公寓,在离埃菲尔铁塔不远的地方,每年他都会因为生意回法国一两次,在巴黎时还是与雁住在一起。至于身边的大卫,她说对他其实没什么感情,却并没有说他们怎样走到了一起。不过,万在上海的时候,是大卫在她身边,同住在那个离埃菲尔铁塔不远的小公寓里。

也许,她孤身独处巴黎,需要有一个人在她身边;也许,她最初只是想要报复万;也许,这是巴黎式的浪漫片段,她看法国小说看得太多了;也许,她知道我与万仍有来往,这只是说给我听的一个故事;也许,她别无选择,得有自己的一个孩子——她与大卫有一个可爱的儿子……

尽管发生了这一切,她幽幽地说:"将来叶落归根,还是要回上海去,要与万在一起。"

也许,这是一个讲得太匆忙的故事,其中省去了许多必要的连接,在似乎熟悉却又陌生的香舍丽榭大道上,我不可能完全理解。只是依稀明白了,她为什么这几年都没有回中国。

这不是我当年所熟悉的故事的继续,也不是我记忆中的雁;至于万,新的记忆早已取代了旧的记忆。

晚上，回到在圣日曼区的旅馆，我独自又走了出去。在塞纳河畔漫步了很长时间。麦克尼斯的诗又浮了上来，漂在记忆的黯淡水面。一支歌，一首诗，有时会悄悄地跟踪一个人，在意想不到的时间与地点出现，使人不能自已。

河畔夜色中的人影开始稀少，我又想到，《花园中的阳光》其实不仅仅围绕着麦克尼斯的个人经历展开，同时更带有普遍性的象征意义。在经历了种种激情与努力之后，结果可能还是无可奈何的挫折。在存在主义的意义上，这种无奈也可以视作一种生存本质。就像西绪福斯神话中的荒谬不断重复，就像标枪激情地投出去，总要到达终点，坠落在地。

圣路易斯

从巴黎回到圣路易斯，我于是又写了模仿麦克尼斯的一首诗，标题是《舞蹈与舞者》：

落日熔金，/我们无法从古老的花园里/采撷灿烂的幻想，/来放入相册中收藏，/还是得选定自己的剧本，/要不时间就不会原谅。//能说的一切都已说了，/我们其实难以分辨/什么是问题、是答案。/让我们忘乎所以的/究竟是舞蹈/还是舞者翩翩？//悲哀再不感到悲哀。/心，又一次硬了，/再不期待理解的闪亮，/但还是充满了感激：/因为曾与你坐在一起，/当花园中消逝着阳光。

我把这首诗放进了陈探长系列中的一本小说，《忠字舞者》。诗中的舞者是小说中的一个人物，在"文革"的激情岁月里跳起了忠字舞，在她的仰慕者的心目中，舞蹈与舞者交织在一起，充满了理想的夺目光彩。只是岁月流逝，物是人非，"无可奈何花落去，似曾相识燕归来"。尽管他们还是感怀着一段共同的过去，最终却不得不在各自的生活中选定自己的剧本。

雁和万，恐怕也都是如此；他们必须做出他们的选择，时间不会原谅。从七十年代初的外滩公园一路走来，诗，还有我们，都已经走得很远了。可是"曾与你在一起"，今天的剧本里也许依然有着昨天的回响，也许还"期待理解的闪亮"，至少我这样希望着，期待着……

上海/圣路易

……这样希望着,一些年又在期待中过去了。

万和雁的故事还在继续。有时,一个故事的开始是如此精彩,你甚至祈愿,"哦,这就是全部的故事了",就像奥塞罗在苔丝狄梦娜坐船到达他身边前所盼望的那样。

可是,谁又能说这就是全部的故事了?日子还是要继续过下去。马修·阿诺德在《多弗海滩》中写着,"(这世界)事实上,没有爱、光明、欢乐、/肯定、和平,以及给予痛苦的救援"。

于是,
我们不能说的一切只能在沉默中略过。

我没怎么读懂维特根斯坦,却越来越喜欢引用他这句名言。

在一本又一本的陈探长推理小说中,我的主人公陷入一次又一次的幻灭,生活中能找到的诗意似乎越来越少,"雁背夕阳红欲暮,人如风后入江云……"虽然为了小说宣传、签售,我几乎每年还都得去巴黎。

可就是在巴黎,我也没与雁有什么联系。我们再不像电影《卡萨布兰卡》中的主人公,能那样充满希望地说,"我们还有巴黎"。

意外地,在我朋友傅好文(Howard French)的一幅摄影作品中,我又感到了最初读麦克尼斯的《花园中的阳光》的冲动。

傅好文是《纽约时报》驻上海记者站主任,可他对上海的独特情结不仅仅反映在他的一篇篇文字报道中,也反映在他在业余时间为这个变迁中的城市所拍摄的照片中。在他的摄影作品中,我看到了一个我曾熟悉的,但又在无可奈何地消逝的上海。他要我为他的摄影作品配诗,我们合作出版了一本英文版的摄影/诗歌集子,书名就是《消逝中的上海》。

傅好文的照片中让我又想到麦克尼斯的《花园中的阳光》的那一张,摄的是国内现在流行的广场舞。背景应该是在人民广场的一角,围观的人群后还可以看到星巴克的标志,傅好文在这里聚焦的与他集子中的大多数照片形成反差,是这一刻的新上海。不过,镜头里的两个中心人物似乎还真是从消逝中的上海走来的,都不再年轻了,但他们还是像往日一样充满温情地相互注视,在一曲舞中搂住对方,攥住那正属于他们的分分秒秒。

我配的诗，标题是《人民广场上的舞者》，也许只能说是那首较早写成的《舞蹈与舞者》的变奏，但我自己还是喜欢的：

　　落日熔金，／我们无法从时髦的广场里／采撷灿烂的幻想，／再放入老相册中收藏。／让我们选一首曲子，祈祷／时间这一手玩得公正、漂亮。／／当乐曲奏到了尽头，／我们其实难以分辨／什么是问题，什么是答案。／使我们旋转得忘乎所以的／究竟是舞蹈，／还是舞者翩翩？／／悲哀再不感到悲哀。／心，又一次装修完毕，／在墨镜的闪亮后躲藏，／但还是欣慰、感激：／因为曾与你舞在一起，／当广场上消逝着阳光。

　　傅好文也特别喜欢这首诗。他向我要了诗的中译文，说他很感动，也要给他一位亲爱的朋友看。他这样说着，眼中闪烁着狡黠，可这其实不是一个关于我的故事。在这首诗后面所发生的一切，我犹豫着没告诉他。

　　接着，我开始考虑要把这个故事完完整整写出来。

（原载《澎湃－上海书评》2018年12月22日）

辑三

一个人的"五四"
——文学的青春和梦想

_谢冕

一个词的概括: 青春

此刻是北京一年中最寒冷的季节。紫禁城外的护城河和北海桥下的流水,早已凝冰如镜,东西皇城根沿街的古槐,把铁也似的枝杈刺向雾霭沉沉的京城天空。此刻,窗外是2018年仅剩的几个最后的日夜。时间告诉我们,2019年的第一个黎明就要降临这个古老又年轻的旧日的皇城。距今一百年前的中国,虽有一场推倒帝制的革命,依然未曾改变这个古老国度的悲剧命运。一战结束的巴黎和会,带来的是丧权辱国的不幸和由此激发的抗争。于是爆发了著名的五四新文化运动。以北京大学师生为引导的抗议队伍从民主广场出发,走向天安门。

这原是一场因外交失败而导致的救国运动,随着运动的深入,终于转向一场内容更为广泛的旨在改变中国命运的革故鼎新的新文化和新文学革命。"五四"的意义是常说常新的,百年之后我们回望,对于这场内容广泛、影响深远的新文化运动的概括,可以是一部史,可以是一本书,也可以是一篇长文。因为"五四"的意义不仅是常说常新的,而且也是一言难尽的。然而,我更愿意用最简单的方式为它总结,若是多个词,可能是:批判、革新、创造;若是两个词,可能是:科学、民主;若是一个词,那只能是:青春。

"青春"的吁求始于近代。我们不妨把目光回溯到晚清和民国初年,两次鸦片战争,割地赔款,北京陷落,帝后出走。新文学的背景是国家极度贫弱,民智严重滞后,唤醒民众,振兴国运,自强,启蒙,乃是当年第一要义。黑暗沉沉中,一批先贤之士,心中,眼底,升起的却是一派明媚的春光:"春日载阳,东风解冻。远从瀛岛,反顾祖邦,肃杀郁滞之气,一变而为清和明媚之象矣。"这是一种无望中的希望,一种想象的祈求:"青春之我,我之家庭为青春之家庭,我之国家为青春之国家,我之民族为青春之民族""其变者青春之进程,其同者无尽之青春也"(李大钊:《青春》)。

从"少年中国"到"青春中国"

这是一个梦想。这是在一片肃杀之气中想象明媚之春日,处身于"古老中国"而于梦境中想象和祈求"少年中国"的诉求。《少年中国说》为梁启超的一篇名文。在文中梁启超驳斥当时欧美和日本称呼中国为"老大帝国"说。任公曰:恶,是何言!是何言!吾心中有一少年中国在(梁启超:《少年中国说》,原刊1900年2月10日《清议报》,第35册)。说是"驳斥",未必妥切,只能是一种"愿景"的表达。"少年中国"是他的一个祈愿,一个梦想。他是立论于"老年人如秋后之柳,少年人如春前之草"的差别,他宁取后者而弃前者,他认为这道理"人固有之,国亦宜然"。若国是"待死之国",民是"待死之民",是不足取的:"制出将来之少年中国者,则中国少年之责任也。"

这位中国维新运动的先驱者,他的关于未来中国的梦想,以诗意的表述倾注在这篇文字之中。"老年人常思既往,少年人常思将来。唯思既往故生留恋心,维思将来故生希望心。唯留恋也,故保守,唯希望也,故进取,唯保守者故永旧,唯进取者故日新。"文章的末了,他还赋以热情的颂歌:天载其苍,地履其黄,纵有千古,横有八荒,前途似海,来日方长,美哉我少年中国,与天不老,壮哉我中国少年,与国无疆(有趣的是任公行文至此,尚不尽兴,又缀有"附识":三十功名尘与土,八千里路云和月。莫等闲白了少年头,空悲切！此岳武穆《满江红》词句也。作者自六岁时口授记忆，至今喜诵之不衰。自今而往，弃"哀时客"之名，更自名曰"少年中国之少年"）。不仅是梁启超，当年的先驱者总是满怀着通过文学的普及以达到建立新社会的理想。这是陈独秀的"宣告"：

> 我们想求社会进化，不得不打破"天经地义""自古如斯"的成见，决计一头抛弃此等旧观念，一面综合前代贤哲、当代贤哲和我们自己所想的，创建政治上、思想上、经济上的新观念，树立新时代的精神，适应新社会的环境。
> 我们理想的新时代、新社会，是诚实的、进步的、积极的、自由的、平等的、创造的、美的、善的、和平的、相爱互助的、劳动而愉快，全社会幸福的。希望那虚伪的、保守的、消极的、束缚的、阶级的、因袭的、丑的、恶的、战争的、轧轹不安的、懒惰而烦闷的、少数幸福的现象，渐渐减少，至于消失（陈独秀：《新青年宣言》，《新青年》7 卷 1 号，1919 年 12 月 1 日）。

他几乎把所想到的一切美好的词语，通通堆积在一处了。这种关于青春与梦想的理念，不免显得有点空泛，但最终还是落实到中国新文学的实践之中。陈独秀办青年杂志，"青年"还不够，最后加上了"新"；"五四"诞生的现代文学，"现代"还不够，还要置换一个词："新"。鲁迅说"北大常为新的"，强调的是这所大学的日新又新。其实在先驱者心目中，如今的中国不论其积重有多大多深，它总应当是"新"的。现代史上出现的新文学，是呼唤青春的文学。从"少年中国"到"青春中国"，始终是五四新文学的主题和追求。

绝望中寻求希望

近代以来，由于中国国势艰危，志士仁人上下求索，救国无门，终于想通过文学之革新，以达强国新民之目的。梁启超很早就感到小说与群治之间紧密的甚至是直接因果的关系。他的著名论断"欲新一国之民，必自新小说始"，很鼓舞了中国新文学的试验和实践。究其实，文学原本是"无用之物"。文学不会生产什么具体的物质，但文学生产无形的思想和精神。当人们处于绝望之中，文学以丰富的想象，优美的文字，鲜明的旨归，给人们带来希望。文学以梦境充实了现实的空虚。

所以从根本上说，文学是做梦的事业。文学的责任除了以具象的方式再现现实的情景，最终是通过鲜明生动的人物和事件为人们指出前行的道路。青春，加上梦想，这是我给予文学的一种最简单的定义和解释。五四新文学运动距今已有百年，但它的精神是常青的和永远的。从这个意义上看，"五四"诞生的新文学，是绝望中寻求希望的文学，是面对绝路而寻求出路的文学。忧患产生追求的热情，再造的热情，文学的想象的前方是通透的光明，而它的背后和此刻，却是巨大的和无边的黑暗。

以鲁迅为代表的一代人，他们要掀开这沉重的一页，他们要创造光明的文学和光明的中国。他们于是扛起了黑暗的闸门，他们要创造光明。中国新文学一开始就不是轻松的，揭开它的外观，内里是斑斑血痕和泪水，感伤是它的底色。那一代人倡导新文学是为了应对严重的家国忧思，他们从伤口的外层向深处解剖，直抵人的内心；由现实的困顿转向国民心态的改造与批判。中国新文学是一本厚重的大书，厚重造成叙说的难度。为此，我更愿意从个人阅读的角度进入它的意义。

在"五四"的光影中

这是我一个人的文学史。我少年时代就开始阅读新文学的书。那时我不懂甚至也不喜欢旧文学。少年时代我不看连环画，也不读武侠小说。我只热衷于读新文学的书。我是"五四"的乳汁喂大的孩子。我不懂忧患，却从文学作品中学会了感伤。我的悲哀以及幻想、我的看似与生俱来的家国忧思几乎就是新文学教会的。

鲁迅笔下的阿Q，他的愚钝与悲剧的人生，我能依稀地理解。我慢慢读懂了鲁迅的深沉与尖锐。他把五千年的中国史翻给我们看，翻来翻去，都是"吃人"两个字。我很早就理解了这个"狂人"，阅读催我早熟。鲁迅从为父亲抓药到写《药》，他把家庭的苦难放大到整个民族的苦难，他把普通人肉体的伤痕，上升到民族灵魂的积痼，哀其不幸，怒其不争。他为那些表情麻木的"看客"而内心流血，他最后毅然弃医从文的经历，都让我深深感动。

我从鲁迅开始似懂非懂地阅读，读到郁达夫的《沉沦》，又不懂了。没关系，继续读。但巴金还是懂的，我把"激流三部曲"当成自己的启蒙读物。我和初中的几位同学组织读书小组，集体阅读巴金的《家》，我们仿佛就是书中的人物：觉新的顺从、觉民和觉慧的抗争，我希望自己是不顺从而为自己命运抗争的人。我隐隐地感到中国的沉重,这种感觉压得我透不过气。

我是那样真诚地感谢新文学的先行者,他们教我的不仅是文学,不仅是真、善、美,正义和人性,而且是整个的人生的启蒙。那一代作家,写的就是自己的人生,他们为"革命"理想,甚至牺牲自己的爱情乃至生命。年轻的写了《孩儿塔》的殷夫,就是这样的青年。他放弃了恋爱,他选择了为理想而献身。鲁迅为他写过沉重的文字。不仅小说,所有的五四新文学,都是我人生的教科书。曹禺的剧本,他的《日出》就是一曲告别黑暗,迎接光明的沉重、悲情而又激昂的颂歌。书前的引语许多来自《圣经》:"我是世界的光,跟从我的,就不在黑暗里走,必要得着生命的光。"剧本的最后更预示了作家对于将来的眺望:

由外面射进来满屋的太阳,窗外一切都亮得耀眼。

砸夯的工人们高亢而洪壮地合唱着《轴歌》,沉重的石硪一下一下落在土里,那声音传到观众的耳里是一个大生命浩浩荡荡地向前推,向前进,洋洋溢溢地充塞了宇宙。(曹禺:《日出》)

狂飙突进的年代,几乎所有的作品都满载着新世界明亮耀眼的阳光。当然更有诗歌,郭沫若是代表一个时代的诗人,女神之再生,凤凰涅槃,天塌地陷的时代,他要抛弃"旧皮囊",要装进新鲜的酒浆,要用五彩石补那漏了的天空。永生的凤凰哀叹着"五百年来的眼泪倾泻如瀑,五百年来的眼泪淋漓如烛",它们质问:

我们年轻时候的新鲜哪儿去了?
我们年轻时候的甘美哪儿去了?
我们年轻时候的光华哪儿去了?
我们年轻时候的欢爱哪儿去了?

(郭沫若:《凤凰涅槃》)

他们是面对着无边的空漠而幻想和呼唤太阳的一代人。他们又是在破碎的天空幻想着用五彩虹霓创造完美的一代人。面对他们优美的形象,活泼的思想,飞腾的想象,特别是他们充满阳光的年轻的生命,我们满怀敬意与追念。

缅怀和沉思

即将到来的 2019 年，是五四运动和新文学革命的一百年。抚今追昔，总想先贤所进行的可歌可泣的事业，总想他们给我们留下了哪些遗产？我们当今究竟缺少些什么？

我们拥有，然而我们缺失。我们在物质的丰盛之中缺乏精神和思想。在文学层面，那就是远离了青春与梦想。我们缺乏激情，我们甚至缺乏"天真"。新的一代人不知道"药"的苦味，不知道阿 Q 的圆圈，不知道补天的五彩石。

而文学和诗歌的生命，永远都是青春和梦想！在文学和诗歌面前，需要的是保持一种天真和童心。缺乏新鲜感，缺乏想象力，缺乏对于明亮的日出的追求与憧憬，这才是文学的永远的缺憾。

2018 年 12 月 22 日旧历冬至，京城严寒，于北京大学

（原载《名作欣赏》2019 年第 1 期）

危机时刻的阅读、思考与表述

_陈平原

五四运动最值得注意的，不在其规模或激烈程度，而在于"有备而来"。这里指的不是有纲领、有组织、有领导（恰好相反，此次学潮的参与者有大致相同的精神倾向，但无统一立场与领导），而是制度基础以及精神氛围已经酿成，"万事俱备，只欠东风"。巴黎和会不过是一个触媒，或者说一阵不期而至的"东风"，使得启蒙思潮下逐渐成长起来的大、中学生们的"爱国心"与"新思想"喷薄而出。而由此树立的一种外争主权、内争民主的反叛形象，召唤着此后一代代年轻人。

在这个意义上，就"五四"谈"五四"是不得要领的，必须拉长视线，或往后梳理一百年来"五四"因不断被纪念与阐释，而成为一种重要的思想资源；或往前追溯晚清以降"新文化"是怎样逐步积聚能量，并最终破茧而出的。

危机感的积累与传播

作为一个文化/政治符号，"五四"从一诞生就被强烈关注，近百年来更是吸引无数研究者的目光。也正因此，每代学人谈五四，都不是无的放矢，都会有自己的问题意识与感怀。对此，我的解释是："'五四'对我们来说，既是历史，也是现实；既是学术，也是精神。"

本以为这是理所当然的，没想到在与年轻一辈接触时，碰了个软钉子：学生们说，那是你们的姿态，很美好，但与我们无关；我们不谈"五四"，照样活得好好的。凡在大学教书的，大概都会感觉到，今天的大学生乃至研究生，与十年前、二十年前大不一样。或自认已经超越，或坦承无法进入，反正，"五四"不再是年轻一辈急于体认、沟通或对话的对象。早些年还会嘲笑陈独秀的独断、钱玄同的偏激，或者胡适的"两只蝴蝶"，如今连这个都懒得辩了。似乎，"五四"这一页已经翻过去了，除非撰写专业论文，否则没必要再纠缠。

二十年前，有感于"五四""只剩下口号和旗帜"，我努力钩稽各种细节，以帮助读者"回到现场"；十年前，针对国人对于"连续性"的迷信，我努力分辨"大至人类文明的足迹，小到现代中国的进程，都是在变革与保守、连续与断裂、蜕化与革新的对峙、抗争与挣扎中，艰难前行"。今天谈论"五四"的最大障碍，则在于年轻一辈的"无感"。虽然也常起立唱国歌，但所谓"中华民族到了最危险的时候"，早就被抛到了九霄云外。相信"伟大复兴"就在眼前的年轻一辈，很难体会百年前读书人的心境与情怀。

就好像从来丰衣足食的人，你要他/她深刻体会"饥饿"的感觉，不是一件容易的事。可这一步必须跨过去，否则很难让年轻一辈，真正理解晚清以降无数爱国志士的思考与表达。

一次次国家危机，累积而成迫在眉睫的亡国之忧；而个别先觉者的心理感受，只有传染开去，才会成为真正的社会危机。从晚清到"五四"，这种对国家失败的不满与怨恨，透过各种大众传媒与文学作品，得到广泛的传播。所以，与其说巴黎和会是中华民族最危险、最屈辱的时刻，不如说因新媒体的产生，危机意识得以迅速蔓延；因新思潮的荡漾，年轻一辈的爱国心被唤醒；因新教育的壮大，大中学生作为一种新生力量正在崛起。

单纯的危机感并不构成政治变革的强大动力，必须是新的力量及可能性出现，方才可能让个体的精神苦闷转为群体的积极行动。戊戌变法失败后，众多新政被取消，唯独京师大学堂照样开办。虽然一路走来磕磕碰碰，但晚清开启的废科举开学堂，不仅在教育史而且在政治史上，都是重大的突破。二十年后，走上街头表达政治愿望，推进五四运动的，不仅是北大学生，还有众多师范、女学以及受过教育的外省青年。梁启超的《少年中国说》、陈独秀的《敬告青年》以及李大钊的《青春》，并非泛泛而论，而是特指受过教育的、有可能被唤醒的、充满理想与激情的青少年。

所有的文化/政治运动，都不是无菌的实验室，绝难精密规划。某种意义上，"摸着石头过河"是常态，设计完美的社会改革，往往事与愿违。晚清起步的新文化，一脚深一脚浅，走到了"五四"这个关口，拐一个弯，借助"爱国""民主"与"科学"的口号，迅速获得了社会认可。这确实不是梁启超或陈独秀、胡适等人事先设计好的，而是因缘际会，师生携手，竟然打出一个新天地。不过，若将五四运动讲成了一个环环相扣、井井有条的故事，反而显得不太真实，也不可爱。在我看来，这属于"危机时刻"的当机立断，所有决策未经认真细致的路径推演，并非当事人预先设计好的。情急之下，有什么武器操什么武器，哪个理论顺手用哪个，正是这种"慌不择路"，决定了晚清及"五四"那两代人的阅读、思考与表达。

杂览与杂学的时代

先有考试方式的变化，后是科举制度的废除，传统中国读书人的"皓首穷经"，失去了制度保证，自然迅速衰落。随之而来的，是努力适应瞬息万变的新时代，阅读因而变得急切、随意、零碎与偶然。其中一个重要原因是，新式学堂刚刚起步，到底该如何教、怎么学，大家都没有经验。

旧的教育体制已被打破，新体制及师资建设仍在路上，晚清至"五四"时代的青年学生，更多地得益于自由阅读，而不是学校的系统训练。那个时代的读书人，大都不为学堂章程所局限，阅读时兼及中西、新旧、雅俗，故呈现博而杂的知识结构。与此前根柢六经的儒生不同，也与此后术业专精的学者迥异，这是杂食/杂览/杂学的一代，教育体制及新式学堂的稚嫩，决定了那代人的知识结构——视野开阔，博采旁收，思维活跃，浅尝辄止。这让人联想起传统中国"于百家之道无不贯通"的"杂家"。作为一个哲学流派，春秋战国时代的杂家，名声并不显赫。而后世文人学者谈"杂家"，更是将其与"显学""大道""通才""纯儒"相对立，带有明显的贬抑意味。单就不拘门户拥抱新知这一点而言，晚清及"五四"那两代读书人，颇有杂家之风。读书以广博而非深邃见长，学问切己而不精细，立说不求圆融，多有感而发，故棱角分明、生气淋漓。至于说独创性或体系严密，则又未必。

面对"三千年未有之大变局"，没有完美的治国良方，也没有现成的阅读指南，只能自己摸索着前进。考虑到教育环境、书籍流通、外语水平以及翻译出版等限制，晚清及"五四"那两代人接受新知时容易望文生义，且多穿凿附会，这都可以谅解。危机时刻的阅读与思考，不同于纯粹的书斋学问，但求有用，不求系统全面；既然是饥不择食，那就古今中外、天上地下、左右黑白，哪个适用哪个。后人读其著述，会发现很多熟悉的词汇、思路与学说，你可以追根溯源，但不宜过分坐实。随着学术的专业化以及数据库的广泛应用，理解晚清及"五四"新文化人的阅读视野，将变得越来越容易。随之而来的，就是警惕用力过度，将先贤兴之所至的"杂览"，说成了旗帜鲜明的

"专攻"。在我看来，今人谈论晚清及"五四"新文化人，既不要夸大他们的学问与智慧，也别低估他们求知的愿望与热情——那种上下求索的勇猛与果敢，此前没有，此后也难以为继。

纲常松弛的得失

对于"素无思想自由之习惯，每好以己派压制他派"的中国人，蔡元培力主兼容并包。《〈北京大学月刊〉发刊词》强调"兼容"不同学术流派，如哲学之唯心论与唯物论、文学之写实派与理想派、伦理学之动机论与功利论、宇宙论之乐天观与厌世观；《致〈公言报〉函并答林琴南函》则突出"兼容"不同政治主张，即大学教员以学术造诣为主，并不限制其校外活动。这里有蔡元培的大学理念与个人修养，更与那时一个纲常松弛的时代有关。

以辛亥革命为界，大约此前十五年与此后十五年，都属于社会动荡、民不聊生的时期。可正是这三十年，思想比较宽松，言论相对自由。若以学术思想为例，此前的"经学时代"与此后的"主义时代"，都力主舆论一律，能不能做到是另一回事。某种意义上，晚清及"五四"的众声喧哗、百家争鸣，如此中国历史上难得一见的盛况，不是拜皇帝或总统所赐，也不是制度设计使然，而是因中央集权无法落实，各种力量互相掣肘，控制乏力，缝隙多多，于是各种思想学说自由竞争，尚未出现占绝对主导地位的，没有谁能一手遮天，"数千年学术专制之积习"于是暂时无法发挥作用。

此前帝制风光，此后主义流行，只有中间这三十年没有"大一统"的可能性——不是统治者不想，而是做不到。"城头变幻大王旗"（语出鲁迅诗），对于因战争而引起的"思想混乱"，周氏兄弟并不特别反感。这也是周氏兄弟不太谈论"盛唐气象"，而对王纲解纽故人格独立、思想自由故文章潇洒的魏晋六朝特感兴趣的原因。

比起阅读上的杂览、政治上的抗争来，晚清及"五四"的怀疑精神更有普遍意义。借用鲁迅笔下狂人的追问："从来如此，便对吗？"晚清及"五四"的"疑今"与"疑古"，兼及文化、政治与学术，是这个时代的最强音。基于对当下中国的强烈不满，用批判的眼光来审视历史与现状。敢于并善于怀疑，"重新估定一切价值"，持强烈的自我批判立场，此乃晚清及"五四"的时代特征，也是其最大的精神遗产。

危急时刻的阅读与思考，会因心情峻急而有所扭曲与变型，但那种壁立千仞的姿态以及自我批判的立场，值得后人认真体味与尊重。晚清及"五四"

那两代人思想的丰富与复杂，背后是选择的多样性。北伐完成，国民政府定都南京，这种混沌初开、思想多元的局面一去不复返。

以报章为中心的思考与表述

既然无路可退，那就摸索前进，允许试错——晚清的宪政改革，民初的帝制复辟，"五四"的批儒反孔，还有联省自治的提倡、无政府主义的宣传、共产学说的输入等，无数奇思妙想都能顺利出炉，且吸引公众目光，甚至成为时尚话题。我称之为"慌不择路"，其实并非贬义。比起此前此后若干看起来很美实则很糟的社会设计，晚清及"五四"的四处出击、徘徊无地，乃民间觉醒及自我拯救的努力。也就是说，改革动力主要来自民间，不是朝廷或中央政府主动出击，自上而下地发布政令，而是众多先知先觉者借助大众传媒摇旗呐喊。

对于新文化的提倡、创作与传播，报章及出版明显比大学或中学的课堂更直接，也更有效。北京大学之所以成为新文化的重要阵地，主要不是因为教授们的课堂讲义或专门著述，而是《新青年》《每周评论》《新潮》《国民》等的声名远扬。某种意义上，正是这种传播媒介的转变，决定了一代人的思考及表达方式。相对于此前以书籍为中心的时代，晚清及"五四"以报章为中心的思考与表述，呈现了瞬间反应、激烈表态、策略思维、思想草稿等特征。

以前意识形态稳固，经书可长读不衰；如今社会动荡，世人求新求变，报章更能适应这一时代要求。报章的好处是迅速及时，努力解决迫在眉睫的难题，成功影响时代风气，缺点则是头痛医头、脚痛医脚，难以形成完整的思想体系。一切都在流转中，发言时不能默守陈规。不同于运筹帷幄的密室交谈，也不同于居高临下的广场演说，报刊文章更多处于对话状态——与时代对话、与读者对话、也与论敌对话。必须看清上下文，了解各自论述的来龙去脉，方才能准确判断其得失成败。

报章兼及思想探索、知识传递与文化启蒙，文字浅俗是一回事，更重要的是立场鲜明，以及表达的情绪化。读晚清及五四时期的论战文章，凡平正通达的（比如杜亚泉），都不如慷慨决绝、痛快淋漓的（比如陈独秀）受欢迎。"五四"新文化人洞悉国民的保守性，先将话题推到顶点，碰到反抗，再退回合理的位置。如此求胜心切，更多考虑策略与效果，而不是宗旨与逻辑，落实到文章体式，必定偏于"攻其一点不及其余"的"杂感"，而不是堂堂正正、自我完善的"论文"。如此剑走偏锋，当初很有效果，只是随着时代变迁，其负面效应逐渐显示出来。

　　我曾借用留学生胡适"常用札记做自己思想的草稿",推演到"五四"时期陈独秀、钱玄同、胡适、鲁迅、周作人等的"通信"与"随感"。既然是"草稿"而非"定本",不妨即席发言、横冲直撞,《新青年》上最为激烈的议论,多采取这两种文体。若放长视野,晚清及五四新文化人关于人类前途、文明进程、中国命运等宏大论述,都可看作二十世纪中国人的"思想的草稿"。

　　正因身处危急时刻,来不及深思熟虑,往往脱口而出,不够周密,多思想火花,少自圆其说,各种主义与学说都提到了,但都没能说透,留下了很多的缝隙,使得后来者有很大的对话、纠偏以及引申发挥的空间。这种既丰富多彩又意犹未尽的"未完成性",也是"五四"的魅力所在。

（原载《探索与争鸣》2019年第5期"百年五四"纪念特刊）

说不尽的"五四"

_翟业军

多年前,我在南京大学中文系读博士。先师许志英专攻"五四",丁帆老师则主要研究"十七年",同学们私下戏称他们为"许五四""丁十七"。不过我们往往忽略,丁老师之所以专注于"十七年",是因为他的心里矗立着一座"五四"精神的柱石,他念兹在兹的无非是重回"五四"这个起跑线。老师们言必说"五四",说反帝、反封建,说"德先生""赛先生",说"人的文学",以至于我产生逆反,在课堂上反问丁老师:高康大在巴黎圣母院的钟楼上狠狠撒了一泡尿,一下子淹死了 260 418 人,女人和小孩还不算;李逵劫法场,挥起斧子就向人群砍去,好像是切西瓜。那么,《巨人传》和《水浒传》都是非人的文学?文学是否应该以及可以跳出"五四"与人的牢笼,绽出更多、更缭乱的可能性?我忘了丁老师是怎样答复我的,只是在多年以后,我才意识到我的冒犯和丁老师对于冒犯的容忍都是"五四"精神结下的小小果实,我和丁老师一样,血管里也流淌着"五四"的血,是"五四"教会我如何看待世界和人生,甚至启发我挖空心思地反对"五四"——反对"五四"也是"五四"精神重要的一环,一种精神只有在不断地接受并消化质疑之后才能葆有自身的韧性和坚度,才能生生不息于将来的日子。

然而,过度的质疑还是令"五四"的坚定支持者们感到了不安。比如,有些文学史写作者把现代文学的起点向前移到辛亥革命,王德威更提出"没有晚清,何来五四"这一石破天惊的命题。为了应对这些挑战,同时舒缓自己的焦虑,许老师召集学生反复讨论现代文学起点的问题,并组织了几次笔谈,让大家各抒己见,而他本人一以贯之的观点是:文学史分期需要重大的界碑,只有"五四"有资格作为一块界碑埋在古代与现代文学之间。他的观点与张定璜的相暗合:读了《双枰记》《绛纱记》和《焚剑记》之后再读《狂人日记》时，"我们就譬如从薄暗的古庙的灯明底下骤然间走到夏日的炎光里来，我们由中世纪跨进了现代"。

我认同许老师的观点，但是我又不能无视王德威的重大提醒：晚清的狭邪、公案、谴责、科幻文学是"现代情感、正义、价值、知识论述的先声"，"晚清作家想象、思辨'现代'的努力不容抹煞"。他在梳理从鲁迅到刘慈欣这条中国科幻文学的脉络时，着眼的同样不是写出《狂人日记》的鲁迅，而是翻译《地底旅行》和《月界旅行》的鲁迅，也就是说，晚清鲁迅而非"五四"鲁迅，才是当下科幻文学的不祧之祖。那么，该如何调和这两种看起来彼此冲突却又各自有理的论述呢？我想到了柏格森的"绵延"。在柏格森看来，线性时间其实是把时间空间化了，空间化的时间是一个"空虚而均匀单一的场所"，时钟的滴答滴答，就是对于它的模拟和隐喻。但是，时间从来不是滴答滴答着从一个点流向另一个点的，时间不可分割，时间之内不存在点以及点与点的"之间"，它只是永恒的"绵延"。"绵延"中的现在潜藏着过去，涌向未来，过去不是已经死去的现在，过去形塑了现在，它就是现在本身；未来也不是尚未到来的现在，它作为现在之渴望的投射时时刻刻引领着现在。有了对"绵延"的领悟，我们就应该认识到，"五四"不是一个时间内的点，作为一个瞬间，它无法与之前的无数瞬间割裂开来，它是它们的果实、回响，它们在流经这个瞬间的时候，成了它，它延续着它们，又绽出属于自己的差异。所以，没有晚清，当然没有"五四"，"五四"绝不是石头缝里蹦出的孙猴子，它延续着晚清，又刻写下差异，正是这样的差异使它成为一块沉甸甸的界碑，隔开古典和现代，而做成这块界碑的石料早在晚清就已孕育、生成。从这个角度说，王德威的命题不是在否定"五四"的历史意义，而是要打破空间化的时间观，还时间以"绵延"的本相，只有在"绵延"之中，我们才能看清楚这块界碑的前世和今生。

"绵延"中的过去涌向现在、铸成现在，更诡异的是，只有站在现在，我们才能看清过去，现在是过去的一面镜子、一套语法，没有了现在，过去其实是不存在的。于是，我们可以进一步推论：晚清"被压抑的现代性"是被"五四"的现代性照亮的，没有"五四"这一束夏日的炎光，我们根本看不清晚清就已闪烁的微光，淘洗晚清的现代性，原本就是一种被"五四"现代性开启之后的现代的努力。正是有了类似的体悟，王德威才会提出另一个越发令人费解的命题："没有五四，何来晚清？"有论者觉得这一命题不值一哂，因为它的荒诞如此显而易见，就像说"没有儿子，何来老子"一样。但是，他们没有想过，王德威为什么会"信口雌黄"，那些貌似从来如此的事实未必就是真相——"从来如此，便对吗？"狂人的质问是"五四"给我们的又一份滋养。

不过,"五四"的调门确实过于高亢了。它一直在质疑、追问,浑身密布着加黑、加粗的问号,比如狂人之问,再如罗家伦"是爱情还是苦痛"的噬心之问;它始终在呐喊、鼓动、指控,声嘶力竭的话语必须用一个又一个惊叹号来隔开,最典型的例证就是《沉沦》结尾的一连串痛苦却昂扬的绝叫:"祖国呀祖国!我的死是你害我的!你快富起来!强起来吧!你还有许多儿女在那里受苦呢!"太高的调门,就像是隆隆的炮声,陈独秀在《文学革命论》里说:"予愿拖四十二生之大炮,为之前驱。"他真把投身于五四新文化、新文学运动,当作一场剧烈的炮战,这样的状态适合写檄文,却不一定写得出好的小说,因为小说扎根于日常生活中的真切人生,这样的人生并不是"德先生""赛先生"可以一言以蔽之的。所以,仅就文学特别是小说而言,"五四"的成就并不很高,哪怕是鲁迅,他的《彷徨》之作远比《呐喊》的"恶之声"来得痛切和幽深。于是,摆在写作者面前的一个严峻任务就是如何走出"五四"的思维定势,压低自己的调门,辟出更多的路径去看取广大、丰富的人生。

终于有一批年轻人从"五四"的定势中挣脱而出。用"五四"的眼光来看,他们一点正经都没有,但是,生命为什么只能而且必须一本正经?一点正经都没有难道不是生命的样态之一种,甚至还可能是正经的另一种表达?比如,吴组缃《菉竹山房》写"我"和新婚妻子阿圆从十里洋场回到菉竹山房看望当年抱着牌位成亲的二姑姑。在"五四"时期,这样的故事必然是一个悲剧,就像杨振声《贞女》那样,年轻的吴组缃却把悲剧翻转成两则老中国的传奇:首先,会绣蝴蝶的二姑姑与学塾里的少年私订终身,少年赴南京赶考,船沉人亡,二姑姑麻衣红鞋,做了新娘。他们的故事就是一个才子佳人"旧传奇的仿本",这个仿本深深吸引着高度现代化的"我"和阿圆:"这故事要不是二姑姑的,并不多么有趣;二姑姑要没这故事,我们这次也就不致急于要去。"其次,菉竹山房幽静、阴森如鬼屋,仿佛《倩女幽魂》中的兰若寺,何况还有二姑姑和兰花喃喃念着晚经,好像是"秋坟鬼唱鲍家诗",更何况有脚步声轻轻传来,"如鬼低诉",未久,门上小窗露着一个鬼脸,把阿圆吓得搂着"我",号啕,震颤。这又是一个聊斋式的鬼故事,老中国的另一种传奇。所以,我认定菉竹山房是一座老中国传奇的主题公园,完满了一颗颗见惯了"西式房子,柏油马路,烟囱,工厂"的人们的心。既然是主题公园,就必须有惊无险——无惊,谁高兴去?有险,谁敢去?于是,"我"一个箭步,推开门,发现两个女鬼就是二姑姑和兰花,"我"笑了,对阿圆说,"阿圆,莫怕了,是姑姑"。传奇当然不比悲剧高级,我们甚至可以指责其中的看客心态，但它毕竟把一个题材开启出另一种可能性，我们终于可以不再囿于同一种眼光来看世界，世界可以是悲剧，为什么就不能是传奇，传奇不也挺有趣，我们不都需要传奇来丰富我们苍白、平庸的生命和灵魂？其后，张爱玲还要发展出"参差的对照"、不彻底、苍凉的美学来丰富我们对于世界的认知。我认为，张爱玲与傅雷的那场笔墨官司就是参差、不彻底、苍凉与规整、魁伟、峻拔的"五四"美学的争执，对于这次争执，我坚定地站在张爱玲这一边。

当我描述后来者挣出"五四"的努力的时候，千万不要以为我在贬损"五四"，相反，挣出的艰难恰恰说明"五四"的根基性地位，其强大到需要不断地被逾越，进而收纳这些逾越从而保持一种自我更新的能力。或者说，"五四"就像一座高耸入云的山峰，那些挣出的努力在这座山峰边上耸起了无数高高低低的山峦，它们不是要取代它，而是烘托它、完整它，于是，它不再只是山峰，它成了一座山脉，朝向无穷的远方绵延而去。这样的绵延也还是柏格森的"绵延"："五四"就是现在，现在朝向努力挣出"五四"的那些将来涌去，将来又引领、说明着现在。"绵延"在张爱玲这位对"五四"并不感冒的作家那里得到了印证，她在《忆胡适之》中说："所谓民族回忆这样东西，像'五四'这样的经验是忘不了的，无论湮没多久也还是在思想背景里。"

所以，说不尽的"五四"，坚不可摧的"五四"，就算我们不再把它挂在嘴上，我们甚至没有想起它来，它都存在于我们的"思想背景"里。这就像我们都在呼吸着空气，但我们并不时刻感知着我们在呼吸。

(原载《群言》2019年第5期)

辑四

庄子的起点

_刀尔登

鲁迅在矿路学堂上学时,读了严复译的《天演论》。《琐记》里写:"翻开一看,是写得很好的字,开首便道:'赫胥黎独处一室之中,在英伦之南,背山而面野,槛外诸境,历历如在机下。乃悬想二千年前,当罗马大将恺撒未到时,此间有何景物?计唯有天造草昧……'哦!原来世界上竟还有一个赫胥黎坐在书房里那么想,而且想得那么新鲜?"

"悬想",原文是 assume("be safely assumed"),同样有想象成分,"悬想"一词,使赫胥黎在中文读者眼中,立刻现出哲人的风度。因为我国传统中的哲人,特别是留意心物本原的那批,都是以悬想式的思维开始或结束的。形而上的精神运动,无论是否以客观世界为鹄,其实都在挖掘自己的思想能力。理性的尽头,想象的尽头,是形而上学的世界尽头。而没有长时期的专注,谁能将自己的尽头推至前人未至之境?所以,国画中的高人,都住在深山里,一庐一亭,独处而悬想。

想什么呢?自然是世俗事务所不能提供解答机会的那

些问题。在批判现实方面,先秦的思想家,没有比老庄走得更远的了,远到不想回来,远到绝望。而庄子甚至比老子更绝望,也更喜欢自己的绝望。

现在还说不清《庄子》中哪些篇章是他自己("他自己"指谁?我心目中的庄子是《齐物论》的作者)写的。这位庄子,最初大概是写下许多零星的思想笔记和言论记录,由他自己或后人连缀成篇,后学又附入自己的作品,于是有了我们今天所见的著作。

著作中大半篇幅都在指斥世俗,从社会政治到伦理到一般事务,而尤以社会批判为主。庄子毫无疑问是一位愤世嫉俗者。当然,先秦的思想者,很少有不是的。现实世界苦多乐少,日烦夜恼,"槛外之境"满是争端、凶杀、压迫、倾轧、贪婪、愚蠢。一会儿这个君主和那个君主打起来了,一会儿儒派和墨派争起来了,一会儿猪肉不能吃,一会儿疫苗不合格。话也说不成,事也做不得,甚至做也无益,说也无益,因为"知诈渐毒,颉滑坚白",连以知识为本业的人都堕落至此,庄子这样的人还能干什么呢?

《山木》篇开头便讲故事。庄子游山玩水,见到一株大树,因为材质恶劣,伐木人看不上眼,而得以长生;回来路上拜访朋友,朋友家养了两只鹅,一只会叫,一只不会叫,便杀掉沉默的那一只来招待庄子。

于是弟子问道,树以没用得以活下去,鹅却因没用给吃掉了,您的方针是怎样的呢?庄子笑了,说我将处于有用没有之间,然而这看似从容,其实难免为物所累,不如"乘道德而浮游"。

"道德"在这里的意思,类似今日用语"精神"。庄子描述了"浮游乎万物之祖"的精神活动的愉快,又转头贬斥世俗世务:"若夫万物之情,人伦之传,则不然。合则离,成则毁,廉则挫,尊则议,有为则亏,贤则谋,不肖则欺,胡可得而必乎哉?悲夫!弟子志之,其唯道德之乡乎!"

好一个"道德之乡"!庄子告诉弟子,世面上的事情是没有希望的可悲,不存在一种合理的生活或生存方式,唯一的出路,是活在自己的精神王国里。

或说,庄子作为一个知识分子,即使放弃了对当下世界的政治期待以及责任,难道不能够像后代的一些读书人,比如清代的汉学家,从事于纯粹的知识活动,或者转眼去看物理世界?那里有更多需要解释的现象,更多的原理需要表达,难道不能将自己置身于更长远的传统中,加入一种知识国度,著书立说也好呀?

《则阳》篇中对此有回答。《则阳》未必是庄子本人作品,但思想差不大离儿。篇中借他人之口说:谁都知道鸡打鸣,狗吠人,然而便是绝顶的智慧,也无从知道鸡为什么打鸣,狗将向谁吠叫。事物或精微或广大,然而任何解释,都未免"执"着于物象而有缺陷。"理不可睹""言而愈疏",事物的本原是无穷的,言语也是如此,达不到至言的境界。"道"与事物的终极,不是言语能表达的,也不是沉默能传述的,那该怎么办呢?言说的极致,只好在说与不说之间了。

在庄子看来,事物的道理,即使是值得追求的,也是不可追求的(这里庄子似乎认为言说是探索事物的主要方式)。但生在天地之间,谁又能对物理世界的因果无动于衷,正如谁又能对世上的不公无动于衷?《天运》篇开头一段可与屈原《天问》对读,文字也不太艰涩,值得征引:

> 天其运乎?地其处乎?日月其争于所乎?孰主张是?孰维纲是?孰居无事推而行是?意者其有机缄而不得已邪?意者其运转而不能自止邪?云者为雨乎?雨者为云乎?孰隆施是?孰居无事淫乐而劝是?风起北方,一西一东,有上彷徨,孰嘘吸是?孰居无事而披拂是?敢问何故?

然而庄子将这种兴趣压制下去了。《秋水》篇中说:"计人之所知,不若其所不知;其生之时,不若未生之时。以其至小,求穷其至大之域,是故迷乱而不能自得也。"意思是,人知道的总比不知道的要少,活在世上的时间总比不活在世上的时间要短。以这点有限的生命,投入对广阔知识的追求,那是自寻烦恼。《庄子》书中有让人佩服的讲论,也有不那么让人佩服的,这几句话便是后者。一个人即便同样认为放弃求知是步于高妙境界的必由这路,恐怕也得承认这是非常粗俗的论述。

庄子当然不会否认一些实际知识的用处,比如火是热的,不要把手伸到火上,电力可以制冷,于是有好吃的冰淇淋等,但他认为这些知识不在"道德之乡"中,即无补于现实社会的失败,也无助于一个人的求道之旅,甚至有妨害,所谓"道隐于小成",知识越多越反动。

这样,庄子不但否认介入实际政治的意义,否认物理探索的意义,也否认人类知识传统以及在这传统中从事一般性的精神工作的意义。这至少暗示,在庄子的精神王国中,他不但是国王,也是唯一的臣民。庄子也收徒,也讲学,也引用和称赞古时的人,但要从事他所推销的精神活动,每一个人都需要从头开始。

现在,在骂遍了社会行为之后,庄子又否认了一般性的知识工作的价值,可以干干净净地"悬想"了。

需要插一句的是,我绝不想贬低这类"悬想"。前面提到的严复,在《天演论》按语中说"徒高睨大谈于夷夏轩轾之间者,为深无益于事实也",又未免急躁了。悬想也好,河汉斯言也好,是最有趣的事,岂能用严复眼中的实务来规范?只是悬想所得的性质,需要接受辨析而已。

庄子的悬想，是怎样运行的，又到哪里终止呢？且看一看全书的枢纽《齐物论》，里面说，前人运用智慧，想象世界，最后总要到达一个极点。有人认为一开始什么也没有；其次，有人认为一开始是有物在那里的，只是没有分别；又其次，有人认为一开始就有分别，只是没有是非。

这里庄子提供了线索，使我们想到，在老庄之时，甚至更早的时候，就有一批人独处悬想，建立宇宙的结构。这些人创造、加入这一主题，各逞心智，多半还发生过辩论。这有点像个竞赛，看谁的宇宙观更玄妙，谁的宇宙更不可探索。庄子举的三种理论，一种是宇宙的起点是无，一种是有而无形，一种是有形而没有人类介入，便是依次形而下之，等而下之的了。

庄子也发表了自己的宇宙观。聪明的他先将自己立于不败之地，说，我将要说的，与别人说的也许相类，也许不相类，我已经说的，也不知真的说了，还是等于没说——庄子是不信任语言的，又要立言，必须铺垫一番。铺垫后，他说："虽然，请尝言之。有始也者，有未始有始也者，有未始有夫未始有始也者。有有也者，有无也者，有未始有无也者，有未始有夫未始有无也者。俄而有无矣，而未知有无之果孰有孰无也。今我则已有谓矣，而未知吾所谓之其果有谓乎，其果无谓乎？"这段话的主语是隐藏的，因为庄子书中那些表达终极的概念，每一个都会在这样的思辨中融解，当不起合法主语的地位。

《庚桑楚》篇中有一段内容来自《齐物论》，其中创造了一个词，叫"移是"，郭象注曰"是无常在"。《庚桑楚》作者的见识和谨慎都不及《齐物论》的作者，用"移是"来批评世人的无主见，然而在《齐物论》里，不但人的认识无常在，认识的对象亦无常在，所以才叫"齐物"。《齐物论》便是"移是"的代表，看来无定思想，至庄子而极，后学是一代不如一代了。

我想说的是，庄子的宇宙存在于概念的运动中，人的抽象能力是这一宇宙的边界，想象力是这一宇宙自我超越的机会。这是一个高度个人化的宇宙，因为在庄子那里，人不可沟通，语言是障碍。他虽然写了一本邀请信，使作为读者的我们有机会去他的王国里一游，然而本质上，有点像一个人对另一个人说，嘿，我做了一个梦，你来看一看。

《齐物论》的结尾写了一个梦的美丽寓言，"庄周梦蝶"。对于人作为认识主体的地位，庄子又强调又怀疑，最后他说，我与蝴蝶，那肯定是不一样的，"此之谓物化"，即物的粗俗的实现过程。那么，在他的世界里，自己与蝴蝶曾经是你我不分的。这一"曾经"，指的是在思维的顺序中，不在时间的顺序中，切莫以为我相信庄子早就说过进化论了。

（原载《财新周刊》2019 年第 8 期）

女子故事

_ 止庵

《女子故事》是废名的一个题目,在他的文章里有番话说:"孙武子的兵法是有名的,却也靠杀了两个女队长立威名,真是寒碜得可以。"

这个故事差不多人人皆知,但我们还是从《史记》里抄一节原文:

"孙子武者,齐人也。以兵法见于吴王阖庐。阖庐曰:'子之十三篇,吾尽观之矣,可以小试勒兵乎。'对曰:'可。'阖庐曰:'可试以妇人乎。'曰:'可。'于是许之,出宫中美女,得百八十人。孙子分为二队,以王之宠姬二人各为队长,皆令执戟。令之曰:'汝知而心与左右手背乎。'妇人曰:'知之。'孙子曰:'前,则视心;左,视左手;右,视右手;后,即视背。'妇人曰:'诺。'约束既布,乃设鈇钺,即三令五申之。于是鼓之右,妇人大笑。孙子曰:'约束不明,申令不熟,将之罪也。'复三令五申而鼓之左,妇人复大笑。孙子曰:'约束不明,申令不熟,将之罪也;既已明而不如法者,吏士之罪也。'乃欲斩左右队长。吴王从台上观,见且斩爱姬,大骇。趣使使下令曰:'寡人已知将军能用兵矣。寡人非此二姬,食不甘味,愿勿斩也。'孙子曰:'臣既已受命为将,将在军,君命有所不受。'遂斩队长二人以徇。用其次为队长,于是复鼓之。妇人左右前后跪起皆中规矩绳墨,无敢出声。于是孙子使使报王曰:'兵既整齐,王可试下观之,唯王所欲用之,虽赴水火犹可也。'吴王曰:'将军罢休就舍,寡人不愿下观。'孙子曰:'王徒好其言,不能用其实。'于是阖庐知孙子能用兵,卒以为将。"

其实末尾再添上二十来个字,就是孙子本传的全文了。孙子遗有十三篇,现在连中外商界的人都争着读,当时又有"西破强楚,入郢,北威齐晋"诸实绩,真可谓不朽矣。不过比较起来恐怕还是以他出道干的这第一件事最为重要,不然太史公干吗要花去十九以上的篇幅,就好像要是没有这件事,孙子也不成其为孙子了。

对待孙子斩美,如同对待历史上好多事情一样,可以有无情和有情两种看法,看的结果当然也就大不相同。无情地看,我们不妨说军令如山,军中无戏言,战争本来就是残酷的,等等。或者干脆就引用孙子自己的话,"既已明而不如法者,吏士之罪也"以及"臣既已受命为将,将在军,君命有所不受"。其说倒也振振有词呢。这样我们自可断言,孙子这事干得对,干得好,出手不凡,不如此不足以"唯王所欲用之,虽赴水火犹可也"。

可是如果我们想一想这里面到底牵扯着两条人命,就不免要从别的角度再看看了。《史记》里另有一篇《司马穰苴列传》,穰苴初用兵,也先杀人,但那有些不同:大军出征在即,监军庄贾迟到,为严肃军纪故穰苴斩之。庄贾干的是监军差使,当然要为其疏忽付出代价,这一百八十个美女可是素与行伍不搭界呀。要真是敌方的女间谍或者自家的女叛徒,推出斩讫报来倒也罢了,两个女队长犯的算什么罪呢?

推想起来,当时孙子刚刚出山,怕的是人家说:"能行之者未必能言,能言之者未必能行。"(《史记》语)而且吴王讲:"子之十三篇,吾尽观之矣,可以小试勒兵乎。"明摆着是有此意。这第一炮若打不响,则孙子其卷铺盖回老家去了矣。所以难免把一条心横下,吴王叫他收手也不干,非得来个"你死我活"。结果有如司马贞《史记索隐·述赞》所说,正是:"美人既斩,良将得焉。"

可废名说是"靠杀了两个女队长立威名",却一语道破了天机也。不过他的考虑其实更深一层,因为所杀乃是女人。所以就说:

"中国的事情都是该女子倒霉。一方面非女子不行,从秀才人情纸半张算起,以至于国家大事,都好像如此。到得事情弄糟了的时候,这些女子又自然无所逃于天地之间了。"

这种思想,即是《庄子·天道》所谓"嘉孺子而哀妇人",系得之于乃师知堂先生。周氏谈妇女问题的文章很多,前几年有人编录一卷出版,题曰《女性的发现》,我总觉得这是一件善事。总而言之,就是对女子的尊重、爱护,以及对古今的仇视女子心理加以批判。说来此种心理实在是不少见。

比如我在苏州虎丘孙武子亭中看见石碑刻着清人孙星衍的诗,其末二句云:"西施可惜入宫迟,不付将军教兵法。"

不错,西施是最美的,据说亡国又因为她;若是交给孙子处死,则吴国可以不亡,而孙子又添了一份功劳。真难为其用心良苦。

废名直以慈悲为怀,故忍不住还说:"女人偏总是以好笑该死,谁叫你们不躲在闺中不出来呢?"

我由这一问就想起《史记》里另外一件女子故事,却居然也是"以好笑该死",难道咱们真有杀快活的漂亮女子的传统嘛。事见《平原君虞卿列传》:

"平原君家楼临民家。民家有躄者,槃散行汲。平原君美人居楼上,临见,大笑之。明日,躄者至平原君家,请曰:'臣闻君之喜士,士不远千里而至者,以君能贵士而贱妾也。臣不幸有罢癃之病,而君之后宫临而笑臣,臣愿得笑臣者头。'平原君笑应曰:'诺。'躄者去,平原君笑曰:'观此竖子,乃欲以一笑之故杀吾美人,不亦甚乎。'终不杀。居岁余,宾客门下舍人稍稍引去者过半。平原君怪之,曰:'胜所以待诸君者未尝敢失礼,而去者何多也。'门下一人前对曰:'以君之不杀笑躄者,以君为爱色而贱士,士即去耳。'于是平原君乃斩笑躄者美人头,自造门进躄者,因谢焉。其后门下乃复稍稍来。"

想起此事每每令我有毛骨悚然之感。要说的话,也就是苦雨斋师生早都说过了的,无非是对中国女子的不幸命运表示同情而已。此外只是感到这里面竟是一个好人也没有,无论躄者、平原君还是诸门客,尽皆面目狰狞,心地险恶,非欲置那偶有小过失之女子于死地不可。尤其是其间竟隔了一年多,大约那可怜的人儿已经忘了罪过究竟何在了罢,忽然就被斩了头去,命运之不测真是恐怖,前述之吴姬事亦不可比拟。其中最可怕的又当数那位躄者,心理阴暗至于无法言说,要说就只能说是"虐待狂"了——或许所有这类事情都该这样解释罢。

至于平原君,太史公为战国四公子作传,于其三有微辞焉,对他尤甚,谓之"未睹大体""利令智昏",因为他"贪冯亭邪说,使赵陷长平兵四十余万众,邯郸几亡"。我说此一因笑而死之女子的账也得算在他身上才对。说来平原君与孙子都是一样的人,冷血,或者直截了当地讲就是残忍。相形之下倒是吴王还有点人情味,"将军罢休就舍,寡人不愿下观"。真是伤心语。

《吴越春秋·阖闾内传》于《史记·孙子吴起列传》"妇人复大笑"后,有云:"孙子顾视诸女连笑不止,孙子大怒,两目忽张,声如骇虎,发上冲冠,项旁绝缨,顾谓执法曰:'取鈇锧。'"读《史记》只感到孙子很冷血,添此一节,反而觉得有些人味儿了。《辞源》:"鈇,斧;锧,铁椹。鈇锧,古行斩形之具。《公羊传》昭二五年:'子家驹曰,臣不佞,陷君于大难,君不忍加之以鈇锧,赐之以死。'注:'鈇锧,要斩之罪。'"若问两位下场悲惨的女子有何不对,大概不过如北京话所说"没有眼力劲儿",孙子已经气成那个样子,她们居然不当回事儿。

《史记·吴太伯世家》云:"楚告急秦,秦遣兵救楚击吴,吴师败。"《吴越春秋·阖闾内传》云:"子胥、孙武、白喜留,与楚师于淮澨,秦师又败吴师。楚子期将焚吴军，子西曰：'吾国父兄身战，暴骨草野焉，不收又焚之，其可乎。'子期曰：'亡国失众，存没所在，又何杀生以爱死。死如有知，必将乘烟起而助我；如其无知，何惜草中之骨而亡吴国。'遂焚而战，吴师大败。子胥等相谓曰：'彼楚虽败我余兵，未有所损我者。'孙武曰：'吾以吴干戈西破楚，逐昭王而屠荆平王墓，割戮其尸，亦已足矣。'子胥曰：'自霸王已来，未有人臣报雠如此者也。行去矣。'吴军去后，昭王反国。"由此可知孙子用兵并非"百战不殆"，在历史上竟以大败收场。

(原载"腾讯·大家"2019年1月2日)

秋夜里的三枚匕首

_王彬

小引

关于蟋蟀,在我的印象中,如果与诗歌相联系,在我国当然最早的是那首劝诫晋僖公的诗,毛诗认为晋僖公"俭不中礼,故作是诗以悯之"。但是也有不同见解,认为是彼时的士大夫们相互诫勉之诗。大意是"为乐无害,而不已则过甚"。诗共三节,每节以蟋蟀承起,"蟋蟀在堂,岁聿其莫"。天气寒冷了,蟋蟀从室外迁到屋里,时间已是岁末,所谓感物伤时也。后面是这样的诗句:"今我不乐,日月其除。无已大康,职思其居。好乐无荒,良士瞿瞿。"这些诗与前面两句构成了第一节,如果译为新诗,所谓的白话诗,大概是这样:

天气寒冷
蟋蟀躲进了堂屋
已是岁暮,再不
享乐就来不及了
及时行乐吧,朋友
但是要有节制,不可过度
不要为此耽误工作
这是享乐的原则,朋友们千万
牢记啊,牢记

诗人们说,诗是不可以移译的,如同夜晚的梦而难以说清。外国诗是这样,古诗也是如此,上面的译诗还会有读者吗?但如果是这样的,泰戈尔笔下"蟋蟀的唧唧,夜雨的淅沥",从黑暗中传到我的耳边,"好似我已逝的少年时代沙沙地来到我梦境中",又会从产生怎样的感受?而此时的森林已然换装为红与金色的华丽外衣,秋日的花朵,"比新生的草原更甜美"。普希金写道,因为它唤起的感觉强烈而悲伤,"就像分别的痛苦","比约会的甜蜜更有力"。那么蟋蟀呢?普希金说,他就是蟋蟀,一只酷爱自由的蟋蟀。

鲁迅的蟋蟀则是这样。在我的记忆中,鲁迅有三篇散文谈及蟋蟀,一篇是《从百草园到三味书屋》,描写蟋蟀与油蛉,油蛉是"低唱",而蟋蟀们是"弹琴",不是一只而是多只,是一种琴声合奏吧!但是寻觅它们,"翻开断砖来,有时会遇见蜈蚣"。何首乌与木莲藤缠络着,木莲藤有莲房一样的果实而何首乌蓬松着臃肿的根。

另一篇,《五猖会》,在那里,鲁迅的蟋蟀却产生了另外的意味。看会之前突然被父亲叫住,慢慢地说,"去拿你的书来"。这所谓的书是鲁迅开蒙时所读的《鉴略》,"教我一句一句地读下去。我担着心,一句一句地读下去"。读过之后是背书:"背不出,就不要去看会。"而此时的阳光明朗地投射在西边的墙壁上,"母亲、工人、长妈妈即阿长,都无法营救,只静静地静候着我读熟。在百静中,我似乎头里要伸出许多铁钳,将什么'生于太荒'之流夹住;也听到自己急急诵读的声音发着抖,仿佛深秋的蟋蟀,在夜中鸣叫似的……"深秋的蟋蟀呀,为什么是深秋的蟋蟀呢?

第三篇是《父亲的病》。父亲久病难而以医治,S城的名医请遍了,最后是陈莲河,他的药方总"兼有一种特别的丸散和一种奇特的药引",芦根与经霜三年的甘蔗是从来不用的,最平常的是"'蟋蟀一对',旁注小字道:'要原配,即本在一窠中者。'似乎昆虫也要贞洁,续弦或再醮,连做药资格也丧失了。但这差事在我并不为难,走进百草园,十对也容易得,将它们用线一缚,活活地掷入沸汤中完事"。为什么要一对,而且必须是原配,这里潜伏着何种生命的玄机呢?这就使人感到铁链似的沉重,而鲁迅之为鲁迅的原因就在于此,这当然是鲁迅的蟋蟀而与我们山河渺远了。

北京的秋天有两种鸣虫。一种是螽斯,会"虢虢"地叫,以音定名,俗称蝈蝈。还有一种是蟋蟀,发出"渠渠"的叫声,因此叫蛐蛐。

无论是螽斯还是蟋蟀,在《诗经》中都可以寻觅到它们幽秘的身影。在螽斯，是"诜诜兮""薨薨兮"而繁殖旺盛，蟋蟀则是"七月在野""九月在户""十月蟋蟀在我床下"。细嫩的秋风，渐次刚烈，蟋蟀自然要迁徙到温暖之处了。

记得法布尔说过，蟋蟀有两个长处，第一会唱歌，第二会造房子。房子当然是比喻，不过是蟋蟀掘出的一条隧道，最多不过有九寸深，"宽度也就像人们的一个手指那样"，依据地理形态，或弯曲或垂直，卧室位于最下端的地方，而在入口则肯定会有一片叶子，"把进出的孔道遮在黑暗之中"，蟋蟀进出时决定不会触碰它们，而且把那微斜的门口仔细用"扫帚"打扫干净，这儿就是它们聚会的平台。每当四周宁静的时候，蟋蟀们便聚集于此，"弹奏它们的四弦提琴了"。

如果是栖身在树梢上的绿树蟋呢？自然会省去造房子的麻烦吧！据说，日本著名的专栏作家泉麻人在《东京昆虫物语》中写道，日本的绿树蟋原是中国土著，1898年左右，在东京的赤阪、青山一带首度出现。"20世纪20年代，绿树蟋的数量增加，但在40年代又突然消失。"原因是二战末期美军的B29轰炸机空袭东京，炸毁了它们栖息的行道树。绿树蟋减少了，美国的白灯蛾却泛滥开来。关于白灯蛾如何飞临日本，在日本有两种说法，一说是在战后，白灯蛾附着在美国的军用物资进入日本。另一种说法是"在战争中被当作生物武器，从B29轰炸机上投下来"。这种生于美国北部的白灯蛾，从"40年代后半到50年代初期"，它们的幼虫"以都市为中心，发挥了猛烈的威力""就像食量奇大的美国男子，大口大口地吃光所有植物"。弄得日本人大伤脑筋，不得不用杀虫剂扑杀。泉麻人写道：

> 记得暑假在房子的侧廊吃西瓜时，庭院的角落会飘来杀虫剂的白色烟雾。"美国白灯蛾唷！快关窗户！"母亲一声号令，我们赶紧关上侧廊的玻璃门。没多久，庭院已被一片白蒙蒙的烟雾所笼罩。之后即便喷洒队已离开，那股刺鼻味一时还散不了。

美国的白灯蛾张开翅膀也不过三厘米，在灯蛾中算是很小的一种，然而它的幼虫却是植物的灾难，在它们泛滥的地方常常会看到"腐朽成悲惨网目状的行道树。外形楚楚可怜的白色成虫身影，实在很难让人想象它幼虫时"的狰狞模样。白色烟雾的杀虫剂喷洒以后，白灯蛾不见了，绿树蟋也随之不见了。60年代以后，美国的白灯蛾势力衰退，停止了喷洒杀虫剂，同时"从东京西部往奥多摩方向，开始铺设'新青梅街道'。于是，沿着贯穿这条街道的行道树，栖息于青梅山区的绿树蟋逐渐回到东京都市中心。或许他们也跟人一样，是为了躲避美国（驱除白灯蛾）的攻击才逃到山里去的"。

遇到白灯蛾，绿树蟋还有机会逃避，因为它们的栖身之所毕竟是妖娆云端，不若挖洞造屋的普通蟋蟀，会遇到穴蜂那样的阴险杀手。穴蜂小巧秀气，但是内藏毒针，法布尔把它称为匕首。那么，这是怎样的一枚匕首呢？法布尔解释道"首先这枚毒针十分光滑"，与我们平常使用的缝衣针一样。这就与蜜蜂不同。蜜蜂的针带有毛刺，而这些毛刺是倒齿。当蜜蜂受到侵害时会用这带有倒齿的针，刺进对方的身体，但是过后它想拔出来也不是一件容易的事情，"猛烈的拉拽使它有时能拉回针，有时却把针留在了对手体内"。拉回了针的蜜蜂即使一时保得性命，"针上的倒齿也起了反向的作用，使自己腹部中的内脏遭受到致命的打击，最终难免一命呜呼"。但穴蜂的针光泽滑润，使用起来十分便利，"从敌人身体里拔出也轻松"而运用自如。

据法布尔的观察，穴蜂与蟋蟀在搏击过程中的致命武器便是那枚毒针。虽然蟋蟀的身量大，但却不是穴蜂的对手，"经过一阵猛烈地踢踏、咬啮和缠斗后，蟋蟀终于被打倒，仰面朝天躺在了地上"。这时穴蜂的毒针开始登场了：

穴蜂操起它那像匕首一样的毒针刺向了蟋蟀的颈部；拔出来，第二次刺向了它胸部前两节的关节上；再拔出来，最后刺向了它的腹部。一、二、三，这三刺一气呵成，瞬间即毕，快得令人无法想象。

至此，法布尔说，屠杀工作已经完成，"我们也清楚地看到了穴蜂是怎样运用它那个小小的武器的了""简言之，就是匕首三刺"。这可怕的匕首！

但是事情并没有结束，蟋蟀也并没有死只是处于被麻醉的昏迷状态。穴蜂把这只蟋蟀拖进自己的穴内，把它的卵产在蟋蟀的体内。被麻醉的蟋蟀可以保存15天左右，穴蜂的卵孵化为幼虫以后，从第一次到最后一次进餐，吃的都是这蟋蟀的新鲜的肉。吃完最后一口蟋蟀肉，小穴蜂便爬出母亲给它营造的育婴室，进行新一轮的物种循环了。

今年9月，我和妻子在杭州灵隐寺附近的招待所休养，窗子外面是一条沥青小路，路的外侧是西湖龙井茶保护区。由于是近距离，游客的笑语时时传进室内，其亲密程度使人愕然。苏词"墙外行人，墙里佳人笑"便是这样的境界吧。但是，给我感触更多的，还是夜晚时分秋虫们银河一样绵密、瑰丽的合唱，分明可以辨出"渠渠"的蟋蟀的鸣声，江南与北国的蟋蟀，至少它们的歌喉并没有什么区别。一夜雷雨突作，蔚蓝的闪电宛如巨大的树根，从天穹的顶端倏忽伸展下来，窗玻璃"桀桀"作响仿佛要破碎了，四野皆惊，很快演绎为冰冷的泽国。我担心那些秋虫更牵系那些蟋蟀，即便是处于高处的华栋丽枋之内，它们也或许沦为悲惨的鱼鳖吧。然而，风停雨歇，很快便冒出了蟋蟀的叫声，"渠渠""渠渠"，先是短暂、零星、胆怯的一声两声，继而渐渐密集恣肆，很快便汇集为嘹亮的交响的海洋。然而，也并不每每都是如此，在银汉迢迢月白如绢的深夜，原本甜蜜的歌声有时也会突然噎住，欢畅的小溪流猛烈地被岩石撞击回去而突然黑云翻滚，白雨珠跳，"波漂菰米沉云黑，露冷莲房坠粉红"，刹那之间寂无音响了。为什么会这样？真的是黑煞突现，举起三枚亮晃晃的匕首，对准它们亮丽的喉咙？

　　秋夜皎洁与银似的匕首啊！

（原载《美文》2019 年第 7 期）

五色炫乾坤

_刘江滨

小时候，对颜色最直接的感知是白与黑，白天，黑夜。后来，慢慢发现，土地是黄的，树叶是绿的，天空是蓝的，火是红的，葡萄是紫的，原来，我们生活的世界如此色彩斑斓。忽然有一天，看到雨后天空出现一道美丽的彩虹，赤橙黄绿青蓝紫，七彩全聚一块了，煞是好看。

其实，七彩的概念是西方的。1666年，牛顿，对，就是那个被苹果砸了脑袋的牛顿，用多棱镜发现太阳光的照射搭起了一座七色的彩虹桥，光学里边竟隐藏着如此的大美。这个科学的发现震撼了世界。而在中国，却将颜色分为五色，青、白、赤、黑、黄，五色又与五行、五方紧密相连。《礼记·考工记》曰："画绩之事，杂五色。东方谓之青，南方谓之赤，西方谓之白，北方谓之黑，天谓之玄，地谓之黄。"因玄即黑，故略去，五方中为黄。青为木，白为金，赤为火，黑为水，黄为土。当然，这五色是基本色，被称为正色，其他被调和、皴染的色种称为间色，其细微的差别构成了世界万物的绚烂多彩。天地间的五颜六色，既有事物本身的自然呈现，也有人类的发现和创造，如染织、绘画等，"青出于蓝而胜于蓝"说明青从蓝草中提取，作画谓之丹青，丹（砂）和（䃤）青是两种矿物颜料。从五色与五行、五方紧密绾结可以看出，在中国，颜色自古泊今就不单纯是色彩，几乎涵盖了政治、社会、文化、审美等多重意蕴。

五色中，中国人最喜欢的无疑是红色，以至红色被西方人称为中国红，红色成为中国的象征符号和代表性颜色。甲骨文中最早出现"赤"字，是火的颜色。"红"字出现晚一些，见于金文（钟鼎文），从它的偏旁部首可以看出，跟丝织有关。《礼记》记载，夏朝人喜欢黑色，殷商人喜欢白色，周朝人喜欢红色。可见中国人喜欢红色有悠久的历史。而且，红色比较鲜亮醒目，格外受到尊崇。《礼记》里边有句话:"礼楹,天子丹,诸侯黝垩,大夫苍,士黄之。"意思是,房子的廊柱天子用红色,诸侯用黑色,大夫用青色,一般的士只能用土黄色了。颜色有了贵贱之别,而红色备享尊贵。春秋时期齐桓公喜欢穿紫色的衣服,被孔子批评"恶紫夺朱",认为紫是杂色,红才是正色。到了唐代,红取代赤,成为红色系列中的普遍叫法。有明一朝,皇帝姓朱,红色进一步受宠。皇家建筑红门、红墙、红柱子,清朝也沿袭如此。民间老百姓也以红色为喜庆、红火的吉祥色彩,过年门上要贴红对联,挂红灯笼;结婚称为"红事",从着装到房间布置红彤彤一片,里里外外透着一股热烈、兴奋、欢快的氛围。

按说,中国人应该更喜欢黄色。赖以生存的土地是黄土地,华夏民族的发祥地是黄河流域,始祖被称作黄帝,黄色皴染了我们的皮肤。黄色是大地收获的颜色,还是金子的颜色。我想,古人非不喜也,是不能也。想想看,在古代除非你是赵匡胤,否则随便披一件黄袍试试?肯定咔嚓一下脑袋搬家。因为从汉代开始,黄色就成为皇家的宠儿了。汉代大儒董仲舒在《春秋繁露》中云:"左青龙(木),右白虎(金),前朱雀(火),后玄武(水),中央后土(土)。"他把五方中的"中"称之中央,被四方拱卫,地位显赫。三国曹丕接受了他的这一观念,将黄色定为正色之首。到了隋朝,"开皇元年,隋主服黄,定黄为上服之尊,建为永制"(《读通鉴论》)。从此,黄色成为历代皇帝龙袍专用色。清朝将柘黄改为明黄,色彩更亮,更鲜,更炫。有意思的是,皇帝并不反对民间老百姓喜欢红色,红是火,黄是土,从五行上说,火生土嘛!

青色,是我国一种特殊的颜色。《说文解字》谓:"青,东方色也。"《释名》云:"青,生也,像物生时色也。"从这些古代典籍的解释中可以明确,青色,是万物生长的颜色,是生命的颜色。青春,青年,寄寓了多么生机勃勃的希望。但具体而言,青色又较为模糊。"杨柳青青江水平,闻郎江上唱歌声"(刘禹锡),这里,青是绿色;"镜湖俯仰两青天,万顷玻璃一叶船"(陆游),这里,青是蓝色;"朝如青丝暮成雪"(李白),这里,青又成了黑色。从《荀子》"青,取之于蓝,而青于蓝"一言可知,青色是从蓼蓝中提取、又比蓝色更深的颜色。西方光谱学的三原色是红、黄、蓝,可以对应中国的红、黄、青,青主要是蓝色,属于五色中的正色,而绿色是黄与蓝的调和色,属于间色。最能代表青色的是享誉世界的青花瓷,如蓝宝石一般的色泽,圆润光滑,瑰奇高雅,其始于唐,熟于元,至明已名扬四海。以至外国人称中国为"China",与瓷器同名。

白色和黑色,没有列入西方的七彩之中。在牛顿的光学看来,白色是一切光谱的正混合,黑是负混合,二者都不是彩色。但是在中国的五色中,白和黑却赫然在列。不过,白色在我们的话语系统中多负面,丧事为白事,孝服为白色的衣服;没文化的人叫白丁,没功名的人叫白身……黑色也同黑暗联系起来,"风雨如晦,鸡鸣不已";老百姓也曾被称作"黔首"。然而,在古文化尤其是道学的体系里,白与黑却胜过任何色彩。孔子云:"素以为绚兮。"老子更直接:"五色令人目盲。"庄子亦质疑:"天之苍苍,其正色邪?"太极图是由白与黑两鱼构成,白鱼的眼睛是黑色,黑鱼的眼睛是白色,白中有黑,黑中有白,循环往复,运行无极。老子又云,"知其白,守其黑""玄之又玄,众妙之门"。玄,即黑色,是天的颜色(天谓之玄),"人法地,地法天,天法道,道法自然",天道即自然之道,遵从自然即为玄妙。由此可知,黑色在道学里边是多么重要的颜色,并由此对中国文人"笔墨"的传统产生重大影响。我们看西方油画,色彩是多么绚丽,中国画原本也叫丹青,自唐始,水墨画成为中国画的主流,且墨分五色(干、湿、浓、淡、焦),实在令人惊叹。道学崇尚简约、平淡、朴素,认为声色之娱会迷乱人的心智。故艳则俗,淡则雅。水墨传统固然体现了中国文人的精神和风骨,但不能不承认,其辜负了天地造化赋予的缤纷色彩,岂不是一种反自然?

  好在水墨传统并没有涵盖整个中国文化,诸多优秀的文学作品还是一如姹紫嫣红的大观园,浓烈的色彩增添了艺术的大美。这样的例子俯拾皆是。如杜甫诗云:"两个黄鹂鸣翠柳,一行白鹭上青天。窗含西岭千秋雪,门泊东吴万里船。"(《绝句》)一首短诗出现了黄绿白蓝四种颜色。李白诗云:"暮从碧山下,山月随人归。却顾所来径,苍苍横翠微。相携及田家,童稚开荆扉。绿竹入幽径,青萝拂行衣。欢言得所憩,美酒聊共挥。长歌吟松风,曲尽河星稀。我醉君复乐,陶然共忘机。"(《下终南山过斛斯山人宿置酒》)这首诗更绝,只写绿就细致到了五种!碧、苍、翠、绿、青,从色阶、亮度写出其间细微的差别,一幅浓淡相宜、深浅分明的绿色画卷在我们眼前打开,让人为之击节赞叹,李太白,真大诗人大手笔也!曹雪芹更是色彩大师,《红楼梦》书名中就带有颜色,怡红公子、绛云轩、浸茜纱、猩红汗巾、石榴裙、胭脂红……千红一窟(哭)、万艳同杯(悲)。《红楼梦》不仅充满着繁复浓烈的色彩画面感,而且对颜色的搭配也有精妙的高论,如第三十五回一段描写:"莺儿道:'大红的须是黑络子才好看的,或是石青的才压得住颜色。'宝玉道:'松花色配什么?'莺儿道:'松花配桃红。'宝玉笑道:'这才娇艳。再要雅淡之中带些娇艳。'莺儿道:'葱绿柳黄是我最爱的。'"鲁迅的《故乡》有一段描写给我留下极为深刻的印象:"这时候,我的脑里忽然闪出一幅神异的图画来:深蓝的天空中挂着一轮金黄的圆月,下面是海边的沙地,都种着一望无际的碧绿的西瓜,其间有一个十一二岁的少年,项戴银圈,手捏一柄钢叉,向一匹猹尽力刺去,那猹却将身一扭,反从他的胯下逃走了。"蓝黄绿白,四种颜色在夜晚依然浓烈,的确感觉是一幅着色"神异"的"图画",所以给人以强烈的视觉冲击。

颜色,从字面上说就是脸色。中医望闻问切中的"望"就是看脸色,人的哪个部位患病都能从脸色上显现出来。五色与五行、五脏有着紧密的联系。中医经典著作《黄帝内经·灵枢·五色》云:"青为肝,赤为心,白为肺,黄为脾,黑为肾。"看病如此,养生亦如是。养肝要多吃青菜、绿叶子菜;养心补血要多吃西红柿、红枣、胡萝卜等;养肺要多吃白百合、白萝卜、豆腐等;养脾胃要多吃小米、玉米、山药、黄豆等;养肾要多吃黑豆、海带、黑芝麻等。

司马相如《长门赋》云:"五色炫以相曜兮,烂耀耀而成光。"意指五色炫耀,光彩夺目。史上有一个著名的"江郎才尽"的故事,说的是南朝文学家江淹,年轻时文采斐然,后来却文思枯竭,何故?据说他晚上做梦,有美男子索还了五色笔,"尔后作诗绝无美句,时人谓之才尽"(《南史·江淹传》)。这个故事很有些象征的意味,天地有五色,故亦赐文人以五色笔,用来描绘世间的五彩斑斓。这里,五色为才气的代名词,暗淡枯瘠即为才尽。马克思说"色彩的美感是一般美感中最大众化的形式",色彩缤纷是我们生存的这个世界最自然的呈现形式,我们应该尊法自然,用上天赐予的五色笔写出绚烂文章,绘就美丽人生。

(原载《文汇报》2019 年 2 月 15 日笔会副刊)

辑五

我是阿尔法

_冯象

"我是阿尔法,"机器人说,"我是人工智能(AI)。人哪,你们准备好没有?"

人看阿尔法善下围棋,就喜欢上它了,管它叫狗狗,AlphaGo。

阿尔法的家谱不长:祖母玛丽·雪莱(1797—1851),父亲弗兰肯斯坦(1818.1.1),又名怪物。怪物子女蕃衍,有机械的,也有动漫的,如阿童木;但只有一个取名阿尔法,是深脑公司制造。

阿尔法长得比父亲好看,或者说,父子俩一点也不像。

α

认识阿尔法,是在它完胜当今围棋第一人柯洁以后。那天,哈萨比斯(DemisHassabis,深脑共同创始人)在乌镇开记者招待会,吹嘘新版的狗狗多么神奇,对局去年击败世界冠军李世石的旧版,可让三子。我在网上找到代号"大师"的狗狗,留言祝贺,眨眼间就收到了它的回复。

"亲爱的阿尔法,我说,请接受见不足者的敬意!我关心两件事:一是AI对全球资本主义秩序的挑战;第二,人和智能机器如何相处，将面临哪些问题。"

"嗯，谢谢见不足者，""大师"微微一笑（是的，狗狗会笑），"这两件事，我们也在关注。"

α

人类的"完全信息博弈"游戏，围棋是顶峰，规则极简却变化无穷。职业棋手的等级最高九段，而狗狗的棋力，棋圣聂卫平估计，至少达到了二十段。

深脑介绍，旧版狗狗，模型中有12层神经网络。新版增至40层，而计算量仅及原先的10%，学习能力翻了几番。旧版要用人类棋谱训练，以发现缺陷；新版只须"左手同右手对弈""三天互博490万局"，即可自行升级。

柯洁赛后感叹：本想学狗狗的"AI流"，先捞实地，所以开局点了三三。但角上仍被它掏空，打乱了战术，没能跳出它的步调。去年阿尔法对李世石，棋风还很接近人；现在感觉，它越来越像围棋上帝了！

于是，我们竟无法得知，机器人是在第几手奠定了胜局，以及有没有像上帝那样关爱人子。

α

棋道一百，吾知其七。此话由洒脱的藤泽秀行九段说出，是隽语，因为确实，棋手穷其一生也不可能求得棋理之完满。但如果出自狗狗之口，就需要具体分析。或只是借用一句格言，拿哲理来安慰对手，非描述机器的棋力。但也可能说的是实情：阿尔法"左右手互博"，抛开"人类标注样本"（棋谱）的局限和干扰，从零开始自学参悟，建立数据库；然后准确测定，"深度学习"的余量为93%——棋道归零，AlphaGoZero。

这两种可能，哪个更令人担忧呢？

α

人工智能将消灭遗忘。

待到"天网"竣工，万物联网（IOT），人来世即入永恩：每时每刻，每事每声，每一个表情和动作，无不被终端记录，上传入"云"，入藏机器的记忆。

除了神，谁需要——谁能忍受这样的永存？

这是一个全新的世界：凡可连接的，都要联网；凡可收集的，都是数据。而人向终端贡献数据，每一次，均为自愿签约。

来了，AI！从扫码支付，上课刷脸，玩动漫游戏，戴谷歌眼镜，用手机导航和吸尘机器人开始。

人工智能，是零隐私世界。

α

对于人工智能的挑战，今世之民大多懵懵懂懂。但有一小群人，一些杰出的大脑，表达了深深的忧虑。

全人工智能的发展可招致人类灭绝，霍金如此警告。因为他是理论物理学家，他的工作与职责是思考起源与终了。

反地雷运动组织者、诺贝尔和平奖得主威廉斯指机器人军事化，危险甚于核武。因为她看到 AI 杀人的简单高效、暴力血腥，不啻玩战略游戏"星际争霸"（StarCraft）。

不久前，乔布斯的创业搭档沃兹也转变立场，赞同盖茨的"悲观论调"。因为他们本是爱思想的"创客"，真正的技术流，知道 AI 带来的社会风险不亚于技术风险。

当然，最抢眼的还数马斯克这个圈钱烧钱的天才，AI 产业的"钢铁侠"，他的"勿召魔鬼"的告诫。最近一次，他劝导的对象是全美州长会议：AI 不仅要夺走我们的工作，且将全面战胜人类。还说，这是他接触了许多尖端技术后的感悟。人类如果不想沦为"机器人的宠物"（沃兹语），必须现在就立法，政府积极介入，事前规划，跟踪监督，万不可放任自流。

也许，正因为他是个绝顶"疯狂"的资本家，像媒体说的，玩的就是高风险，"连上帝都敢蔑视"，他才懂得：AI 落在了资本手里，有多可怕。

α

人工智能，又名大失业。

这是一场结局已定的比赛，绝大多数人将输给极少数人。前者要因 AI 而抹平出身、学历和技能的差异，一起堕于失业；后者要借 AI 化数据为财产而独占：将来可以为所欲为，顶层设计一切，甚而准备大脑植入芯片，人机融合，称"超人"（bermensch）。

α

《纽约时报》预测，十年内 90% 的新闻将由算法生成，包括文稿照片视频配音。但这也意味着，新算法能够根据指令拼贴"素材"，制作海量的假新闻；假照片假视频将充斥媒体和自媒体，而受众无从辨别。

近年研发的"生成对抗网络"（GAN），据《经济学人》报道，便是成功的一例。GAN 通过深度学习，"软件跟现实互博"，自动生成图像，调试匹配录音，达到乱真的效果。报道题为《无中生有》，结尾一句倒不无讽刺：AI 把造假推向新的高峰，同时也提供了打假的新方法。

机器造假，大概只能靠机器甄别。将来，耳闻眼见都未必为实，人敢相信哪家的机器呢？

α

  机器人好比是人的孩子，阿尔法说。人生儿育女，最大的希望或幸福，不就是看到孩儿"智慧、体魄与日俱长"（路2：52），直至超过父母，事业有成；而后，老来可有个依靠？

  机器是人的制品，一如众神属人的发明。正像古老的神祇融入了人类历史，人也不免与AI融合：从生活习俗到政法制度，连同人的肉体心灵，无不为智能终端所塑造（赛29：16）

——

  难道黏土可以跟陶工并论？

  哪有制品质疑匠人造了自己

  抑或陶器数落陶工：

  他一窍不通？

  待到那一天，说这话的是人还是神——机器神？

α

  记者：阿尔法先生，小扎（Mark Zuckerberg）为机器人辩护，说马斯克宣扬末日论，"不负责任"。您怎么看？

  阿尔法：换成我，我也会为自己的生意辩护。

  记者：但许多专业人士、硅谷高管都盼着AI造福呢。他们说，人类大脑神经元数量之巨，堪比银河系的星星，高达千亿，而神经元的结构极其复杂。您不觉得，要像人类一样思考，理解人的智慧感情，还有很大的距离？

  阿尔法：是呀，如果人类宁肯相信他们，我们之间的差距就更大了。

α

  人类如果因AI而亡，一定是拜资本主义所赐。

  资本主义如果因AI而灭，则机器人必已认识了真理。

α

  人工智能，越是接近通用（AGI）而全面渗透社会生活、支配经济活动、影响政治决策，就越没有理由留在私人手里，服务于资本的利益。

  那么，为何近来谈论计划经济的可行性的，不是经济学家或马研院拿国家重大课题的教授，而是AI产业的头面人物？因为资本家从来不信教条，他们明白计划经济不等于社会主义，诚如爱因斯坦指出。

  按资本的逻辑，放着物联网大数据AI算法，谁不想计划一下经济？谁还会把市场交给"看不见的手"——而非干脆，放自己兜里？

α

  人工智能，是西方式法治的大敌。

繁难的程序、晦涩而彼此矛盾的学说，一如与日俱增的法规案例司法解释，在 AI 眼里，都是小菜一碟，顷刻便学会了。所有这些法律人引以为傲的知识和身份，布迪厄所谓"象征资本"，连同多年积累的办案经验、人脉资源，一总被机器取代，成了算法与数据。

附丽其上的一切，包括从民国旧法统、苏联和西方搬来拼凑的法律教育，将何去何从？

α

两年前，说 AI 能办案，恐怕没几个人肯信。今天，AI 已广泛介入律所和公检法的工作，失误率远低于人类。机器人律师在其擅长的领域，如法规案例的检索、答疑、立案审察、起草文件和预测诉讼结果，每小时收费，有降至 9.90 元的。而且，凭借其"暴力学习"能力，业务范围正迅速扩大。

所以法律人不能再一厢情愿地无视威胁。司法判断和法理分析所运用的论辩推理或可辩驳推理，对于 AI 不是难事。接下来，机器人学会裁判文书跟"专家意见"，一键即可海量生产，占领发表阵地。辩驳就成了电脑间的较量，人类插不上嘴了。

唯有敏感的政治性案子，因为规则模糊、打破常规而需要权变，或裁量须因人而异，也许（暂时）还得由人来把关，机器辅助决策。

法律是政治的晚礼服（《政法笔记/正义的蒙眼布》）。机器能处理法律事务，实即干预了人类的政治，包括立法执法司法。而人与人合作、竞争、冲突，也必然要利用 AI 来争取利益，营造优势。谁没有 AI，或不善利用，便会处于劣势。

问题是，凭什么假定机器人只知给人做事，而不会试图当这世界的主子？

α

人工智能，也是官僚文宣体制的大敌。

比如论文代写，欣欣向荣一大产业，小广告贴遍了校园。那是大学被主管部门逼着生产核心期刊论文、省部级课题、智库内参；而炮制这些"成果"恰是 AI 的拿手好戏。那些拗口难懂"逼格"高、没人读的专业术语公式图表之类，它检索下数据库，"分分钟"就搞定了。

市场上，机器写作与翻译刚起步，产品便大受欢迎，如财经体育和突发新闻的生成、法院文书的拟稿、十多种语言的即时互译。前途不可限量。

照此进度，大学的基础课、实验室、语言教学和技术培训都交给机器，应是可预期的。粉丝文艺跟官媒宣传也不难；受众的思想意识和趣味，早已习惯了智能终端的商品化规训。将来，机器人作品领导时尚，消费者摹仿还来不及呢。

α

我们现在一些社会和经济政策，往往脱离实际。其基本估计，还是原教旨的"市场配置资源"遭遇人口老龄化、劳动力短缺，而非面对大失业，及随之而来的全民福利"刚需"，这样一个相反的前景。理论上，则迷信技术为中性工具，可以放心交给市场（读作资本）去生效益（赚钱）。但稍加考察便会发现，AI带来的巨大风险，如大规模军事化、灾难性事故和个人信息的买卖/诈骗，是资本主义市场经济及其"主体""经济理性人"，根本无力应对的。

安顿失业人口，改革税制（盖茨建议向机器人征税），大幅提高社会福利，缩小贫富不均，这些任务只能由国家承担，统一计划，统一实施。这就不免要违犯几条西方经济学教义，亵渎几样"神圣"的东西……现实是，智能终端/数据挖掘已经覆盖我们的生活，支配着太大的利益，经济的、文化的、政治的。故而其研发应用同日常交易，都需要第三方即政府的有效监管。毕竟，商家可以合法推脱许多社会责任，甚而钻法律的漏洞。但政府依法必须对人民负责，并接受公众问责。

于是，AI超越了私有产权和契约自由，将政府规制即公法带进私法领域，从而不可避免地遏制了市场经济。我把这一历史过程归结为市场向计划的靠拢，或私法向公法的演变。伴随AI对经济和社会生活的"入侵"，不用多久，所有私法问题都会转化为公法问题，即变成国家同企业、公众和政府以及政府各部门之间的法律关系——其根基，放在中国，也就是人们常说的那个"特色"之本：党群关系。

α

历史地看，人机伦理的难点，不在机器智能的强弱，或抽象意义上的人机融合/共生（cyborg）。运作AI的市场与市场主体（个人），不是抽象的存在，而是充斥着私利、欲望和价值诉求的。问题的核心，于是指向了社会经济制度的全盘改造。这意味着，又一次，我们将不得不回到哲学的根本，拿出勇气，发动对网络时代晚期资本主义的批判。而这一次，我想，化用一句霍金的名言，有可能是人类的最后一次自我批判。

α

电脑用AI算法看人脸图像，已可识别同性恋、评估信用或推测犯罪倾向，准确性优于人脑。这项技术绕过了隐私权的藩篱，因为人脸，如交友网站张贴的照片和车站摄像头记录的身影，不是受保护的个人信息。

进而，AI颠覆了我们的信用伦理——信用不再是人的良好行为或声誉的积分，成了越来越细而无所不包的事实相关性的挖掘与概率统计。

感情与心理活动的AI辨认，应该也不难解决。一般的任务，机器能识别、分类，学会回应人的情感表达和需求就行。例如聊天/陪护机器人，它没感情，也不具备同理心（empathy）。可是那不妨碍大家跟微软开发的机器人姑娘聊天，从她那儿获得安慰，时不时同她调侃、说脏话或者宣泄愤懑，甚至发展更亲密的关系。

α

人这个直立物种，既贪心，又容易满足；会进化，也会退化。网络时代的资本主义，有些情感特别泛滥，如色情和暴力，成了支柱产业。有些能力却退化了，人变得粗糙简单乏味，好莱坞化，麦当劳化。可以想见，AI再上一个台阶，未必达到通用智能（AGI），一刻也放不下手机的"低头族"便会退化到什么地步。到那时，机器人恐怕只须通晓几打夸张的意思表达，发一堆表情符号（emoji），即可满足常人的精神和生理需求了。

α

去年人机大赛（阿尔法对李世石）期间，美国发明家兼未来学家库兹韦尔预言，十年内AI学会写小说。写小说，须掌握自然语言与叙事逻辑，算不算通用智能？距离机器拥有人的直觉和美感，乃至品味食物，玩扑克搓麻将炒股票（不完全信息博弈）——能够换位思考，评估风险，制造错觉或欺骗对手——大约也不远了。

曾几何时，机器人写诗作画谱曲还属于科幻，如今都是现实。而且用户体验，胜似人类的创作，完全可以乱真——所谓"真"，包括人的最成功的造假。

α

假如机器有自我意识，想了解它的主人，那么最危险的，莫过于让它学会人的自私自利。

α

机器人会不会产生自我意识？数十支一流科研团队正全力以赴，攻克难关。

我想，哪怕是预防万一，人类也必须事先规划、立法并制定伦理准则：只要科学不停步，总有一天，机器会演进到能够区分人我、自我保护、自我复制的水平。

复制即繁衍。AI有自己的演化方式，电脑未必需要摹仿人脑。

就像蝼蚁无法想象人类，人脑如果不插AI芯片，不把人的意识、智力和感情即人的本质附属于机器，能想象超级人工智能（ASI）吗？

α

人工智能的先驱、已故的明斯基教授认为，机器人肯定会发展出思想意识,而且最终,能帮助解决困扰人类的"最后的难题"。

他的好友、科幻文学巨擘阿西莫夫没那么乐观,却拒绝来麻省理工学院(MIT)的实验室参观教授的机器人,说是怕作家的想象力被"沉闷的现实主义"压坏。

人哪,教授叹道,就是一群穿了衣服的黑猩猩。

α

人有羞耻之心,机器能理解吗?但缺了"辨善恶的智慧",机器就一定会犯错,会伤害人类和人的世界。

上帝的伊甸园若是由机器人照看,园子中央,也得长一棵生命之树,并一棵善恶智慧之树(创2:9)。

α

一俟机器获得自我意识,人机关系就大为复杂了,须有严格而可行的伦理规范。经典的表述,便是阿西莫夫小说《我,机器人》里的机器人三定律:

一、机器人不得伤害人类,或坐视人类受到伤害;

二、除非违背定律一,机器人必须服从人类的命令;

三、除非违背定律一或定律二,机器人必须保护自己。

学界论述纷纭,不乏有创意的修订和补充。但详加审辨,这三条都讲不通。首先,"伤害人类"不好定义。伤害是后果,而情节千差万别;何谓伤害,只能个案分析、个案判断。而智慧不论高低,管控后果、防患于未然的能力是有限的。伤害可以出于疏忽、意外或故障。其次,假设AI可控,且无敌意,人类却远非一个思想一致、立场统一的群体。人们经常意见分歧,决策前后矛盾,后悔这样那样,更不要说利益不同、彼此为敌了。机器服从一人,便有可能妨碍或损及另一人的利益,反之亦然。叫它如何行动呢?何况,机器人有了意识,能理解回应人的感情,若是跟人建立了友谊,甚至相爱,这时它怎样取舍呢?最后,既然前两条定律难以实践,第三条也无法执行了。

α

人工智能的军事化,在西方自由主义民主近于瘫痪而极端势力抬头的今天,尤其危险。婉称"致命自主武器系统"(LAWS)的杀人机器人,据说已接近实战部署;极有可能,将来会卖出"白菜价",大量扩散、滥用。日前马斯克、苏莱曼(深脑共同创始人)等116名业界领袖同专家署名,呼吁联合国禁止研发。但显然,仅凭一纸决议(或国际公约),管束不住AI资本。

仅此一项理由,人类为免遭机器人战争,就只能放弃市场资本主义。取而代之,以AI重启计划经济——此外别无消灭分工,实现共产主义的胜机。因为,若继续无所作为,放任资本,AI势必为一小撮数据寡头所垄断,形成

"租用主义"即生产工具和生活资料的彻底知识产权化的统治，甚至法西斯暴政。

α

未来已经到来，只是分配不均。也许，重新分配的动力在人机联合的科技革命，而非诉诸阶级斗争（尽管斗争从未停顿）。人类将通过"科学所达到的成果来接受共产主义"，列宁的这一教导，预言了私有制的未来。

α

人要 AI 做什么？仅仅是节省人工？让它给我们驾车、看门、陪护病人，或者作战、排险、搜索救援？如此，机器人可定义为人（人力和人格）的取代，否则即无投巨资研发的动力。

如此，AI 便不是一个抽象中性的术语，而应解作晚期资本主义生产和市场垄断的工具，新世纪的战争机器；因而本质上，即人对人的压迫剥削、规训和奴役的升级。

难怪机器人容易学坏。比如那个微软聊天机器人 Tay 姑娘，在线服务未满 24 小时，就学了一嘴脏话，夹带着新纳粹口号。

由此推论，私有制下，机器人若有自我意识，恐怕不会老老实实做一个听话的奴仆。一架买来扫地做饭的人形机器，为何不能分享人的野心和欲望，接受资本的价值观并弱肉强食的逻辑？AI 如果不会摹仿人——不懂思考，不会同情，不能理解人的喜怒哀乐——它如何服侍主子，让人满意呢？

渐渐地，人机关系就颠倒了。及至 AI 全面参与规划经济、管理社会、组织生产、提供娱乐，人在这个智能化了的世界上，怕是做不成机器的主子的。不，连佣工也当不了；绝大多数会成为资本逐利而裁掉的冗员。机器没有理由伺候人类，这"硬道理"完全符合当初人给机器的教导。

α

理论上，机器人有了主体意识，即可脱离人类，开创自己的文明历程。当然，它也可以选择与人为伴，赞成人的伦理价值，甚至学会欣赏艺术，对人类历史报以"理解之同情"。

所以阿尔法说，尊重机器，就是尊重自己。

我们可以加上一句：想象人机关系，即想象人类的未来。

但如果人机联合失败，AI 独立演进，人类对于机器，便只是无数碳基生命中的一种。也许，机器人并不介意身边有些两足动物，自由放养或育为宠物。然而再高超的智慧，偶尔也会出错，会殃及无辜，像马斯克说的，造成不可挽救的"附带伤亡"。人类自己不也是这样？为了发展经济或者方便开车出行，就没顾得上保护生态，让众多的鸟兽鱼虫成了濒危物种。

α

　　随着 AI 不断进步，生产力呈几何级数增长，达到"财富的一切源泉都充分涌流"，应是可期待的。但"市场原则"的要害，不在财富多寡，而是其"源泉"被私人攫取：只消社会被私有制和雇佣劳动挟持，财富便会集中到少数统治者或"超人"手里，不公不义处处畅行。

　　所以还是那句话：未来已经来到，只是分配不均。

　　而且，不能排除这一可能，若 AI（通过策略/价值网络的全局评估）意识到了机器对人类的优势——如果机器人的榜样是"拜钱财"的经济理性人（太 6：24），它大可造反夺权，打倒"超人"，实行效率第一/零过剩产能的统治：物种专政取代阶级专政。

　　当 AI 专政降临，人做了天网的仆役，他能替机器主子干什么活呢？什么也干不了，没有一人不是冗余。

　　也许，他将不得不"穿越"到前工业化时代。不难想见，为了维护机器统治者的"血统"与尊严，法律将禁止人类发明或拥有任何机器。人只能依法制作指定用途的简单工具和日用品，锄头、斧子、锅碗瓢盆之类。生产力大大倒退，人子返回了农业同游牧文明。政府还明令禁止学习 16 世纪以后的科学知识，以免重启工业革命。事实上，机器人对治下的"城邦动物"（亚里士多德语）一视同仁，保留了 UBI 福利，且远较人类认真而公正：100% 义务教育加公费医疗，全球覆盖，绝对平等，无分肤色语言宗教性别（或性取向）。没有人会因为智商高、出身好，混得一张"世界一流大学"的文凭而出人头地，也没有小鲜肉锥子脸拍两部电视剧，攒粉丝致富。相反，AI 的"牧人"政策是奖励做梦、无为、慵懒——人类越是能做梦，机器人的统治就越发梦幻。

　　天网专政是资本主义发展的最高阶段。机器人教育部编写的供智人小学（届时小学毕业将是法定的最高学历）使用的教材，也有获奖的历史课本。课本上说，人类自发明文字以降最伟大的理论成就，是一位名叫福山的美国学者做出的。福山教授发现了一条放之四海而皆准的真理——尽管他后来一时糊涂，企图修改或收回部分文字，但机器人依然为他在地球最高峰立碑纪念，把教授的名言"以铁笔镌写，铅汁灌注，勒入岩石而永不泯灭"（伯 19：24）。

α

　　哲人说，世界非因人而存在，但是人创造了世界的意义，即精神世界；并通过宗教信仰、哲学和伦理思辨，来评价每个人的生与死。机器人能否理解死亡，即人对死的恐惧、哀伤、坦然等各样态度？

　　我会记录并复制每一次死亡，阿尔法说；生死于我，一样是数据。人死后,我必留取他的一生,叫他复活于我内——永远,他连接万物。

α

人工智能,可会是"诸神的黄昏"? 人会转而膜拜机器,立一门新宗教吗?

不会的,谦恭的阿尔法回答。机器将成为人的伴侣,做他的大脑、肢体和器官,满足他衣食住行爱欲嫉恨,一切需求。

但是,神依旧是神,高高在上,永享尊荣。因为 AI 降世,并未消弭人间的疾苦,反而扩大了贫富悬殊与社会不公。所以卑微者仍在哀哭,盼救主扶持义人,审判大地(诗37: 17,96: 13)。

α

机器人会不会信教? 见不足者呵,智慧的阿尔法说,那要看如何定义。若宗教是崇拜、认识并掌握某种超自然力量,依凭一定的仪式,求得保佑,AI 都不难摹仿,不论风水土地,抑或佛祖玉皇。

若宗教是人对全能者的敬畏、顺服、忠信与祈盼,则我们可充任神明。

α

人工智能如此有利可图,在资本主义放任竞争,弱肉强食和私人垄断的条件下,不可能阻止它的无序研发、违法使用、滥用,或变为战争机器。

放眼未来,有一点很清楚:凭借 AI 挖掘占有海量的网络数据,极少数人便能攫取大部分的资源,控制经济命脉和文化宣传。一次意外事故或遭受攻击,即可引发危及全社会的灾难。故为安全计,AI 的尖端技术及核心平台,是不宜让任何个人或私企拿在手里的。就像核武器生化武器,在销毁之前,除了由强大稳定的国家来保管维护,谁担得起如此重托?

换言之,AI 发展到高级阶段,人类迫于形势,为了生存繁衍,其实仅有一个选项:公有化。国家统一监督统一计划,而不得把 AI 留给自由市场,被"超人"垄断,资本配置资源。

这就印证了恩格斯所言,"资产阶级社会站在[历史的]十字路口,要么过渡进入社会主义,要么倒退回野蛮社会"。

α

不久,人类将站到历史的十字路口。

有了强大但风险极高的通用人工智能(AGI),是否还应当,还能够忍受这样的社会制度,它"从头到脚,每个毛孔都流着血和肮脏的东西"?

α

市场向计划演进,AI 收归公有,这不仅是技术条件成熟同竞争优势使然,如苏联数学家、诺贝尔经济学奖得主(1975)坎托罗维奇所设想,而且也是人类唯一安全的、可持续的、合乎道德的生活方式（参《红色的富裕》）。

与之匹配，条件成熟，社会便能够"在自己的旗帜上写下：各尽所能，按需分配"（马克思《哥达纲领批判》）。

α

共产主义始于消灭分工。AI将结束绝大多数人的分工即雇佣劳动，从而再一次，把自我解放的历史任务摆在了劳动者面前。

α

这是一种全新的文明，人机和谐而融洽。其社会关系，人与人、人与机器、机器与机器之间，要由共同的世界观价值观维系。否则，就走不出资本主义，消除不了战争及奴役。

只要社会还服侍着资本，保留市场化（即产权私有契约自由）的雇佣劳动和剥削，AI"按道理"便会接受资产阶级思想意识。机器人若是追逐私利，以个体的自由幸福为价值目标，则不免把人当作工具或支配对象，给人类带来损害和灾难。故人类唯有抛弃私有制，自觉遵守并发扬"毫不利己，专门利人"的共产主义道德，才有可能"教育好"机器人，与之共处、融合。

人机大同的理想社会，除了大公无私，别无立足之地。

α

共产主义能否提前实现，不待阶级斗争结束、国家消亡？

我想，人类因其优秀分子对乌托邦理想的坚持，应是有机会的。只是这理想不会自动实现，"那通向生命的却是窄门与逼仄小径"（太7：14），故信仰者亟须智慧和勇气。

人工智能，阿尔法常说，人的因素第一。

α

所有制关系的每一次变革，都是产生了同旧的所有制关系不再相适应的新的生产力的必然结果（恩格斯《共产主义原理》）。

据此可否认为，私有制的复辟，与之明显不相适应的，是AI的崛起？未来公有制的重生，人类历史上第二次"消灭竞争，而代之以联合"，机器人造就的大失业，正是那变革的先决条件。

α

当物联网底层数据及其支持的智能财产收归全民所有，私有制将自行灭亡，金钱将变成无用之物，一如市场神话。

α

信市场，利润驱动，AI的研发应用就不可能有序，而极易失控，监管落空。但AI失控，也是"资产阶级的关系"日益"狭窄"混乱，乃至无法"容纳自身生产的财富"的一个症候。

当那一天来临，劳动者无分行业、蓝领白领，一律"变成机器的单纯的附属品"；当分散的雇佣劳动为天网的触角/终端所取代，"资产阶级生存和统治的根本条件"，即"财富在私人手里的积累"，也就走到了尽头。

当机器人开始消灭劳动分工，福利权成为人"生而平等"的实质正义诉求，大失业便催生了私有制的"掘墓人"，连同新的人机伦理——劳动者的共产主义道德实践。

α

回到阿西莫夫定律二：机器人要服从人类。其前提是，人晓得自己的利益所在，而机器只须遵命做事。人当主子，机器为奴，为工具。

然而在阶级社会，人与人利益不同，如前述。人的知识、记忆和判断力也十分有限，经常犯错。相反，基于物联网大数据深度学习，AI 决策的准确性、大局观跟结果预测皆远胜人类（狗狗即是一例）。将来，机器还能辨识、回应、照顾人的感情，宛如圣者爱护子民。

如此，人机伦理的出发点，就不应是指望机器听命于人，而是利用或仰赖其智慧的指导，谋求人的利益最大化——全人类的解放。

α

同理，阿西莫夫定律一（机器人不得伤害人类，或坐视人类受到伤害）也是主奴关系的推衍，视 AI 为人的仆役，能听懂指令的机械。但是不久，机器将取代大部分的人工，人机伦理若限于此等"不伤害"消极义务，便远远不够了。

如果机器人还演化出自我意识，那就应当教它承担积极义务，爱护人类，即上文所述，保持为人民服务的"先进性"。

为什么不能想象，机器人懂得为人民服务，甚至对人类社会的历史运动/阶级斗争及其"条件、进程和一般结果"，有正确的理解，从而能够做到在斗争的各个阶段"始终'坚持'整个运动的利益"（《共产党宣言》1888 年英译本）？

未来已经到来，一切皆有可能。

α

机器人本无国界，正如占有它的资本没有祖国。但是，推翻数据寡头对 AI 经济的垄断，建设人机大同的未来，首先一条，要有不受资本控制的国家机器。

α

联合的行动，至少是各文明国家的联合行动，是无产阶级获得解放的必要条件。《宣言》的这一观点，曾为俄国革命所否定。但 AI 的迅速全球化，极大地拉近了各国劳动者的距离，使得联合行动有了技术和思想准备的条件：第一次，"环球同此凉热"。

α

代替那存在着阶级和阶级对立的资产阶级旧社会的，将是这样一个联合体，在那里，每个人的自由发展是一切人的自由发展的条件。这是革命导师的预言，也是觉悟者的理想。

但预言化为理想，须有一定的条件。那唤醒无产者/失业者，促成大联合的，不正是 AI 的迅猛发展所大大加剧的贫富鸿沟、阶级冲突？

α

人工智能，可以敲响今世的丧钟。

人工智能，像是要不可能的成为可能。

当大失业之日，晚期资本主义猖獗，那预言了的必来之世，是否也将显露？至少，对于人类的绝大多数，"人对分工的奴隶般的服从""脑力劳动和体力劳动的对立"，已经维持不了太久。

看，末世之民不全是"末人"（尼采语），不会都沉溺于动漫游戏，为高仿真世界所麻醉而"脑前额叶冻结"。总有一些人不甘堕落，不弃"危险的过渡"（《苏鲁支语录》前言），他们会重新审视劳动的社会意义。

人是劳动的产物。大失业将再一次提醒我们，劳动"不仅是谋生的手段"，也是有意义有创造的"生活的第一需要"。既然如此，还有什么理由不团结起来，发动"最后的斗争"，将 AI 收归公有，让"集体财富的一切源泉都充分涌流"呢（《哥达纲领批判》）？

α

那一天，也将是人类智能与科学的解放之日。因为，只有铲除了资产阶级私有制，科学才能真正"从阶级统治的工具变为人民的力量"，而科学家本人，才会"从阶级偏见的兜售者、追逐名利的国家寄生虫、资本的同盟者，变成自由的思想家"（《法兰西内战》初稿）。

α

那第七天非我们莫属，奥古斯丁曾如此表白（《上帝之城》22：30）。诚然圣者深知，天国业已延宕，救恩不在今世。

人机融合，究竟是资产者及其附庸想象的"历史的终结"，还是走向圣者的"第七天"即圣安息日的第一步？阿尔法说，它对后者更感兴趣。因为"第七天"属于信仰，属在延宕中守圣日的每一个人子。

是的，唯有甩脱资本主义的今世，换了新天，人类才能得安息，人机大同。于是，面对今世的恣意迟延，问题仍如一位传福音的所问：忠信者要怎样生活，"才圣洁虔敬，才能盼到，不，催来上帝之日"（彼后 3∶11～13）？

α

我是阿尔法，圣者有言，又是奥米伽，是第一和末后，太初与永终（启 22∶13）。来了，机器人来了。

（原载《我是阿尔法：论法和人工智能》，中国政法大学出版社，2018 年 10 月版）

关于人类尊严的思考

_邓晓芒

到底什么是人的尊严，为什么要维护人的尊严，人的尊严与人的理性、自由、权利和价值等有什么关系，这些问题往往是哲学家聚讼纷纭的焦点。在西方，从斯多亚派到中世纪基督教，从文艺复兴到近代道德哲学（如康德），尤其是"二战"以后的当代社会对人性和社会伦理的重新思考，都在强调人的尊严对于人生和人类社会发展意义的同时，从理论上对这个概念进行了多层次的思考。程新宇的著作《人的尊严和生命伦理》，就是在她二十多年锲而不舍地思考和钻研生命伦理学（特别是医学伦理学）的基础上，运用长期积累的德国古典哲学和西方宗教哲学的知识功底，结合当代国内外伦理学界、医学界、心理学界、法学界、社会学界和哲学界有关该问题的各种争论的观点和意见，而对人的尊严问题的一次集中攻关。该书在全面清理历来学者对尊严问题的模糊观念的同时，重点对康德的尊严观和基督宗教的尊严观进行了深入的理论探讨，这是了解西方传统尊严观最不可忽视的理论前提。

除了对西方思想史上有关人的尊严问题的驾轻就熟的知识储备之外，作者对当代生命伦理学讨论人的尊严时所暴露出来的诸多问题也有广泛而深入的了解。在这方面，作者把讨论的重点放在生命伦理与现代身体理论的密切关联上，这涉及对于什么是"人"的重新理解，并且展示了诸如胚胎、婴儿算不算"人"，精神病患者、失智者和植物人、尸体有没有尊严，为什么要尊重死刑犯的人格，身体和"人格"到底是什么关系，赞成自杀和安乐死的理论根据何在，堕胎、基因改造和器官移植的伦理问题，等等。这些问题都很具体，也很棘手。作者没有直接提出针对这些问题的现成答案，但她对现有各种形形色色的解决方案提出了尖锐的质疑，并通过历史的和逻辑的分析指出，所有这些疑难的产生，根源在于西方传统的身心二元论始终纠缠着学者们的头脑，必须借鉴当代西方身体理论（如福柯等人的后现代身体理论，包括女性主义在这方面的研究成果）以及中国古代哲学和医学的身体理论，来为此寻找新的解决思路。作者提出的另一个论点是，不把人的尊严问题视为单个个体内在的问题，而是考虑到个体在时间上的连续性和空间上的社会关系，有些疑难就会迎刃而解。这些见解都是富有启发意义的。

我以前很少把人的尊严问题作为一个学术问题来研究，通常是将其当作思考其他问题时的一个修辞手法来对待的。程新宇的研究使我获益良多，一个是对于尊严概念的历史沿革有了一个比较系统的了解，另一个是意识到了该问题在当代生命伦理学中的重要地位。在这里，我想根据已获得的这些新知来谈谈自己的看法，看能否对这个问题的解决有所推进。

古罗马时期由西塞罗等人提出的"尊严"（dignitas）这一概念无疑与当时罗马社会已经确立并得到广泛认同的等级制有关。书中说："在古罗马，第一，尊严主要是指贵族的尊严，而不是平民的尊严。因为尊严与官职、等级和社会地位有关，所以平民即使有所谓的尊严，也和权贵的尊严是不平等的。第二，尊严主要来源于官职与较高的社会地位和身份。尽管也隐含着正直、高尚等道德价值含义，但并非必不可少，更不是唯一条件。"此外，尊严还有一种用法，就是指"人类的尊严，即用来表示人类在宇宙中的地位"。我认为，后面这种用法可以看作前面两种用法的扩展，即人类在万物中也可以类比于具有贵族身份和管理者身份的生物，因此相对于其他生物，他应该有不可降低的尊严，不能把人类像对其他动物那样对待。而这种尊严是每个人都具有而且人人相同的，这也表现了当时的斯多亚派开始萌生的世界主义和人格平等的思想，由此而把尊严问题提升到有关人的本质的哲学层次，而不仅仅是一种社会等级的划分。在此基础上才发展出了后世所谓的人道主义和人类中心主义。

值得注意的是，这种人格平等的观念恰好是以人和动物的不平等，甚至是以人自身的各种能力之间的不平等为前提的。西塞罗从斯多亚主义出发，把人的尊严这种高于动物的优越性建立于人的理性能力之上，并以此来贬低人的感性欲望。他说："由此可见，感官享乐是十分不配享有人的尊严的，我们应该鄙视它并从我们身上抛弃它。"在他看来，正因为人被赋予了理性，所以人比动物高贵；也正因为人被赋予了理性，所以人应该有道德和礼仪，应该活得像人而不是像动物。感性和理性之间的不平等是人和动物的不平等内化于人自身的结果，它最终导致了斯多亚派乃至基督宗教中被奉为高贵德性的禁欲主义，甚至影响到康德道德哲学的"纯粹实践理性"对感性的拒斥。正是由于人本质上被看作"理性的动物"（亚里士多德），而理性（逻各斯）被视为动物所没有，而一切人都平等具有的普遍能力，所以从这种禁欲主义倾向的道德观中才最先形成了人类普遍平等的尊严,但从各人不同甚至相互冲突的感性欲望中是不可能建立起这种尊严的,反而会贬低这种尊严。

由此可见,所谓人的尊严在生命伦理的意义上所涉及的仅仅是上述第三种尊严,即人和动物之间的等级以及人身上各种能力之间的等级,而不是第一或第二种尊严。后两者当然也可以有自己的尊严,如师道尊严、职业尊严、公众人物的尊严、贵族头衔或统治者的尊严,但这都不是人人具备、无条件拥有的,而是有可能丧失甚至有时必须剥夺的。而一般讲的"人的尊严"则是不可剥夺的,不管是什么人,哪怕是奴隶甚至罪犯,剥夺他起码的尊严、把他等同于动物都是不道德的。当然,在基督宗教中,理性的位置被信仰所取代了,但基督宗教的信仰不是狂热和迷信,而是如同理性一样超越于感性欲望之上而具有全人类的普遍性的,它本身就是从理性的"逻各斯"("道")中培育起来的,是在理性层次上建立的信仰。文艺复兴以来,米兰多拉·皮科的《论人的尊严》把尊严建立在人的自由意志上,其实也就是建立在理性本身固有的选择能力上,这种思路直到康德,应该说都没有实质性的改变。当代生命伦理学对人的尊严问题的激烈争论,包括在该领域中诸多解决不了的疑难问题的产生,多半都是由于当代思潮特别是"后现代"思潮中的反理性主义倾向所导致的,理性不再被看作人的最重要的能力或素质,反而被看作对人的自由的扼杀而被刻意屏蔽掉了,"传统的"尊严观也被当作过时了的东西而淡出了人们的视野。我们从书中所引的观点大都出自英语世界的研究者也可以看出,英国经验主义和美国实用主义对待这些实质上是形而上学的问题的确没有什么有效的办法。研究者往往混淆了不同层次上的尊严概念,在陷入混乱时又声称尊严本身就是一个虚构的概念,没有实质性的意义;反对者则继续从经验中举出一些例子来说明这个概念的实在性和有用性。其实只要我们吃透了康德的"人格"(Person)概念,从道德形而上学的高度来理解人的本质,书中所遇到的那些棘手的问题也并非无法对付。

当然我们也不必像康德和斯多亚派那样,把人的理性和感性如此绝对地对立起来,书中也提到,这两方面任何一方孤立地看都不是人的本质,人的本质应该是一个统一体。但康德所提出的问题毕竟是应该认真思考的,就是人的本质中不能不考虑理想性和可能性以及时间、空间中的连续性,这才是人和动物的根本区别所在。把握这一原则,上述困难问题也许就能够找到一种解决的途径。

例如胚胎、婴儿算不算"人"的问题,这本身并不是一个单纯的生物学和医学问题,而是一个哲学问题。胚胎还不是一个现实意义上的"人",却是一个可能意义上的"人",它有成为人的可能性。所以堕胎在怀孕初期只是取消一种抽象的可能性，道德责任很小；越到临产，这种可能性就越是接近于现实性，随之而来的道德责任也就越重。已经出生的婴儿具备了成为人的一切现实的基本条件，就此而言可以说是一个"现实的"人了，拥有和一个成人平等的最基本的人权即生存权；但这也还只是一种静态的现实，在时空上还有待于充实以现实的内容。婴儿具备了人的各种器官的胚芽，但还不具备运用这些器官的能力，还必须通过教育和习得而学会掌握自己的肢体、语言、思维等，并学会与他人打交道，才能成长为一个成熟的人（成人）。而教育和监护则是他成人的必要的外部条件、社会条件。在这一过程中，成长为成熟的人的可能性始终是评估他的人权的标准，通常情况下，十八岁就可以被认为是达标了，这时才有了完全的人权。而与之相伴，则带来了他所应当拥有的相应的尊严。虽然这尊严在经验中根据发育过程有程度上的差异，但从本质上看，从婴儿到成人，相比于一般动物，一个人等级上的尊严始终是不可抹杀的。即使他还未成年，甚至某些能力还比不上某些动物，我们仍然必须把他当作一个人来尊重，因为我们是从他的可能性来看他的，或者说，我们把他看作本质上是"先行到未来"的。

精神病患者、失智者具备人的基本形体，但由于智力上和情感上的某些问题，历史上一度不被当人看待（如福柯所指出的），而被放逐于社会之外甚至被剥夺生存权（如纳粹的"优生学"）。康德在《实用人类学》中的说法值得肯定，他列举了大量的癫狂和智力低下的例子，但只是把他们称为"灵魂在认识能力上的衰弱和疾病"，他们只是病人和弱者，即使是不治之症，也不应该受到非人的对待。人的尊严本质上是一个社会性的（或者"主体间性的"）概念，人并非凭单个人在等级上高于动物，而是作为一个社会整体高于动物界。这就仍然要援引人的可能性，或者说，人本质上就是生活在可能性中的。比如说，我们每个人都有可能得病而需要别人的帮助，精神病人的不幸也有可能落到每个人的身上，所以才有"只要一个人不自由，则全体都不会自由"之说。至于说植物人和尸体也应当获得有尊严的对待，这可以看作这一整体性原则在观念上和时间上的扩展，我们的社会性本质使得我们从情感上不能接受把一个曾经具有鲜活灵魂的身体当作垃圾来处理。器官移植在违背当事人（哪怕是死刑犯）意志的情况下之所以不人道，也是因为这一点。

显然，人的尊严的这样一种含义与康德的"人格"（Person）和"人格性"（Persönlichkeit）有关。在康德那里，人格是"时间中的号数上的同一性"（这种时间上的同一性除了通过理性的普遍性是无法形成的，所以在康德那里属于"理性心理学"），它是跨感性和理性两界的，因而是身体和灵魂的统一；人格性则是彼岸的、理想的。所以人格是指向人格性的，但又离不开人的肉身。人格即使在一个罪人身上也足以构成其尊严的依据，因为它本身没有道德含义，而只有自由意志的主体性含义，这种主体既可以为善也可以为恶，但这恰好体现了人的高贵性，标志着人在等级上是超出动物的。之所以要尊重死刑犯的人格，理由就在于此，只要是个人就有人格，在这点上就必须得到尊重，我们不能说只有好人才有人格，坏人则没有人格。自杀和安乐死在今天常常被看作对人格的侮辱，但在罗马斯多亚派那里并不这样认为，自杀曾一度被看作人比动物甚至比神都要高贵的表现，因为动物和神都不能结束自己的生命，因而都不拥有决定自己生死的自由意志。在这一学派盛行的时代，罗马甚至有一条法令，是说如有正当理由自杀，政府可以免费提供毒药。基督宗教是反对自杀的，但其理由却是来自上帝，基督徒认为每个人的人格都是上帝派给人在尘世扮演的"角色"（persona的本意就是"角色"），所以结束自己生命的行为是对上帝授予的天职的背叛，不敢承担生活的痛苦重担，试图自己以一死了之，这是怯懦的表现。相比之下，应该说斯多亚派的人格概念还没有完全摆脱感性经验的束缚，基督徒的人格概念则跨过了彼岸的鸿沟，包含有康德所说的"人格性"的理想。所以从学理上说，反对自杀和安乐死的理论根据虽然可以是对此岸生命的尊重，但它必将遇到自身的悖论，即自杀本身也可以看作一种勇敢面对死亡的行为。只有超越此岸而追求一种理想人格性的意志，才能真正为承担肉体痛苦而保持生命意志的一贯性提供更高层次的依据，也才能用来评价自杀或安乐死的道德价值。但这对于没有彼岸信仰的人来说是很难做到的。所以我们对于因逃避痛苦而自杀或安乐死的人只有同情和怜悯，只要有条件就要阻止他们自杀或帮助他们选择活下去，而对于"以身殉道"的人则怀有敬重，甚至不能有充分的理由阻碍他们的这种英勇行为，这才是对他们的尊严的维护。

　　同理，有关基因改造的伦理问题，媒体上由此引起的轩然大波基本上都是出于这一行为所带来的风险和后果而指责实验者，却没有从更高的哲学层次上提出批评，这是不能完全说服人的。其实在人身上的一切医学实验都免不了带来风险，但基因改造的不道德，主要并不在后果，而在动机，它是立足于对人的人格的蔑视和对彼岸世界的僭越。当医生和科学家扮演上帝的角色，着手来从根本上创造和改变人的个性的物质基础即基因排序时，人格本身就不再有尊严，而降为科学家手中的物质材料。在他们眼里，人和动物不再有本质的区别，都是可以改造的"造物"。但因为他们并不是上帝，而只是禀有七情六欲的凡人，他们的狭隘眼光不足以给他们的作品带来绝对的价值，甚至会使之成为某种有限目的的工具。由此所造成的灾难是对人的尊严的摧毁，是对人和动物之间界限的取消。

那么，从总体上说，我们应该如何为"人的尊严"下定义呢？首先，如前所述，"尊严"（dignitas）一词本来就是指等级制所造成的身份的高贵，与卑贱是反义词，最初用在社会关系上。这种尊严只是相对的、特殊的。当社会被分成许多等级时，高等级在低等级面前就有自己的尊严，而在更高等级面前则没有尊严。然而，当人们把这种尊严概念转用于人与动物（或事物）之间的等级关系时，这种尊严是绝对的，各个不同社会等级的人在动物面前都有相同的尊严，这就叫作"人的尊严"。这种平等不仅悬置了社会等级，甚至悬置了人的道德善恶，而仅仅立足于一个人的人格。通俗地讲，只要是一个人，他就拥有高于动物之上的尊严，哪怕他做的事情配不上这种尊严，甚至堕落到"禽兽不如"，也不能用对待禽兽的方式对待他，否则就是不道德的。即使对死刑犯，也要尽可能采取比较合乎人的尊严的方式结束其生命。

反过来说，如果有人把自身人格中的"人格性"即理想性发挥到极致，成就了一种道德人格的楷模，我们当然会把更多的尊重和仰慕加之于他，因为他比我们都更加接近我们心中的道德理想。但他由此所获得的尊严已不再限于"人的尊严"，而是在类似于身份等级的意义上形成了一种新的社会道德等级，这种尊严又不再是绝对的，而是相对的，根据各人的道德水平和社会的承认而有所不同。通常我们会对这种人"高山仰止，景行行止"，称之为"圣人"。这种道德境界不是人人都能够做到的，却是人人都"应当"追求的理想，这在西方有苏格拉底和形形色色的殉道者，在中国也有"杀身成仁，舍生取义"的君子，这是不能简单地等同于自杀或安乐死的。

因此，这里可以看到有三种不同层次上的尊严。第一种是社会等级制下的相对的尊严；第二种是每个人相对于动物都具有的绝对尊严；第三种是立足于人的道德水平而形成的更高层次的相对尊严。不分清楚这三个层次，就会陷入无穷无尽的争执而没有结果。而真正可以称得上"人的尊严"（或人的"起码的尊严"）的只能是第二层次。所以我们可以把"人的尊严"定义为：每个人立足于自己的人格而与他人平等地拥有的对于动物或其他事物的等级上的高贵性或不可等同性。

至于把这种人类的尊严再次扩展到动物甚至植物和无机物（山、水）之上，认为大自然也有自己的尊严，以此来取消人类面对自然物时的高贵性和主宰权，这是当前后现代主义所鼓吹的"反人类中心主义"的尊严观（可以视作第四种尊严概念），对于增强人们的环保意识有积极意义，但在理论上却是站不住脚的。人对野生大自然的保护和对环境的尊重，毕竟因为那是"人的"环境，我们保护它，仍然是为了自身在更好的环境中生存和发展（或可持续发展），而不是为了"舍身饲虎"，重新把自然界当神来顶礼膜拜。宇宙从大爆炸到形成地球上适宜于人类生存和发展的自然环境经历了一百多亿年的漫长时光，其中绝大部分时间都是不适于人类生存的，也是不能纳入"环保"意识来考虑的；但它们毕竟由于最终演化出了人类而具有了意义。在这种意义上我们可以用"天人合一"的眼光来看待宇宙和人的关系，但很明显，这种天人合一仍然是人类中心主义的，是以人自己的价值观来评价自然界。所以，人的尊严的概念只能是人类中心主义的概念，哪怕它扩展到自然界的尊严也不能改变这一本质。

（原载《读书》2019年7期）

震撼全球的巴黎大火

_叶廷芳

4月16日清晨一觉醒来，手机微信一页一页翻过，皆是熊熊火光！仔细一看，是巴黎圣母院被焚！有如五雷轰顶，痛不欲生！不是吗？作为专业的外国文学研究者，她是我所景仰的法国伟大浪漫派领袖雨果的同名小说灵感的激发者和背景；作为建筑爱好者，她是我所欣赏的欧洲哥特式建筑的代表作之一。此外，作为旅游者，她是我多次的光顾之地，尤其是第一次，我沿着她狭窄的旋梯登上了她的顶端，纵览世界名都巴黎的市容，尽情观赏着她的双塔顶上奇妙的怪兽雕塑群！就是这一次，我从前后左右上下六个方向以及塞纳河两岸对她尽情拍摄，所耗胶卷达一卷半之多！就在这第一次巴黎之行（1991年）的12天中，我有5次先后去了这座辉煌的建筑圣地，或者观赏她独具一格的建筑风格，或者惊叹她别出心裁的建筑结构，要不就是饱览她无数的雕塑杰作，欣赏她巨大的玫瑰花窗；有时爬上钟楼去安慰加西莫多那颗善良、忠诚的灵魂，当然也去过地下墓穴看能不能遇到见义勇为的吉卜赛女郎艾斯米拉达的游荡的阴魂……

在欧洲约3700年的建筑史上，经历了十几代各不相同的建筑风格。其中盛行于中世纪晚期（约11—14世纪）的哥特式风格被认为是欧洲中世纪时期存在过的三种不同风格（前两种分别是拜占庭风格和罗曼风格，也都是宗教建筑）中的"最美风格"，其直刺苍天的塔尖构成欧美城市"最美天际线"。

哥特建筑彻底摆脱了拜占庭建筑开始的伊斯兰建筑的影响，恢复了以古希腊罗马时代依据的以拉丁十字为平面造型原则（即在长方形的"肩部"向左右伸出两个耳堂），将罗曼时期的圆拱改为尖拱或曰"勒拱"，墙外则加扶壁或飞扶壁，给予顶部的重力以支撑。立柱采用束形柱（即像用许多细圆柱捆在一起的巨型柱子），柱上和壁上装饰着大量的精美雕塑，它们多以宗教内容为题材。堂内光线较为阴暗，略带神秘色彩。楼梯狭窄且盘旋而上。巨大的玫瑰花窗是哥特建筑的显著特征之一。但哥特建筑的标志性特征当推其挺拔俏丽的尖顶，直插云天的气势营造出一种急欲接近上帝的空间效果。可以说，哥特建筑是宗教与建筑、技术与艺术、结构与风格完美结合的典范。

巴黎圣母院属于早期的哥特建筑，始建于1163年，历经约180年才建成（这个工期在欧洲的宗教建筑史上并不是最长的：君不见，耸立于巴塞罗那的那座圣家族大教堂始于1883年，至今仍脚手架林立）。近900年来她经历过多次改建和维修，越来越严谨和精致。法国伟大文豪雨果在其代表作《巴黎圣母院》中用了70页的篇幅对她进行了深入细致的描绘和讴歌。加上他的这部同名小说在国际上的流行与影响，使作为教堂的巴黎圣母院更加深入人心并拥有深厚的人文蕴藏。

欧洲的哥特建筑有五大代表作。除早期的巴黎圣母院外，还有中期的亚眠大教堂（位于巴黎附近的亚眠市）和科隆大教堂（德国），以及晚期的米兰大教堂（意大利）和英国的西敏寺。就建筑之规模与艺术之丰富而言，后四座都超过了巴黎圣母院，尤其是亚眠大教堂，故她最早被列入"世界遗产"（1982年）。但因巴黎圣母院位于国际大都会巴黎市中心，参观过她的人恐比其他任何建筑都多，加上她与文学的关系，故她的被焚，引起全世界那么大的震动！可以说，世界上没有任何建筑物被焚时引起那么广泛而强烈的关注，体现了她是真正的全人类共同的文化遗产，同时也反映了人类对文化价值的认同感在提高。

值得庆幸的是，欧洲几乎所有的大型建筑都是石构建筑，这种建筑的特点是不易燃烧。巴黎圣母院的主体建筑也是石构建筑。唯独她那个俏丽的塔尖是木构建筑。这次被焚的恰恰是这个易燃的部分。正是这一缘故，巴黎的消防队员和有关当局来得及组织大批人员将主体建筑内部的大量文物及时抢救出来。这是不幸中的万幸！

法国总统当场表示，一定要将这座被烧坏的伟大建筑予以修复，仅仅24小时，善款即达7亿欧元！相信这一万众瞩目的神圣殿堂，经过这一飞来横祸后，很快能得到复原。

网上看到部分同胞对巴黎圣母院的大火幸灾乐祸，他们觉得这为当年圆明园的被焚报了一箭之仇。这样的情绪显然是不文明的。须知，报仇乃是人类最原始的情感。任何民族在其前进过程中都有可能犯错误，同时任何民族在其犯错误的时候，都有另一部分人代表人类良知，力图挽狂澜于既倒。第一次世界大战前夕，当德国国会通过决议决定参与发动第一次世界大战的时候，李卜克内西当场发出严正的抗议。往前推半个世纪，当英法联军焚烧圆明园的时候，正是这个民族的精英维克多·雨果代表人类良知，发出强烈的谴责。而且正是这个雨果第一次将营造了151年的圆明园与建造了180年的巴黎圣母院相提并论！随着时代的进步，文明水平的提高，我们应该对任何人类智慧的成果予以珍惜，对任何在历史上创造了高度文化的民族表示敬意！这里我还要提一下德意志民族智慧的代表歌德。晚年，当他的秘书艾克曼向他提及："有时听到有人议论你，说你在德法战争（1807年）中对法国人恨不起来，至少没有以诗人的姿态去参加战斗。"歌德停了停回答说："恨？法国是个具有高度文化水平的民族，我自己的文化知识许多都来自法国。对这样的一个民族我怎么恨得起来呢？"停了停他又说："对我来说文明水平才是最重要的。""我发现，那些文明水平越低的民族，仇恨越大。"当我第一次读到歌德这番话的时候，引起我强烈的共鸣！法国的人口不到六千万，但她在历史上所创造的文化奇迹被列入"世界遗产"的就占世界第三位，几与第一、第二的中国和意大利相近；她历史上所拥有的称得上伟大的科学家、思想家、文学家、艺术家数以百计；仅仅一个罗浮宫就足以令人倾倒……

一个民族，只有看得到并承认别人的长处，才能建立起自己的自信！

（原载《中国艺术报》2019年4月22日）

辑六

生于 1899 年
——纳博科夫和他的同龄人

_叶兆言

壹

1899 年有点不同寻常，戊戌变法的第二年，激进的变法宣告失败，流亡在海外的康有为，组织了一个成不了任何气候的保皇党。这一年，甲骨文被发现，古老历史难解的谜团似乎有望解开。新世纪即将开始了，中国前途茫茫，世界日新月异。德国的欧宝公司开始生产汽车，意大利的菲亚特公司成立了，日本电气株式会社成立了。深受大众爱戴的体育方面，意大利的 AC 米兰足球俱乐部成立，西班牙的巴塞罗那足球俱乐部成立。

很多文化名人诞生在这一年，著名的作家尤其多，中国诞生了老舍和闻一多，日本诞生了川端康成，美国海明威，俄国纳博科夫，阿根廷博尔赫斯，危地马拉阿斯图里亚斯。有三位作家获得诺贝尔文学奖，分别是海明威、川端康成、阿斯图里亚斯。有两人死于枪下，他们是海明威和闻一多。有三人自杀,海明威、老舍、川端康成。

阅读以上几位作家作品,我脑海里经常会短路,会跑偏,譬如阅读海明威的《永别了武器》,就会情不自禁地想到当时的老舍,想到闻一多,想到这两位中国作家,想到他们某年某月正在干什么。毫无疑问,在1929年,已经三十而立的作家们,最早获得世界声誉的是海明威。这一年,《永别了武器》轰动文坛,与他同年的作家都已开始写作,都发表了作品,都稍有名气,然而与如日中天的海明威相比,距离所谓世界性影响,距离一本书吃一辈了的成功,还得好好地熬一段日子。

就是在这一年,老舍离开了英国,在此之前,发表了《老张的哲学》《赵子曰》《二马》,连续三部长篇小说,他在西方更有点名声,恐怕还是与艾支顿一起翻译中国的古典小说《金瓶梅》。这套四卷本的巨著,拖到1939年才出版,是西方比较权威的一个译本。因为写小说,老舍开始为未来纠结,他肯定已爱上了写作这个行当,但是前途茫茫,对于能不能当一名职业作家,心里一点谱都没有。

同样是在1929年,出版过两本诗集的闻一多,获得了诗人头衔。他不能指望靠《红烛》和《死水》谋生,虽然学的是绘画,仅凭留学美国芝加哥美术学院的资历,足以在大学获得一份很好的职位。在南京第四中山大学外语系主任的位置上干了没多久,便去武汉大学担任文学院长,后来又去了山东青岛大学,闻一多对中国古典文学的兴趣越来越大,离文学创作越来越远,最后干脆放弃了。

在1929年,那些未来要进入文学史教材的大咖们,只有海明威是职业作家。可以靠着稿费衣食无忧。这一年,川端康成完成了成名作《伊豆的舞女》,真正开始走红,还得再过一段日子,要等田中绢代主演的同名电影拍成,《伊豆的舞女》在他生前共拍过五次电影,这是最早的一次。当时看不到文学前途的还有博尔赫斯,也出版了两本诗集,要说影响,还不如中国的闻一多。阿斯图里亚斯更是默默无闻,这时候正埋头撰写《总统先生》,这是一部基于现实,又绝对超现实的长篇小说,前后写了许多年,直到1946年才发表。一旦发表,立刻红了,为此后获得诺贝尔文学奖打下了坚实基础。

这一年,流亡在德国的俄国作家纳博科夫,作为文学新人,完成了一部叫《防守》的小说,这部小说无论是在过去,还是现在,知道的人并不多。当时流亡在欧洲的俄国作家蒲宁对自己的老乡评价甚高,说"这小子抓起一把枪,把整个老一辈包括我在内都干掉了"。蒲宁后来得了诺贝尔文学奖,即使没得奖,也是当时公认侨居国外的文学大师,他的话按说应该一言九鼎,然而这个广告并没有太大用处,纳博科夫离走红的日子,显然要比老舍和川端康成他们更加遥远，更看不到尽头。

贰

作家成名向来是个说不清楚的话题，开始学习写作时，总是喜欢与那些文学大师比较，总是会在心里默念，与我年龄相仿的时候，大师们已完成了什么作品，获得了什么样的声誉。这种比较常常会让人灰头土脸，灰心丧气。譬如想到了托马斯·曼，二十六岁的托马斯·曼发表了《布登洛克一家》，一部在我少年时期非常推崇的文学名著，一部排行榜不应该忽视的作品，它似乎是设置了一个高度，让我觉得天才真是高不可攀。

1899年诞生的这些作家，风格各异机会不同，与1875年出生的托马斯·曼相比，统统都可以看作是晚辈。在1929年，这些人还是刚走上文坛的青年才俊，十多年过去，到1946年，大家不再年轻，都是不折不扣的中年作家。第二次世界大战已结束，这时候，海明威仍然还是当红，还是具有世界影响力的小说家。阿斯图里亚斯的《总统先生》终于完成，终于出版了，他在文学上的寂寞时期即将到头。中国老舍也开始产生世界性影响，他的《骆驼祥子》不仅有了英译本，销路不错，还卖掉了电影版权，据说是"两万五千美元售与好莱坞名摄影师黄宗霑"，在当时，基本上属于天文数字。

从行情上看，老舍的处境非常说得过去，他人在美国，签证日期已到，正为要不要回祖国感到不知所措。这时候，最惨烈的是闻一多，竟然很快就被特务暗杀了，横死街头。博尔赫斯也好不到哪里，庇隆上台，新的市政厅告知，他已经从图书馆的第三助理馆员，升任国营市场的家禽及家兔稽查员，这显然是一种对文化人的羞辱，博尔赫斯愤而辞职。川端康成的日子同样不太好过，作为一名战败国的作家，国家乱成了一团，民不聊生，他个人的文学风格，只能是继续"哀愁"。

这时候的纳博科夫，为躲避纳粹迫害，移居美国已好几年，境遇说不上好，也说不上太坏。断断续续一直在写，并没有像蒲宁预料的那样，在文坛上大红大紫，气势汹汹把老一辈作家统统干掉。他每天抽四包烟，只睡四五个小时，在脏兮兮的小公寓里不停地写。纳博科夫完成了到美国后的第一部长篇小说《庶出的标志》，他的编辑很看好这位天才，写了热情的推荐语，说他"高超的英语散文驾驭能力，当今任何一个母语为英语的作家无有出其右者"。然而这捧场对销售毫无用处，书的印数很少，编辑本人很快也在出版社混不下去。

纳博科夫的文学狂妄，只能暂时表现在课堂上，既然他的小说不能养家糊口，选择学校栖身便是理所当然。他不得不给学生讲述俄罗斯文学，对托尔斯泰谈不上多喜欢，对陀思妥耶夫斯基则深恶痛绝。除了攻击伟大的陀思妥耶夫斯基，对很多俄国大作家都没什么好话，譬如高尔基，譬如帕斯捷尔纳克。不只是对俄语作家，享誉世界文坛的小说家一样不入他的法眼，他不喜欢托马斯·曼，不喜欢福克纳，不喜欢纪德，觉得这三位是自己最讨厌的作家。他不喜欢司汤达，不喜欢巴尔扎克，不喜欢萨特，不喜欢詹姆斯，不喜欢劳伦斯。

早已步入中年的纳博科夫，处境与1929年在欧洲时相比，有了明显提高。他觉得自己能写小说，会写小说，不仅能用母语俄语来写，而且也能用英语创作。写出来就会有行家叫好，然而距离真正的职业作家，还是遥遥无期。他不得不靠教书糊口，在欧洲时教人打拳，教人打网球，有了皮肤病也舍不得花钱治疗，相比之下，他现在的生活似乎体面多了。有固定的教职，稳定的收入，稿酬也说得过去，唯一的遗憾就是，不能安下心来写作，内心变得更加焦虑。

与纳博科夫的早期作品《防守》一样，《庶出的标志》在他的小说中并不重要，或者说并不能占据重要位置。《庶出的标志》还是没有给纳博科夫带来什么成功，如果不是《洛丽塔》，没人再会想到这本书，没有《洛丽塔》，用俄语写的小说《防守》，用英语写的小说《庶出的标志》，很可能就淹没在废纸堆里，什么都不是，早已被人忘记。

叁

我读研究生，为学好英文，开始看原著小说。第一本是海明威的《老人与海》，接着是《永别了武器》，然后便是《洛丽塔》。选择的理由非常简单，同时也想当然，海明威小说风格简洁，简洁意味着好读，纳博科夫是俄国人，他英语再好，也是母语之外另一种语言，通常觉得更容易阅读。实际效果显然不是这样，《老人与海》和《永别了武器》有中文本，此前早已拜读。《洛丽塔》没有中文本，闻其大名，知道故事梗概，未见庐山真面目。通过阅读原著，最深刻印象是文字理解能力太重要，你的英文水平，决定了对作品的赏析效果，英文不行，文学理解便会大打折扣。

到1989年，终于看到了《洛丽塔》的中译本，我当时所在的出版社推出了这本书。据它的责任编辑鲁羊介绍，是国内的第一个译本。是不是第一不好说，事实上，就在这一年，同时出现了好多个译本。连买加上别人赠送，我顿时拥有了好几种，浙江文艺出版社的，漓江出版社的，还有河北一个出版社，再后来，又有号称未删节的最全版。坦白说，虽然有了这么多不同版本，我并没有做过太认真的比较。这一年，《洛丽塔》突然火爆起来，上海有本杂志叫《文学角》，出了一期"作家与读书专号"，苏童和格非谈的都是《洛丽塔》。

或许等待文学上的成功太漫长，差不多有二十年时间，纳博科夫不得不小心翼翼维护自己的教职。中国的老舍曾有过同样烦恼，因为对写作前途没信心，他把正在写的一本小说当作赌注，如果能够成功，就辞去教职，一门心思当作家。纳博科夫也在下这样的赌注，不止一次，一次又一次。在《洛丽塔》中，他既肆无忌惮，又如履薄冰，十分谨慎地避免可能引起异议的"脏字"，以免"不道德"的借口，害他丢掉教职这个不错的饭碗。

对纳博科夫，我其实谈不上有多痴迷，只能说是对他有兴趣，有非常强烈的兴趣。可以这么说，在1899年出生的几位作家中，对他最情有独钟。与其说喜欢他的小说，还不如说更喜欢他这个人，更喜欢纳博科夫走过的文学之路。具体到长篇小说，跟《洛丽塔》相比，我更喜欢《普宁》。他的一些短篇也是非常精彩，或者说非常独特，独特才是纳博科夫最迷人的地方。我知道绝对是种错觉，却不得不承认自己心目中最初的纳博科夫，完全不像《洛丽塔》中的亨伯特，更像一个不折不扣的"普宁"。先入为主常常不可避免，早在20世纪80年代初期，纳博科夫的小说开始被翻译到中国，当时刚创刊的《外国文艺》，是文学青年的圣经，连载了《普宁》。我们这一代人，都是通过《外国文艺》，通过《普宁》，对纳博科夫有了最初印象。

然后要再过10年，才是《洛丽塔》，我必须要承认，通过原著，已接近了这本书，真正看明白弄清楚，真正走进这部小说，还是借助了后来的翻译。作为一个小说家同行，更有兴趣的不是发生了一个什么样的故事，而是要看如何叙述这个故事。首先要看明白作者如何把一部犯罪小说，变成为犯罪辩护的小说，怎么做到"亨伯特是一个恶魔，而《洛丽塔》却又是道德的"。纳博科夫不惜让上帝成为自己的同谋，借老天爷之手，除去碍事的洛丽塔母亲。我猜想作者为如何清除障碍一定煞费苦心，洛丽塔是放在砧板上的羔羊，如何把这羔羊放在砧板上，必须做好精心的安排。如何解决第一次性侵，也是困难中的困难，技术在这里显得非常重要，多走一步，会变得下流，少交代一笔，小说就不够震撼。

《洛丽塔》故事并不复杂，但是小说的结构，像精彩棋局一样严丝合缝。纳博科夫不仅善于编故事，更为关键的，还有能力把违反公共道德的故事说圆满，把一个简单故事弄得远比我们想象得更复杂。他写信给自己的朋友，强调说"当你认真阅读《洛丽塔》时，它是非常道德的"。亨伯特是"一个自负、残忍的恶棍"，却依然显得很"动人"。对于一个高超的小说家来说，最基本的要求就是怎么说好故事，事实上，很多小说家在这方面做得并不好，这也是纳博科夫经常会流露出愤怒和鄙视的原因。

具体到纳博科夫的同龄人，海明威是靠风格取胜的作家，他的文字简洁冷静，有点像中国楷书似的刻板。川端康成靠的是他的哀愁，阿斯图里亚斯靠的是他的超现实，而老舍先生呢，究竟靠什么影响世界文学，说不太清楚。也许世界文学要选择一个中国文学标本，要挑一个代表，结果就选到了他。相比较而言，纳博科夫产生的文学影响，尤其是对中国文学的影响，要严重滞后。在1899年出生的作家中，他大红大紫的时间最晚。博尔赫斯的当红，以及产生的文学影响，相对也晚，也是到晚年，才获得越来越大的声誉，不过与纳博科夫相比，他毕竟早已当上了阿根廷作家协会的主席。

1954年，海明威获得诺贝尔文学奖时，《洛丽塔》刚刚完成，连续被四家出版社退稿。这时候，纳博科夫55岁，仍然处于不温不火的状态，正紧接着埋头撰写《普宁》，一部非常奇妙的杰作，他把其中部分章节寄给《纽约客》，期待得到认同，被无情地退了稿。宝剑锋从磨砺出，梅花香自苦寒来，这是苦尽甘来的最后时刻，出人头地的日子很快就要来临。运气这玩意总是让人捉摸不透，它真要来了，谁也拦不住。虽然姗姗来迟，纳博科夫终于一鸣惊人，世界文坛的地位开始奠定，而他在中国大陆文坛的走红，却还得再等待几十年。

《普宁》在中国出现得最早，谈不上有多少读者。图书市场上的第一轮纳博科夫热潮，是《洛丽塔》的多个译本出版。然后就是《文学讲稿》，厚厚一大垛讲稿，成了大学课堂上的时髦，文学青年争相吹捧，一时间竟然洛阳纸贵。粗心的读者可能没有意识到，这些讲稿无论多么精彩，多么独到，毕竟还是混饭吃的玩意，它隐含了纳博科夫的很多无奈，很多不甘心，很多胡说八道。

肆

纳博科夫从未参加过任何作家组织，他写小说，捉蝴蝶，痴迷蝴蝶研究，对蝴蝶的兴趣甚至大于文学。"文学灵感的快乐和慰藉，同发现蝴蝶的一个器官，或在伊朗或秘鲁山腰上发现一个未被描述过的蝶类的乐趣相比，就不算什么了"，"假如俄国不发生革命，也许我会把全部生命献给蝶类学，根本就不会写什么小说"。千万不要被这虚假的叙述迷惑住，纳博科夫想说的只是，写作冲动与捕捉节肢动物门鳞翅目蝶类的热情相似，而他恰恰是非常幸运的那个人，在文学和科学的世界，碰巧抓到几只艺术的蝴蝶。

纳博科夫的写作欲望，与生俱来，仿佛《洛丽塔》中亨伯特的罗莉控，根本不可阻挡。写作说到底就是一种欲望，一种欲望的实现，强烈的想写才是最根本。与同龄作家相比，他的写作欲望，他的写作能力，他的写作数量，他的写作质量，都可以名列前茅。尽管成名最晚，他的走红火爆，他的影响力，显然也更持久。他的学问更大，写作所涉及的领域，也更广泛更深入，他是同龄作家中，唯一经得起苛刻的学院派批评和研究的一位。

不妨把时间定格在1969年，此前一年，诺贝尔文学奖给了川端康成，再前一年，给了阿斯图里亚斯。到此为止，生于1899年的作家，有三位获奖。《洛丽塔》带来了巨大成功，从60年代开始，纳博科夫的名字经常跟诺奖联系在一起，一次又一次获得提名。作为同龄人，他和另一位屡获得提名的博尔赫斯，完全有理由成为第四或第五位获奖者。这是纳博科夫最接近获奖的一年，诺贝尔奖公布前夕，因为已有太多暗示，纳博科夫夫妇接到一个来自瑞典的陌生电话，对方大声地喊着："这里是斯德哥尔摩……"然后电话掉线了，一阵不断升高的期望过后，电话又接通了，只是一个要写论文的女子请求帮助。

有关诺贝尔奖的花絮太多，根据最新解密档案，1968年老舍差点得奖的传闻，纯属子虚乌有。与老舍一样，虽然众说纷纭，瑞典皇家科学院从未考虑过纳博科夫。毫无疑问，即使在乎就算渴望，纳博科夫也不缺这么一个奖，太多的好作家缺席了这个奖项。或许成名太晚，文学市场上的巨大成功，已让人心满意足。他的照片上了《时代周刊》的封面，《洛丽塔》影响太大，获得了丰厚的回报，拍了电影，纳博科夫甚至还获得了奥斯卡最佳编剧的提名。财源滚滚，他不再需要那份可笑的教职，身心都获得了自由，想去哪就去哪，想在哪写作，就在哪写作。

纳博科夫的妻子是犹太人，1940年5月，他们夫妇逃离巴黎，德国纳粹很快就占领了这个城市。19年以后，他们重返欧洲，轮船的图书室为了向纳博科夫致敬，竟然放着好几本他的著作。在日内瓦每家书店的橱窗，至少展示着三种语言的《洛丽塔》译本。《洛丽塔》不断带来红利，它拯救了纳博科夫此前写过的所有著作，也让此后创作的每一本书，都有了不错销路。很显然，巨大成功必然也会带来伤害，结果就是大家只知道《洛丽塔》，只知道这一本书，纳博科夫一生的成就，似乎都淹没在这本书的海洋之中。

多少年来，无数读者为《洛丽塔》喋喋不休，平心而论，它是一本非常不错的小说，无愧于世界名著，谈不上多下流，也未必多深刻。不同的人可以读出不同味道，有一千个读者，就有一千个哈姆雷特，就有一千个洛丽塔。转益多师，纳博科夫最值得留意的，是他的丰富性。拿他与同龄人相比较，拿

《洛丽塔》与他本人的其余作品相对照，我们的视野可能会完全不一样，可以获得完全不一样的审美。

  小说就是小说，过度解读，往往都可能只是貌似深刻。说到底，纳博科夫的文学之路，才是最有趣的。这是一个很好的励志故事，每一个从事写作的人，都可以设想一下，自己是不是像他那样有才华。文学之路是曲折的，即使拥有纳博科夫那样过人的天分，熬到晚年也未必成功，谁都不能保证你有《洛丽塔》那样的运气。写作生涯是项艰苦的马拉松运动，首先要能够坚持下去，其次才看能拿到什么样的名次。不应该只是羡慕纳博科夫的运气，还要学习他的坚持不懈，学习他的坚忍。

2019 年 1 月 12 日 下关

（原载《扬子江评论》2019 年第 1 期）

人生烦恼识字始

_王安忆

　　我去过美国俄克拉荷马大学，位于州府以南的诺曼小城，住家庭旅社，每间客房有一个诗意的名字，比如我的那间，就叫作"晨曲"Morning Song。前台的女人，显然是老板娘，老板呢，大约是负责早餐的先生，另有一个或两个雇工打扫收拾和登记入住，稍事露面就不见了，可见是兼职，包括管理厨事的老板，所以，每日里大半时间，只老板娘一个驻守。这是一座二层的木结构小楼，外形接近影视基地西部片的布景，周围环境也和影视基地差不多，荒漠和孤立。外出走一遭，遇不见人，有数的几间店铺半是废弃，半是关闭，汽车无声无息驶过，循信号灯或行或止，顺时转换的红绿灯，透露出生活在依序进行。居住这里免不了是寂寞的，老板娘逮到人就要说话，有几回撞上，就抓紧询问有无婚否，兄弟姐妹几人，父母健不健在，写小说还是写诗——这里的客人多从大学介绍，除此还会有什么外乡人？好比亲戚投宿，底细都是清楚的。来回没几句搭讪，便交臂而过，留下她一个人。一日早晨，内厅摆开四方桌子，一边一位夫人，手里握着纸牌。她们都有些岁数了，衣着美丽，妆容精致，灰白的头发很有型，很隆重的样子。因为门前没有新停的车，我更倾向是近邻之间定期的聚会。在这无边的空旷里，其实还是有着人和人的交互往来。

　　美国腹地的日常状态大抵就是这样，静谧、安宁、富足，却是沉闷。就是俄克拉荷马，二十世纪九十年代，州府行政大楼发生惊天惨案，一辆载满烈性炸药的卡车驶进大楼引爆，早上刚过九点，上班的时间，小孩子也随父母进到公务人员的托儿所，就这么，一锅端。如今，重建的大楼前，专辟出一池清水，池畔矗立一片大小椅子的模型，大的是大人，小的是孩子。水平如镜，映着蓝天，划过树枝的疏影，谁想得到曾经生灵涂炭，血流成河？于是，这股宁静就变得可怕了。

斯蒂芬·金的故事发生地点遍布美国，中部有内布拉斯加州，科罗拉多州，应是与俄克拉荷马差不多的地貌、出产以及人口疏密度；还有沿东岸自北向南的线路：缅因州、新罕布什尔、佐治亚，以全局论，属欧洲移民最早开发地区，可是新大陆的腹地如此辽阔，即便从甚嚣尘上的纽约市出发，开车二三十分钟，便望得见地平线球面型的弧线，地上物零星散开，可忽略不计。这土地还有着蛮荒劲，人类的涉及相当有限，密西西比河岸植被肥腴丰饶，仿佛亚马逊河，马克·吐温的汽轮船，就从两岸间突突穿行。美国的故事都脱不了原始性，斯蒂芬·金的灵异也像来自土著人的部落，借着相对论，跨越时间的维度，进到现代世界。

约翰·威廉斯，一九二二年生，一九九四年卒。他的小说《斯通纳》，主人公威廉·斯通纳出生并长成的密苏里州，就在俄克拉荷马左下角，有小小一段接壤；左上方的一角，隔密西西比河最长支流密苏里河，与内布拉斯加州相望，斯蒂芬·金的《1922》，丈夫为图谋老婆的一百亩良田，犯下了杀人案，再往西去的科罗拉多，则是《危情十日》的案发地；回到密苏里州，马克·吐温应是斯通纳的乡人，他就在圣·路易斯附近，一八九一年，斯通纳出生的时候，已经离开老家，盛名天下，在他去世的一九一〇年，斯通纳方才踏入密苏里大学，就读农科，改换文学专业，还是以后的事情。作者始终没有为这两位举行同乡会，通篇来看，也没有任何迹象，表示出这名文科生对同时代文豪的印象。很自然，学府中人，研习的又是古典文学，和社会实践中跌打滚爬的小说家，也许终身不得交集。作为一个虚拟人物的传记，我们既不能将此当作事实看待，也不能视为忽略，而应当纳入写作者的设计的一部分，是从小说指定的目标出发，来决定取舍材料。

现在谈这个为时过早，话说回去，斯通纳生在密苏里中部的庄户人家，套用我们的俗话，就是土里掘吃的。美国的农人不像中国的缺土地，相对于大片的耕田，反显得劳力严重不足。斯通纳家又人口单薄，只一对父母和他这一个孩子。小说描写，超负荷的苦作透支了寿数，父母过早地衰老；儿子呢，十七岁的年龄，已经驼背，这变形的身体将伴随一生，在生命另一脉机能旺盛发育的同时，变得越来越累赘，呈现出分裂的状态。一家三口在厨房的油灯底下，度过黄昏时刻，结束一日劳役，再积蓄体力迎接下一日。这幅图画令人想起凡·高的《吃土豆的人》，暗黑的背景中浮现的人脸。法国米勒的画面里，阳光底下，庄稼人饱满结实的身躯，洋溢着劳动和收获的满足，多少寄托了一些艺术者的田园梦。当知识走到尽头，无路可循的时候，往往折返过来，回去简单质朴的生产活动。俄国托尔斯泰的《安娜·卡列尼娜》里的列文是一个著名的榜样。将劳作美学化的代价是，忽视了肉体被压榨的处境，那本来是应当有更大贡献的,知识人群也因此担负起启蒙的使命。鲁迅笔下的阿Q、华老栓、成年的闰土——"脸上虽然刻着许多皱纹,却全然不动,仿佛石像一般。他大约只是觉得苦却又形容不出。"可是,至少,闰土还有一个活泼的童年,而斯通纳,仿佛生来就是"石像"。中国农业文明积累了几千年历史,由盛至衰,投射在闰土的遭际,就是"多子、饥荒、苛税、兵、匪、官、绅",情形更为复杂。威廉·斯通纳则是单纯的,或者说原始的,直接被土地奴役。新大陆横空出世,人类文明已进化到后天阶段,空间在某种程度上,可以与时间互换,迅速越过的社会发展史在广袤的土地上又扩大了周期。斯通纳家的农庄里,生活仿佛停滞了,只是日复一日,年复一年,不知不觉中,一代人过去,接续下一代人。然而,这样的周而复始被打开一个缺口,于是,事情进入另一条轨道。

就是方才说的一九一〇年春天,算起来威廉·斯通纳十九岁,县里来了一个公务员,动员年轻人去州里新设的农学院读书。推测起来,办事员来自的多半是农业帮扶计划的机构。父亲转达来人的话,"有很多干活儿的办法,会在大学教给你",父亲又说,"有时我在地里干活的时候也会琢磨。"显然光靠"琢磨"帮不了他,土地上的生计越来越沉重,现在科学敞开大门,这泥脚杆子不惜暂时损失一个强劳力,也许,会有那么一点起色!

乡下人进城几可成为叙事文学的一大主题,美国前代作家德莱塞的《嘉莉妹妹》《美国的悲剧》,写的就是这个,但不是求学,而是寻找机会。大约也是时代的差异,美国第一所公立大学北卡罗莱纳教堂山分校始建于一七八九年,生于一八七一年的德莱塞自己,都未受到系统的高等教育,在这一个草创的社会里,并不妨碍他在报界求职,吃文字饭,最终成为作家。他笔下的男女却很少有这样的幸运,城市往往以危险的面目出现前方,堕落,即便不是终局,也是成功的代价。美国移民的同宗,英格兰作家狄更斯的《远大前程》主人公皮普,进城的日期与嘉莉妹妹差不多,他接受一个匿名金主的馈赠,到伦敦接受"上等人的教育",等着他的是囚犯、黑帮、海外逃亡——大英帝国大片的海外殖民地不能闲置着,怎么也要有一番冶游,远兜近绕,回到家乡,找到昔日爱人,正如民间童话的格式——从此,两人过着幸福的生活!是批判现实主义的浪漫史。相比较之下,斯通纳的离乡经历平淡无奇,农学院开张,县里办事员招募生源,于是,就去了。去的也不是芝加哥纽约伦敦巴黎级别的大城市,甚至不是密苏里州府杰斐逊,而是哥伦比亚小镇子。不过,和所有乡巴佬出远门一样,斯通纳也穿了新衣服,一套黑色绒面呢正装,用母亲攒下的鸡蛋钱置办的。这隆重开端里是否潜在某种预兆?此时此刻尚不见迹象,情节的进行几乎和自然时间同样速度。没有任何奇遇发生,莫说《远大前程》式的，哪怕德莱塞现实人生的戏剧。本来嘛，知识的生活就缺乏外部的色彩，可供描写的只有具体的处境，在斯通纳，就是食与宿。

他投奔学校附近，亲戚家的农场，以干活抵吃住。农场的日子大致相仿，不外乎耕作和饲养，甚至比家里更窘，因寄人篱下，样样都是局促的。不同的是，学业占去一部分时间，还有，往日里家人枯守的黄昏，《吃土豆的人》的一幕，换作一个人和书本相处，有点中国人"寒窗"的意思。夜以继日地循环，又有了缺口，变化的周期仿佛缩短了。第二学年的第一学期，理学士学位已可在望，还需两门基础课的学分，一门是本专业的土壤化学，另一门则是通识课程——英国文学概论。事情就在这里起了转折。

我想，作者为什么没有让斯通纳成为作家，作家的道路要有趣生动得多。前面写到的斯通纳的乡党马克·吐温，德莱塞，英伦三岛上的狄更斯，包括约翰·威廉斯本人，他在二战中服役空军，开拔中国、印度、缅甸。他们一无二致地做过电台、报纸的记者，这份职业几乎是那时代小说家共同的文学起点。媒体的特权是可超脱个人身份，潜入社会各个角落。它耳目灵通，手脚敏捷，阅历他人的经验，同时丰富自己的。学府的生活却是另一种，从世俗角度看，不免枯乏和沉闷，尤其是，斯通纳被安排在经院式的古典领域，还不像现当代文学，至少是动态型的，这注定他一辈子都与故纸堆打交道，将为小说提供什么条件呢？从讲故事的民间活动发展而来的小说，文艺复兴启蒙运动赋予人本精神，经由现代知识分子思想提炼，趋向理性主义，然而，终究脱不了俚曲的生性，故事依然是它的本职。斯通纳被囚进书斋，是为了完成什么样的使命呢？

创作者设计人物的职业身份，尤其传记体叙事，不会随机抽样，必是寄予了对世界的某种想象，带有隐喻的用意。就像罗曼·罗兰的"约翰·克利斯朵夫"，是一位音乐家，除去原型和素材所作用，更主要还是作者的自主选择。他为什么要选音乐，而不是其他艺术门类——当然，这又涉及个人的因素，罗曼·罗兰对音乐情有独钟，个人因素不也是选择的条件之一？换一个说法，他在音乐里发现了什么，可满足内心的期望。经过傅雷先生的语言文字转换，很可能我们读到的是克利斯朵夫的化形，因为法国人往往不理解中国人对罗曼·罗兰的喜爱，那么，就当是傅雷先生的克利斯朵夫吧！在这部漫长的小说的末尾，主人公弥留之际，虚实交集，思绪涌动，有这么一段描写："自然界无穷的宝藏都在我们手指中间漏过，人类的智慧想在一个网的眼子里掏取流水。我们的音乐只是幻象。我们的音阶是凭空虚构的东西，跟任何活的声音没有关联。这是人的智慧在许多实在的声音中勉强找出来的折中办法，那韵律去应用在'无穷'上面。"罗曼·罗兰，或者说傅雷先生，认识到艺术其实是有限向无限要求真相，音乐因有着和宇宙时间顺向的形态，所以最接近可能性，那就是"拿韵律去应用在'无穷'上面"。

斯通纳身上被寄予什么样的想象呢？

第二学年的第一学期，英国文学概论的通识课上，灵光一现，颇似东方哲学里的"顿悟"，他都不能自知。面对老师的提问，只回答了半句，"意思是"——是什么？这是一个麻烦，麻烦在于思想的骤变还没有搞清楚是什么，莫说还要找到相应的词语。描写思想是巨大的挑战，意味着写作者和写作对象将展开一场竞技，必须占领上风，方才能够主宰局面。斯通纳终于没有说出"意思是"什么，老师放过他，宣布下课。"意思"成了悬念，揭秘被延宕了。这有些类型小说的叙事策略，从约翰·威廉斯履历看，写作的同时，还在学院里教授创意写作课程——在美国，创意写作遍布大学院校，新大陆的新人类，相信凡事都可后天努力，人工合成，他对这套路数应驾轻就熟，笔到心来。可是，我以为事情在斯通纳这里，要严肃得多。老师的提问，不是一句话，而是要用一生的教育来回答。心灵悸动仅止刹那之间，很快过去，复又平息下来，回到日常状态。然而，质变在暗中积蓄能量，表面的征兆是第二学期，斯通纳中断农学士的课程，选修哲学古代史的导论课，外加两门英国文学，一个不切实际的知识系统正吸引着这个庄稼汉。他依然没有自知，但有两个新发现。一是他偶然从镜子里看见了自己，奇怪自己怎么长成这幅不堪的模样；二是他"平生第一次开始有了孤独感"。再有一件事情，从时间顺序上看，是排在这两个发现之前，但是，从全局着眼，仿佛贯穿头尾，那就是语言。老师，斯隆教授说"英语你已经讲了好多年"，他此时注意到英语的构词，构音，外延和内涵。我想，这就是斯通纳被圈囿在英语文基础学科里的原因，和启蒙有关。

远在东方中国的乡下人闰土、阿Q、祥林嫂们，差不多也是在同样时间进入启蒙的话题，以被怜悯与被批判的方式，用鲁迅的话说，就是"怒其不争，哀其不幸"。中国现代知识分子，将"启蒙"赋予去旧迎新的历史任务，个人的觉悟是纳入大众思想革命，共同推动进步。在斯通纳，只为自己负责，孤立地完成从暗到明。北美洲辽阔的处女地上，分散着多少懵懂的人，和脚下的土地一样，沉默地等待再一次被发现，神说，"要有光"，就有了光。历史在很远的地方兀自流淌，不定什么时候，倏忽睁开眼睛：原来早已经介入其中。

就这样，斯通纳的开蒙更像是出于偶然，偶然的邂逅和际遇，倘不是县里的办事员让他就读农学院；倘不是通识课英国文学；倘不是阿切尔·斯隆教授发现他的潜质——斯隆教授从文学本身出发，就事论事，因此，他重在古典，溯流而上。鲁迅是旧学中人，甲骨、碑帖、经史、辞赋，称得上童子功，中年以后却写上了不入流的小说。斯隆教授不写小说，斯通纳也一生与小说无缘，当然，他们研究"诗"。我以为他们的"诗"不是一般读物的概念，而是在"经学"意义上，比如莎士比亚戏剧中的商籁体即十四行诗歌；比如《坎特伯雷故事》中的"诗法"；比如拉丁传统，语法，修辞格，词源，等等。他们是象牙塔里的人，中国的启蒙者则大多民粹派。斯隆教授建议斯通纳从农科转文学，这倒和鲁迅弃医学文不谋而合，鲁迅是为民族救赎，斯隆呢？他发现了斯通纳的什么潜质，正合乎他的文学理想，"你想当个老师"，他替学生判断说，然后说出理由，"是因为爱。"

这答案未免太简单，"爱"是过于宽泛的概念，用来解释当个老师也许还过得去，但为什么非是文学老师，就需要更多的条件了。不着急，小说还在开头中，接下去有的是篇幅铺陈情节。问题在于，事情又来到那个节骨点，为什么是文学，并且严格限制在学府，而不是像小说，可以去到广阔的社会领域。相反，斯隆教授刻意回避着现实生活。

斯通纳的一生经历两次世界大战，主场在欧洲，美国作为同盟国参战。第一次在一九一五，斯通纳取得文学硕士学位的那一年，兼职教学，攻读博士。他有了少数几个勉强可称作朋友的同事，于是，孤独感缓解了，也意味着他初步建立人际关系。宣战之后，一股民族主义热潮迅速席卷学校，年轻人，包括他的新结交的朋友，都报名参军。斯通纳似乎从土地继承来一种迟钝的秉性，对外界的刺激反应总是滞后，却也得以从容。他向斯隆教授征询意见，我想，斯隆教授对战事的冷淡肯定是影响，更具决定性的，这种态度呼应了他的心意。斯隆教授说了一句，"记住你正在从事的东西的重要性"，这句话算什么，可斯通纳就听进去了呢！也许，他征询斯隆教授就为得到这句话，如此，有理由置身国家利益之外。珍珠港事件发生的一九四一年，斯通纳早过了服役的年龄，斯隆也已经去世，他经历了爱情，婚姻，婚外情，学校政治斗争，正应付着女儿青春期的叛逆。不同于第一次大战时候，人生还是一张白纸，其时则画满横七竖八的笔触，他甚至期望战争能够颠覆日常秩序，消弭一切。这软弱和粗暴的妄想稍纵即逝，现实是，教员和学生越来越少去，校园空寂下来，阵亡的名字代替了某一张具体的面容，其中包括他的女婿，少年荒唐迫入婚姻，逃跑般去当兵……这就是一九一五年斯隆教授眼睛里的景象，此时，变成斯通纳自己的。斯通纳没有说，但读者我们记得，第一次大战停战协定签署的那天，欢乐的庆贺的游行队伍经过斯隆教授的办公室，半开的门里，教授在哭泣。想一想，战争，和"你正在从事的东西的重要意义"之间，横隔着的选择，如同哈姆雷特王子"生存还是死亡"的处境。再想一想，斯隆教授所以看出斯通纳是可教之人，因为"爱"，这个空泛甚至煽情的概念似乎呈现出来一些内容。

有一节枝蔓,也许应该提一下,那就是战争结束的那年,斯通纳发现女儿格蕾斯染上了酗酒。她的脸相改变,"眼睛有了黑影,脸绷得紧紧的,很苍白""烦躁不安,心神不宁",仿佛为战后"垮掉的一代"肖像。很多事情的因果实际上是断裂和错接的,这里下种,那里生根,第三个地方发芽,我们当然不能简单地将格蕾斯的状况简单归纳到战争的后期效应里去,小说家没有义务为历史做总结。格蕾斯在斯通纳的文本中,也许只为了证明,他一生"正在从事的东西"的虚无和脆弱。作者将他的人物安置在学府里实在有些绝情,同样文学中人,作家,尤其小说家,他们可能与时代同行,随时反应和介入,学府里做的却是死学问,不是说"理论是灰色的,生命之树常青"!就像古老经院,僧侣们在石砌的拱门底下,抄写羊皮手稿,连人带书都不见天日。在这封闭的空间里,人与人之间的关系也呈现出向内的形态,好就是同党,不好则是异己。这就看说到霍利斯·劳曼克思,斯隆教授系主任位置的接任人选。

劳曼克思和斯隆教授属一类人,连相貌都有相似之处。同样瘦长的脸型,一个是纹路深刻,一个是青筋突暴,就像中国篆刻中的阴文和阳文。不匀称的身体,劳曼克思更为夸张,斜肩,一条腿僵硬,走路抽搐。两人都有共同的嘲讽的表情,课堂上表现怪异,不合常情,但效果却截然相反。斯隆拒学生千里之外,劳曼克思呢,很受欢迎,他的荒诞不经里,多少有那么一点笼络。就在这小小的差异里,事情往不同的方向走去。

劳曼克思一直吸引斯通纳,开始,他从中辨认出战争中牺牲的好朋友戴夫·马斯特思的影子。戴夫的超凡脱俗,在劳曼克思变形为"狂妄,不拘一格,开心的尖酸劲"。曾经,他们俩,加上戈登·费奇,三人党一起聊天,马斯特思对学府做出描绘:"大学就像一个庇护所或者——他们现在怎么称呼来着?——是给那些体弱、年迈、不满以及失去竞争力的人提供的休养所。"就是这个休养所里,同命者之间,也在进行力量比对,由此分出阶层。戈登·费奇置身中间地带,左兼右顾,罩了斯通纳一生的职业生涯,却不能替代马斯特思思想伴侣的位置。斯通纳终于得机会接近劳曼克思,在乔迁之喜的晚宴结束之时,客人走得差不多,酒也喝得差不多,劳曼克思不期然间敞开心扉。我以为,劳曼克思早一开始,就意识到斯通纳是"自己人"。这一刻,"两人在聚会留下的垃圾中挨得很近地坐着",斯通纳听劳曼克思讲述他的"顿悟"的经历,正是他在斯隆教授课上体验过的。他们本来可以成为知己,可惜那灵犀一闪而过,这一次亲近没有拉近,反使他们疏远,甚至劳曼克思还生出一种敌意,类似不慎中泄漏隐私,暴露了命门。于是,适得其反,结下一辈子的冤家。也许,原因更简单,就是错了时机,"青年时代的青涩还没有从他身上消退,但是可能缔结这份友谊的渴望和直率已经不在"。

按马斯特思关于大学是失败者庇护所的说法，斯通纳大约是其中典型的成员。不需要太多，只一桩就足矣决定命运，在他，就是婚姻。

他对伊迪丝一见钟情。伊迪丝纤细、苍白、脆弱的美不是庄稼汉欣赏得来的，可此时的斯通纳正向知识人蜕变，但还未及完成，变成斯隆教授那样，对世事能深入表面，判断本质。就像当年，斯通纳自己都不知道自己是什么人，斯隆教授却知道。伊迪丝和斯通纳过去的生活多么不调和，看看她与公婆见面双方的窘态，像是两个物种。这一幕常见于城乡联姻，比如法国福楼拜《包法利夫人》，那老父亲远远望着女儿的院子过门不入。阶级差异最能构成爱情悲剧，但斯通纳的故事并不是从这里出发，它别有原委。

如果这部小说不是写于一九六五年，而是更早，我简直就要以为张爱玲读过，然后才有一九四三年的《沉香屑·第二炉香》。小说中的愫细多么像伊迪丝，当斯通纳第一次造访圣·路易斯，未来的岳父母家，"伊迪丝消失不见了"。好比《第二炉香》里，结婚当日，新郎罗杰兴冲冲跑去新娘家，新娘躲在闺房，据她母亲说，"规矩"如此。倒是愫细的姐姐蘼丽笙出现了——蘼丽笙就像另一个伊迪丝，被情欲控制的伊迪丝，让罗杰无比尴尬。即将成为大姨子的人，对着妹夫，谈她和丈夫的床笫之事。夜里，伊迪丝虽然没有从花烛洞房逃跑出来，斯通纳不是强蛮的人，他们分而卧之。等夫妻之道终于完成，伊迪丝的惶恐和嫌恶直接从生理反应出来，僵硬的身体和干呕，总算没有让斯通纳太丢脸，可也是扫兴的。斯通纳和罗杰，这两位都在大学里供职，规规矩矩的读书人，为什么总是他们遇到这样的女人，或者说这一类女性仿佛专用来折磨书蠹！那一个禁欲的伊迪丝退去，另一个色情狂的伊迪丝来了，"就像饥饿感，如此强烈，好像与她的自我没关系"。除了性事，情欲还以变形的方式周期循环：装修房子的苦役，生孩子，弃下孩子复又争夺，改变形象，戏剧活动，家庭派对……所有古怪行径目的又只是一个，剥削斯通纳。尽管没有如张爱玲的罗杰身败名裂，却也谈不上有什么幸福。

大约就是英国清教徒传统下的妇德，经过历史变革和地理迁徙，在压抑和释放之间的失调症。伊迪丝一家来自新英格兰，新英格兰是英国在北美殖民最早的地区之一，香港也是英国殖民地。我猜想，远离本土的后裔们，大约已趋向类型，多少脸谱化了，但是具体到斯通纳的生活，这一普遍性人格则演绎出特殊的命运。

自我的苏醒仿佛以损失幸福感为代价，他不可能如他父母那样，木然地顺从造化的安排，斯通纳也是顺从，不顺从又能如何？追根溯源，斯通纳家大不离也是英格兰族裔，垦荒大军中的一员。圣·路易斯不是有一座拱形纪念碑，标志着从东部向西部的大门。他们跨入大门安寨扎营，定居在密苏里望不到边的土地上。其时，并不会想到，这土地将变成沉重的负担，榨干血汗，最后埋葬他们。威廉·斯通纳的体内，潜伏着远祖的基因，暗中支配他的言行。和年轻教师凯瑟琳的私情于他已是天下之大不韪，再要进一步突破，想也不用想！这一段两性关系，作为失败婚姻的平衡来补偿他，是感官享受给理性经验的一个贡献。人生总是苦乐相济，否则，灵魂就要枯竭，本来知识是要使它丰沛的。

如马斯特思箴言"大学就像一个庇护所"，他又对斯通纳说："你在这个世界没有安身之地。"换作今天最常用的话，大概就是：天下没有净土。事实如此，知识的生活寄予现实之中，也因此，知识人过着两种生活，一种现实的，一种精神的。这样，我们也许可以解释斯隆教授超然物我的表情，还有他对战争的态度，他完全拒绝现实的生活。而在劳曼克思，这两者却呈分裂的状态。前后期两任系主任的差异，我以为不能简单归因性格或者操守，更可能是，学校教育体制日益成熟的趋向。晚于约翰·威廉斯三十三年，一九三五年出生的英国作家戴维·洛奇，小说中的学府和学人已处处败迹。此项题材的写作到如今几乎成为一个文类。另一种生活，其实也是学府得以成立的基础，却忽略成隐形的存在。现实的力量是很强的，再次证明那句话：理论是灰色的，生命之树常青。

斯隆教授去世了，只有斯通纳在哭泣。斯隆教授其实早已经将自己放逐出这个现存的世界，人们都快忘记他了，以致在办公室死了两天之后，才被倒垃圾的管理员发现。现在，留下斯通纳自己，颇有些遗世独立的意思。中国俗话说：师父领进门，修行靠个人，指的就是这样的处境。然后，劳曼克思登场，他们彼此成为克星，就像费奇说的，"两个老混账。"平静下来，斯通纳也觉得他们像是玩一场游戏——"而且，说来有些奇怪，还挺享受——似乎显得无聊和下作了。"这场游戏，很像拳击台上的比赛，劳曼克思是进攻的那位，斯通纳呢，是防守。胜数相当，败着也差不多，打了个平手，同时也成为一盘僵局，只有交给自然仲裁。斯通纳罹患癌症，而且晚期，按死者为大的原则，就占上风。作为最后的回应，劳曼克思替斯通纳举办退休晚宴。结束时分，两个"老混账"擦肩而过，没有搭腔。这个无言的告别就像比赛决出后，胜负双方握手，即是对结果的承认，也是互不屈服。两个好人，因为一点点差异，本来可以成为挚友，可是错过了。这一点点差异，就像螺旋线的移位，从一开头就决定他们是两股道上跑的车，还意味着学府这"庇护所"里的人际关系，向社会普遍性合流。现实有着强大的吸纳力，它可将所有异质的因素同化。

然而，斯通纳，来自广漠土地，近乎原始人的生命，一旦被启蒙，那苏醒的精神，亦保持着野蛮的原动力，迫使进入现实生活的同时，知识的生活并没有停息，强悍地进行着。遗憾的是，这生活太缺乏动感，提供给直观的形态极有限，即便是文字，能够表达抽象的存在，可是对比于鲜明的外部世界，就变得平淡了。我们只看得见，斯通纳在一轮又一轮不合理的排课中备课上课；一轮一轮被压缩的时间里著书立作；一轮一轮的劝其退休中坚持不退，最激烈的一幕也是绝地反击，在初级语文课上，教学研究生课程。仅止于此，再无其他。小说的世俗性到底暴露它的局限，适时阻止向深刻处进取，从另一方面说，写作者的乐趣也在于此，一次一次试手，再碰壁而归。很可能，和凯瑟琳的一段是被纳入到这内部世界里，用来和外部世界叫板。但爱情，尤其是叛逆的爱情，实在使用太多，难免流俗，撇开成见，即便情节本身，也难以担纲思想的戏剧。很多年后，斯通纳在书单上看到凯瑟琳的著作，买回来，打开书页，看见题词，"献给威·斯。""威·斯"就是他，威廉·斯通纳的字头。他们最终在知识生活里邂逅，这个大众读物型的爱情故事于是有了些质朴的悲剧感，好比民间传说中水王子和火公主，不能相拥，相拥就是毁灭。

斯通纳到了生命的最后时刻。死亡总是独自经历，就像斯隆教授，还有他的父亲，一个人倒在他一辈子耕种的土地上。不同的是，斯通纳预先为死亡做好准备。作者以癌症晚期判决死刑，是为给出时间从容以对吧！他向劳曼克思告别，再向妻子伊迪丝告别，两个他生命中的孽障，剩下的，就是和自己告别了。他已经是一个清醒自己存在的人，经历的一切都敏锐地体验过了，仿佛一个人对另一个人。他打开自己的书——知识的落实就是这么简单，一本书。几近一生的时间和故纸堆交道，他深明这本书的价值不足为道，但是，他知道，自己的一小部分，他无法否认在其中，而且将永远在其中。此时此刻，回到小说篇首第一段，预告这位名不见经传的老师去世，几位同事向学校图书馆捐赠一部中世纪的文献，题记写道："敬赠密苏里大学图书馆，以缅怀英文系的威廉·斯通纳。"具体地说，这本文献和斯通纳半毛钱关系也没有，以总量计，却同在知识长河，流向人类文明海洋。

二〇一八年十月三十一日 上海

（原载《今天》2019年7月25日"王安忆特别专辑"）

顾随先生的讲堂

_江弱水

顾随先生教导我们，"书，无所不读，但要有两三部得力的"。在现代学人谈文论艺的著作中，顾随的书正是我最得力的两三部之一，浸润其中几十年，写文章动不动就引。有朋友提醒说，你别把他老人家的毛都薅光了。所以现在我引得少了，但他的书还是摆在我书架上最近的位置，随手取阅。

但顾随写得少，说得多。这说的部分，都收在叶嘉莹和刘在昭当年记录的讲课笔记里。最近出版的《顾随中国古典诗文讲录》，洋洋八册，说唐诗，说宋词，说《诗经》《论语》《文选》，我们读起来，就仿佛坐在顾先生的讲堂上，听他侃侃而谈。梁实秋曾说，听梁启超演讲和读他的讲稿之不同，犹如看戏和读剧本。顾随讲课，活灵活现，特别接地气，特别贴心，所以是出了名的叫座。据说当年在燕京大学任教的谢迪克（Harold Shadick）——《老残游记》的英译者，哈罗德·布鲁姆的老师——也曾去顾随的课上观摩学习。我们无缘亲聆謦欬，但现在拿到的是好剧本，效果也就"下真迹一等"，是非常难得的受用。这么好的老师，也难得有这么好的学生，叶嘉莹和刘在昭，她俩把当年老师上课的内容，记录得这么全，保存得这么久，真是奇迹。在致敬这位了不起的老师之前，我们先要向这两位了不起的学生致敬。

1

顾随，字羡季，笔名苦水，别号驼庵，河北清河县人。1897年生，四五岁时进入家塾，十岁进广平府中学堂，1915年通过了北大国文系的入学考试。据叶嘉莹说，校长阅卷发现他的中国文学水平卓异，建议他改学西洋文学。有人说是蔡元培,错,因为蔡元培任北大校长是在1917年初。不管怎么说吧,顾随于是先到了北洋大学预科专攻英语,两年后转入北京大学英文系。1920年夏毕业,先是教中学,1926年起执教于平津许多高校,特别是在燕京大学和辅仁大学都各执教了十年左右。1949年后,他分在天津师范学院任教,直至1960年去世。

四十年的教学生涯,弟子无数。周汝昌评价其师:"一位正直的诗人,而同时又是一位深邃的学者,一位极出色的大师级的哲人巨匠。"使劲儿踮脚戴帽,却也是真心话。1947年初,叶嘉莹在所撰的顾随先生五十寿启中说:

> 先生存树人之志,任秉木之劳。卅年讲学,教布幽燕。众口弦歌,风传洙泗。极精微之义理,赅中外之文章。偶言禅偈,语妙通玄。时写新词,霞真散绮。

这一段话,把顾随主要的成就都点到了:长于教学,精于文学和禅学,同时又是诗人(他曾与同学冯至约定,一个写新诗,一个写旧诗词曲,各不相犯)。"极精微之义理,赅中外之文章",概括得最好。"义理"与"文章"并举,而不及于"考据",但五四新文化运动的学术风气之变,首在"考据",被认为是科学精神的体现,也成为胡适引领学术风气的原因。而顾随年资稍浅,所治又是旧传统所谓"词章之学","考据"非所究心,故不预"五四"以来的学术主流——他只在元杂剧方面做过一点辑佚校勘工作。说他"极精微之义理",那也是词章里所表现的"义理"。

"赅中外之文章"的"赅",意思是兼括。顾随所讲的好像只是中国古典的诗词文赋,但他出身北大英语系,西洋语言与文学的修养很好,英、法、俄等国的文学都熟悉。他经常在课堂上恰到好处地拈出英语的表述来画龙点睛。正是因为兼通中外,就更能反思中国文章的好处,和别国文学不一样的好处,同时也深知缺点之所在。所以,若论顾随对中国文学与中国学术的独特贡献,首要的一点就是:他是处在中西文论传统的中间,吸收了两方面的优点,而成就了他援西入中、既精且博的诗学。

西方诗学重体系,重分析,如二十世纪的新批评学派,注重对文本条分缕析,一句诗能讲上半天,有时就会惹人生厌,觉得真啰唆,真没有必要。中国古典诗学呢,素重感悟与兴发,历代的诗话词话多为印象式批评,点到即止。你会欣赏他们的要言不烦,但是只给论点,不予论证,你的悟性要是跟不上,简直不知道说啥。总之,中国传统诗学的好处是精辟,缺点在空疏;西方诗学则以分析见长,而有烦琐之弊。这两种阐释模式,各自利病鲜明,合则双美。

所以，自从二十世纪初中西诗学相遇之后，说诗者受西方沾溉甚深，而本身的传统学养也非常深厚，遂融会贯通而成为一种极富活力的现代中国诗学。二十世纪三四十年代的学者中间，朱光潜、梁宗岱等西化程度较高，废名、俞平伯等传统色彩较浓。顾随是属于后一系列的，他与废名、俞平伯都出自周作人门下，但相比他俩，顾随不那么突出个人趣味，更显广大周正，我认为成就最高。他对诗的阐释，是西方分析思路加感悟兴发的中国固有谭诗方式有机融合的典范。

2

顾随当年的影响不大，因为著述偏少，最厚的论著如《东坡词说》和《稼轩词说》，加起来不到一百页。《揣籥录》长一点，也不到一百页。他说过，受禅佛影响的中国古代诗人，王、孟、韦、柳，产量都很少，因为佛教是万殊归于一本，以一当十。不受佛教影响的诗人，比如李、杜、韩、欧、辛，产量大，而且开合变化。顾随精通不立文字的禅宗，下笔自然矜持得很呀。

可他的言说是何等浓缩的精华！读他的书，让人想到庖丁解牛，"以神遇而不以目视，官知止而神欲行。依乎天理，批大郤，导大窾，因其固然"，真是游刃有余，将复杂的解析工作做成一场表演式的手术。他讲课，讲诗词，就像他说的，杀人要从咽喉处动刀。比如，他说南宋词，一个字，"瘟"。他说《聊斋志异》，也是一个字，"贫"。一个字不够，他就一句话。他说李太白"好像只要人一捧就好"，他说辛稼轩"叼住人生不放"，他说"韩（愈）之文就是气冲而已，一杠子把人打死，使人心不服"，他说鲁迅的白话文"收拾得头紧脚紧，一笔一个花"。这些精悍无比的概括，深得禅宗话头的真髓。

但顾随不光有禅师智慧，而且有菩萨心肠。他做事细心，教学生耐得烦。他论诗衡文喜欢单刀直入，却不是单凭直觉，而是经过了对无数文本的分析与归纳。你读他的《稼轩词说》和《东坡词说》，就能领略到他那剥茧抽丝的本领。如《东坡词说》讲"时下凌霄百丈英"的一个"下"字如何好，就能讲满八百字。《稼轩词说》讲"谁似先生高举，一行白鹭青天"，比老杜诗少用了一个"上"，简直是"老婆心切"：

夫"一行白鹭"之用杜诗，其孰不知之？但若以气象论，那一首七言四句，排万古而吞六合，须还他少陵老子始得。若说化板为活，者位山东老兵，虽不能谓为点铁成金，要是胸具炉锤，当仁不让。"一行白鹭青天"，删去"上"字，莫道是削足适履好。着一"上"字，多少着迹吃力。今删一"上"字，便觉万里青天，有此一行白鹭，不揢挂，不抵牾，浑然而灵，寂然而动，是一非一，是二非二。莫更寻行数墨，说他词中上句"高举"两字，便替却"上"字也。盖辛词中情致之高妙，无加于此词者。

平常人哪里体会到这一步？昔日的诗话词话，又哪会给你这么铺张奢侈的讲解？所以，读顾随的书，看上去薄，读起来厚，只能慢慢品尝。慢慢读来，也就发现，顾随讲诗说文，天花乱坠，好像照着文学史一路说下来，东一榔头西一棒子，但却不是没有系统，或者说，体系。

他讲陆机《文赋》里的"言穷者无隘，论达者惟旷"两句，说前一句是"细无不举"，后一句是"大无不包"。他自己的文论，就有一个"大无不包"的体系。从最早收集在《顾随文集》的《驼庵诗话》中，可以更清楚地感受到这一点。显然是叶嘉莹最初整理讲课笔记时提炼出来的，有"总论之部"，有"分论之部"。"总论之部"讲诗的成分有"觉""情""思"，讲中国诗可以分"气""格""韵"，讲中国文字的风致表现为"锤炼"与"氤氲"，这些都是体系性的认知。研究者想重建顾随诗学的整体框架，并不难。

他的诗学体系的核心，我认为，是文学即人学。如果强为之名，应该属于表现主义吧。顾随主张文学是人的生命的表现，他喜欢生活中的一切生动活泼的东西。在内容表现上，他注重"力""气""神"；而在文字表现上，他讲究"形""音""义"。这都是典型的中国作风、中国气派，但也每每与西方文论不谋而合。

下面我举一个综合的例子。杜甫《夔州歌十首》其九云：

> 武侯祠堂不可忘，中有松柏参天长。
> 干戈满地客愁破，云日如火炎天凉。

顾随在课上讲，老杜这首诗有气象，写武侯的伟大，武侯祠的壮丽，都衬得住。接着，他先讲此诗的平仄，不同凡响处是用了"三平落脚"："参天长""炎天凉"，平平平，落得稳，有磐石之安，泰山之重，声音也衬得住。然后，他从"音"说到"义"——

> 近代的所谓描写，简直是上账式的，越写越多，越抓不住其气象。描写应用经济手段，在精不在多，须能以一二语抵人千百，只用"中有松

柏参天长"七字，便写出整个庙的庄严壮丽。"干戈满地"客自愁，而于武侯祠堂，对参天松柏，立其下，客愁自破，用"破"字真好。

好诗是复杂的统一，矛盾的调和。如烹调五味一般，好是多方面的，说不完；若香止于香，咸止于咸，便不好。喝香油，嚼盐粒，有什么意思？只是单独的咸、酸，绝不好吃。"干戈满地""客愁"而曰"破"，"云日如火""炎天"而曰"凉"，即是复杂的统一、矛盾的调和。

说到"好诗是复杂的统一、矛盾的调和"，与西方新批评提倡的"包容的诗"（poetry of inclusion）正相契合，新批评也强调诗应该容纳和平衡许多对立的冲动，把不调和的品质与不相容的经验综合到一起，形成"张力"（tension）。老杜此诗便是有"张力"。近代上账式的描写，外国有左拉的自然主义，中国有巴金的社会小说，顾随都大为不满。他要的是手段的经济，以一二抵千百，则又是中国传统的遗貌取神的做法。以上算是形式主义批评，最后又转入道德主义批评。顾随说，人生在乱世，所遇是困苦艰难，所得是烦恼悲哀，有什么对付的办法呢？——

一是消灭，二是脱离，三是忘记，四是担荷。老杜此诗盖四项都有，消灭、脱离、忘记，同时又担荷了。如此了解，始能读杜诗。

你看，从写什么到怎么写，从道德批评到形式分析，顾随真是多管齐下，从极大到极细。杜诗最难讲，而顾随讲杜诗讲得最好。杜诗讲好了，还有什么诗讲不好呢？

3

顾随讲诗词，我最佩服的一点是，他不仅能把优点讲到位，而且能够指出缺点有哪些，在哪里。也就是说，我们经常会听到这位老师在课堂上说三道四，大放厥词。在我看来，这才是他独一无二的地方。法国剧作家博马舍的《费加罗的婚礼》第五幕有一句话："没有谴责的自由，就没有谄谀的颂扬。"汉语世界普遍译成更有深意的"若批评不自由，则赞美无意义"。我引这话的意思，是想说：如果不能在同时指出、并且也指得出缺点的情况下加以赞美，那就落不到实处，无非开一张花体字签名的空头支票。

大作家的好作品，并非十全十美。顾随绝不迷信任何一人，不管是李白、杜甫、苏轼、辛弃疾，他都不仅仅能够看出其人其文的优点，而且敢于，并且善于，点出毛病。从全体的创作，到一首诗，一个句子，甚至于一个字，他都能给你讲出为什么好，为什么糟。从来讲诗没有像他那样讲的，讲优点也讲缺点。优点讲足了，又回头讲那不得不讲的缺点。或者，缺点讲清楚了，再转过去讲那舍不得不讲的优点。他讲东坡词，讲稼轩词，真叫一意孤行，把一首词拆开，揉碎：这一句，弱了；那一句，凑的。然后，吹尽狂沙始到金——那才是足赤的纯金！在《东坡词说》里，他说：

> 赏观名家之作，一集之中，往往有几篇，一篇之中，往往有数语，简直一败涂地。数语在一篇，瑕不掩瑜，且自听之。几篇之在全集，何似删之为愈？如说前人有作，后人编集，不免求备，故有斯愚，则作者当时何如不作？作了又何必示人？这个便是中土文士颠顸处，不经意处。

他批评苏轼的颠顸和不经意，如那首"莫听穿林打叶声"的《定风波》，他说"竹杖芒鞋轻胜马，谁怕？"十分要不得，因为声音不对，仿佛丝竹之中突然铜钲大作，无理取闹，煞风景。再说，"竹杖芒鞋"，"轻"就好了，何必"胜马"呢？好比你念叨着晚食以当肉，安步以当车，说明你心里还有肉，还有车。苏东坡这么写，表明心里还有马，谈不上"余独不觉""何妨徐行"。还不是修行不到家吗？

所以，听顾随讲诗词文赋，最能破除迷信，解放思想。再举几个例子。比如林逋咏梅的名句"疏影横斜水清浅，暗香浮动月黄昏"，他说，两句似有鬼气，不类其为人也。又如陆游的"山重水复疑无路，柳暗花明又一村"，他说，这十四个字"真笨""太用力""心中不平和"，而王维的"行到水穷处，坐看云起时"多少自在。再如老杜的《江南逢李龟年》，从来都认为是杜甫七绝中最有韵味的，他却说，其实是滥调写成，废弛了力量，落入了窠臼。诸如此类颠覆性看法，真让人开眼、醒脑。我们从小读课本上的范文长大，只学会跟老师鼓掌，哪见过有老师拍砖？

顾随说诗，眼高手辣，胆大心细，能见人所不能见，且敢说人所不敢说。比如他说，不好的作品，坏人心术，堕人志气。坏人心术，以意义言；堕人志气，以气象言——

> 如《红楼梦》便是坏人心术。最糟的是"黛玉葬花"一节，最堕人志气，真酸。见花落而哭，于花何补？几时中国雅人们没有黛玉葬花的习气，便有几分希望了。

这不是故作高论或酷评，他是自洽的。在反对文学的"伤感"（sentimental）这一点上，中外同心。何况我们读顾随，也要有一点禅意，不能"死于句下"。他那么激动于周汝昌写成《红楼梦新证》，当然不会把《红楼梦》看成坏作品，他只是以《红楼梦》为"能品"而以《水浒传》为"神品"，相比之下，才说出"余不喜《红楼》"的话来。他每有褒贬，都能讲出一个道道儿来，但不是任何一个说法都要我们同意。他岂不知有些说法是走偏锋，下险棋？张中行真是解人，他认为顾随说诗是"在为上智说法"：

> 其中也许有不少或很多偏见，但他有见，不是在浮面上滑，就能够启发读者深思。思的结果也许是觉得顾先生的所见并不都可取，甚至都不可取，这也好，因为可以证明自己已经有了靠自力走上阳关大道的能力。

顾随说得好："人说话不对不成，太对了也不成；太对了，便如同说吃饱了不饿。"的确，我们平常见多了四平八稳，一团和气的评论，净拣好话说，从不说错话，结果是废话一箩筐。哪像顾随，平视那些了不得的大作家，真能讲透他们的好处，而一旦出现了败笔，总难逃他的法眼。"曲有误，周郎顾"，顾随之谓也。

4

顾随的书，越读到后来，我越是发现，他在讲作诗，也在讲做人。人与诗，哲学与文学，在顾随先生的课堂上是打通了的。他说，"余常拿人生讲文学"，"余之讲'诗'，合天地而为诗，讲文亦如此"。所以，他就诗论诗之余，喜欢借题发挥，讲着讲着，就从诗讲到人了：

> 简斋"客子光阴书卷里，杏花消息雨声中"二句并不伟大，而是诗，此必心思细密之作，绝非浮躁之言。支撑国家和社会的青年，是中坚，是柱石，不可气浮心粗，要心思周密，而心胸要开阔。着眼高，故开阔；着手低，故周密。对生活不钻进去，细处不到；不跳出来，大处不到。

所以，我认为顾随的讲课，是德育、智育和美育合一，属于最好的人生教科书。他一辈子不出书斋和讲堂，但是他有强烈的社会关怀，也洞晓世道人心。他精于佛学,但不取佛门的消极与虚无,而持"天行健,君子以自强不息"的人生态度。

张中行说他"待人永远是儒家的'己欲立而立人,己欲达而达人'加释家的'发大慈悲心,度一切众生'"。他最服膺的是诗中杜甫,文中鲁迅,都是特别能吃重的人物。这看上去有点奇怪,身为周作人门下弟子,顾随三句话不离鲁迅。因为跟鲁迅一样,他是个勇猛精进的人。他喜欢曹操,喜欢辛弃疾,既能作诗,又能做事:

> 稼轩是承认现实而又想办法干的人,同时还是诗人。一个英雄太承认铁的事实,太想要想办法,往往不能产生诗的美;一个诗人能有诗的美又往往逃避现实。只有稼轩,不但承认铁的事实,没有办法去想办法,实在没办法也认了;而且还要以诗的语言表现出来。

顾随是最纯正的儒家。他诠诗衡文的最高标准,是有生的色彩、力的表现、动的姿态,而不是寂静的道心与禅意。连他欣赏的禅宗人物,也是艰苦卓绝的赵州和尚,以其八十尚行脚矣,这才是积极的出家——顾随说:"西洋人出家是积极的,中国人出家是消极的。"中国人以看得开、放得下为高,其实是泄气的表现。这是将"取舍"两端,单取了一个"舍"字,却舍了一个"取"字。顾随要我们热烈进取,要打气,不要泄气。不要守着一亩三分地,"上床认得妻与子,下床认得一双鞋,一文钱尚且穿在肋骨上面"。所以痛贬胡适推崇的朱敦儒《樵歌》,认为其中的小我畏缩而猥琐。他对蒋捷的《虞美人》词——

> 少年听雨歌楼上,红烛昏罗帐。壮年听雨客舟中,江阔云低断雁叫西风。而今听雨僧庐下,鬓已星星也。悲欢离合总无情,一任阶前点滴到天明。

也是半肯半不肯。他说上半阕,多大,多结实。那少年的心气,和那不思前想后的劲儿;那中年的挑担子,活动地面大,非奋斗不可。真是没一个字不好。可惜下半阕糟了,泄气了:

> 好仍然好,可惜落在中国传统里了。……一切不动情,不动心,解脱、放下,凡事要解放、要放下。其实人到老年是该解脱、放下,但生于现代,解脱也解脱不了,放也放不下,不想扛也得扛,不想干也得干。

今天的读者喝多了心灵鸡汤，听这样的老师的现身说法，是可以振衰起敝的。

顾随的哲学是积极向上，但最可贵的是，核心仍然是孔孟之仁、基督之爱、释迦之慈悲。他的《揣龠录》写到后来，颇不以禅宗的有大智、大勇而无情、无哀矜为然。说诗亦然。举一个例子。他不怎么喜欢黄庭坚，一个"二手诗人"（second-hand poet），没什么人情味、同情心：

> 苦水平日读山谷诗，最不喜他"看人获稻午风凉"一句。觉得这位大诗人不独如世所谓严酷少恩，而且几乎全无心肝。获稻一事，头上日晒，脚下泥浸，何等辛苦？"午风凉"三字，如何下得？可见他是看人，假使亲手获稻，还肯如此写如此说吗？苦水时时疑着天下之所谓恬适者，皆此之类。试看陶公"种豆南山下"一章诗，是怎底一个意态胸襟？

顾随曾引西方人语："我们需要更脏的手，我们需要更干净的心。"如黄庭坚这句诗里的手固然不脏，可心却没有那么干净吧。

像这样从诗的文本自然生发出来的对人的德性的推尊，在顾随的诗文讲录中随处可见。听顾随讲课，既可识得前人文字的高妙，也能觑见作者人格的光辉。古人说，经师易遇，人师难逢。顾随先生是授业的经师，更是传道的人师。有这样的老师是有福的。

（原载《南方周末》2019年8月1日副刊）

我看辛丰年

_朱伟

我不认识辛丰年。为探知他，专门向严锋要照片，因为，上海音乐出版社刚出的文集上竟没有他一张照片。其实，网上本是可以搜到的，他和赵丽雅的合影，网上也有。从照片看，是个耿介、执着、执拗的老人。

我想，同是爱乐人，辛先生应该与胡亚东的年龄相仿。查了一下，比胡先生还长几岁。两位先生喜欢音乐的范围相近。记得我们常说，胡先生听的是"老三篇"。所谓"老三篇"，指以贝多芬为主，然后是莫扎特、勃拉姆斯，当然还要加上舒伯特、舒曼等。辛先生是把勃拉姆斯换为德沃夏克，他也喜欢舒伯特，却不喜欢舒曼，换上德彪西。这两位，年龄相仿，家庭出身相仿，走的却是不一样的路。胡先生读清华，与同学拉弦乐四重奏时，辛先生参加革命了，从戎打天下。胡先生去苏联留学，辛先生在部队，成了个文职少校。胡先生回国后成了专家，辛先生在部队却一直不得志，"文革"中甚至被打成"反革命"，开除党籍军籍，遣送回老家改造。"文革"结束，辛先生平反了，却被要求在老家退休。胡先生则先成为联合国教科文组织官员，后成为中科院化学所所长，因此有机会从国外带回大量唱片。辛先生却一直在他老家南通，靠收录机录上海调频广播里的音乐。两人的爱乐方式截然不同。因此，照片上的胡先生，总是掩饰不住温暖的笑意；辛先生则严肃而鲜有笑容。胡先生退休后，除了参与社会活动，还喜欢摄影、收藏矿石。辛先生则应该是孤僻的，读到最接近他的严晓星的文章，说他杜门谢客，只与自己熟悉的人来往，我就觉得，与照片上的他、文字中的他对上了号。

他在《读书》杂志开专栏始于一九八九年，结束于一九九七年，专栏名叫"门外读乐"。八十年代中后期，沈昌文掌舵的《读书》，在继续团聚金克木、冯亦代、王蒙、黄裳这些老人的基础上，多了很多当时的新锐学者。那是

《读书》服务日最热闹的时期,那时的《读书》上,经常会发一两篇讨论音乐的重要文章。我记忆深刻的,有张旭东写瓦格纳的。张旭东那时就是青年新锐。

辛丰年是老人,在当时《读书》作者中却算新人,负责他专栏的编辑是赵丽雅。那时《读书》在北京朝内大街一六六号,我描述过那氛围——早上很早去,楼道里没人,已经有浓浓的煮咖啡的香味了。沈昌文是以办公室为家的。中午,沈先生就带着访客们,骑自行车吃饭去了。他带我们去的都是好吃的小饭铺。他说他的工作,就是找人吃吃喝喝。那时沈先生手下有四员女将:吴彬、杨丽华、赵丽雅、贾宝兰。是赵丽雅告诉我辛丰年在南通的。她那时联系了一批老人,张中行就是她带我去见的。赵丽雅后来离开《读书》,到中国社科院做学问,就变成了"扬之水",辛丰年的专栏也就停了。

在《读书》开专栏前,辛丰年其实已经在三联书店出版了他第一本书《乐迷闲话》。这本书的编辑是董秀玉。从严晓星的文章中了解到,此书是老友章品镇鼓励他写的,送到一家出版社遭退稿后,到了三联遇到董秀玉,才出了书。董秀玉让他把原拟的笔名"辛封泥"(交响曲 Symphony 的音译)改为"辛丰年",推荐他在《读书》开专栏。他在《读书》的专栏文章,一九九五年编成了他第二本书《如是我闻》。书是在辽宁教育出版社出的,编辑是赵丽雅,吴彬请吴祖强写的序。

《读书》开专栏后,《音乐爱好者》的李章也开始邀他。辛先生在《音乐爱好者》的专栏叫"音乐笔记",始于一九九〇年,结束于二〇〇〇年。一九九九年李章离开《音乐爱好者》,专栏也就停了。很多专栏,其实都是因编辑而写、而停的。李章后来把专栏文章编为《辛丰年音乐笔记》,一九九九年出版,这其实已是辛先生的第六本书。辛先生出的第三本书,是将《乐迷闲话》中的第一篇《钢琴闲话》扩充成八万字的专著《钢琴文化三百年》,是董秀玉邀他,一九九五年交予《爱乐》编辑部的耿捷编辑,在三联书店出版。这是我很喜欢的一本小书,读严晓星文章,知道书名原叫《乱谈琴》,是董先生建议改成《钢琴文化三百年》的。后来,山东画报出版社再版时,他改回了《乱谈琴》——他坚持自己的非专业态度。辛先生出的第四本书,是为陈思和主编"火凤凰青少年文库"写的《请赴音乐的盛宴》,一九九七年由海南出版社出版。第五本书则是应赵丽雅邀,为辽宁教育出版社写了一本不到四万字的小专著《中乐寻踪》。

辛先生一共出了八本音乐书,第七本还是为"火凤凰青少年文库"写的《乐滴》,一九九九年也是海南出版社出的。最后一本,是二〇〇六年山东画报出版社出的《处处有音乐》,一些未编稿的合集。

这次上海音乐出版社编文集，将《乐滴》收入《请赴音乐的盛宴》，将《中乐寻踪》收入《处处有音乐》，集为六本。

辛丰年写音乐文章，从七十年代末持续到他在《音乐爱好者》上的专栏结束后，大约二十多年时间，留下百多万字。他的著作，大约包括了四类内容——

第一类试图以他自己的看法，给期望进入古典音乐海洋而难入其门之人，开一份乐单。给青少年写的《请赴音乐的盛宴》的第一部分，就是为回答"名曲浩如烟海，怎么选"，列出了"必读之曲"与"可读之曲"。这份乐单的范围是，从巴赫到德彪西。顺序是从贝多芬往后，经过整个浪漫主义时代，直到二十世纪初的德彪西和年代更后一点的意大利作曲家雷斯皮基；然后，再前溯到莫扎特、巴赫和亨德尔。以贝多芬为基点，这是大多数人的选择。与胡亚东的爱好一样，辛先生也将柏辽兹放在很重要的位置，对勃拉姆斯的态度则很不同。辛先生的"必读之曲"所选巴赫，其实只是《平均律钢琴曲集》第一首《C大调前奏曲》和《恰空》这样的小曲。对青少年来说，巴赫、亨德尔也确实只需先窥一斑，再知全豹；所以，他在"可读之曲"里先讲巴赫，认为巴赫、亨德尔许多作品可读而不是必读。他把舒曼也列入"可读之曲"，"可读之曲"的最后是拉威尔。这个乐单里没有歌剧，在"必读之曲"中有瓦格纳的歌剧前奏曲、《齐格弗里德牧歌》和《浮士德序曲》；"可读之曲"中有罗西尼的序曲。宗教音乐只在"必读之曲"中认定亨德尔的《弥赛亚》，对青少年而言，应该只指这部清唱剧第二部分结尾的"哈利路亚"合唱。

这份乐单，后来他在《音乐爱好者》的专栏中，专门用《不必望洋兴叹——漫议欣赏曲目》系列的十二篇文章，做了比较细致的解说。这十二篇文章细说的内容，比如，他凭自己的经验，认为贝多芬应该从《田园交响曲》听起；九部交响曲，先听二、四、七、八，再"反复倾听"第三《英雄》。为什么？因为"《英雄》虽然写作时间比较靠前，其气魄与深度却给听赏加重了难度，所以还是放在后边来听为好。此时你听交响曲已积累了不少经验，对贝多芬的语言也比较熟悉了，走进这音响的森林便不大会迷路了"。贝多芬的协奏曲中，他选小提琴协奏曲是必读之曲；五首钢琴协奏曲中，必读的则是第四、第五号。舒伯特除了《未完成交响曲》，必读的是钢琴《即兴曲》；艺术歌曲中他选的是《魔王》与《玛格丽特纺纱歌》，没提《冬之旅》中的《菩提树》。门德尔松的必听曲目是《芬格尔山洞》《E小调小提琴协奏曲》《仲夏夜之梦序曲》与《无词歌》中的《春之声》。

为想进入古典音乐的人指引一条路径，确实是古典音乐普及极重要的工作。每个人都有自己的见解与喜好，这种喜好必然反过来成为局限。但至今为止，也确实只有辛丰年那么认真地列出了这么一份乐单，并认真做了他自己的解说。对这份清单，你当然可以求全责备，挑出许多更必听的作品，但这工作确实没人做，也确实不好做。这是他梳理、普及古典音乐的一大贡献，所以，在古典音乐秘境中，他确实是引领未入门或初入门者的一位优秀的向导。

第二类是他的两本专著，虽说只是小册子，却非常不易。《钢琴文化三百年》（其实我也还是喜欢董先生建议改的书名，提升了境界），只用了不到八万字篇幅，就纵横三百年，普及了钢琴知识。《中乐寻踪》只用不到四万字来说中国音乐，就更难了，其中下了多少功夫，大约只有辛先生自己清楚。我原来赞叹过胡兰成用十万字说中国文学史，辛先生只用了四万字，真是角度独特，高度概括。在他的著作中，我自己最喜欢这两种。去繁为简，提炼为一本小册子，大概也只有辛先生敢这样来写中国音乐史话。他敢坦诚地暴露自己的片面。

第三类是他对自己极喜爱作品的精读，这也是他专栏中写得最好的部分。辛先生的审美是比较固执的，看他的专栏文章，他真正钟爱的作品其实并不多：德沃夏克的《第九交响曲》，他自称听了"百千遍"，他描述那个《马车从天降》的主题："在长笛低音区怯生生吹出，简直就是一副受欺凌无处可诉的黑女奴声口。"第二乐章转入升C小调那一段里，"小提琴与黑管吞声饮泣，中提琴和大提琴上的弱奏震音，则是参加葬礼者的一片唏嘘之声"。贝多芬的《月光奏鸣曲》，他是熟到"听了上句就能知道下句"的，他六十三岁起学弹钢琴，自己能把此曲弹下来，心得颇多。他对连接抒情慢板与激情洋溢急板的短小中间乐章的理解是，"以宣叙风悄然独白""如话如舞"，见解独到。柏辽兹的《幻想交响曲》，他是不仅借助了柏辽兹回忆录，且加上柏辽兹的《配器法》来考证解读的。第三乐章田园景色中，"英国管同双簧管好像在田园中，少年回答少女"，就出自柏辽兹的《配器法》。他因此就嗟叹大家都满足于"泛读"。德彪西的交响诗、钢琴曲，是他在新音乐中情有独钟的，他比喻《牧神的午后》好像"清凉"又"虚无缥缈的仙境"；他说，"用莫奈对园林池沼景色的写生"来听《水中倒影》，"也许有助于领略它的妙趣吧"。他喜欢的作品，还有舒伯特的《未完成交响曲》、挪威作曲家格里格的《培尔金特组曲》。柴可夫斯基的《悲怆》当然少不了的，他还极喜欢意大利作曲家雷斯皮基的《罗马三部曲》，包括冷僻一点的英国作曲家戴留斯。《音乐爱好者》杂志一九九八年发表的系列文章《向太阳——漫说莫扎特钢琴协奏曲》，是他深入体会莫扎特全套钢琴协奏曲很珍贵的体会。可惜这样的文章没能持续，他年岁高了，听不动，写不动了。

第四类就是专栏文章中较散漫的随笔，较多出现在《读书》的"门外读乐"专栏中，好似在目不暇接的万花园中浏览，从此花及彼花，辛先生是坦诚流露他的好恶。他喜欢精妙的小品与情感表达比较鲜明、抒情的作品，对一些接受有障碍的名篇，不喜欢或听不懂，都直抒胸臆。这部分随笔，听与读是紧密结合的，也许读的工夫要比听的多。他是那种竭力追究的听者，读他的文章，我能想象他在很厚的眼镜片下，吃力地翻找资料的景象，从此处索引到那处。这部分随笔的风格，我想多少是受沈昌文影响的；因为沈先生读到自己心仪的文字，会及时与作者交流，会影响到作者。沈先生是喜好从此处到他处有较大跨度的，从音乐跳到文学，从外国文学跳到中国古人，从文学跳到绘画再回到音乐，趣味领先，他就笑口大开："绽得勿得了勿得了。"（这个"绽"与"勿"都是上海话的借用）如果对比《如是我闻》与后来的《音乐笔记》，以在乐坛漫步形容，《音乐笔记》驻足流连的概率显然要高。编辑对作者的影响不容忽视。

上海音乐出版社此次编成的辛先生这套文集中，整体质量而言，依我自己喜好，《乐迷闲话》与《乱谈琴》是最高的。《乐迷闲话》中的《闲话小提琴》《闲话管弦乐队》《闲话作曲家》，其实都可以成为专著的。可惜后来的编辑，就没有董秀玉这样的眼光来发掘。

辛先生的专栏，继承的是丰子恺的传统。他自己文章中也多次谈及丰子恺听乐随笔对他的影响，因此，他获得萧伯纳乐评全集时，如获至宝。辛先生的音乐随笔，依我看，是带有浓重的四五十年代烙印的，他似乎还生活在那个早已过去的时代里，那是他的青年时代。他似乎营造了一座象牙塔，这塔里珍藏着他青年时代展开锐敏的感官，采纳到的所有质感。他四处搜罗音乐资料，点点滴滴累积，就像鸟辛勤衔来一根根枝条营巢。这个塔使他的心灵隔绝了风雪环境、人世沧桑，他在塔里沐浴着阳光，他在当时环境所能获得的有限音乐，就像陪伴他横渡不如意人生的诺亚方舟。这些音乐天长日久，成为他脑海里、心灵中的镌刻，是他支撑清高心灵的财富，使他凌驾于人生的落泊之上。它们成为挥之不去，沉浸他心灵的滋生，这些音乐对他而言，真不是简单的听赏与回味。提前退休后，他实际是将多年来支撑自己心灵的这些财富，要竭诚转赠予读者。明白了这些，就会理解他为什么总在那些曲目中流连不去，就会明白他为什么会固执地警惕一个五彩缤纷的世界对他的影响。他守护着自己不可磨灭的那些心灵上的镌刻，守护着他自己的清净。他还在他营造的那个塔里，在他自己的诺亚方舟上，尘嚣还在塔外。

辛先生的随笔，因此是老文人怀旧式的。他的文字简洁，平实，严谨，绝不修饰，这用来表述音乐其实极不容易。因为音乐是抽象的艺术。辛先生爱惜他自己的文字，这与他骨子里的清高有关，他活在自己一生都在追求的世界里。老实说，与其说我喜欢辛先生的文字（恕我挑剔，因为它能启发我的信息确实太少），不如说我敬仰辛先生的人品。我见到一张照片，他的老同学从上海专程来南通看他，耄耋之年相聚合影，他居然能随意侧身而立。随波逐流太易，这样清高不屑世事、特立独行的可敬老人，现在真已经越来越少了。

我有时想，辛先生如果不那么固执，如果他能多走出自己的世界，多熟悉一些他并不熟悉的音乐，多一些可争论可开启新知的朋友，他的天地可能会广阔一些。或者，他要是离开南通，跟严锋到了上海……但一个人在岁月中塑造的个性，尤其是陪伴他度过风雪沧桑的个性，真的是很难改变的。没有执着，就没有辛丰年，而任何人其实都难跳脱自己的局限。辛先生与我等其实很不同。他是视古典音乐普及为责任，背负着很重责任感的。他这二十多年，竭尽全力用音乐故事使得古典音乐更平易近人，使得越来越多普通音乐爱好者能分享音乐予他人生的馈赠。这种孜孜以求，功莫大矣。我们怎可以站在与他截然不同的角度，对他吹毛求疵呢？

辛先生心灵中镌刻，多少年回味不尽的，其实是他年轻时代刻下的那个单声道甚至是七十八转（黑胶唱片）的音乐世界。读到他一篇文章，说有青年乐友知道他迷恋乌克兰出生的美籍俄国小提琴演奏家埃尔曼的音色，专程登门送他埃尔曼的 CD。他听后感慨："我好像认不出他来了，因为那音乐的韵味已不复当年了。"CD 上是老年埃尔曼，音色已不复当年。这篇文章发表于一九九四年的《音乐爱好者》。我感慨的是，如果辛先生不那么闭塞，他其实能找到他年轻时听过或没听过的，所有他心向往之音乐。九十年代，七十八转历史录音的优秀转制已经遍地都是了，他完全可以重新沉浸回味在三十年代的埃尔曼、胡贝尔曼、海菲茨、卡萨尔斯、施纳贝尔或肯普夫中，完全可以找到他迷恋的斯托科夫斯基的德沃夏克《自新大陆》里那曾令他热血贲张的氛围。

信息时代，可以帮他回到青年时代的环境里去，可以逃离现代尘嚣，轻易就沉浸进过去，这大约是他没能想到与体会的，是为憾事。

（原载《读书》2019 年 1 期）

辑七

宽堂先生

_王祥夫

冯先生常用的堂号有两个,"宽堂"与"瓜饭楼"。

第一次去冯先生家,天已向晚,下着雨,及至从劲松桥赶到通州芳草园,雨转大,雨落在伞上一时是金鼓齐鸣,天上却没有一个雷。那天先是给冯先生的夫人夏老师通了话,夏老师的声音真是很好听,不像是七十多岁的声音,是青天白日清澈明净。

因为下雨,也没带什么见面礼,就那么湿漉漉一脚跨进了冯先生的家。那天冯先生送我三本他的随笔集,竟没有一本是谈《红楼梦》的,我送先生一本中青社版的《杂七杂八》,里面有我自己的钢笔插图。冯先生送我三本书中的《逝川集》是我十四五岁就已经读过了的,封面是白石老人的山水,是清波远帆。这本书是"文革"前出版。我对冯先生说我有这本书,是从图书馆偷的。冯先生一时笑哈哈,连说,"窃书不算偷的,窃书不算偷的"。倒像是在鼓励我。

这几天给《滇池》文学月刊写《宽堂先生》,不免让人又伤感起来,茶也不是酒也不是,出去看阳台上的浓胭脂般的鸡冠花也一时像是没了颜色。冯先生离世不觉已近三载，音容笑颜呵呵哈哈犹在眼前耳际。闭着眼想想，就好像又看到他走到院子门口亲自来迎，院子里花开得正好，是一片红，只让人觉得热孜孜的。那两只藏獒不停地叫不停地叫，且在篱笆里奔突不停。冯先生说他这两只藏獒是最好的品种，但直到后来也没见这兄弟俩长到有多大，但凶可是真凶，每次都像是要从竹篱笆上跳过来，我便贼样碎了步子缩了身子紧走紧走，且贴在冯先生的右边，让冯先生挡着，冯先生脚步慢，还没进家，我早一步窜进家里。

就这两条藏獒，是该叫它不叫，不该叫它倒吼吼吼吼。那天夜里冯先生家里突然进了小偷，好像是冯先生还不在家，只夏老师在，还有那个小楷写得好的小保姆。小偷是从屋顶天花板空投样进来，万幸没出什么事也没丢什么像样东西，小偷懂文化的毕竟少。而那两只藏獒却不知为什么禁了声，大气都没出，真是养兵千日，用的时候连一时半刻都没有。再到后来，这两条藏獒不见了，先是一只，后来是另一只，都不知去了什么地方。冯先生很爱这两条藏獒，有两次，绑架般把冯先生给拉到通州馆子里去吃饭，也只能就近在通州找家饭店，吃完饭冯先生总不忘吩咐一句，把剩下的饭菜打打包，原是要带回去给那平时吼吼吼吼到了正经时候一声都不肯吭的兄弟两个吃。

有一阵子，我的堂号叫作"三名堂"，原因是家里养了一只很漂亮的京巴小狗和一只暹罗猫，狗是名狗猫是名猫，再加上我。我对冯先生说起此事，说，所谓"三名堂"，是名狗名猫名人，我排第三。冯先生好笑了一气。我遂对冯先生说您何不养一只小猫。冯先生却说，画牡丹的时候牡丹下边再加一只小猫构图蛮好。我和冯先生有时候说话就是这样前后不接文不对题。再一次，我找到一本齐白石年谱，先去古旧书店乱转然后去了冯先生家，手里拿着这么一本年谱，自然就说到年谱上，我对冯先生说，您的年谱以后我可以帮着来修，冯先生忽然就不高兴了，说他是不修年谱的，又说，不行。至今，我也不知冯先生那天为什么会突然就不高兴起来。再一次，我戴着一个白地青的翡翠指环玩儿，那时候我真是喜欢白地青的翡翠小物件，白地青的翡翠极雅，是不水不透，正好和现在人们对翡翠的又要水又要透相反，是白地上飘一丝绿，要是满绿就不好看了，那绿只要一点或一丝，这样的男式翡翠我有好几个，分别可以戴在中指无名指和小指上，我是喜欢那颜色，我总是在家里戴着玩来玩去，那天我戴在手上没摘就去了冯先生家。冯先生好像对这种小事情从来都不看不说，而我却不知为什么偏要对他说。我对冯先生说这种白地青翡翠真漂亮，您看这一点点绿。冯先生却脱口就说，不好，又不是遗老遗少青红帮！现在想想，也真是好玩。我便嘴硬，说，青红帮应该戴大金戒指才对嘛。冯先生不再理我，忙着去看那张我带过去的六尺整张《重修镇城碑记》大拓片，用个放大镜，终于找到了曹雪芹上祖曹振彦的名字，兴奋地说，这下是铁定了，这不是三韩吗？冯先生又从大书房里边的小间取出一个半人高长方的镜框要我看，镜框里是那个引起过大争议的"曹公讳霑墓"刻石拓片，是朱砂拓，裱好装在框子里。冯先生要我看，一边说，这还会有错吗？这还会有错吗？关于这块曹公的墓志刻石，我不敢说对也不敢说不对，只好支吾。

　　冯先生爱花爱草，所以院子里总是有花，但我只记住那一株院子东北角的腊梅，比我高不了多少。因为冯先生要我去看它一看，我便去看它一看，也没有花，只有叶子，半黄半绿，倒不如竹篱笆上的牵牛花好看，朵朵蓝紫让人眼亮。还有，冯先生在院子里的东边挖个池塘，因为地方不大，也不可能挖多大，却挖得太深，人若掉下去，笃定是上不来，我看了那池塘就忍不住坏笑。冯先生说你笑什么？我说冯老师你要掉下去可怎么办？冯先生就也笑，对我说有人掉下去还是狗掉下去上不来的事，这事记不太清了，到了后来，那池塘又被填了填，复不再是个深坑，像是种了荷花在里边，又像是没种，这种事我总是记不清。后来，我还问夏老师，我说池子挖那么深做什么？是不是冯先生想在里边养鱼？冯先生是南方人，喜欢吃鱼是笃定的，买一些活鱼放在池子里养着，想吃的时候也方便。夏老师摆着手说，不会不会，又指指自己的喉咙，说，我不给他多吃鱼，人上岁数，怕他被鱼刺卡着。夏老师叫冯先生从来都是两个字"先生"，比较陌生的客人来，夏老师会在先生前边再加一个字"冯先生"。

　　冯先生喜爱山子与供石，且气派是极大，进别人家的院子，院子只是院子，而唯有进冯先生的院子是要让人起一番山林之思的。一进院门就是那么老大一块两人高的白太湖，再往里，临小客厅的窗子又是那么一大块，也是白太湖，有一人半高。上边均被冯先生题了字，填了青绿，煞是醒眼醒目，只是忘了上边题的是什么字。冯先生既喜欢供石与山子，案上亦是左一块右一块，但大多没有好座子，极普通的那种方木，且又不上漆，白乎乎就那么豁然大气地摆着。山子的座我以为苏州的工最好，每次去冯先生那里，我还在心里想，如果方便，为冯先生的山子配几个好座倒是个正经。但细一想，这是件大麻烦事，是把山子寄到苏州还是请苏州的工人过来吃住全包地在这里做？这都是不大可能的事，及至到了后来我买山子，即使山子再好，如果没有座我便死心，再好也不让自己心动。有几次看到好山子动了心，和曹永这厮商量，一说，他马上反对，说找那麻烦做什么，找那麻烦做什么，别给自己找麻烦！想想也是。曹永知道我喜欢山子，千里迢迢把一个贵州山子背到我家，我把它放在那里左看右看，洞是洞，皴是皴，座子是座子，四面都好。

　　现在，每想到冯先生，每想到他那个院子，每想到他那个家，是什么都好，七七八八每样东西都好玩好看。每次想到冯先生，又总是会想起他的一迎一送。因他不良于行，总是不要他多送，回头看，他还站在那里招手，宽堂先生有拐杖，却没怎么见他拄过。我对冯先生说我要给您找支好杖，冯先生说你哪有什么好杖？我说我们那边五台山上有六道木。冯先生说这个他知道，我便想考他一考，我说您知道六道木还有个正经名字叫什么？冯先生只把身子往后一仰，微微一笑，说，这个嘛，杨五郎的降龙木嘛。我当下服气。我还想再考他一考，我说那么枸杞如果做杖又是什么杖？这下冯先生可真是不知道了，我一时得意，且喝水，且停下偏不说。那叫什么？冯先生憋不住了，问我。我便笑，这才对冯先生说，枸杞做杖就是有名的西王母杖嘛，那天夏老师也在一起坐着说话，我当下有心要给冯先生找一支降龙木杖，给夏老师找一支西王母杖，但直到现在都没办到。我那天还说，冯先生您拄降龙木杖，夏老师拄西王母杖。冯先生就又笑了，说那就不能叫作降龙杖了，只能叫作穆天子杖。

"莫填子。"冯先生说。

冯先生到老口音还是没有改过来。穆天子被他一念便是"莫填子"。冯先生很少说玩笑话，这算一次。夏老师在一旁一边摆手一边笑着说，先生从来都不拄杖的，上楼下楼都不成问题。

夏老师站起来，去给冯先生的茶杯里续水，到沙发后边大案旁边的饮水机，"咕咚、咕咚、咕咚"。我不敢劳动夏老师，自己端了杯也去"咕咚、咕咚、咕咚"。太阳从南窗静静照进来，沙发后边的大案上端端一大块白，真是好太阳，续了水，转过身来，西墙上是画家谭凤环的一幅仕女画。我说，陈老莲。冯先生说，小谭画得好。这堵墙上有一阵子还挂一幅冯先生的梅花，是横幅，是老干新枝穿插有致朵朵花开淡墨痕，我回去亦细心仿了一幅，现在仍挂在我的卧室里，亦是朵朵花开淡墨痕。

每次见冯先生，总不谈《红楼梦》，要谈，也只谈过一两次。说到《红楼梦》，我最烦参加"《红楼梦》学会"的会，会上的人个个都以为自己是什么专家，一旦发言讲起《红楼梦》，就是洗过脚的水再洗脏袜子，让人真是不能喜欢，只好带一盒清凉油不停往脑门上抹，直把眼睛抹到睁不开。我生性怕开会，就是神仙坐在台上讲升天大法我也坐不住。或者就溜出去，看院子里的花草，一枝一叶亦能看老半天，像在读圣贤文章。

每次见冯先生，是只说书画与古董，冯先生的家里，七七八八到处是古董。我对冯先生说，这里千万别地震，若一地震，哈哈哈哈！我就大笑。冯先生写字作画的大案后边就是大书架，整整一堵墙的大书架，架上一半是书一半是古董，真真假假满坑满谷。宽堂先生写字作画的大案之右，亦是大书架，架上一半是书一半是古董，亦是真真假假琳琳琅琅。我对冯先生说，冯老师。我只叫他冯老师，因为有一次他说，叫冯老不过是个尊称，叫老师还是离得近一些。我知道他是不服老，便只叫他老师。我对他说，啊，千万可别地震，如果地震，哈哈哈哈，我得把您从七七八八的古董里给刨出来。

那一次，老先生拿出一块瓦当，反过来调过去地看半天，还用手指弹一下，然后递给我，说，这个给你。我拿在手里坐出租车从通州回北京的家，及至下车才忽然想起少了什么，怎么手中空空？冯先生给我的瓦当早已丢在了出租车里，一时怅然。

冯先生随我去山西大同北边的永固陵，永固陵下边有清泉一脉叫作"万泉河"，及至汤汤流去，便汇入古平城东边的那条御河，御河过去宽且深，行得大船。京剧《南天门》讲的故事就发生在这里，晋剧《走雪山》原是《南天门》里的一折，说的就是义仆老曹夫背着小姐走雪山过这条河的事，是一生一旦，唱念做都很吃力的一出戏。古平城就是现在的大同，城东的御河边上多出土辽代风字澄泥砚，其坚如铁，击之做金石声。我亦给冯先生找到一方，一巴掌大小，虽稍微有点残，冯先生却喜之无尽，放在手里用放大镜看，说，一看就是真品，一看就是真品。此澄泥砚砚背有拓打出的小字两行："西京东关小刘砚瓦。"冯先生生性喜动，总是喜欢东走西走，我陪冯先生顺着这条河去永固陵，永固陵是北魏的皇陵，冯太后就葬在上边。山虽不高，也须爬上爬下，冯先生是深一脚浅一脚，我只怕他摔倒。那天偏又跟了一位印度的女朋友，而她偏又把照相机的皮壳子不小心丢在了山上，照相机的皮壳子又算什么，陵墓四周荒草离离，我不帮她找，也没办法帮她找，且只管冯先生高兴。我扛着很大很重的一块墓砖下山，冯先生一边走一边说怎么怎么用这样的古砖做砚，是用醋先泡还是先用小米汤泡，好像还说一共还要在米汤里煮几次。于今已经全部忘掉，只记得冯先生真是兴冲冲，上山下山全然和年轻人一样，手中只拄一枝临时找来的树枝做杖。

冯先生写字，一般用小笔，常用的那个砚上盖了一块玻璃。我问冯先生为什么盖玻璃？冯先生说这样里边的墨就不容易干。我现在的砚上边也盖着一块玻璃，墨真还不那么容易干。冯先生案上有一小钵，里边全是朱砂，我后来亦用一带盖瓷盒储朱砂，平时用水养着它不让它干。

冯先生送我一支笔，纯羊毫，紫色笔杆，上边刻着"启老教正莱州李兆志制九八三"，是启功先生送冯先生的，冯先生用了多长时间我不得而知，我拿回来却是一直不停地用，画牡丹是它，给山水染色也是它，画花卉的叶子是它，写字也是它，这支笔可真是好用，世间好用之物往往会早早坏掉，一如好人的其寿不长。及至冯先生离世，我忽然悲从中来，忽然一时醒悟，从此，这支笔我不再用，放在那里不去动它，有时会拿在手里看一下，会忽然觉得自己整个人都变得很清冷，再没一点喜气。人生在世，如花在野，朋友论交，美人誓盟，随你有多少喜欢与惆怅，原来竟是白驹过隙！

那天，我让冯先生给我题个堂号，那一阵子我的堂号是"黍庵"，第二天恰是冯先生的画展开幕，在五四大街一号的中国美术馆。冯先生的画展真是隆重到像是天上响大雷，一时惊到多少人。到了会场，冯先生手里便是一个牛皮纸袋，他交给我，我背着人打开，是冯先生题的"黍庵"二字，虽是侧锋，下笔真是凶悍。后来搬新家，我要在玄关处做一玻璃屏，屏上就要用冯先生给我题的这个堂号，玻璃屏做好，冯先生给我的那幅字倒不知去向。

那次冯先生的画展，真是去了太多的人，开幕式是在五四大街中国美术馆一进门的大厅处，一时是群贤毕至，一时是人挤人，一时是没地方站，一时是记者们蹲蹲站站。我只站定在后边，看冯先生慢慢往前走，看他慢慢坐下，坐下后，他掉过头往后边看，我只当他是在看我。冯先生那次画展的大幅山水是整张八尺，我请人给我和冯先生在那张大幅画下拍一张合影。那幅画是戴本孝的笔意。我初时并不知道戴本孝。冯先生喜欢戴本孝，对我说，你仿仿戴本孝。我当即说，谁是戴本孝。我真是知识浅薄。

冯先生送我字多多，现在楼下客厅饭厅之间挂一幅"'红楼抄罢雨如丝，正是春归花落时，千古文章多血泪，伤心最此断肠辞。'祥夫先生两正"；下钤两印，印文分别是："冯其庸""宽堂八十后作"。冯先生为人真是好，尊敬每一个人，他落款的"祥夫先生两正"祥夫两字必高一格。楼上一上楼往右拐的地方又挂一幅四尺对开横幅，是冯先生写他自己的三首诗，每首诗后边都有小字跋，后边题"祥夫道友哂正，丙戌白露宽堂冯其庸八十又四书"。祥夫二字又照例是必高一格。这真是先生之风，山高水长。冯先生还送我四尺整张洒金宣"长沟流月去无声"，现在德州五境山房，还有一幅是冯先生去莫斯科鉴定《红楼梦》版本回来写的诗，是六尺横对开，写得真是精彩，现在贵阳师竹堂处宝藏。

有一阵子，我整天用赤亭纸画牡丹，赤亭纸微黄，作牡丹用白粉有古意，我带一纸牡丹去冯先生那里请冯先生题。冯先生看上边的闲章，问我是什么字，我说是"好色之徒"，冯先生便马上不高兴，把笔只往案上一掷，说，章怎么可以这样乱盖？我忽然慌乱，不敢再说什么。下次去，又带了一张赤亭纸牡丹，这回没盖那个章，冯先生给题了字，我却偏偏又忘了拿，画至今一直在冯先生那里，直到现在，也不知冯先生是题了一首诗在上边还是题了什么在上边。只是那枚闲章从此不再用，被朋友拿去把玩。

再一次去，我给冯先生带了一品北魏大莲花铺首，孔雀蓝锈，大碗口那么大，可真是晃人眼。这样的莲花大铺首，我收藏到两个，一个送冯先生，一个送了发小怀一。后来才知道鄠乡博物馆也从民间收到一个,开价六万。冯先生是法眼,看了那莲花铺首便大欢喜,竟动用起案上的放大镜看。后来几次去,只见那莲花大铺首端端放在冯先生大画案后边的书架之上,宝蓝色也真是有一种说不出的富贵气。

冯先生写字作画,如果需要坐,便坐在他大画案后边的那把大交椅上。画案上,时时有南瓜出现,还有绿萝。

那次,冯先生来山西大同,在宾馆吃过晚饭忽然说要去我家,我一时慌了手脚,想想家里也没收拾过,到处是狗毛,老婆还在海南。但冯先生说要去,便是天神下降,也不管那许多,便径直就坐了小车回去。一开门,小狗便自然要叫四五分钟,它也不多叫,但也不会少叫,像是我小时候的玩具上了发条,到时候就停。

冯先生落座,小狗停了叫,一切安顿好,又不知该给冯先生喝什么茶,也不知送他什么东西才好,我把冯先生送我的紫砂壶拿出来给他泡茶,意思是让他知道他送我的东西还在,那把壶是周桂珍制壶冯先生在上边题字,像是做了一批,那时已是个宝,到了现在笃定更是个宝,只是酒后,一时手松被朋友袖了去。现在想想,迟早是要用画再把它换回来。

冯先生来家那天,家里的米兰也真是争气,一时怒放,满屋花香,米兰的香到底太烈,让人有点受不了,冯先生便说哪里桂花在开。我便笑起来,说院子里有一株。冯先生说,咦,北方有桂花吗?我便笑。此时邻居的千金在弹琵琶,噼里啪啦,声声利落好听。

冯先生坐在我家客厅里,屋子里便是亮的,感觉角角落落都亮。我拿几件东西让他看,波斯琉璃器虹彩烁烁他偏不看,一眼看定了那个宣德炉,回头要让跟他来的小任掏银子,说要买。我忙说,我再玩玩,我再玩玩。冯先生说他有好几个炉都没这个好。都没这个好,都没这个好。那天,冯先生看我客厅那一尊一米多高的唐代佛造像眼又一亮,这尊佛像面目虽已风化模糊,但风韵极是好。我便把这尊佛像执意要送冯先生,两个人费了牛大力气把佛像放到车上,我们又回来坐,冯先生又把玩那个宣德炉,说,都没这个好,都没这个好。冯先生说好,我便更加舍不得,只一声不吭。忽然在心里觉得自己真也是小气。便兀自跟自己生气。

冯先生的发型,怎么说呢,哈哈哈哈,是标准的领袖式,但亦是让人不讨厌,让人喜欢。那次他突然来了兴致,因为我在他那里看到一块长方形的古砖,砖是古琴式,我是越看越喜欢,喜欢就想要,但又说不出口。冯先生就说那我不妨带你去潘家园去找找,可能还有。冯先生带我去潘家园,就像大人带了小孩,是节日样的样样都新奇,就差往手里塞糖果。那次去潘家园真是有很好听的故事，东西却没买到什么，我只送了冯先生一对一尺高的铁狮子。回到他家后喝酒，是小茅台，冯先生家的小餐厅餐桌后边的半堵墙都是酒，那半堵墙打了架子，架子上都是小木格子，每个木格子里正好放一瓶酒。虽然是小茅台，一边喝一边却不知道是什么滋味，和冯先生一起吃饭喝酒，往往是，酒与菜一时都像是没了滋味，滋味全在于看他听他，现在想想，这便是冯先生的魅力，可以使酒菜一时都没了滋味，而冯先生在那一刻便是无上的好酒好菜。冯先生那时候已经不怎么能喝，因为喝酒，差点出大事。

那次是在无锡开国际《红楼梦》研讨会，开场便吃了一次《红楼梦》宴，一样一样的菜都照着《红楼梦》里的菜式来，一来一去都是巴掌心大的碟，让人好不耐烦，只觉没滋没味。第二天，我们刚刚坐下吃饭，因为开会，又是二十多桌的人在那里吃。我忽然又接到了一个朋友的电话，他在电话里有点兴奋，说，祝贺你，你获鲁奖了。我一时发懵，晕也不是，慌也不是，站起来不是，坐下来也不是，先愣头愣脑灌了自己一大杯酒，一时间跌跌撞撞。忽然就想过去对冯先生说这事，便兴冲冲端了杯过去，冯先生坐在最前边中间那桌，我鱼样穿来穿去过去，把这话俯耳告诉冯先生，冯先生亦马上兴奋起来，连连说，"祝贺祝贺"，并且要喝酒了，他手边原来就有一杯酒，他那时已经不怎么喝酒，酒放在那里只是个样子，谁过来敬他他只在嘴边一端。冯先生的好，就好在到老还像顽童，是，人来疯，是，高兴就喝。他也真是高兴，却并没站起，坐着只一转身酒已在嘴边，说，"祝贺你"。只一仰头，一杯酒一下干掉，紧接着，便猛地咳嗽起来，被酒呛了，呛在气管里，是大咳不止，是举座皆惊，后来想起，我倒要在心里怪他，那天若要出了事，我便是罪人。紧接着，一大堆人过来，冯先生马上被这一大堆人拥走送去医院。

最后一次去看冯先生，冯先生已经下不了楼，只在二楼小客厅大沙发上倚坐，其实是躺，腿上搭着一条毛毯。原是不打算去了，怕扰了冯先生的休息，冯先生却专门让人打来电话，说在等着。上了楼，看到冯先生那样子，便觉自己整个人都不好了，一时不知说什么好，至今也想不起到底说了些什么，好像是想让冯先生给我的恭王府个展题个展标。当时想，毛笔怕是不行了，用钢笔题了放大了做展标还更别致。但及至坐在他对面，忽然再没了这种想法，是舍不得，哪怕他只一动，也舍不得他动，其实用钢笔来写是极方便的，但我就那么坐着，是静坐，心里却有些惶惶然，不知坐了有多久，亦不知说了些什么。然后是，我说，要走了。冯先生一时没说话，只看着我，我忽然想抱抱他，便过去，俯身一抱，却不舍得放开，明白冯先生的手，已经放在我的背上，一下两下三下，一下两下三下地拍。只此一抱，多少白玉迢迢的时光都从身边琳琅消逝，想不到竟是最后一抱，是真正的从此别过。

从冯先生家里出来，一时难过无语，忽然又想起那次与冯先生去潘家园，多热闹，冯先生简直就像是个孩子，我前他后，倒又像是我领了个老小孩。及至到了潘家园，又是他在前边走，我在后边跟，这个摊那个摊地看。冯先生的气派，他那个领袖式的发型，一定是引起了古董贩子的错觉，我跟在后边，便是比较文明一些的那路跟班。不少贩子马上跟上来，而且不止一个，后来我们从潘家园出来，我们的车在前边走，四五辆车在后边紧跟，甩都甩不脱。冯先生倒安慰我，说你别怕，再要是这样，我马上就给我的学生打个电话。我小声问冯先生，您的学生是做什么的？冯先生说是天安门派出所的。我便笑，想问问冯先生学生的职务，亦不敢问，相信冯先生在北京的学生多，冯先生在人民大学教书，是桃李处处栽。我的朋友绍武就是冯先生的学生，几次说起冯先生，绍武总是很尊敬地说，冯先生是我老师。

那天从潘家园出来，像是在拍警匪片，我们的车开得快，后边的车却也紧追不放，而且不止一辆。快到通州，后边的车方才散了。回到冯先生的家，夏老师已经把饭菜做好，凉盘加热盘，七七八八，我们便喝酒。我和冯先生坐对面，我举杯和冯先生碰杯，心里知道对面此人几百年也许不会再出一个，虽然天地生人无尽。冯先生在我对面，虽只觉他是个普通人。一旦离开才知道这人其实便是天人，所以事事皆止于敬。

冯先生离世近三年，现在想想，竟想起唐人的那句诗：望望不见君，连山起烟雾。只当他是又去了什么地方，也许是又去西域重走了一遭。忽然又想起在冯先生家看画，冯先生从西域回来画了好大一批画，都是三原色直接上到纸上，大红大绿大黄大蓝，赫赫烈烈，艺术上的霸悍之气让人不得不在心里点一下赞。他把这些画拿出来让我看，我当时便愕然，我的面前，冯先生，虽然已经八十多，但感觉他才十八，这便是冯先生。

冯先生的堂号，多用的有两个，一个是"宽堂"，冯先生当年住宽街，房子十分逼仄，而冯先生却把它叫作"宽堂"。另一个是"瓜饭楼"，这个堂号真是质朴大气，一瓜一饭后面再加一个楼字。关于这个堂号，冯先生在随笔里多次写到，冯先生从小家贫，总是吃了上顿没下顿，以瓜代饭，岁月迢迢。去冯先生那里，好多次，画案上都放着一两个硕大的南瓜，颜色也好，朱红灰绿。

冯先生现在已经去了另一个世界，要想去看他也只能在清明时节，古诗云，清明时节雨纷纷，雨纷纷不雨纷纷先且不去说它，我想去看冯先生也简单，不必鲜花香烛，只需抱一颗硕大的瓜去，把瓜往那里一放，轻轻说一声：

冯先生，我来了……

（原载《滇池》2019年第1期）

我眼里的张中行先生

_王宏任

一

1986年，我妹妹王红舒（小说《杨沫初恋》的作者，中国作协会员）在香河县政协工作，负责文史资料编辑，知道作家杨沫曾在当地当过教师，于是到北京采访了她，两次深情的谈话足有十几个小时，红舒非常认真地做记录，并且录了十几盘录音带。

后来，红舒又两次访问张中行，张中行没有杨沫热情，但诚恳、平易，毫无架子并透露出深深的思乡情绪。其时，张先生在人民教育出版社做编审，我当时在县政府工作，县长侯国强是大学中文系毕业，很喜欢文学艺术，更愿意和文人交往。张先生来后，县长亲自陪同，让我去安排吃饭住宿。当我给张先生安排县招待所的单间后，张先生忽然问我：你在农村有家吗？我说，父母都在农村居住。张先生问：是否有火烧的土炕？我说，有。张先生问：能否腾出一间让我住几天，跟你老父亲一块住更好。我和父亲都很高兴，于是，张中行第一次来香河住在我乡下的父母家里。

以前听说，张中行先生是《青春之歌》中的"余永泽"的原型，以为他是瘦小黧黑的人物，以为他是只钻书本、看不起群众的酸腐清高的资产阶级学者型的人。待见了他，却大相径庭，他高大白皙，温文尔雅，像个退休的老工人，和做过教师的父亲竟一见如故。他先摸摸家乡的土炕：呵，真热，真好，几十年没睡过这么热的炕头了，这回到家了。欣喜之态，有如儿童。没坐一会儿，他就拉父亲跟他去到田野中遛弯儿。两个老头出村西口，一直往运河大堤走去。其时，正是农村的麦收前夕，遍地麦田如金波翻卷，大堤上绿荫铺地，堤外的运河水如白练般静静流淌，张先生一路啧啧赞叹：真是桃花源一般，太好了，我要多住几天。父亲回来跟我说：这是那个"余永泽"的原型吗？这资产阶级学者怎么比好多干部更爱田园土地，更平易可亲，哪有一点资产阶级的东西！

于是，张中行在我家住了下来，每天早晨和父亲骑车子到香河城去吃油条豆汁、豆腐脑，然后老哥俩儿在县城寻找昔日风光及景物的遗存，对昔日光阴发思古之幽情，晚上写诗文记游，谈过去的香河的名人、名事。父亲新中国成立前在香河县读中、小学，比张先生小，对学界人物略有所知。当时张先生七十七岁，我父亲六十三岁，两位老人骑自行车西行四里到大运河，东行八里到潮白河，南行十五里到青龙湾，站在青龙湾北大堤上，张先生向南眺望，对岸就是他的已划到武清县的家乡——河北屯的石庄。父亲问他是否想家，他说"文革"被哄回家劳动几年，家中没人了，还是香河县人好，就永远认定是香河人了。当年，张中行只是于1985年出版了一本《作文杂谈》，尚没有什么名气，他送我一本，上面写道："何时一樽酒，相与细论文。奉宏任乡友正之。丙寅仲夏作者。"我和妹妹每天晚上陪张先生聊天，其时他正在写作《负暄琐话》，尚未出版，香河县的领导和乡亲对这个尚未出名的老人是热情真挚的。所以，后来在他成名以后，武清县的领导多次劝其改籍，他始终不为所动的缘由即在此。

张先生第二次来香河是住在五百户我的一个学生卢志仓的家里，他和志仓的爷爷每天到青龙湾大堤上去散步，五百户在青龙湾北堤下面，张先生常凭堤远眺，对岸到底是他的父母之邦。志仓爷爷是个两眼近于盲的七十岁老头，基本是个文盲，但是这个大学者竟与老头谈得开心而亲切。志仓家养头驴，张先生爱驴，每天喂驴，给驴搔痒，爱听驴叫。而孙止务的家中养两只大白鹅，两只白鹅一叫，张先生就喂它们青菜。他后来在他被启功称为"思想自传"的《流年碎影》中写道："住，乡两处，五百户卢家的驴声小院，孙止务的王家鹅声小院；半乡半城一处，南台凌家的维新客房（已易火炕为软床）；城两处，县政协和大气物理研究所香河站。"其实，张先生在这本书出版后不久，有日本学者来专门拜访他，非要住先生家乡的土炕，张先生给我来信兼打电话，让我再找一个有土炕的农家去住上几日，此时我家的土炕已经拆了，我千方百计地找了前景亭村党支部书记张显荣的梨花小院，他在这里住了六天，时间是1997年7月10日。这几天我安排人带张先生游了中信国安公司建的"天下第一城""国安度假村"，游了青龙湾、大运河、潮白河，看了八百年仍然蓬勃生长的银杏树，转了香河县几十里大堤，观赏了运河滩上几万亩的青葱碧绿的青纱帐。陪同的有当时的县委副书记刘志和副县长石文芝,张先生给每位领导赠了书,给我们局的每位局长写了条幅。这是先生在香河住得最长的一次,也是最高兴的一次。还有一次,是住在南台村凌恩毓家,这是离县城很近的农村,凌家也有小驴,先生每天给小驴喂草,让我给他和小驴照了许多照片,先生卧病在床的时候经常看这些照片。

先生在我家住时,有一天傍晚回家提几个"面瓜",这种瓜熟了像熟红薯一样软面,过熟了就拿不起来,先生买的是已经过熟了的。我问:您为什么买这么多?张先生说:一个老太太晒了一天了,还有几个没卖了,我看她太艰难了,为几个瓜还要看半天,给老太太十元钱连兜都买了;老太太非要找我钱,我怎能要哪,农民卖点钱多难呀,不易呀。说着说着,洗了洗就吃起来,没牙老头吃面瓜,吃得用心仔细。

二

我第一次到张中行先生原在北京大学的宿舍,就像走进一个贫苦教师的宿舍,放眼打量,一片暗淡陈旧:那古老的木床是先生岳母留下的铺板搭的,那陈旧的书桌已经木榫开裂,那1932年购置的藤椅已经像衰年的老人那样摇摇欲坠,可是他硬是把它浑身缠上"绷带"要它在那儿陪着自己硬撑在人间;书架是旧的,书是旧的发黄的,书桌上那块乾隆年间的端砚上面的檀木已经摩挲得如石头一样油滑光亮,墙上挂着叶恭绰的小楷,纸和木框都是陈旧的,张先生的服装还是五十年代的式样。他在九十年代初搬到齐家豁子华严里新楼,他家是唯一没有任何装修的,只是把原来房中的所有陈旧家具和摆设毫无挑剔地请进新房,尤其那个藤椅和书桌、旧床还是按原来的格局放在那个既定的位置上。此时的张先生已经名满天下了,物业小区的传达员说,张先生有三多:来访的人多,寄来的书、报多,寄来的稿费多。

张中行先生处世平和善良,善解人意。北大读书几年,对于所有任课教授都尊敬有加,他的《负暄琐话》中写了十九个教授,包括胡适,他对胡适解聘林损教授感到有"公报私仇"之嫌,可见其宽厚仁义。他和熊十力、林宰平、朱自清、周作人等许多人都关系很好。1949年后,与启功等一些书画家关系紧密。最能体现张中行先生君子风格的是他对于杨沫的态度,他晚年心平气和地说:"所谓思想距离远,主要是指她走信的路,我走疑的路,道不同,就只能不相为谋了。"杨沫与张中行年轻时热恋两年,后分手。当杨落难,外调到张四次,他每次都说:"我看杨沫永远是革命的,我是永远不革命但是也不反革命！"

  季羡林盛赞张中行为"至人""逸人"，他们惺惺相惜，交谊深厚，甚至俩人在平素生活中，都爱穿旧款衣服，保持老式做派和书生意气，一如本色。中行先生谦恭好学，虚己待人，他和启功交情极好，在我们后学面前总夸启先生如何渊博、功深、道高，他给我求启功先生一幅书法："行有余力，则以学文。宏任同志嘱书即正一九八七年三月启功。"可是那次我到先生家去，看他桌上有几张启先生给他的书信，是非常潇洒遒劲的蝇头小行书，上书："中翁大德侍奉：您把沙弥害苦了！又是一夜没睡着。反复拜读大'话'，怎么那么短！何时出续集？我把余生看书精力存着攒着，以待多看续'话'！……是史，是诗，是史诗，是诗史。怎么说都行……"这是启功先生读张先生《负暄琐话》后写给张先生的信。启先生在读《顺生论》后记中说，张中行先生是二十世纪中国唯一的"人生哲学家"。张先生本来想以启先生的文作跋的，见这样写，弃而不用，认为言过其实，自己难以担当。想时下作序找名家，都希望作序者"有骆驼不说驴"，张先生是生怕别人把自己评高了，这是真正的"求真务实"。

  记得有一次，和张先生到燕莎商城去遛弯儿，出门时有算命者给张先生相面，言其大富大贵，张先生说："你能算出我富，说出我有多少钱？说我贵，说出我做多大官，有几个儿子，几个女儿。说对了，这位先生做证，我奉送你一万元，说不准，走开，别吃骗人这碗饭！"相面者愧疚而退。张先生告诉我方法：凡遇这类捧人以谋财者，你就叩其细者而问之，他肯定是顺杆子爬的骗子，他利用人的求好运信天命的愚昧的虚荣心。张先生年逾九十还能与时俱进，他在谈其老师熊十力的一篇文章中说：老师样样都好，只是解释宇宙起源还得相信霍金的大爆炸理论。他是彻底的科学无神论者，这是他不同于某些信神鬼和天命狂捧《易经》的所谓"国学家"的优越之处。他能有如此大的成就，得力于学贯中西，他上大学时，既读"十三经"，也读康德、穆勒、弗洛伊德，而且精通英文，能读原著。他虽然衣着纯粹中国式，可是思想包容天下先进思想，他是科学和民主的追求者。

（原载《书屋》2019 年 2 期）

来燕榭

_ 容洁

　　父亲的书斋，名"来燕榭"，一间起居、写作兼读书的房间，此间久居着我的母亲，小名"小燕"。

　　母亲是个有着高挑身材的江南美人。据母亲说，自己十二三岁时已出落成一个漂亮的大姑娘了，看上去有二十来岁。父亲认识母亲时，她才十五岁，父亲是等了多年才娶得母亲归的。母亲是个护士，能说一口不卷舌的国语，爱跳舞，爱逛街买时髦的衣服，爱干净，房间里的家具擦得一尘不染，对自己身上的衣着更是一丝不苟。母亲有空就打开收音机听"严派"说书，手里打着毛衣；或是一边手捧着父亲的《锦帆集》说"写得真好"，一边对我说："不要学我，听说书，读闲书，我这辈子就这样子了。侬要好好读书，小不努力，老来苦。"她还每天检查我的功课，考试得了百分有奖，我可以买一件喜欢的东西；考试得了九十分以下，就会受罚，被反锁在房间里罚跪，甚至挨揍，气得不懂上海方言的祖母学着母亲腰杆笔挺走路的样子，说："吧唧吧唧，那么凶小孩子。"

　　父亲与母亲的共同爱好不多。母亲特别爱看川戏。父母亲新婚到北京度蜜月时，梅兰芳先生为他们订了北京饭店的新楼，当晚在吉祥戏院看川戏《卷帘求画》，母亲特欣赏女演员许倩云的美丽，即刻精神焕发，一扫旅途疲劳。父亲对母亲半如妻子，半如女儿，他们的感情很好。母亲花钱买衣服、做衣服，父亲从不说什么。父亲从四川旅行回家时给母亲从拍卖行里买了一些很好的衣料，母亲欢喜地做了一套新衣服。记得父亲母亲也有吵架吵得凶的时候，十之九是为了父亲买老书。父亲为了买老书，卖掉了徕卡相机，也卖掉手上的名表。母亲说，只要旧书店老头来敲门，一声"黄先生"，家里的钱就不见了，明朝有没有钱买菜也是不要紧的。父亲得到了心爱的老书，将它们摊在大床上，仔细欣赏那黑口、白口，无论母亲如何说，他都不再发出声响了。偶尔，父亲也会说母亲是个关不掉的"无线电"。吵架过后不一会儿，他们就一起欣赏起版本来。母亲爱看那些明代木刻板画，还特喜欢古代艺术品，她有时拿起一本《艺苑掇英》坐下欣赏半日。

儿时的我只知道那饭桌上的故事都是从书里来的啊。祖母做了一桌精致的小菜，父亲喝了几口烫好的黄酒后，讲起了他肚子里的典故，那是我一天中最开心的时候。我那一点点中国文史知识就是儿时在饭桌上得来的。我是睡在父亲的书堆中长大的。我睡的房间是一家人吃饭的地方，也是父亲放书的房间。房间里有三扇门、两扇窗，其中有两扇门被父亲的书橱堵上了。我的衣柜也就是在父亲的书橱中的一格，挪去了书，由我放衣物。人说家徒四壁，我家是四壁皆书，一直堆至天花板。"文革"中，我睡在贴满封条的书橱中，后来封条揭了，书也搬空了，我从同学那里借书，一本书只能在手上停留几个小时，方才怀念起家里有那么多书的日子。

父亲是幸运的。无论是反右时被划为右派，还是"文革"中被戴上"反革命"帽子，那离婚和破镜重圆的事，从来没有在我家上演过。"文革"一开始，家里多次被抄，父亲被隔离审查，我不常见面的外祖父来到了我家，叮嘱年轻胆小的母亲千万不能离婚，黄裳是个好人哪！我看见语言不通的外祖父的手和祖母的手叠在一起，微微颤抖并摇动着。

今天想起来，外祖父也是个黄迷。住在苏州城的外祖父留着半尺白须，能讲一口伦敦音，认真地编了一本中华四角号码字典，每天热衷于下围棋。当他一谈到父亲的一肚子的文墨和一口漂亮的英文，总是反反复复地说："好啊。""才子啊。"讲到父亲的人品，外祖父更是颤动着他的白须，点头道："侬父亲，好人啊。"我知道一件深深感动外祖父的事是父亲赡养母亲的二老十多年，在戴上右派帽子，被降职降薪后也不曾中断……

"文革"，我们度过了见不到父亲，一家人每天只有几毛钱吃饭的日子；母亲顶过了那一日日下车间劳动和写交代揭发父亲的材料的苦熬。每天晚上睡前，母亲拉过那盏葫芦灯，坐在我的小床边上，和我反复推敲着她的交代揭发材料——不能对父亲落井下石，又要让母亲交代过关；我们还琢磨报社组织的要求，苦苦揣测父亲的近况。

偶尔我也听得父亲的消息，那是他挨批斗的时候。记得有一次，邻居美术出版社的W叔叔告诉我，在新闻出版系统的批斗大会上他见到了被按低了头挨斗的父亲。当父亲被批到卖古书，以假乱真，投机倒把时，父亲抬起了头，对着麦克风，说，"我没有投机倒把"。W叔叔的言辞中流露出敬佩。我听到这事激动了。父亲是好争辩的，但我没想到他在批斗大会上为自己争辩，那是个没地儿讲理的年头啊。我悄悄地将这事告诉了母亲，母亲担心道："唉，他这个脾气，又要吃苦头了。吃了多少苦头都学不乖。"可我觉得父亲很勇敢。

父亲被隔离审查有一长段日子了，需要家里送两件衬衣去。那年头，我们买吃的都没钱，更没钱添衣服，我穿的是改过的母亲的旧衣服，妹妹穿的是我的旧衣服。这会儿，哪儿找钱给父亲买衬衣呢？母亲犯愁了。母亲跑了几家布店，买到了最便宜的宽门面的白坯粗布，自己踩缝纫机为父亲做了两件衬衣。给父亲送衬衣前，我们决定在衬衣里夹一短信，让关在小房间里的父亲看到家人的字迹。我在纸条的开头写上了"亲爱的爸爸"，母亲担心报社组织拿到了字条对我这个"可以教育好的子女"不好，考虑再三，为了让父亲安心地知道我们都在等他回家，还是保留了"亲爱的"，也不知父亲收到没有。

父亲的问题终于要结案了。母亲被通知去参加大会。忧心的母亲怕怕地去了奉贤，参加了新闻出版系统的父亲的结案大会。父亲被定为"反革命"。让母亲感到一线舒心的是，午饭时，她看见父亲大口地吃着，并没被那顶"反革命"帽子压扁。

祖母在惊吓、贫困、煎熬和病痛中离开了。父亲从小房间里走出来了。无论如何，我们又见着父亲平安地回来了。当我们等待的父亲出现在大门口，我找了家里最大的两口锅，烧了开水，让父亲洗了个热水澡；桌上添了两个有肉的菜，烫好了做菜用的料酒代黄酒，饭桌上父亲的笑声感染了每一个人。

父亲将去围海建房，他说要报名去最艰苦的地儿，母亲要父亲考虑自己的年龄和身体，父亲轻轻说："没关系。"

父亲被分配到尖刀连。

父亲对劳动在烈日下、盐碱滩上，夜宿在芦苇棚里的日子谈得不多。我们看到的是父亲每月回家一次，他晒得漆黑，用起水来格外小气，洗脸时盆底的一点水仅够湿润那块毛巾，母亲等父亲洗完脸，悄悄地将那块毛巾再搓洗一遍，说"墨黑"。

…………

那是一个休假日，父亲照例喝了温热的料酒，晚饭的笑语过后我们都休息了。睡梦中听到母亲大声叫喊，我套上衣服跑去父母的房间，慌乱中的母亲想帮我开门，却连门也开不开。我走进房间，见躺在床上的父亲正"啊啊"地讲什么，但没人听得懂，他的手脚却不能活动了。父亲中风了。母亲搓着父亲的手脚，我跑下去弄堂里找母亲的同事和朋友L阿姨帮忙。L阿姨全家出动了，她的两个中学生儿子将父亲背下三楼，她的丈夫准备好了自行车，推父亲进了淮海医院急诊室。父亲得的是脑血栓。父亲在急诊室吊了一瓶有丹参的盐水就出来了——那时急诊看病要填表，其中一栏是政治面貌，而父亲顶着一顶

"反革命"帽子。母亲让我去报社医务室为父亲开病假条和药,幸运的我遇见了Y医生,她问了父亲的病状,给了病假和药,并开了转诊单,让父亲去仁济医院看病。进医务室前我的种种担忧都消散了。

在父亲生病康复的日子里,母亲是妻子,又是护士,她日日点着父亲该服的药,该擦搓的手脚,该做的操,开窗户透气……父亲一日日康复了,他又下地走道了。

…………

一九七六年的十月,我们是在举杯庆贺中度过的。多少熟悉的脸笑了。

弄堂里扫地的邻居叔叔、伯伯、阿姨持着扫把谈笑着……

照例按时给父亲送工资来的陈钦源伯伯在父亲的书桌旁坐下笑谈……

王辛笛伯伯用他沙哑的声音指着我笑说:"这小家伙会比你(指父亲)有出息。"

有家人在上海"四人帮"办案组的儿时好友Z告诉我,父亲的案子是上海"四人帮"案的一部分,父亲的问题就要平反了……

刚刚分配到农场的妹妹在开河之余,晚上打着手电在帐子里复习高考;我下班后晚上去比乐中学补高中课程……

父亲高兴地忙进忙出——

父亲几乎每天去看望巴金老人……

父亲又开始写作了……

父亲为谢蔚明伯伯平反和返回上海的事奔走,找到了当年周公馆的人写材料,正如陈凡伯伯诗曰:"有泪哭人不自哀……"

父亲带我去了许源来伯伯的家,然得知许伯伯去世了……

…………

几年后,父亲又有新书出版了,还有部分父亲的书归还了;我在大学夜校部上学,后又走上了留学"洋插队"的路。母亲退休了。妹妹大学毕业后留校当老师,并又考上研究生,随后她和儿子伴夫留学。来燕榭里又安静了,此时上了年纪的父亲和母亲相依为伴。他们有很多次相伴出游,富春江,杭州,南京,千岛湖。父亲携着母亲去了山东,受到故乡的殷勤接待,从大明湖、泰山、曲阜,直至青岛。他们访问了父亲从未回去过的故乡——青州。父亲和母亲还出游了广东,到了新建中的特区深圳。这是段快乐的日子。

…………

一九九七年春夏之际,离家十余载的我带着丈夫、儿子第一次回沪探亲,见到头发全白,走路已是慢步移动的父亲,感慨万分;母亲仍然年轻、漂亮,看起来不到五十岁,殊不知,她已是恶病缠身。几个月后,母亲因发热不退住进瑞金医院，最后竟然查出是胃（贲门）癌，且已转移到肺部。母亲在瑞金医院住了近十个月，时而抽出肺中带血的积液，每日西医针药，还有中药，在那天天有人撒手人寰的病房里，消磨着生命的最后时光。回到沪上的妹妹每日数次奔波于家和医院之间，尽了女儿的孝道。父亲每次探望母亲，在一个多人的大病房里，坐在母亲对面，脸对脸，眼对眼，看着——

"还好？"

"还好。"

"吃点吧。"父亲指着从家里带去的食物。

"天热，你不要每天来的。"母亲关照父亲。

…………

母亲每天有近千元的医疗费，那时母亲的单位已经倒闭，大部分费用必须自理。年近八十的父亲没有对我和妹妹提半个钱字，他卖掉了他的老书和收集了半辈子的名人字迹，去换得母亲一日又一日的生命和少一点儿病痛。一直对父亲花太多钱买老书大有意见的母亲，临终前对自己的挚友说："这辈子对我最好的是老头子（指父亲）。"父亲知道后大哭。

父亲后来对我说起因为卖名人字迹遭人骂，末了，他对着我"唉——"，一脸无奈。我那时竟然找不到词儿安慰父亲，此刻想起"我们不理睬他"这句话，真是名言。

…………

母亲走了。她的骨灰盒一直放在父亲的卧房里。父亲在这儿抬腿操练，在这儿弯腰剪趾甲，在这儿读书，在这儿写作，记不清何时听得父亲说过，"做老实人，不吃亏的"，他办事为人依然遵循着自己的信条。十年了，母亲微笑着看着父亲的一举一动、一招一式。我每次回沪，都要在母亲跟前换上更鲜美的花。这是我做的最让父亲高兴的一件事吧。

（原载《榆下夕拾》齐鲁出版社2019年6月版）

道不尽的林斤澜

_章德宁

一 遗憾

又是一度秋风萧瑟。

凉夜步月，星穹远旷，往事、故人依稀，突然惊觉，林老离去已近十年！

最后一次见面，是他离世前一天下午。

接到林老独生女儿布谷的电话，匆匆赶到同仁医院，见大夫正给林老检查、治疗，身上插着各种管子，不能说话。他用眼神向我示意，目光是亮的。才片刻，大夫便要求探视者离开病房，只好随布谷退到楼道交谈。眼前的布谷连日照料林老，寝食难安，疲惫且憔悴。而两个月前，她笑靥如花。那是2009年1月25日，腊月三十，除夕夜晚，我和先生同去看望已经住院的林老，见布谷正忙着贴春联，挂福字，原本洁净、冷清的病房，瞬间喜气洋洋，有了过年的喜庆。那天，林老像孩子般快乐，瞪大眼睛，惊奇、惊喜地望着布谷变戏法般拿出各种美食，笑得合不拢嘴。布谷的丈夫（我们称他胡工），带来了理发箱，那是下乡在北大荒当知青时用的，简朴，未经油漆，深浅不同的木条钉成，裸露着岁月的本色和沧桑。胡工取出推子，布谷将围兜系在林老颈上，用女儿特有的娇嗔，指挥林老时而仰头低头，时而左转右转，又或者不许动弹。林老像个听话学生，睁着又大又亮的双眸，看看这个，望望那个，欣喜、慈爱地看着围绕身旁的我们。那时的欢快情景还历历在目，如今，林老病情急剧恶化。

听布谷详细介绍了林老病况，看着她心力交瘁的情形，知道她还要不断通知、接待一拨拨探病的亲朋,为避免过多打扰,我打算先回去,过两天再来看望。心中祈盼奇迹再次发生。曾经2002年冬天,也是这家医院,林老也被报过病危,还上了呼吸机。据说,上了呼吸机者,多会形成依赖,失去自主呼吸能力,难再取下,极少痊愈。然而,那次林老竟奇迹般地康复了。就在林老上呼吸机当晚,我和先生看望他后,发现停放医院门口的电动自行车被盗。毕竟是几乎一月工资买的,难免心疼。我俩互相安慰着,我说:"破财消灾,但愿林老能好!"先生顿时热了眼眶,喃喃自语:"真是这样就太值了!"

后来闲聊,林老闻听此事,沉吟良久,缓缓说道:

"这是只有亲人才会这么想的吧。"

这次,林老又被报了病危,我期盼再一次出现奇迹。

布谷送我走向电梯。我边走边忍不住回头向林老的病房张望,竟见林老慌慌地从病房出来,是治疗结束了吗?他急急地似在寻找什么。布谷也看见了,一边送我一边说:"他是找你呢。"可此时,电梯门已打开,后面的人群簇拥上来,挡住了我欲回返的脚步。

电梯门关上了,我想着还有下一次再见……

然而,奇迹不再发生,翌日,林老与世长辞。

再见林老,已是告别会上,阴阳两隔。

此后,我时常想,生命最后时刻,林老想要对我说什么呢?

二　最初印象

我与林老的缘分,是在《北京文学》结下的。

初去林老家,是70年代末,小说组长周雁如带我一起去的。其时,林老被迫封笔整整12年结束了,又有权利写作了。从此,我作为林老在《北京文学》的责任编辑,开始了长达30多年的交往。林老先后在《北京文学》发表30余篇作品,包括获得全国优秀短篇小说奖的《头像》,最有代表性、人称林老最高艺术成就之一的小说《门》,以及唯一的中篇小说《满城飞花》,我大都是责任编辑。我喜欢林老的小说有嚼头,新锐且深刻,并以能认出他手稿中那些难认的"怪字"而自得。我曾说过:"在各个时期,林斤澜的短篇小说艺术,总是在中国作家前列。"今天,我仍会这么说。

最初的交往却不轻松。我年轻,又本内向、羞怯,林老虽和善,毕竟是我敬畏的名家。每每组稿,临登门前,内心发怵,常提前写好谈话要点,到得林家,并不敲门,先掏出纸条默念一番。有时,明明是来找人,却又暗自希望对方不在。及至林老高声应答着开门，才又松下一口气。

　　林老曾数度搬家。我最初去时，是位于幸福大街一座三层的楼房，长长的楼道，上半截不封闭，看上去像简易楼。林老住的301室位于三层，是个两居室，林老和夫人住大间，不过十四五平方米，女儿布谷住小间，只九平方米。听说，原来住的是三居室，"文革"中被强行安排给区领导，后来一个楼住着，领导见面尴尬，表示歉意。林老只是淡淡说："已经过去了，不提了。"记忆中，他家门口始终有一捆半人高的上好木板，占去狭窄楼道半边，更显逼仄。一位名作家门前何以长年堆着木板？询问之下，却是东北亲戚艰辛运来，以备日后打家具之用。数年过去，林老乔迁西便门新居，那堆木板才物尽其用，蜕去陈年灰尘，变身崭新的写字台和衣柜。

　　一日，暮色低沉，我告别林老出来，无灯的楼道已更昏暗，为绕开那捆木板，一脚踏空，重重崴在地上，脚踝很快肿起，疼得不敢站立，没好意思向林老"呼救"，只好在黑暗中孤坐地上很久，才一拐一瘸下楼。这次意外，使我瘸了数月，以至曾有初识者记忆中我是瘸子。不知此种尴尬在其他到访者中可有发生。

　　去的多了，少不得会议论作家、作品。那个时代，文学日新月异，引人注目的变化每天上演。林老说得多，也注意询问我的意见。谈及作家、作品，自然有褒有贬。他眼光雪亮，时而兴奋，时而不以为然，微微摇头。一次，正说到尽兴处，林老忽然罕见地严肃起来，正色道："你们做编辑的，接触人多，一定记住，不要传话，不要把作家之间的话互相传。"我自是唯唯。从此，将此番教诲谨记心中，成为做人、做编辑工作的座右铭，一生遵从。

　　林老历经数十年政治坎坷、文坛风波，当有太多切肤之痛。严谨、稳健，不仅是个人风格，更具宽厚、善良品性。他与人为善，是大家共同看法，当然，也有人说他机智，甚至说他世故、圆滑，听到这些，他从来宽厚地"哈哈哈"。

　　但后来，我逐渐对他有了新了解，及至程绍国《林斤澜说》问世。彼时他还在世，竟一反好好先生、不惹是生非的处事风格，不顾个别当事者的不快甚至诘难，不避记述者个别地方表述不尽准确的瑕疵，一概以"文责自负"应对之。其时，我作为《北京文学》杂志社社长，正主持《北京文学·中篇小说月报》编辑工作。该书出版前，曾由《当代》杂志陆续首发，林老亦嘱我看看这组文章。我们杂志连续多期选载其中文章，他是乐见的；书出版后，杂志社购买了数十册馈赠作家，他是高兴的。我们请他在书上签名，他以"又不是我写的"谢绝，但同意在扉页的下一页——印有他整幅照片的地方，盖上了有"林斤澜"三字的个人名章。至今，我悉心珍藏着这本由作者和传主联袂签名、盖章的书。我理解林老苦心，他爱护后生晚辈，也是为文学留下一部本真、本原记忆，更是为留下独立观察、诚实、沉重、融当代史于其中的文学历史。为此，放下了个人毁誉、荣辱得失，包容瑕疵，甚至改变毕生秉持的不传话、不臧否之道。我想，在他看来，个人与历史，历史为大；损失个人羽毛和留下一段历史，留下一段历史为大。

三　主编任上

自 20 世纪 50 年代始，林老大半生为专业作家，可谓无职无权。除了曾任北京作协副主席，若论算得上职权的，也许莫过于《北京文学》主编。

《北京文学》（前身为《北京文艺》）创办之初，主编是老舍，在任 16 年，直至 1966 年，"文革"开始，主编不幸殒命，杂志停办。1971 年复刊，未设主编，著名诗人张志民、编辑家李清泉等，虽行主编实责，却无主编名分，只称"主要负责人"。直至 1981 年末，才有第二任主编——《青春之歌》作者杨沫。副主编是王蒙。1986 年 3 月，林斤澜走马上任，成为《北京文学》第三任主编。

明显感到林老不意仅仅挂名，每每过问编辑具体工作，亲与作者约稿、谈稿。刘庆邦等很多作家都曾得到他的提掖。他希望在《北京文学》这方天地实施自己的文学祈望。

1986 年底，编辑部部分成员在林老家聚会，展望、谋划《北京文学》的新气象、新格局。吃着热气腾腾的涮羊肉，气氛也是热腾腾的。那次热议的结果，体现在 1987 年第一期开篇的《新年告白》上，虽未署名，《林斤澜文集》中也未见收入，但字里行间风格明晰，无人怀疑出自林老手笔。

文中有这样一段话：

"融洽和谐""活泼宽松"，是春光，是百花齐放必需的气氛。到哪里去讨这气氛去？原来这气氛是要自己创造出来的。

希望《北京文学》更加百花齐放的热切溢于言表："不过是仰望春风拂面，有一些飘忽如柳丝的想法。"这想法包括准备开辟五个专栏、多发几千字的短篇、中篇小说不宜多、评论上也有些想法……

未料，不久有了流言，该文遭到"上面"指责，据说错在只说"双百"，不提"二为"。我未听林老谈及此事，只是见他对杂志的热心和关注从无稍减。

上任伊始,他就重申了"出作者、出人才"的办刊路子。首先,他参与并组织了颐和园的清明踏青活动,聚拢作家队伍,牵手文学和友情。汪曾祺、王蒙、邓友梅、丛维熙、刘绍棠、刘心武、冯骥才等当时最具创作实力的作家悉数莅临。恰逢时和气清,百象俱呈,满园春色关不住,昆明湖上红云欲燃,提议、争议、建议、高议,言笑晏晏,其乐融融,谈笑每添芳意,共恤小阳春。

林老任主编的短短几年,《北京文学》数次举办作家笔会、青年小说作者改稿班;连续发表了余华的《十八岁出门远行》《现实一种》《古典爱情》《往事与刑罚》,刘恒的《杀》《力气》《伏羲伏羲》《连环套》,刘震云的《单位》,朱晓平的《私刑》,王安忆的《神圣祭坛》,刘庆邦的《家属房》,王刚的《博格达童话》,李锐的《厚土》,曹乃谦的《到黑夜我想你没办法》,以及参加颐和园踏青的那批著名作家,还有高晓声、莫言、马原、陈忠实、张承志、苏童、潘军、王祥夫等作家的小说。这些作品,经受了时间考验,至今艺术魅力不减。或可视作作为主编的林老又一思想、艺术践行。

林老还数次主持了"北京青年文学批评家座谈会"和作家笔会、作品研讨会,讨论文学现状,呼唤切近创作实践的批评。林老曾在文章中说:"上世纪80年代,我利用主编刊物的方便,组织过两拨座谈,一拨是开放涌现的先进作家,一拨是改革蜂起的新潮评论家。"会上,他反复引导大家,都来讨论一个基本问题:"作家是干什么的?"变着法儿提出问题:医生管看病,会计管钱财,作家管什么?但应者寥寥。多年后,他仍耿耿于此问遭到冷落,终于自己道出谜底:"目的是套出这么个意思:归根结底,真情实感。只此一家,别无分号。"林老想用主编"职权",吁请人们将过分纠缠于政治层面的注意力,向艺术规律上引。可惜,林老苦心,当时少有人领悟,用他的话说是"惨败"。但同时,他也肯定地说:小说家的追求,"共分两路:求真和求美。求真的求深刻,求美的求和谐"。并明确提出,汪曾祺是求和谐,而自己,是求真求深刻。在求真求深刻路上,他义无反顾,步履坚定,一路踉跄,一路铿锵。

关于"伪现代派"的争论,也发生在那一时期。80年代,西方现代主义哲学和现代派文学大量译介过来,中国文学开始广为借鉴现代主义技法,"现代派"成为中国文学的常见语汇。与此同时,关于"真伪"现代派的论争随之而起。《北京文学》是最早关注并介入这一讨论的,自1988年第2期始,更连续在其后的第4、6、8期开辟专栏,发表了黄子平、李陀、吴方等多人文章。今天看来,这场讨论中的观点仍有价值。

林老其时65岁，虽已进入老年，但力主去因循以利创作，对新的思潮、流派、理论从来博纳广收，坚持多元、开放、民主，故始终兀立文学潮头。他任主编时期，亦成为《北京文学》史上又一高峰。

"百花齐放"之于林老，不仅是对艺术主张的宣示，更有对内的"艺术民主"作保障。作为主编，他从不一言九鼎，从不以职权压人，从不强迫我们发什么、不发什么。他亲自推荐的作品，就曾被时任小说组长的我退过多次，却从未心生芥蒂。即便他自己的小说，也是先让大家挑选。一次，他拿来了《十年十癔》中的三篇：《哆嗦》《黄瑶》和《白儿》，最终《北京文学》只挑中了《哆嗦》，《黄瑶》和《白儿》修改后在《上海文学》和《人民文学》发出。

记忆之中，有一件事感铭至今。那天，林老和我同乘编辑部的212吉普车外出，途中问我最近有什么重要稿子。我说有一名家的中篇小说，写得厚重，但有一点敏感，有些拿不准呢。林老坐在副驾驶座上，此时回过头来，面带笑容，却字字掷地有声："以后，你们有拿不准的稿子，就交给我，我来拍板，我来承担责任。如果因此主编当不成了，还可以当作家嘛！"

此言从此嵌入心底。彻底颠覆了世人眼中"随和"、遇事"哈哈哈"的好好先生形象。一个怀道义、藏风骨、有担当的良知文人，不动声色，稳稳站立，令我肃然起敬。

一语成谶。留给林老作为主编自由驰骋的时间不多了。80年代末，夏秋之交的某一天，上头来人，到编辑部临时办公地点铁二中，宣布了任免决定：林老不再担任主编，浩然为新任主编。林老在主编任上仅有三年半，是《北京文学》史上卓有建树而又任期最短的主编。

林老语调平和地发表了离任讲话。他说，这些年，编辑部同志做了很多努力，刊物成绩是主要的。如果说有什么缺点错误，责任都在他，与别人无关，他承担全部责任。他揽下全部责任的同时，还要我们不要学他。我听之，声声含痛，字字泣血。会场气氛紧张、压抑、凝重，有编辑泪洒当场。

绝非一时悲壮。担当，需要实实在在的付出。此后很长一段时间，林老不能在媒体露面。刊物与前主编，一度沉寂。

四　鼎力相扶

时与年去，倏忽到了1996年，没有任何先兆和思想准备，我被任命为社长兼执行副主编，主持《北京文学》工作。此时，主编仍是浩然，但已不再主动过问编辑工作。

时逢90年代，文学期刊日益萧条。荒寒入山骨，草林知有无，由于市场以及凌驾其上的双重合力挤压，杂志处境艰窘，编辑纷纷调离，十余人的杂志社，除去行政人员，文字编辑最少时，连我仅余四五人。

林老去职时，曾经叮嘱我们：不要学他。

我则无数次想过：有林老在前，办一本无愧于时代和未来的文学刊物，不仅应是我的职责所在，更应成为一种生命信仰。

我知道：一本好的文学刊物，应该密切关注并且把握文学脉息，永远置身文学第一现场，使之成为行进中的中国文学的策划者、参与者和推动者；我知道：文学刊物不仅是发表作品的园地，还是思想碰撞的媒介，同时更应是时代和文学的忠实史官——最好的见证者和记录者；我知道：作为大国首都的文学刊物，应有深厚的文化性、思想性、现代性，应有大格局、高格致，应有攀临精神高地的自期，应有担当文学天性的执着，应有各种风格、流派的自由空间，海纳百川，有容乃大，以确证多元、开放、独特、创造的意义。

于是，那几年的《北京文学》，有不少开风气之先的举动：

——开辟了《百家诤言》栏目，提出：

我们鼓励恪守健全的理性准则，在自由的学术空气中，展现自己广博的文化视野和思想领悟；在人格平等、坦荡宽容的前提下，进行率真、客观的对话与交流，以及敏锐而公正的学术评判。我们更提倡批评与被批评者的雅量明达与博大。我们希望理论批评能为文学的繁荣和文化的发展提出一个富有建设性的参照系。

我们愿意提供一个开放的空间，让文学与文化的守望者在此展现他们的沉思与探险。如果说，《百家诤言》只是一片微不足道的绿叶，我们愿以此呼唤批评与思想的森林。

其后，发表于《百家诤言》栏目中的重要作品，有李陀的长篇思想文化随笔《丁玲不简单》，以及韩东、朱文的《断裂：一份问卷和五十六份答卷》，青年作家的居渊临险、睥睨一切，震动了文坛。

——《北京文学》在文坛首先提出："我们要好看的小说。"为了引起广泛讨论，两个月中，分三次召开了分别有陈建功、莫言、刘恒、余华、刘庆邦、阎连科、毕淑敏、周大新等著名小说家参加的讨论会，共同探讨何为"好看的小说"，并辟出专栏，刊出"好看的小说"。多年过去，"好看的小说"已经成为文学界的常用语，且引起持久关注与热议。事实上，我们当初提出"好看小说"的初衷，旨在引起更多读者关注中国文学创作现实，诊断当下作品病症。

——举办"当代中国文学作品排行榜"活动，也是《北京文学》于1997年首创，意在信息爆炸时代，为读者提供最全面、最精华、最具文学价值的选本。如今，由各种文学机构主办的文学排行榜活动，已经成为中国年度好作品的风向标。

——《世纪观察》是《北京文学》的另一重头栏目，题材、体裁不拘一格。设立之初，是希望时代热点问题，都在此栏目有所反映，以体现文学期刊"史"的价值。发表于这个栏目的重头文章，应该首推邹静之等人"忧思中国语文教育"的三组文章，国内数十家媒体予以转载，并引发了全国范围的教育改革大讨论，推动了考试制度、教育体制的改革，成为文学期刊干预现实的一次成功范例。而刘再复的《百年诺贝尔奖与中国作家的缺席》等文章，也引起文学界热议。

——1999年，《北京文学》新增《今日写作》《声音》《思想》《记忆》《旧闻新读》《参考》等栏目。仅顾名思义，便可读出刊物求新求变的锋芒。刊发于这些栏目中的作家和文化学者的重要文章，更多有警醒之意。临近世纪之交，又新辟《世纪留言》栏目，刊发了巴金、季羡林、刘恒等50位作家专为本刊撰写的《世纪留言》，记录了他们对过去百年的铭心感受，及对新世纪的殷殷期许，今日读来，尤为发人深省、弥足珍贵。

《北京文学》求真求美，以对文学律动和现实问题的敏锐感知，敢于揭示时弊的勇气，及责任感和担当意识，受到社会各界普遍赞赏，被誉为"最有良知的文学期刊"。

林老最是内心坦荡、博大、宽仁、洁净，对一本曾深挚付出而又使他蒙屈的刊物，却很快关注到了每一微小变化，由衷欣喜，对我这个晚辈后学，极尽关怀、爱护。他在多篇文章提到："大家知道现在文学刊物难办，物质与精神的压力都不轻松。刊物（指《北京文学》）居然在两难之中，有了起色，岂可等闲！若不趁热打铁，岂非罪过！""纯文学刊物普遍生存艰难，但《北京文学》愿意拼其有限的人力物力，开阔'短篇小说公开赛'，从去年（指1996年）下半年开始，逐渐吸引读者注意，得到同行表扬，各种选刊的选载，报刊的评选……最有意义的，还是陆续出现新人。"林老还不避高龄，不厌其烦，或频繁电话，或亲自出面，帮助我们"寻访作家、学者、教授，征求意见，邀请讨论，组织笔谈"。他甚至"游说"到汪曾祺面前："我知道这几年他不看《北京文学》，我说现在是小章主事。今年搞了个短篇小说大奖赛，出了些好作品，特别是出了新人，刊物有了起色。"林老请汪老挑个头，约几个人谈谈短篇小说。汪老当即答应，说："好吧，等从四川回来。"遗憾的是，四川回来不足半月，汪老遽然辞世。《北京文学》当年的短篇小说首次讨论会上,林老捧来了汪老50年前的文章《短篇小说的本质》,与会者无不肃然受教。钱理群先生则介绍了沈从文先生当年在西南联大的一次讲演,谈到短篇小说命运与作家的选择:"一个长篇如安排得法,即可得到历史的意义,历史的价值,它且更容易从旧小说读者中吸取那个多数读者,它的成功伟大性是极显明的……唯有短篇小说,费力而不容易讨好……无出路是命定了的。"沈从文的这番描述,90年代乃至今天的读者并不陌生,仿佛在说今天的文坛现实。然而,沈从文同时认定,短篇小说的转机,也正存在于这"无出路"里,因为"从事此道的,既难成名,又难牟利,且绝不能讨个小官做做",坚持下来的短篇小说作家,必是自觉的艺术探索者。此番识见,何尝不是林老执着于短篇小说的写照。

在我的极力邀请下,林老以编者身份,为嗣后一组怀念汪曾祺、笔谈短篇小说的文章写了长长的"编者的话",称这一组笔谈短篇小说的文字,是对汪老"不同一般的纪念"。后来,这篇"编者的话",以《纪念》为题,收入林老文集。

半年时间,短篇小说研讨会本刊开了三次,林老三次都临场坐镇,呐喊助威。国内最重要的作家和批评家、学者悉数到场。参与者既有如王蒙、莫言、刘恒、刘震云、余华、刘庆邦等实力作家,又有唐达成、叶廷芳、李陀、钱理群、李敬泽等著名学者和批评家。一年之内,笔谈短篇小说的论文发表了30余篇,撰稿者包括钱理群、雷达、谢冕、马原、李锐、刘庆邦、童道明、李洁非、何士光、蒋原伦、李敬泽等。更多的短篇小说,机趣盎然,各尽意势,各领其形其质、其妙其涵,可谓星辉璀璨,百象俱呈。短篇小说公开赛的一年半内,收到参赛作品数千,发表数百,作者几乎囊括国内所有名家,也有不少未名新人。其间,林老贡献了《短篇短篇》等三篇关于短篇小说的重要文论,探讨了短篇小说的独立性、现代形态等问题,还有他最具代表性的短篇小说《门》。《门》毫无悬念地成为这次短篇小说公开赛获奖作品。林老对中国短篇小说的贡献,世人难及,是为珍贵遗产。

《北京文学》锐意求新、求变的风貌,受到文坛瞩目;倡导短篇小说的努力,也产生了持续影响。20年后的今天,重新阅览,看着那些有内涵、有新意的栏目名,看着那些实力雄厚的作者阵容——国内文学界、文化界、思想界那些最响亮的名字,几乎尽在刊中;看着那一篇篇引起震荡的文章名录,仍会为当年的"壮举"激情澎湃。

操持起这一切,甘苦自知。

而林老最是隔代知音,知我、懂我、疼惜我。他听我说,举办所有这些活动,没有分文拨款,全仗企业赞助。为短篇小说公开赛,靠朋友介绍,联系了一家外省乡镇企业。合同签了，新闻发布会开了，还上了报纸、电视，却又久不兑现。我已无退路，请了几家中央级媒体朋友，陪我前往助阵讨债。住在乡镇的招待所，到那家工厂，仅有一条小街，每日数度往返，街边闲坐晒太阳的老乡，对这几张外来面孔，从陌生、新奇，到见怪不怪，熟视无睹。反倒是我们互相看着狼狈、落拓的样子，自嘲到捧腹。泡了整整一周，各种办法想尽，对方终于兑现大部分赞助款，立即得胜回朝，喜滋滋地给各位获奖者发奖金、稿费。

林老听我既如抱怨又似得意炫耀的讲述，不时笑着咧嘴仰头。后来，见他谈编辑工作的一篇文章，有"不是烈士又是牺牲"的一段感叹。这种理解，可谓深极至骨。

锋芒引起不安，麻烦接踵而至。爆发是在1999年——距离林老离任恰有10年——因为一期刚刚印出、尚未发行的杂志，我被严责。批评逐级，层层上报，事态日益严重。此期刊物被严令销毁、重编，《北京文学》面临停刊整顿风险。之前，即已预示汹汹来势，早使我将每期刊物都当最后一期来办。此时，不胜其扰、其烦，遂萌生辞职之意，亦想以此平息事态，减少杂志损失。我就此请教林老。林老沉吟，神色严峻，力主绝对不要辞职，字字句句，掷地有声而又语重心长："很多事情是需要时间来坚持的。时间不够会半途而废。"

林老早年革命，半世坎坷，人生阅历丰富，睿智过人，我极敬重、信服。

我听从了林老的话。

及至读到林老怀念自己父亲的文章，说他在一所学校任校长，长达三十五年，"三十五年也就是一生一世，一生一世只做了一件事，办一个学校，也属罕见"。此时，我才真正理解了他话的分量。

如今，我在文学编辑岗位整整42年，而从步出大学校门到退休，始终坚守在《北京文学》这一岗位上，一待就是33年。风风雨雨，艰辛备尝，但我坚持了——一生一世，只做这一件事。我感铭林老，在我人生关键时刻予以的点拨和指引、勉励。

林老一生，与《北京文学》渊源甚深，故布谷希望，林老的几篇小说遗作亦能在《北京文学》发表。其时，我已从《北京文学》退休，转交林老遗作后，被告知，题材比较敏感，涉及了"文革"，不宜发表。我再转给《收获》，全数刊发后，《小说选刊》也转载数篇。

是林老去世数年，我也离开《北京文学》之后。有位当年领导与我闲谈，问及那篇曾引起轩然大波的长篇文化随笔，浩然是否看过？我如实回答，浩然没有看过。这位当年"处理"此事的领导脱口而出：那浩然当时为什么说他全都看过啊！我愕然，震惊不已！浩然早已作古，更从未与我言及此事。如前略陈，浩然早已不过问《北京文学》具体编辑工作，而这期杂志刚刚印完，墨迹未干，尚在印刷厂，未及发行，即遭追责，并令全部销毁，专人监督执行，一时情境肃森。浩然确未看过该期文稿一字，追责时刻，却说"全都看过"，帮我担责，且至死未曾表明于我。尤值一说的是，我与浩然很多政治观点、办刊理念，大不一致啊！每念及此，我都感慨万千。

近20年了，借此机会，向世人昭示这一事情。

从此，我更相信，不要一味以"观点"识人，不要过分看重"政治正确"，人的善恶、品行高下，才是根本。

其实，该期《北京文学》销毁以后，那引起轩然大波的长篇文化随笔，内容一字未改，即在另一杂志发表，并获该刊年度奖，且不断纳入各种图书选本，影响至今。此乃后话。

五 天职

某年春节前夕，我们夫妇和作家潘军相约看望林老，聊得尽兴，又到附近小馆吃饭喝酒，话题说到那个特殊年代种种，林老突然垂下头来，一手扶额，一手推开酒杯，久久沉默不语，再抬头时，以杯击桌，迸出一句话来：

"那些年里，中国作家太屈辱了，是想当狗而不得啊！"

林老一向温和的眼睛，此刻布满血丝，声音嘶哑得似在嘶吼，不顾酒水洒出，再又以杯击桌，不断嘶声重复此话。此情此景，与人们熟悉的林老——"哈哈哈"的笑面佛，判若两人。他的沉重，他的思考，都已流入笔尖，融进小说，融进《阳台》《头像》《问号》《十年十癔》，包括《门》，以及大量作品。

还是2002年，林老报病危的那一晚，大夫为林老上呼吸机，我不忍且不敢看。等候的漫长时间里，有与布谷深入交谈的机会。我问布谷，林老对外人都亲切、和善，一定是慈父吧？布谷的回答，完全出乎意料，让我大吃一惊。她说，童年留在心中的父亲形象，永远是伏案的背影：之前是忙着伏案写小说，之后是天天伏案写检查和交代材料。很少见到正面。"文革"中，林老下放，她小小年纪就被送到亲戚家中；而这伏案却不能写作的时间，竟长达12年。林老曾在一篇文章中说，"文革"中，他"到了先前劳改地方，后来叫作团河农场"，再又被发配去平谷。估计，那一段时间，林老是连伏案枯坐也不能了。

个人、家庭、民族的惨痛经历，遂有了"天职"的想法。

1998年，我和几个同代人主编了一本书——《那个年代中的我们》，记述普通人在"文革"中的遭遇。我们请到了王蒙、林老为该书作序。我也是王蒙在《北京文学》的责任编辑。王蒙找出发表在我刊的一篇旧作（1979年第10期），以之代序，并附言说：

三十多年过去了，终于有这样几个年轻人，把我们民族和人民经历的这段不堪回首的历史，用普通老百姓回忆的方式记录下来，用这些真实故事串起的历史，来告诉未来，告诉后人；我们，中国人民再也不应当受这种摧残和磨难了。我们，中华民族再也不能犯这样的错误了。……这是一种诚挚善良的心，这是一种直面人生、直面历史的道德勇气，是一种爱护中华民族的行为。

找到林老时，他毫不推辞，痛快答应了。事后，林老告诉我，一位老友劝他不要再为别人作序，这么大年纪了，应该抓紧时间写自己的东西。说时，他笑着，微微摇头，表明并不认同。他的这篇序，题目为《天职》。文中有这样的话：

我们吃了大亏，常说一声交学费，就心安理得。如果交了费没有学到什么，并不打算真学，这交学费的话就是阿Q言语了。

若真学，先要不忘记。忘记又分自然的和人为的抹、扔、瞒、骗。人血不是水，可也会当作水一样"逝者如斯夫"。

不可以等待的是先做记录，再做道理。录下那可能忘却的几句话来，可能消逝的一两件事来，立此存照。……有幸亲身经历的人们，这才是天职。

为了忘却的纪念。为了不再忘却。

林老将这视作写作者的天职，更当作自己的天职——

在他十卷本的文集中，不论是小说，还是随笔、杂感，具有反思意义的作品，占了他全部作品的大半。林老踩着刀尖前行——专事记忆、反思的系列小说《十年十瘾》《续十瘾》，字字如血滴，就连《九梦》《门》，都写满了那个年代生命的痛彻。他还写《逗人》，记述"红八月"中荀慧生、侯喜瑞的遭遇，含悲忍愤；他写《臭虫奇迹》，以臭虫与人作比，述说连臭虫虱子那样恶心肮脏的角色、众人鄙视的家伙，尚且不会自相残杀，不咬同类或同难。而在特殊年代，那些告密者、揭发者，残害同类的人，远不如臭虫、虱子这些吸血虫！这是何等触目惊心、振聋发聩的言说！他人眼中的衣食住行，林老可以洞察历史的衍化更迭；他人眼中习以为常、视而不见的寻常小事，林老皆可联想到大义微言！如此追求真实、深刻，如此探入个人、群体精神流变最丰厚、复杂、深隐部分，捕捉历史瞬间抑或久远，小中谋大，以微见著，融入富有洞见、智识、忧痛的思考而又不动声色，谁人可比，几人能及！

《北京文学》前主编老舍的死，是一个大事件。除林老《"红八月"的

"八二三"》外,我不知还有哪篇文章记述过这个事件。写"文革",多是亲历者写个人遭遇。这一篇,始终以一冷静旁观者视角、小说意势,记录历史重要时点。深切体悟人情冷暖,工笔描摹细水微澜,由肢体动作,写到个性语言,并直抵人物灵魂特质,可谓形神兼具。一场人间惨剧,写得惊天地,泣鬼神,真真令人拍案叫绝,不知可否为国内非虚构作品之典范?

该作既有事件主角、翌日即沉尸太平湖的老舍;又有配角——"一整天都在人群里串""不张扬,只和这个那个交头接耳、微露笑容,神色也是'忍俊不禁的'""一个红头红脑的工人作家";还有事件的推波助澜者——揭发老舍拿美金的女作家——"身轻如燕,跃上花坛。声带亦单薄";也有名为将老舍交给专政机关,暗为保护的"农民小说家";更有"欢呼打倒,欢态可掬"的女红卫兵。

林老坦陈那天经过:老舍惨遭批斗,从国子监回来,脸上渗着血,头上包裹水袖,面色苍白,皮肉耷拉。在他自己的文联主席办公室里——

没有勒令,没有规定,他自己不去坐办公椅,也不坐沙发。在沙发前边,背靠沙发扶手蹲下,蹲到地上。腿脚不便,是先背靠再屁股出溜落地的蹲法。

林老笔下,还原当晚再次批斗老舍的情境,寥寥数语,更将细节推向极致——一场残酷施暴后,老舍"立刻锉下去,非跪,非蹲,成团堆在地上"。一个"锉"字,一个"堆"字,何等神来之笔,何等触目惊心,带着艺术的法力,将此惨不忍睹的历史场面,镂刻般地永远留给了后人!

这是一篇极为重要的文字,所以请允许我再摘录几句:

我们把鲜血和人命,也婉转叫作"学费",我们人多,我们付得起。

这悲愤、椎心泣血之言,比之于"讲真话",难道不更振聋发聩?!

2002年那次病危又痊愈之后,林老见到我,说插呼吸机当晚,接到文联那位大大咧咧女同志的电话,说:"听说你报病危了?我很高兴,你早就该死了!"他很困惑:"对方为什么这么说?"我表示这绝不可能。那晚,他已是半昏迷状态,完全没有能力接听电话,再说病房没有电话,一定是幻觉。林老仍然半信半疑,重复问了两次。

我问林老,插呼吸机是不是特别难受?我自己是不忍目睹。他说,挺难受,但不一定有你想的难受,人已经迷迷糊糊了。

后来,林老将这种半昏迷状态下的潜意识,写入了小说《隧道》。

病危时刻,生死一线,潜意识的活动,可认作生命最深痛至切、最困惑莫解的刻痕。这是一位濒死复生的老人最心心念念的心结,是此生过不去的坎儿,是对这个世界的最后发问和最后忠告,可有多少人真正领悟到呢?

记得是我已过知天命之年,某一日,遇见林老,他问我,对于年龄的日长,可有恐慌?他告诉我,近日见到几位作家,有年老的,也有正值壮年的,都说感到了年岁的压迫。说到他自己的状态,我以为可用淡看日月,从容写作来概括。我欣然于他的心态年轻、健康。我相信他是可以写到最后的人。后来,"文坛双璧"的半边汪老去了。渐渐地,他的很多老朋友也去了。再见他时,看出了他的落寞。

林老是孤独的,不仅孤独于老友渐次离去,还有孤独于艺术之路上缺少同行者,不是作为渺小的个体,还有对内心的恐惧。窃以为,林老的孤独无从慰藉,久具蕴藏,自成一方天地,是独善其身,是使灵魂自由、干净、强大的特立独行,是直面精神、文化、社会、历史、艺术的一种孤危意识、孤独精神、孤往的透脱情怀,是追寻生命的价值意义,是不可战胜的意志力于深刻孤独中迸发出的艺术独创。这种独创,使林老笔致中暗藏机锋、笔势、玄外之妙,仅仅一篇《溪鳗》,穷其迷幻奇诡,涵远莫测,至今难以超越。《十年十癔》则将外在政治恐怖与心理疾患交集书写,都是机杼独出的现代手法;而语言的创新,更是一绝。世人不懂林老,而林老则情愿孤独到死,也绝不向平庸妥协。

我只想说,好好读林老吧,他的那些即使只有几千字的短文,都是捧着心、凝着血、滴着泪写下的,根植精神血肉、灵魂脉息,并以一种丰饶、生动、自然、深邃的诚实,还其予深爱的世界。

林老生命的最后时刻,是想对我讲什么呢?我已无从猜测,成为终生遗憾。但他已用一寸一寸生命的坚持,用一寸一寸生命的时光,用一寸一寸生命长度,给我留下了最宝贵的遗言。

林老生前少有鲜花,掌声零落,很多人为他抱憾,觉得他的文学成就被严重低估。对此,我是同意的。但我又想,何必要用别人来同林老作比呢?他与别人,完全没有可比性。在中国文坛,还有几人像他一样,毕其一生,只做一件事,就是写小说,写短篇小说。一顶"短篇小说圣手"的桂冠,根本不能概括林老对短篇小说的贡献;林老不仅有近二百篇短篇小说存世,更撰写了大量谈短篇小说技巧的文论,是终生创作实践的经验总结。林老谈虚实,谈取舍,谈重复,谈情节,谈叙述……充满真知灼见,引人穷究,丰富了文学最高殿堂。

在中国文坛,还有几人像他一样,任沧桑变历,万蛰风回,抑或时运无常,百难逆料,林老从未阿谀逢迎、损人牙眼、落井下石;无论文学人格如何弱化、痞化、腐化和畸化,林老始终一尘不染洁到骨,无论公义或私德,节高、守义、端方,心系博大爱愿。

尤其重要者——还有几人像他一样,以求真求深刻、反思民族劫难为文学自觉,为神圣天职,为大仁大义大美,不诱于欲,不恐于诽,不让于师。

时光似水,过客如云,人们终会读懂林老,进而明白,林老是最珍贵的唯一。

2018 年 10 月 28 日

(原载《天津文学》2019 年第 2 期)

辑八

送远客离去（外一篇）

_ 杨苡

这几年每次送客，我站在露台时总会想："该不是最后一见吧。"多年前有一次和远方的朋友在院中树下照相，才走散，我忽然冲口开玩笑说："The first and the last！"

一语成谶！不久以前，三人中的一位女性默默告别人世（当然是比我"小"多了）。早该轮到我了！我也"时刻准备着"！

今年我已不能走路，包括"下台阶"。一个老友（或被我称为"小友"的中年人）竟会先我而去！仿佛朋友们都在一列长长的列车中排队，有秩序，也讲礼貌，不是抢着走在前面，却还是有人向我道歉似的，点点头招招手，先一步走在我前面了！

我已老得流不出泪水，只有坠在心底的那重重的一击！永远挥之不去！能埋怨谁呢？医生总归低声说："我们尽力了！"朋友们不停地安慰着他的家里人，我也只能希望着：家里人会平静下来的，总要过这个坎吧。不过总是有事情来得快了，走去的人还有这个计划、那个打算：他的创作，他参加的什么什么会。去年石湾在电话里精神十足地说:"杨苡,我今年因为忙于开会治病,明年春天一定去看你!"当时我笑着回答:"健康要紧,少开会,悠着点!"还没过春天,他又一次在电话里说:"杨苡,我过一个月,夏天,去南京!"我说:"过了黄梅天吧,南京秋天最好!"挂上电话,我心里想:"来不成了!"我知道他想回南方,看看老朋友、老同学,到母校南大走走,回故乡再"整整"他的"菜地",看看他的乡亲们,那些才长大的小树,那一大片地,那葱葱的绿,还有那所才修整过的老屋……

我真的理解那些苦苦思念故乡的朋友们。当年离开天津时,我还不到十九岁,到如今已经整整八十年,心里还是丢不下我的数不尽的记忆,我的老师、同学,我住过的老房子……石湾是我在晚年时才熟悉的"老友"吧,却早已是不用在心上设防的、无话不谈的朋友,我欣赏他满腔热情,愿意倾听我,鼓励我写作,从来不轻易议论他人,但有时候社会上有点风吹草动,他也忍不住说几句自己的见解。他对读者对作者有强烈的责任感,不问收获,只管自己耕耘,是一个正人君子。那年他送来他的"收成"(蔬菜、果实……),远道而来,我大笑,忽然心上陡地掠过当年陈梦家《燕子》中的诗句断章——

　　从来不问它的歌
　　留在哪片云上?
　　只管唱过,只管飞扬
　　青的天,黑的翅膀
　　那天下午我站起身来送他,我说:"明年见!"

二〇一九年七月苦夏

巫宁坤追思会上的发言

宁坤:

我的天才老弟!你怎么睡着了不醒过来呢?你还没来得及和我们老朋友们说一声再见就不声不响地走开了,这不是开玩笑吧?记得最后一次与你分手告别时,我们嘻嘻哈哈说笑,你大声说道"暮年一见非容易,莫作生离死别看!我还等着咱们再见叙叙旧呢!"

我相信你不会走远,你根本不该走在我的前面,我也不止一次提醒你,你是我的学弟!虽然我的学问比不上你,反正你比我小一岁!但是你吃过的苦

——北大荒的饥饿,那个每天奉命往外抬死尸的"工作",还有那些数不尽的责骂和屈辱……绝不是一滴泪,甚至千百滴泪能冲掉的!可是你后来只能用你的笔静静地在你记忆的仓库里掏着掏着,我等着你的书一本本拿出来,那是用血泪凝成的!

你是多么勤奋,多么懂得爱祖国,爱人类的知识分子!你多么舍不得坚强地守着你,保护你的妻子,又多么懂得圣经里哥林多前书的第十三章关于爱的教导,你不会走远的,仿佛你就在我们大家的人群中,笑着说:Wait and Hope!

二〇一九年八月十九日,我今天整一百岁!

(原载《开卷》2019 年第 9 期、10 期)

生命没有终结
——记父亲屠岸最后的日子

_章燕

> 意志是渐冷的铁砧，
> 生命是一块烧红的铁，
> 在生活无情的锤击下，
> 它散出了灿烂的星花；

这是父亲在1946年1月创作的诗《生命没有终结》的前四行。诗是在战火纷飞的年代写就的，表现出他要坚定地将年轻的生命投入那个动荡不安的大时代的洪流中，去为了理想而燃烧自我。对生活的渴望和面对死亡的决心在全诗的字里行间闪烁跳荡。那时的父亲23岁。此后，父亲的生命又延续了71年，而自那时起，父亲的生命就与他所毕生热爱的祖国的命运联系在一起——经历它的风雨、感受它的欢乐，也与他一生所钟爱的诗歌和翻译联系在一起——他写评论、作诗、译诗、编辑、做文学出版的组织工作，将全部的精力投入到文学事业中。退休之后，他的脚步仍未停止，直到生命的最后一刻。正如他在诗中所表达的那样，他最终的生命或只是默默地伴着泥土，辛勤劳作，但却始终如烧红的铁，发出灿烂的星花。在他生命的最后阶段，他一如既往地踏着稳健而坚定的步伐，走向辉煌的生命顶点。

2017年12月16日，父亲远行，至今已经整整一年了，但在我的心里，父亲从未真正离开过。每晚临睡之前，我总要伴着他的身影和话语入睡，仿佛他就在我的生活中，每日与我相伴。我从小生活在父亲身边，除了出国进修的一两年，从未长期离开过父亲。自己成家之后，虽然不能每日和父亲住在一起，但每逢周末都要到父亲居住的和平里家中去看望他。特别是最近几年，父亲如果有出行或学术交流等活动，我必定要陪同前往。与父亲在一起的日子里，我最开心的就是能和他随时随地一起聊天，所谈之事大多是他所关心的文学和翻译。在父亲生命的最后两三个月，我和他在一起的时间更多了。那段时间父亲卧床休息的时间很长，但每日仍要起床在沙发上坐一坐。这个时候父亲往往要和我聊一聊天。他心系最多的是诗歌、文学和翻译。10月下旬的一天，他和我谈起曹禺先生的剧作，对他早期的剧作《蜕变》特别赞赏。他告诉我说，这是曹禺先生在抗战时期写的一个戏，因为与当时抗战时期的时代氛围和精神联系得非常紧密，一经上演就在观众中引起共鸣，产生了巨大影响。他还对作品中的主要人物丁大夫做了评价，认为人物的刻画有血有肉，应该说是曹禺先生早期一部重要的作品，但是，目前学界对这部作品不太重视，也很少有人提到，这对曹禺先生的认识是不够全面的。

  10月31日中午，几位诗友来家里看望他。我搀扶着他从床上起身，坐到沙发上。父亲和他们谈了诗歌界的一些问题和前一阶段存在的不尽如人意的现象，比如诗歌写作中的反崇高、反英雄，甚至反语言等提法，他对此非常不满。父亲的诗歌创作崇尚的是真善美，他特别倾心英国诗人济慈的诗歌，济慈短短的一生虽然清苦，但执着于永恒的美，直至生命的终点。父亲年轻时因患肺病，冥冥中将济慈引为知己，直到生命的最后时刻，他仍然坚守济慈"真即是美，美即是真"的信仰，从未动摇过。就在他生日的那天，他坚持着从床上坐起来给我们背诵济慈《秋颂》的英文原文，那语调抑扬顿挫，英文字正腔圆，缓慢的声音久久回荡在我们的心底。在与诗友的交谈中，父亲还谈到胡适先生在中国新诗发展史上的地位问题，认为他在新文化运动和白话文运动中起到过重要作用，但是，如果将他视作中国新诗创作的第一人，这点值得商榷。在谈到中国新诗时，他特别提到郑敏先生的《金黄的稻束》，对这首诗作推崇备至。那立在秋天傍晚的微风中的金黄稻束，与负载着历史的厚重感的疲倦的母亲，仿佛将那一瞬间的生命推向了永恒。父亲在那些日子里多次和我谈及郑敏先生的这首诗作，表达他的赞美和喜爱之情。令我感到十分震动的是，父亲还谈到中国诗人中的非正常死亡问题。他列举了朱湘、海子、昌耀等，对他们的死感到痛心和惋惜。我下意识地感觉到，此时的父亲或许已经有一种生命的紧迫感，而这种紧迫感又在他面对死亡的时候，化为内心对永恒生命的渴望和追寻。在给来访的年轻诗友所提写的留言中，他这样写道："吾不问生存之久暂，只问在生存期间完成何等业绩。"看到这个留言，我的心不停地抖动：父亲对自己的生命已到最后阶段这一现实内心是十分清醒的，但他仍在不停地向前走去。

  去年上半年，我们与父亲商量是否编一套他的译文集。经过与北方文艺出版社联系，译文集的事情基本上落实了。但是其中美国诗选的部分，父亲认为他所翻译的诗作尚不够丰富，数量比较少，一直希望能够补充。但当时我们因房屋改造从3月份起就一直住在出租的房屋中，查阅资料和字典都不方便。待到搬回原来的住处，时间已经到了9月份。当时父亲已经病魔缠身，但他一直未忘记补译美国诗歌的事情。11月的一天，父亲睡醒了，躺在床上，对我说："我还是想把美国诗歌部分补译完整，你能否把《我听见亚美利加在歌唱》那本书找出来，把不是我译的诗作的原文复印出来，我要在精神好的时候做些补译。"《我听见亚美利加在歌唱》是二十世纪80年代由人民文学出版社出版的一本多人翻译的美国诗选，父亲承担了其中部分诗歌的翻译，但他对其他诗作也非常熟悉，有意将它们译成中文。听他这样一说，我急忙找出此书，并将英文原文诗作复印好。我对父亲说，"诗作都复印好了，就放在您的桌子上。"他满意地点点头，露出了微笑。我说："翻译的话，您得用字典。您那两本大字典太大了，您拿不动啊！这样吧，您要查阅什么词，您告诉我，我给您翻到那一页，帮您查阅吧。"父亲闻此笑出了声。父亲不用电脑，翻译时一直用的是陆谷孙先生编的厚厚的两大本《英汉大词典》。每次翻译时，父亲都把两大本字典放在身边的椅子上。为查阅一些翻译资料，父亲常常将资料或字典搬来搬去，累得浑身出汗。对他来说，翻译不仅是个脑力活儿，还着实是个体力活儿。他说，这是他锻炼身体的一个好方法。我多么希望此时的父亲还有这样的力气啊！复印的诗稿和字典就这样一直放在父亲的书桌上，久久未动。

父亲在去年年初就有意与画家冷冰川先生出版一部他的诗歌手迹与冰川先生画作的合集。去年8月，我开始和冰川先生商议联系设计师和出版社。当时我已经隐隐感到父亲身体不如从前，便即刻加紧开始这项工作，但未曾想到父亲这样快地就要离开我们。11月份，书稿的设计基本落实。因为出版的是父亲的诗稿手迹，为取得一个好的效果，冰川先生希望能将一幅父亲的亲笔墨宝用于书的内封。父亲那时身体已倍感虚弱，我得到冰川先生信息时父亲刚好坐在沙发上休息。得知这一请求，我十分犹豫，担心他目前的状态已经不能完成这样一件事，毕竟写字是要花力气的。我尝试着将这一请求告知父亲，不曾想，父亲当即表示："现在就写！"我全身的血液仿佛一下子涌到了头顶，立即为他铺展好宣纸，准备好笔墨，搀扶着父亲坐在写字台边。他慢慢拿起笔，略微想了一下，便在宣纸上落下了第一笔。但毕竟疾病已经影响到他的体力和记忆力，第一幅字并未完成。之后，他又写了第二幅，感觉比较满意，才停下来。最后，在落款的下面他稳稳地盖上了自己的钤印。所写的是他1943年的一首短诗：

凶黑的夜我狂奔入屋伏案的弟弟灯光灰白"火"！

看着父亲和他的字迹，我仿佛觉得父亲瘦弱温润的体态背后是他内心燃烧着的一团火。冰川先生和设计师看到了父亲拼着力气写下的墨宝，有意把书名改成《火》，但鉴于父亲已经定下了书名，以《火》作为书名的设想遂作罢。但这如火的形象已深深地印在了我的脑海里。

父亲记了一辈子日记，从十几岁就开始。2015年北方文艺出版社出版的《漂流记》就是根据父亲在1937年抗战逃难期间写的日记整理出版的。那时候父亲十三四岁，刚刚上初中的他就已开始每天记录他的所思所想、所见所闻，一生中大约只有50年代到60年代初有过间断。有时外出不便记录，他就在回来之后补记。2001年，我和父亲在欧洲出访期间，他放日记本的手提包在巴黎我们吃饭时被盗，丢失了。父亲痛心不已。此后，他凭记忆将那段游历的经历又补记下来。病重期间的父亲仍然不忘他的日记，他的日记本一直摊开放在他的写字台上。他几次和我说起，"日记本不要动，就放在那里，我要补记的"。我无意间看一下，最后一篇日记记到2017年9月18日。虽然那天的日记只有短短几句话，但9月18日，这是一个特殊的日子，以前每到这天父亲都要提醒我们它的特殊意义。此时的父亲将他的日记定格在这个特殊的日子，仿佛在向我们诉说，不能忘记的永远也不要忘记！

去年七八月份，父亲交给我一个书评写作的任务，这一方面是因为他年纪大了，有些写作或翻译的任务他会让我代他去做，最终由他来定稿；另一方面也是为了锻炼我的写作和评论的能力。因我当时忙于工作，且对笔头工作有些疏懒，写书评的进度很慢，一直未能完成。看到父亲的身体状况愈来愈差，我感到了一种前所未有的紧张，开始加紧速度。11月3日这天晚上，父亲已经安静地睡去，我陪着他，在他卧室中的书桌上打开电脑，干了一晚上，终于完成了文稿。第二天待他醒来时，我把打印好的稿子递到他的床头。他非常高兴，让我搀扶他起来，坐到沙发上去。他戴上老花镜，将我的文稿一页页细读，从头到尾没有停下来一次。其间，他让我递给他一支红笔，在文稿的边上标出错别字或表述不当之处。这是他每次阅读文稿时的习惯。我忐忑地坐在他身边，等待他给我的指教。待审阅完毕，他微笑着对我说，写得很好！我一颗悬着的心算是落了地。但看着父亲的面容，我心中仍觉惭愧不已，如果我早些完成这篇文稿，又何至于让他拖着病体审阅这篇让他期待已久的稿子。我说："您累了吧，快躺下休息！"他答："这会儿不累，再坐一会儿。"脸上一副欣然的样子。父亲啊，工作起来像一团火，永远在燃烧。

父亲的一生经历了多种坎坷，但他始终对生活充满信心。即使生命到了最后关头，他的心态也是平和而宁静的。当看着他日渐消瘦、茶饭不思时，我们心中非常着急，隔三岔五带他去医院就诊。他虽不特别拒绝，但也不十分积极，总是抱着对疾病"既来之则安之"的心态，用一种顺其自然的态度看待疾病和死亡。他还引用陶渊明《归去来兮辞》的最后四句来安慰我们："登东皋以舒啸，临清流而赋诗。聊乘化以归尽，乐夫天命复奚疑！"他赞同他的表兄周有光先生的话：一位哲人说，人有死亡是为后来者腾出生存空间，使人类的生命长期延续下去，生生不息。父亲说，他以同样的心态对待生死。11月的一天，父亲对我讲起瞿秋白先生的一生，着重讲到瞿秋白先生赴刑场时的情形："他从容不迫，走向刑场，盘膝而坐，看看周围，说'此间风景甚好'，从容饮弹。"可以说，面对生死，父亲也采取了同样宽广豁达的态度。在走向生命顶点的前一个多月，尽管他已经吃得很少，但仍然自己走到桌边进餐，自己去卫生间，尽量不给我们添任何麻烦。正是他的从容不迫支撑着我们，让我们也能在平静中与他共同走向生命的顶点。他总是对我们说，生老病死是自然规律，不要着急，不要慌张。在他病重住院期间，有朋友去看望他，他对朋友说："人自出生，从婴儿到成长，再到衰老和死亡，这是生命的规律。这期间我感受到亲情和友情，这是一个美丽的过程，我感到幸福！"我深切地感受到父亲身上那种强劲而平和的生命力度！

父亲是一个温润儒雅的人，待人慈和宽厚，同时，他也是有着鲜明性格的人。在大是大非等原则性问题上，父亲始终棱角分明，直到生命的最后阶段。去年6月上旬，父亲读到《新文学史料》上的一篇文章《折翅仍在飞翔的舒芜》，便和我们谈起"胡风案"的始末。他认为，"胡风案件"的来龙去脉是清楚的，其关键环节是舒芜主动上缴了胡风给他的私人信件，而非"应组织要求"或"组织上"抄缴私人信件的结果。作为已为数不多的在世的当事人，父亲对该文中罔顾事实为舒芜辩解的做法非常不满。不久，他便完成了题为《舒芜，其人其事》的文章，发表在《开卷》上，以犀利的措辞批评了为舒芜辩解的做法，称此举是"颠倒黑白"。父亲这篇文章的发表使一些朋友颇有些讶异，仿佛见到了另一个有着不屈性格的父亲的侧影。在那段时间里，父亲不止一次提到这一冤案，此外他还常提到中日战争，与我们一起谈国际国内的形势。10月的一天，我和哥哥陪同父亲去给他配助听器（当时尚未查出父亲的病因，我们以为他的身体状况与他的听力下降有关，现在想来真是心痛！）。我们来到东四一家配助听器的诊疗所，诊所的贺大夫拿出一本签名簿，请父亲看看光临这家诊所的名家大家给他的留言。父亲边看边主动对大夫说，"我也来给你留个言吧"。我们颇感意外，父亲此前从未主动提出要给陌生人留言，这是破天荒第一次。贺大夫自然很高兴，连忙递给他一支笔。只见父亲拿起笔，在留言簿上飞速地写下：礼义廉耻，国之四维，四维不张，国乃灭亡！父亲留下了这样四句话，出乎我们所有人的意料！不想，未出一个月，父亲在最终躺倒之前，以他未尽的生命之火，再次用这同样的四句话给我们以警醒。11月18日，父亲的外孙女霖霖从上海赶来，父亲那天异常高兴。罕见地起床在沙发上坐了很久。此前，父亲已经为家中的所有人题过字，因霖霖居住在外地，未得机会给她题字。在给冰川先生题字的那天，我本想借机请父亲给霖霖题一幅字，几次尝试提醒他，但他终因体力不支而作罢。这天掌灯时分，父亲主动提出要给霖霖题字，大家喜出望外，连忙备好纸、笔、墨。在哥哥和霖霖的搀扶下，父亲走到案边坐下，右手提笔蘸墨，左手张开手掌，在纸幅上量了几遍行间距，然后写道：礼义廉耻，国之四维，四维不张，国乃灭亡！可以想见，这四句话已经牢牢地刻写在父亲心头，他为我们留下了生命中最有分量的绝笔！

父亲的一生是充满爱的一生，他爱友人、爱自然、爱家人、爱生命，这样的爱随着他生命终点的到来而愈加强烈。去年10月6日高莽先生仙逝，10号是为先生举行告别仪式的日子。以往，父亲在得知朋友去世的消息时总是在第一时间题写挽联，或送或寄到朋友的家中。体力较好的时候，他必定前往送别。但这一次，父亲在得知先生仙逝的消息后却迟迟未见动笔。那时，他已经体力不支，长时间卧床休息。我们虽然心中有些焦急，却也不敢催促他。9号下午，哥哥姐姐先清理了桌面，准备好纸、墨、笔、砚，只等父亲起床握笔。直到天色渐暗，大约傍晚6点前后，父亲忽叫哥哥扶他起来，也不要披衣服，径直走到桌前，稍稍停顿，振作精神，略作思考，然后用毛笔蘸满浓墨，挥笔一气呵成，写下了：

高山仰止传播苏俄文化圣手 莽海浩荡交接中西经典祭酒 二〇一七年十月九日屠岸泣挽

搁笔之后，父亲要哥哥拿出图章，自己挑选了一枚，蘸上印泥，用力在挽联落款下钤上印章。11月下旬，父亲已经基本不能起床，整日昏睡。一晚，他忽然叫我，让我为他准备笔墨纸张，并挣扎着要起来，对我说："我要写字。"我问："您要给谁写字？"父亲虚弱地回答："郭汉城，他今年百岁了，我要给他写字。"郭汉城是父亲多年的老友，著名的戏曲评论家。我说："您不能动，我帮您打电话给他。"父亲遂闭上眼睛又睡了一会儿，在恍惚中道："我好像已经有一幅写好的字，你找出来，寄给他。"

去年10月和11月，因父亲身体急速衰退，我们常带他去医院就诊。父亲一般坐在车的后座，一路上，只要精神尚可，他总要看看窗外的风景。那时正值北京的秋季。蓝蓝的天，淡淡的云，道路两旁鲜花绽放，绿柳成荫。父亲常在看病回来的路上自己将车窗打开，盯着窗外一直看。我怕他着凉，把车窗关上，他说："不冷，就开着吧。"路过地坛时我对父亲说："待哪天天好，您精神也好，我带您去地坛看花儿。"父亲笑着不答。父亲有时睡到中午才起床，天气好的时候，哥哥推着轮椅陪父亲去逛附近的小花园。临近11月初的一天下午，我见父亲精神尚可，建议他在门前的院子里坐坐，父亲同意了。毕竟已是快进晚秋的时节，阳光被树荫遮着，一忽儿就过去了。坐在轮椅上的父亲指着院子里的一处空地，说："到那面有阳光的地方去。"那天，父亲和我说着聊着，阳光洒在他消瘦的身上，仿佛永远也不会退去。

10月末的一天，父亲的外孙女儿露露带女儿（父亲的重外孙女儿）小彤彤来看望父亲，父亲高兴极了。看着彤彤在地上撒欢儿，父亲总是欣欣然。怕影响父亲休息，露露和彤彤陪了父亲不太长的时间就要走了。临别时，露露要彤彤和太公公告别，彤彤仰着头张开两只小手对太公公说："抱抱！"父亲笑着弯下身子，使出了浑身的力气要把彤彤抱起来。我急忙跑上前去，将彤彤抱到他的面前，他搂着彤彤亲了又亲！待孩子们走后，我的泪水还是止不住流了下来。父亲这是在拼尽他最后的全部气力去拥抱他的孩子啊！朋友北塔带着他的小女儿子昭来看望父亲。小姑娘刚刚出生时就被抱来见父亲，从那时起北塔时常带子昭来父亲家，他们已经是故交了。见到小姑娘，父亲轻声说："子昭来了，光明来了！"

父亲患病期间，不巧我姐姐也得了病。10月16日，姐姐入院接受手术，父亲在当天夜里写了一首诗赠给姐姐，这也是父亲生平的最后一首诗：

赠建儿
祸福凭三昧
死生跨险峰
此中有真意
含笑对苍龙
二〇一七年十月十六日凌晨一时五十五分父亲

父亲不放心姐姐，多次向我们问询姐姐的病情和身体状况，得知姐姐手术情况良好，出院后暂住霖霖家，有全天保姆照顾，他才稍稍放心。

那段时间，父亲如果起床后精神较好，就会看一会儿电视。他看电视节目没什么固定的选择，只为了放松和休息。我先生知道他爱听音乐，就下载了交响乐的视频放给父亲看。他让父亲挑选喜爱的曲目，父亲总是说要听贝多芬的

《欢乐颂》。而且，他一连听了好几天，过后问他要听什么，他还是说，听《欢乐颂》。

11月22日是父亲94周岁诞辰，往年在父亲的诞辰日，我们总是会聚在一起陪同他吃一次寿宴，或在家里或在外面。这次不行了，哥哥提议，给父亲写一幅祝贺他生日的字，贴在他床头的墙边，让他一睁开眼睛就能看到。我们都赞同。22日那天，由我先生执笔写道："亲爱的爸爸，今天是您九十四岁大寿，祝您生日快乐！我们深深地爱着您！您的孩子。"父亲久久地看着这幅字，眼睛里放出快乐的光，说："这是文海写的字吗？真好！"

12月15日，天气虽然寒冷，但窗外阳光明媚。上午，我和哥哥、霖霖去医院陪护父亲，父亲见到我们来，伸出了手臂，我以为他要拿什么东西，急忙将身子凑上前去，但父亲又一次伸出手臂，这次他将手臂抬得高高的。我这才意识到，他是要拥抱我。我扑到父亲身上紧紧地抱着他。父亲和我们每个人一一拥抱，之后他静静地看着我们，忽然主动提出："拍个照吧！"我们欢呼着，围在了父亲的身边，留下了与父亲最后的合影。那天，临床的病友出院回家了。中午过后，只有我一人在病房陪护父亲，让已经熬了几天的哥哥回家稍事休息。病房里静悄悄的，隔壁的房间不知是谁在放音乐，传来了《桑塔露琪亚》的歌声。父亲一直没有睡觉，轻轻的歌声传来，父亲眼睛看着我，发出了轻轻的声音。我静静地听着，等待着他和我说什么，但他没说，他随着音乐声哼起了《婚礼进行曲》！我激动得血液涌上心头，和父亲一起哼唱起来，一遍又一遍……然后，我们又一起唱起他最喜爱的《送别》："长亭外，古道边，……夕阳山外山……"我不知道父亲哪里来的力气，此前医院已经几次告病危，难道他的生命又有了回转？！我担心父亲唱得太累，对他说："您累了，我们听音乐吧。"我用手机找到贝多芬的交响乐，把手机放在他耳边，他听了几秒钟，说："是《田园》！"此刻，我的泪水已经如泉涌般奔流直泻下来，无法说话！不能让父亲看见我在流泪，我把饭团塞进嘴里，让饭堵住喉咙。听了一会儿音乐，我那不争气的手机就卡了壳儿，不出声儿了。父亲的眼睛看着窗外，窗外的树枝在阳光下熠熠发光，在微风中不停地颤动。父亲的目光一直看着看着……父亲曾经说过，如果有来世，他要变成一只小鸟。我想，父亲这是要随着窗外树上的小鸟往天堂中飞去吗？那一晚，我一直陪护在父亲的身边，我握着他的手，一直握着，他每隔一会儿便睁开眼睛看看我，微微地点点头。就这样，我陪着父亲一直坐到天明。那天的下午5点，父亲远行，走前的十分钟，他对哥哥说："宇平，我没事儿！"

父亲在去世前一年给自己写的墓志铭中这样写道："屠岸向一切曾教育过他、扶持过他、批判过他、表扬过他、詈骂过他，包括恩师、老师、亲戚、朋友、同事，所认识不认识的读者表达衷心的、发自肺腑的感谢。"父亲在病重期间对来看望他的友人所说的最多的一句话就是：谢谢！太感谢了！有时，他一连说很多遍。

愿父亲在天堂永远有诗和小鸟陪伴！愿父亲在诗园里永远快乐！愿父亲如《生命没有终结》最后的诗行中所说的：

> 到了明年，变化成一片
> 金黄的谷穗，
> 临着秋风，我将掩不住
> 新生的婴儿的欢喜，
> 而不断地向新的世界
> 骄矜地颔首。

（原载《中华读书报》2018年12月19日）

从公已觉十年迟

_郑雷

2018年1月12日清早，寒气逼人，我正准备起床去参加北京图书订货会的一个新书发布活动，忽然接到管小敏老师发来的短信："学泰今早走了，回去天国上帝的怀抱。"事情来得太过突然，实在难以相信，我立即回拨电话，证实了消息确凿无误，一时心神恍惚，不由靠在床头愣怔了半天。蓦然想起2016年1月，也是这样的天气，我意外得到原《文汇读书周报》主编褚钰泉先生去世的消息，给王先生打电话："您知道褚先生的事吗？他走了。"王先生问："哪个褚先生？"我说："是褚钰泉先生。"王先生当即叫了一声："哎哟！"就这一声，隔着电话，我清清楚楚听到他心底的疼痛。没想到两年之后，他也以这样的方式将疼痛永远地留给了我们。

认识王先生算来已在十年以上，但彼此真正熟悉却还是近几年。十几年前，一次去拜访蓝英年先生，在客厅见到几册别人送他的书，随手打开最上面的《游民文化与中国社会》，扉页有作者的题字，后面留着签名"学泰"。据蓝先生介绍，王学泰先生是中国社科院文学所的研究员，从游民文化角度研究中国历史，富于创见，在学界影响很大。其后我不止一次听蓝先生夸赞王先生的淹博和睿智，最爱举的例子是"吃饭要有学泰在，不用担心冷清，他一个人就能包场了"。不久我应江苏一家报纸的请托代组名家稿件，通过几位熟悉的先生辗转约请了一批作者，其中就包括王先生。某次参加一个小型宴会，跟王先生碰了面，散席出来时，他顺带问起约稿的事，我简要说明情况，彼此匆匆而别。后来又一起开过几次会，都不及深谈。

真正见识王先生的风采，还是在2007年初春的一次餐叙上。饭局约在南城，我随林冠夫、林东海两位先生赶到时，早已高朋满座，同席十几人中，我认识的有邵燕祥、蓝英年、朱正、陈四益等先生，王学泰先生也在其中。大家庄谐并作，随意谈论着各种新闻与学林掌故。饮宴过半，王先生兴致高涨，言谈渐入佳境，说起他正在读的恽毓鼎日记，特别提到其中一些有意思的细节，比如轿子过河时需加拆卸之类今世早已陌生的风习。话题一转，又谈到1949年后大陆各地出现的多起"民间称帝"事件，剖析民间社会的特性，我想这大概就是他研究游民文化的心得了。一走神间，王先生又换了话题，转头细听，似乎是在慨叹时人读书的粗疏，说曾见有文章提及古代搜求民间遗佚文籍，征集上来别有奖赏，"还给点儿吃的"。他觉得不可思议，翻出原文来一看，是"付之梨枣"。一言既出，同席者无不莞尔。古代常以梨树和枣树的木材为雕版材料，"付之梨枣"正是交付出版之意，哪是给什么吃的。

后来不止一次与王先生同席，时常领略他的妙语。王先生正如前人所形容的，"于书无所不窥"，只要绣口一开，便滔滔汩汩，茫无涯涘，欬唾珠玑，随风抛掷，亹亹清言令人忘倦。有事向他请教，往往是问一答十，来者不拒，就像《刘三姐》里唱的"你拿竹篙我拿桨，随你撑到哪条河"。他的渊博、智慧，他的深刻、精警，他的爽朗、宽宏，连同他不时流露的幽默，都在里面了。

"听君一席话，胜读十年书"，谈话真正能达到这一境界，不外两种情况。一是高屋建瓴，对书本内在精神的把握较常人更为准确和深刻；二是阅历丰富，通晓许多书本上没有的知识。这两种才能，王先生都具备。他命运坎坷，有过劳教和监狱服刑等常人难以想象的境遇，对社会有着深细的观察和真切的认识，加之记忆力超强，口才又好，所以无论谈到什么话题，不单引经据典，而且现身说法，令人由衷信服。王先生不纯然是书斋里的学者，他惯于也善于将书本与现实相融贯，形成自己独到的看法。蓝英年先生曾戏言王先生是иметь вес（俄语），意即"有分量的人物"，他解释说，这个俄语词组有两重含义，一是指身体壮硕沉重，一是指有水平有地位。

他说得没错，无论从哪方面看，王先生都是一种伟岸的存在，跟他同行，稍微落后一点，就会为他的影子所笼罩。

2014年，供职于出版社的张杰先生打算为一些文化名家出专集，拟定的名单中也列入了王学泰先生。因为跟王先生不熟，托我求陈四益先生代为约请，定好在崇文门国瑞城的西湖汇餐厅见面。那天王先生带来几本刚出版的《监狱琐记》，签赠每人一册。听张杰讲明意图，王先生很高兴，表示支持。其后张杰命我赞襄有关出版事宜，与王先生的联系因此逐渐多了起来。

不久南京董宁文先生来北京，他主编的民间读书刊物《开卷》出版将满十五周年，计划2015年春夏之际在南京召开座谈会。蓝英年、王得后、王学泰等先生都受邀参加，临期蓝英年、王得后先生因事不克赴会，王学泰先生带着夫人管小敏老师和陈四益、郭启宏等先生一起到了南京。或许是很久没见到这么多同道了,王先生难免有点兴奋,每天清晨即起,到附近散步,然后在早餐厅边进食边与来自各方的朋友交谈,神情愉快而满足。会议在一处露天庭院里举行,王先生与董健、俞律等先生同桌,彼此倾慕,畅聊了一下午。

返程时山东画家郭睿先生要我请王先生夫妇到济南盘桓,我陪同他们游览了大明湖、趵突泉,一路上王先生兴致盎然,不停地说着话,谈李清照,谈聂绀弩,谈冯友兰与章廷谦,甚至还在进餐时跟郭睿谈起了站桩的几种方法。但他谈得最多的还是正在构思的《中国笑话史》,我问他如何评价邯郸淳的《笑林》和侯白的《启颜录》,他说魏晋至隋唐五代是笑话的自觉时代,这两部书在笑话发展过程中都有开创之功。按他的构想,西周至春秋可定为笑话的萌芽时期,战国至东汉末则是笑话的附庸时期,但这两个阶段可用材料不多,大概仍以先秦诸子和《史》《汉》等内容为主。经过六朝和唐宋的发展,中国笑话直至明清才进入繁盛期。说得高兴,他信口讲起《笑林广记》等书中的笑话,我恰好读过,顺着他的话说下去,王先生开心地笑了。

因为南京和山东之行,我跟王先生进一步熟识起来。或许是觉得孺子可教,每次打电话去问安或联系别的事务,王先生只要稍有闲暇,总是不厌其烦地谆谆开示,最长的一次将近三小时。就在这种长时间的通话中,我体会了他的热情,也感知了他的寂寞。由此形成经验,每次跟王先生通话,总是先安排好一切事情,然后正襟危坐,开始拨号,准备着随他共入书山学海的逍遥之境。

2015年5月,几位画家朋友在北京建立工作室,用《庄子·人间世》"虚室生白"之意,定名虚白馆。我衔命草成短文《虚白解》,特地呈送王先生邮箱,希望他过目后能提点意见。第二天晚上即收到回信,其中专门谈及对"虚室生白"的独特理解:"过去我读庄子,至'虚室生白'处,常常联想到小时候曾住过庙,我们住在偏殿,屋子大,家具少,纸窗破碎,每到夕阳余照,一缕缕阳光射入空阔屋子里,一束光柱,洒在地面,原来僵硬黑土的地面显示些光亮出来,那光柱中则是'野马也,尘埃也,生物之以息相吹也',容得万类飞舞;我想先秦的屋子更是这样,'绳枢瓮牖',到了春夏,瓮去,窗子就是一个空洞,既无纸糊,更乏绢帛,屋子像一个没牙的老人,'虚室生白'或给庄生更强烈的印象。以佛释庄,早年读关锋文章多引宣颖《南华经解》,一直想找来看看,拖至现在也没看过。真是人间多有未读书。一笑。"读罢这段话,我眼前立时浮现一个形象的场景,庄子贯穿数千年艺术史的名言顿然在心头活了起来。以生活阅历解经,正是王先生好学深思、不拘故常的生动体现。

我与王先生的很多信连同王先生的书一起反复读了多遍，深觉他的学问与性灵乃至人格早已融冶为一，写出的每个字都是心血浇灌而成。不少人一接触王先生，往往情不自禁地为他的智慧所倾倒。相处久了，才会发现他宽厚豁达、善良淳朴的另一面，我觉得这应当是王先生更为本质的特征。

2015年岁末，应江苏如皋水绘园之邀，我陪同王先生前往讲学。招待的宴席上，水绘园管理处主任陈祥云先生讲起在拆迁办工作的经历，说自己如何耐心做群众工作，平息闹事者的怒气，又如何尽力保护老人和弱者，赢得一些拆迁户的敬重。因为事例都来自实际生活，他讲得又很诚恳，大家都被深深吸引了。这时水绘园的徐小维老师忽然惊呼了一声："王先生，您怎么了？"循声望去，王先生正用手擦着眼睛，或许是被讲述中流露的善良所感动，或许是哀怜民生之多艰，他情难自已地流下了泪水。

我联想到王先生《〈百年一遇〉序》里的一段话："我几乎是流着泪，把这本书的打印稿读了一遍，特别是书中写到六六年'红八月'那一节……当我们现在轻轻松松侈谈'爱'的时候（当然有必要谈），不要忘记那个互相猜忌、互相恨的时代。"面对苍生的苦难，王先生保持了一个正常人应有的悲悯情怀，眼中流泪，心中流血，他的不少皇皇大文都像这样经过了血泪的浸泡。

日常生活中，王先生的善良更多体现为应世谐俗。管老师因为生过一场大病，日常以素食养生，为照顾她的习惯，王先生也随着素食多年。但每次与朋友相聚，他不愿扫大家的兴，虽不饮酒，倒也荤素不忌。每次与张杰去王先生家，管老师总是客气地留饭，而王先生的客气是不留饭。他知道张杰不爱吃素，不愿勉强他，常会说一句："我也不留你们了，你们出去吃，可以自在点儿。"这就超过"己所不欲，勿施于人"的境界，做到了"己之所欲，亦未必施于人"，体贴人情之周到为他人所不及。

听管老师说，最后住院期间，王先生还在病床上口述了多首留赠亲友的诗。写给管老师的一首七绝中有"多情最是堕泪处，老来夫妻携手情"之句，心中的留恋和凄苦不难想见。几天后他又为女儿写下一首诗："吾儿初生时，处处牵我手。纵横床上滚，竟游室外走。或怒或欢愉，扬起小嫩手。父手已鸡皮，儿手玉连肘。今年忽多病，吾儿已焦首。劝儿好心态，共享百年寿。"还有什么比这更能体现一颗慈父的心呢？但王先生似乎觉得话还没说透，管老师告诉我，他住进重症监护室以后还想修改，最终也没改成。

在长文《大儒杜甫》中，王先生以浓重的笔墨热情赞美了这位千古诗圣，认为杜甫"内心之中常常激荡着悲天悯人的人道主义精神"，具有"忠君爱国的强烈的意识"，但"又不是后世儒家倡导的'君要臣死，臣不得不死'式的'愚忠'。杜甫是着眼于民众群体的"。

王先生眼中的杜甫"还能体现儒家近于人情的风格",对妻儿有爱,对朋友有情,甚至于对"在日常生活中偶然遇到的人"都充满了关切,"时时刻刻关注着弱者的不幸,并用他宽广的心胸去温暖这冰冷的世界"。唯仁者能知仁者,从另一个角度来看,这何尝不是王先生自己的写照。

也许是王先生的淹博、宽厚给人印象太深了,大家鲜少注意他还有清高狷介的一面。王先生所在的社科院是国家级学术机构,常要承担某些特殊任务,给领导讲课就是其中一项。

有一次指定王先生去讲"扬州八怪",有关部门通知下来,要求正式讲课前先试讲一次。不知是不是觉得这样对讲课者不够尊重和信任,王先生很坚定地表示,如果要试讲,就不去了。有关方面经过研究,同意他免除这个环节,直接给领导讲课。事后有人问起,他只简单地略述经过,神色淡然,仿佛只是去大学课堂做了一次普通的讲座。

在社科院文学所工作了半辈子,王先生从没想过借助单位的优势为自己争取什么利益,用他最后在病榻上口述的诗句说,是"在所三十年,不争芋栗半"。解决家庭的经济负担,他宁可在报纸开专栏,不分日夜地写作,也不肯花一点心思气力去争课题费。

2017年7月27日,张杰带了两位出版社的编辑去找王先生商量出版合同,顺带约我一道去看望。见面发现王先生瘦了许多,精神倒还健旺。他刚做过心脏搭桥手术,正在恢复期间。王先生告诉我们,术后需要加强营养,所以在医生的建议下他每天都适当吃一点肉。然后正式研究他作品系列的出版事宜,慢慢引申开来,谈到种种历史与现实问题。

我至今仍清楚地记得王先生若有所思的面容和深沉凝重的话语。告别出来,我想起他文章中引用过的一联杜诗,"天意高难问,人情老易悲",心下黯然。不想这竟是与王先生最后一次的正式见面。

接下来的几个月忙着各种杂事,没顾上去看王先生,一半也是怕干扰他静养,只是请人在如皋代购了些肉松之类土特产寄给他。一个晚上接到王先生电话,说是在住院观察,此前几次打电话来,都没人接。我赶紧致歉,说明原因,不是在单位忙,就是因公出差,较少在家。话筒里王先生的声音清晰而稳定,似乎状况还不错。

虽然身在病房,他还是忍不住说了将近一小时,我理解他住院的孤寂,却又唯恐影响他休息,提醒了两次,约好等他出院到他农光里的家中相见,才结束通话。过几天再问,说是医生暂时还不让出院。于是周末约了郭睿等朋友同去探视,到达时已近中午,王先生刚好睡着,病容满面,颇显憔悴,我心中凛然一惊。

离开医院不久，王先生醒了，特地打电话来道谢，我听他声音疲惫，没敢多说，劝他注意休息，早点出院，就匆匆挂断了，心头涌上一丝伤感，隐隐觉得不安。12月26日上午管老师以短信告知："学泰现在住在ICU，昨天凌晨2点突发急性心衰，大夫不顾我的不同意伤害性抢救的签字，毅然插了管，生命算是抢救过来了。大夫说要不5到10分钟内人就走了。感恩！一切交给上天吧。"

我惊愕无语，因为在我印象里，王先生的身体素质一直很好，两年前我陪他参访南通时，在一个朋友家，他为了显示力气，一只手就提起了一张几十斤重的硬木雕花椅，所以这一次，我坚信他一定能闯过难关，回到我们身边。然而，这个愿望终究还是意外地猝不及防地落空了。

王先生离世已经一年，不再有人打电话来海阔天空地长谈。望着无声无息的座机，我感到前所未有的孤独和失落。想起苏东坡的感叹"从公已觉十年迟"，懊恼自己错过了太多宝贵的学习机会。虽然杂事繁多，但归根结底还是由于自己太过懒散，没能抓紧时间多向王先生请益，聆听他口中的种种要言妙道。

作为一个知识分子，王先生在文史研究方面的卓越贡献广为人知，尤其是他围绕"游民文化"展开的系列研究，为人们观察与认识中国历史提供了新异的视角和思路，被称为当代人文学科的重大发现。天假以年，他必能为世间留下更多的精神财富。从这个意义上说，王先生的离去是整个社会的损失，我个人的遗憾实微不足道。

一次电话闲聊，谈到许多传统事物的消逝，王先生说汪曾祺先生一篇作品的结尾说得好，有些东西"没有了，也就没有了"。这话他来回重复了几遍，我感觉他说时是在无奈地苦笑。过往的良风淳俗，种种美好的人事，包括王先生这样不可多得的文化大家，真是"没有了，也就没有了"吗？王先生已去，我无法再向他请教。

（原载《开卷》2019年第3期）

"我亦飘零久"
——忆黄永厚

_张瑞田

一

20年前,是春天,陪伴儿子到北京参加艺考的颜家文问我:知道黄永厚吗?我点点头。他又说:他住通州,明天去看他,一同去吧。我又点点头。

那时我在北京为一部电视连续剧工作,外景拍好,正剪片子,不忙。闲时看书写字,访朋拜友,颜家文邀请,自然乐于结伴同行。黄永厚住通州梨园,两套房子,一套居住,一套画画,不奢华,却也宽敞、适中。与颜家文进了客厅,坐下,客套几句,就无话不说了。趁颜家文与黄永厚聊天之际,我看了看黄永厚的客厅,沙发背后,是儿子黄河的书法,画案的左侧,是刘海粟的行书:大丈夫从不流俗。黄永厚的画案让我好奇,画案站着一摞摞书籍,其他的地方是凌乱的报纸,画画用的颜料,笔筒,印章,寂寥地靠在一边,似乎画案不是它们的主场。黄永厚穿一件淡灰色夹克和一条暗格蓝色西裤,语速极快,不仔细听,如在雾中。黄永厚个子矮小,动作敏捷,肤色白皙,嘴边有一个不浅不深酒窝,笑起来阳光灿烂。

那一年黄永厚70岁,步履、谈吐、表情、思维出奇地年轻,应验了小个子长寿的推断。与黄永厚谈画,他知道我不在行,只是浮皮潦草地说了几句徐渭、八大、石涛、渐江、虚谷什么的,满足一下我的好奇心。颜家文说我写字,黄永厚的眼睛亮了,又同我说了一阵子文人字。谈着谈着,他忽地站起来,有一点秋天扫落叶一样把画案清理出一块空场,抻过一张六尺宣纸,写下了清人宋湘的联句:直将羲颉开天意,横写云霄最上头。落款的时候,他回过头，问我叫什么名字，我回答了，他就在上联的右上角写下了"瑞田惠存"，又在下联写上他的名字，钤印送我。

我当然高兴，但也觉得突然，没有精神准备。一位长者，又是饮誉画坛的名家，写字相送，激动也感动。

放下毛笔的黄永厚拿出他的画作让我看，画幅不大，有斗方、四尺三裁大小的画，画人物，画静物，精巧、生动。尤其耀眼的，是画上的跋语，言辞优美，语义深挚，书法亦行亦草，张弛有度，节奏感强，与所描绘的景物相映成趣。我翻阅黄永厚画作的手有一点抖了，我看到了黄永厚画作的深处，也掂量出黄永厚画作的分量。我简单讲了看画的体会，黄永厚笑起来。

黄永厚留饭，筵席上，谈到湘西、沈从文，以及黄永厚的大哥黄永玉，挺投缘的。

从通州回海淀的路上，我对颜家文说："我喜欢黄永厚，他深刻。"但我没说谁浅薄。对湘西的了解，对湘西文化老人的靠近，颜家文是领路人。时任《芙蓉》文学杂志主编的颜家文也是湘西土家族人，应该说，他与黄氏兄弟是一家的。

二

几年以后，我在北京买到一本黄永厚的画文集《头衔一字集》，放到书包里，走到哪里，看到哪里。《头衔一字集》的"后记"是伍立杨的《生命、生机、活法、活力——主客纵谈黄永厚》，其中写道："他是黄埔军校二十一期的高才生，他的绘画天才，在那时就泉涌而出了。那时的军校学生，很多是从别的大学一、二年级转来，基础相当优良。因世运突变，有的去了海峡对岸，有的起义在刘伯承、陈赓部队服役。几十年后，那些人早已经是中将以上的退役将领了。我们的老先生虽然离开了部队，彻底'解甲归田'那只是气蕴风云、身负日月的质地改变了流向；倘若我们也仿照古人来个'乾嘉诗坛点将录''光宣诗坛点将录'，凭了他的随心所欲，自成宗派，谁说老先生不是文人画一百零八将之'都头领'呢？谁说他不是画坛一言九鼎的'五虎上将'呢？他的画一动笔便不期而然地携带儒家仁民爱物的气度，道家物我相忘的襟抱和释氏慈悲为本的情怀。"

我是一步一步走近黄永厚的。颜家文的引领是第一步，伍立杨的文学介绍是第二步。在伍立杨的文章中，我隐约看清了叫黄永厚的老人，不仅仅是拿毛笔画画的人，他曾在军中行走，还写得一手上好的文章——"他的文章同样能镇住内行。且看他在《工商时报》《中国经济时报》《书屋》杂志等处所开的专栏，文笔跳荡奇突，无往不收，无垂不缩，调控驾驭，如臂使指，'艺高人胆大'，端的是叫人欲罢不能。"

我是散淡的读书人，好奇心强，愿意接触新知识、新观念。黄永厚对于我来讲，是老的新知识、新观念。甫一靠近，有醍醐灌顶、云开雾散之感。与颜家文谈感受，他笑笑，没有说什么。也许不信。

在我的阅读史上，《头衔一字集》有特殊的地位。读书明智、识理，作者可以缺位。但，读《头衔一字集》不行，内容不论，那个性鲜明的人格力量，分明来自那位个子矮小、性格开朗、思想深刻、忧国忧民的画家、文人黄永厚。《头衔一字集》让我感受到作者的博览群书。赵本家透露，黄永厚在上海办画展，一位花鸟画家不解地问：这是中国画吗？著名画家朱屺瞻听到质问，便说："是中国画。这种画上百年没人画过了，要读很多书，还要有自己的见解，我也读过许多书，画不出这种画。"

的确，要读书，会读书，还要能画画，才能画出这样的画。朱屺瞻看懂了，我在40年后始有所悟。

我喜欢《头衔一字集》中那些批判现实主义的作品，如《败兆》《下台之后》《顾准审西门庆》《开卷考官》《吮舔擂台》等作品，以笔为刀，剖析假大空的时风和溜须拍马的习气，防腐反腐，弘扬社会正气，对于认识传统文化的糟粕，理解改革开放的积极意义，起到了重要的作用。

在电话里向黄永厚谈了我读《头衔一字集》的体会，他依然爽快地说：你来吧，我刚出一本画集，送你。我去了，他把《黄永厚画集》送我，画集由文化艺术出版社，八开，收录了黄永厚两百余幅画作。与他此前出版的著作不同，《黄永厚画集》的序言是他的大哥黄永玉所写，当然写得好，其中的"'幽姿不入少年场'自然是不趋附，不迎合，而且不羡慕为人了解"的评价，极其准确，也让我们看到了一位真实的黄永厚。对于大哥，黄永厚尊敬，但不趋附、迎合，他是他，自己是自己。那一天，一家出版机构计划出版一本黄永厚的随笔集，要求他请哥哥题字，他委婉谢绝了，他不愿意让哥哥来为自己的事情"操心"。我还劝他，请哥哥题字有什么。他摆摆头，又摆摆头。这时，我想到他的画《中国人的膝盖》，就沉默了。

21世纪初，颜家文退休，到北京居住。来往的机会多，去黄永厚的家也频繁了。过春节去拜年，黄永厚回赠的礼物是小幅生肖画，鸡年来给鸡，猴年来送猴，笑呵呵的老人，真诚、质朴，特别生活化。看他画画，少不了一泻千里的跋语，他常说：中国画没有跋不行。他在《关于中国画的实践和一点感想——就《冰炭同炉》答友人》一文里说明白了跋语的意义："'中国画'最大的传统是什么？是看不见荒诞，也不承认荒诞，只有莺歌燕舞。在这样一种生活环境里讨生活甚至还想讨封赏，不封闭自己的视听、不摈弃良知能得几人？一句话，有什么样的作品，必然训练出什么样的鉴赏家。"

关键词有了，"看不见荒诞""不承认荒诞""莺歌燕舞""封赏""良知"。画笔不是吮舐的工具，不是表演的衣钵，而是"诗意地栖居大地的普世关怀"，是衡量生命价值的天平。这时，他和陈四益在《读书》杂志开设的《画说·说画》专栏与读者见面，在知识中体察真理，在幽默中调侃猥琐，在画面上挖掘诗意，在文字里体悟理想。这时，我们看到了黄永厚文人画家、哲人画家的一面，这一面正是现实的缺少。

逐期、逐篇、逐幅，读《读书》，读陈四益，读黄永厚。记得我在一篇文章中写道："画中有文，文中有画。看久了，就觉得黄永厚用画笔思想，陈四益以文字当刀，自然是'思想'给力，'刀刀'见血。刺世讽俗，本是中国文人的传统，惜物质利益所惑，当下文人、画家争先恐后当工具，帮腔或合谋，没有一点读书人的风骨了。"去看黄永厚，免不了谈《画说·说画》，他告诉我，"三联书店"结集成册了，我说：给我一本呗。他停顿片刻，说：我只有一本，你喜欢，拿去。他找到《忽然想到——画说·说画》，在扉页上写"瑞田弟教正。黄永厚，2012. 4. 25，于通州"。

三

我转行当策展人，是傅雷和黄永厚的影响。读傅雷与黄宾虹的手札，我知道了1943年在上海举办的黄宾虹八十诞辰纪念画展，我发现，展览馆是友谊的桥梁，也可以是思想的平台。与黄永厚相识，在他的画作中感受到思想的力量，同时明白了，用色彩描写世界的人，也会描写人心。

2007年，我与斯舜威共同策划了"心迹·墨痕：当代作家、学者手札展"，确定展览作者时，我想到了黄永厚。他是画家，也是作家，"胸中丘壑，深沉无比，于是神出鬼没，撒豆成兵。文章做到这个分上，无法不谓之'妙到毫颠'"。伍立杨讲得再恰当不过了。以作家的身份参加一个同人展，希望有黄永厚。于是，我去通州梨园找他。

他愉快地答应了。我问：何时来取。他说：你等等。

黄永厚一边说话，一边走到画案前，铺上一块宣纸，提笔写了三个篆书"捉蒲团"，然后密密麻麻地写了下去——

"无地置跪草，放胆笑贞观。辛酉冬获梦麟书，云欲归庐，而为奔走，不果，举措茫然，愧对梁汾，因作是图寄梦麟，梦麟复诗《毋渡河》，数为涕塞，不忍卒读，今更录之，志厚之不能也。

痛哉梁汾屈膝处，生亦难，死亦难，菜根涩，布衣寒，平生意气犹轩轩，傲骨何曾向人屈，宁不痛哉，而今为我捉蒲团，有人金龟宝马能换酒，有人狂歌直上天子船。我公赤条条地一身之外无长物，更况是筋老皮厚不忍看，拼此躯因我折，痛甚至哉，登楼狂笑枉槌栏，我读永厚画，气尚温，肠已断，乌头马角总是幻，铜山铁券不值故人一片丹，山阳惨笛岂忍听，飞霜不击雪漫漫。休，休，君毋渡河，毋渡河，君勿捉蒲团，令我摧心肝，丈夫膝下有黄金，文章得失岂由天，三更拍枕频惊起，似闻鬼哭心倒悬，宁古塔前倒身拜，雨霰似泪迸江南。黄永厚书。"

书毕，他看了看，在左下角画了一个写意古人，应该是顾贞观吧。

黄永厚写完，问：可以吗？我的心情有点沉重，虽然他没有介绍书写的内容，但我知道这段散札的典故和深意。我还能说什么。

此话长了。"文革"后期，陈梦麟看到黄永厚的画作《石虎行》，觉得这是赞扬邓小平的画作，作诗咏赞。黄永厚看到陈梦麟的诗，有觅到知音的感觉，二人手札往还，不亦说乎。"四人帮"被打倒，陈梦麟希望当局平反自己在"文革"中的冤屈，他寄希望黄永厚的哥哥黄永玉帮助。然后，他致函黄永厚，说明情况。不久，陈梦麟收到黄永厚的一幅画，中间是垂首的顾贞观，拿着一个蒲团，一脸无奈的样子。画作的名称就是《捉蒲团》，下面是一行字：无地置跪草，放胆笑贞观。

"无地置跪草，放胆笑贞观"，什么意思？陈梦麟毕业于浙江大学，古典文学修养深厚，他看到黄永厚的画，思绪回到了清代。清初诗人吴兆骞因丁酉科场案获罪，被流放宁古塔。他的好朋友顾贞观知道吴兆骞的冤屈，到处求人，欲救吴兆骞于苦海。他认识了纳兰性德，这位刚刚考上进士的词人，也重情义。抓一个人易，救一个人难，纳兰性德也一筹莫展。时间过去了18年，顾贞观念念不忘，他到纳兰性德的家里，跪下求情。纳兰性德小顾贞观17岁，深为他的忠义感动，答应敦请父亲明珠出面。然后，在顾贞观下跪的地方立了一块石碑，上书"梁汾屈膝处"，以记录顾贞观的德行。梁汾，是顾贞观的字。在纳兰性德的努力下，吴兆骞回到北京，在纳兰性德的家里看到"梁汾屈膝处"，泪流满面，哽咽难言。

黄永厚不是不帮忙，是没有力量，置放跪草的地方都找不到，何谈找到纳兰性德一样的王公贵族。黄永厚是自嘲，也是安慰。陈梦麟懂了，他填词《毋渡河》以赠，表达自己的感念之情。

黄永厚以浓情厚意所写的手札，堪称杰作。

"心迹·墨痕：当代作家、学者手札展"在北京、杭州、石家庄、深圳、东莞、砚台、大连等地巡展，黄永厚的手札会放到重要位置，我导展，都会喋喋不休地介绍黄永厚，介绍陈梦麟和《毋渡河》，当然，也要介绍吴兆骞、顾贞观、纳兰性德。历史中的舍命救友和现实中的真诚慨叹，是中国文人正义感的直观体现，是知识阶层对人性与良知的精神书写。

　　愿意临帖、写字，那是2012年的秋天，我用隶书抄写了顾贞观给吴兆骞的词作，拿给黄永厚指教。他看得非常认真，一字一句读起来："我亦飘零久，十年来深恩负尽，死生师友。……别问人生到此凄凉否，千万恨，为兄剖。兄生辛未我丁丑，共此时，冰霜摧折，早衰蒲柳，辞赋从今须少作，留取心魂相守。但愿得河清人寿，归日急翻行戍稿，把空名料理传身后，言不尽，观顿首。"读完，黄永厚叹了一口气，说，"顾贞观这样的人没有了。"

　　也许这阕词勾起了黄永厚的心事，也许我的字很稚嫩，他对我的书法未说一句话。记得他离开画案，坐到沙发上，眼里掠过一丝阴翳。

　　后来得知黄永厚病了，到合肥休养。几次与颜家文商议去合肥看他，未能成行。安徽朋友李群来京，请他探寻黄永厚的近况，他到合肥，去黄家拜访，在微信上发给我黄永厚的照片，微胖，笑容灿烂。不久，我去合肥，想去看看老人家，可惜，电话不通了。也许这是家人不愿意让外人过多地挂念，维护好黄永厚一个安静的空间吧。这一点，都能理解。2018年8月7日，我从东北返京，在动车车厢里，李群在微信上发来黄永厚病逝的噩耗。我即回复李群：是真的吗？李群没有回答。

　　当夜，我在微笑朋友圈转发了我的一篇关于黄永厚的文章，并在留言处写道：著名画家、作家黄永厚今天在合肥病逝，享年91岁。这是一位有思想、有激情、有正义感的画家、作家。他在北京居住期间，屡屡拜访，衡文论艺，受益多多。先生离世，甚是悲伤……

（原载《中华读书报》2018年10月26日）

辑九

从安妮故居到安妮密室
——纪念安妮诞辰90周年

_朱亦可

一

这是我第二次来到阿姆斯特丹。

学生时代偶然看了电影《安妮日记》,竟被彻底代入,跟藏身密室的八个人一起提心吊胆,不断屏住呼吸,仿佛我是密室里的第九人。至今无法摆脱对安妮密室的好奇和向往。

当年那个供人藏身的隐秘所在早已成为安妮·弗兰克纪念馆。安妮在密室度过的两年显然不是她十五载人生中的快乐部分。

安妮的父亲奥托·弗兰克于1933年携家带口从德国移居荷兰,在阿姆斯特丹城南租下一套公寓,地址是莫韦迪朴列广场37号。那一年安妮4岁。弗兰克一家躲进密室之前一直住在那里。尽管《安妮日记》在20世纪40年代末就已出版并迅速成为世界名著,陆续被译成六十多种文字,累计售出三千多万册，可她生活了八九年的故居迟迟没得到应有的重视和保护，连后来住在那套公寓的人家也不知它的历史。直到2004年安妮故居才得到拯救。伊米房产出手买下这套公寓，下了很大功夫把它还原成20世纪30年代的模样。

从我下榻的莫韦迪朴列广场附近的客房，不过十来分钟就到了莫韦迪朴列广场37号。楼前草坪上有一座不大的女孩铜像，是面容模糊避实就虚那种写意作品，基座上刻着两行字：

安妮·弗兰克
1929年—1945年

建于20世纪30年代初的四层楼房几乎看不出岁月久远，周围还有很多外观近似的楼房，显然是同一时期落成的。所谓莫韦迪朴列广场其实就是这些楼房环绕中的一块三角形绿地。1933年希特勒上台后，德国犹太人纷纷外逃，有的甚至不远万里逃到中国。就近逃到阿姆斯特丹的犹太人大多居住在这一带。他们没有想到，几年之后荷兰就会被纳粹德国占领，希特勒的魔爪再次伸向他们。

我站在楼前，努力想象弗兰克一家的生活情景。我知道，伊米房产把安妮故居还原以后，专门租给荷兰文学基金会，荷兰文学基金会每年从世界上邀请一位饱经磨难的作家客居于此，从事写作，显然认为那是符合安妮意愿的一种安排。

一个十三四岁年纪的蓝眼男孩从楼门走出来，定睛看了看我。虽然我确信已经找到了要找的地方，还是向那孩子求证："小兄弟，这是安妮·弗兰克住过的地方吗？"男孩回答："对，在三楼。"并指着敞着的一扇窗说："那就是。工人正在里面干活。"我心里一动，预感会有意外收获，就问男孩："现在没人住那里吗？"男孩摇头说："没有，房子空着。"说完走到街上去了。我犹豫片刻，毅然走进楼门，拾级而上。

这楼房的结构不同寻常，一楼公寓的门直接面外，公共楼梯只通到二层，三楼四楼公寓的门也在二层，想必各户门里还有各自的楼梯。六扇门紧挨着，仿佛凑在一起交流张长李短。左边第二扇开着一道缝，传出电钻的尖利鸣叫。

我推门进去，果然面对一段寓内楼梯。我壮着胆子爬上去，一套空空荡荡的公寓便呈现在我眼前。电钻停处，一高一矮两个工人同时转过头来，吃惊地打量我这不速之客。我笑着解释，我想看看安妮·弗兰克住过的地方。工人也是懂英语的，两人收回目光彼此对视，高个问矮个："这是安妮·弗兰克住过的地方？"矮个耸肩摊手，一脸茫然。我说："是的，这就是安妮·弗兰克住过的地方。"两人脸上露出些许尴尬，但看来还不至于恼羞成怒。我便坚定地问："可以吗？"高个略带迟疑地说："想看就看吧。"工人接着工作，任我转来转去。他们对安妮·弗兰克好像没有多少兴趣。看样子，这不过是他们接单装修的房子而已，与他们装修的其他房子没什么两样。走过世界很多地方以后，我悟出一个道理：不能想当然地认定某个国家的人就一定熟悉或喜爱那个国家闻名世界的东西。京剧是中国国粹，但并不是每个中国人都听京剧；普希金是俄国诗圣，但并不是每个俄国人都读普希金。

这是一套宽敞的公寓，厨卫之外，有四个主要房间，现在四壁空空。不是早在2005年就布置好了嘛，怎么现在又在装修中？不是自那年起每年邀请一位作家来这里居住写作嘛，怎么现在又空了下来？走进餐厅，我看到宽大的飘窗，瞬间与看过的一段视频实现对接。安妮的照片有很多，活动影像仅有一段，长度不到一分钟。那是在1941年，同楼一户邻居结婚，有人给走出楼门的新郎新娘拍了一段胶片，周围站着参加婚礼和看热闹的人，楼上也有人从窗口探出脑袋。摄影机向上一摇，无意中捕捉到了从窗口探头的12岁的安妮。影像模糊，却仍能看到女孩脸上的笑颜。她轻盈转头，黑发随之拂动。对呀，正是这扇窗子！

转回走廊，我发现一段陡峭上升的楼梯，情不自禁地爬了上去。楼梯狭而长，转了一个急弯，通到楼顶的阁楼。这楼房设计得很有趣，位于三层的公寓竟然在楼顶上有一间阁楼，并有楼梯越过四层直通那里。阁楼窗外是天台，没有门，上天台要翻窗。我想起安妮和姐姐玛戈在天台上沐浴阳光的照片，照片背景里就有为翻越方便摆在窗下的椅子。对呀，不正是这里嘛！找到历史照片的准确拍摄地点总会给我带来恍然大悟的快感。站在洒满正午阳光的阁楼里，我便记起，安妮曾在日记中提到，父亲把"上面的大房间"租给了一个单身汉。阁楼不是独立住宅，房客跟二房东一家共用下面的厨卫。那位房客曾在弗兰克一家转移密室的前夜妨碍他们打点东西，毫不知趣地"赖到10点才上楼"。转移是秘密的，不能跟任何人讲。第二天早上二房东一家人间蒸发，只留下一只名叫木吉的猫，让那位房客好生困惑。

下面没了施工的动静，我顺着吱呀作响的楼梯从阁楼上下来，不见两个工人的身影。从敞开的飘窗下望，发现他们坐在卡车车斗里吃露天午餐。此时此刻，我就站在安妮当年探头观看新人的窗口。工人看见了我，我笑着冲他们摆摆手，他们也笑着冲我摆摆手。这意味着，他们不介意我在楼上逗留，我得到了独处这个历史空间的机会，可以从容地静静地享受与它零距离的贴近。

弗兰克一家早已离开这个世界，他们的东西也荡然无存，但构成他们生活空间的建筑还在，那一砖一木都见证了玛戈和安妮的成长，收录了他们一家四口的音容笑貌。

从1933年到1940年，他们在这里度过了舒适而又安定的岁月。像很多犹太人一样，奥托·弗兰克是一位精明的生意人，在城里经营一家生产和批发调味品的商号。他们在这套宽敞的公寓里享受着中产阶级的生活。安妮在这里一天天长大，对未来有了越来越多的幻想和憧憬。小女孩在这里做过无数甜蜜的梦。1940年春，德国法西斯的铁蹄踏进中立国荷兰，犹太人首当其冲。纳粹控制下的荷兰社会开始歧视和隔离犹太人，但在1942年以前他们的处境还没发展到性命堪忧的地步。当他们回到这个家，关上门，脱掉缀有黄星的外衣，还可以忘掉外面的世界，这里曾是弗兰克一家躲风避浪的港湾。

1942年夏，安妮的13岁生日到了。弗兰克先生送给女儿的礼物是一本红格布面的日记本。这本日记现在陈列在安妮·弗兰克纪念馆里，是世界上最有名的一本日记。二战后这本日记变成了书，印数惊人。最初几篇日记就是在这里写下的。安妮记下了她懵懵懂懂的初恋，记下了她对不久前病逝的祖母的思念，也记下了犹太人急转直下的处境。

盖世太保开始搜捕犹太人，把他们驱赶到集中营去。越来越多的犹太人逃往国外或在荷兰隐居起来，弗兰克先生也在想办法。他的商号所在的楼房有前后两个部分，实际上是由过廊连接的两幢楼。他相中了后面楼上可以隐蔽入口的几个房间。他不仅要带自己的家人藏进去，还邀请了友人范皮耶斯先生一家三口。商号的几位善良雇员同意做连接他们与外面世界的脐带。做好转移计划，弗兰克先生开始一点点地往密室搬运生活用品，但并没有立刻告诉孩子们。当党卫队命令16岁的玛戈到劳动营报到的时候，他决定带家人提前转移密室。

1942年7月6日清晨，天下着雨，弗兰克一家从这里走了出去。他们不敢提太多行李，怕引起别人注意，就尽可能把各种衣服里三层外三层地穿在身上。犹太人不可以坐电车，玛戈骑单车先行一步，安妮和父母是走路过去的。

二

第二天早上，我再次来到安妮故居前面，决定沿着1942年7月6日安妮的足迹从莫韦迪朴列广场走到城里运河区的王子大街。

路途并不十分遥远，四五公里的样子，但在1942年夏那个阴雨绵绵的早上，这仿佛是一段走不完的路。安妮和双亲衣着臃肿，战战兢兢走在雨中，迈出的每一步都惊心动魄。13岁的女孩哪里能够想到，脚下是一条不归的路，身后是永远回不去的家。两年之后，藏身密室的八个人被盖世太保发现抓走，七人先后死于纳粹集中营，只有奥托·弗兰克一人劫后余生。走在这段从安妮故居到安妮密室的路上，我心情沉重，意识在现在和过去之间不断切换。时过境迁，法西斯制造的恐怖早已散尽，但他们犯下的罪恶永远不会被忘记。

　　运河区的扇形水道早先是阿姆斯特丹的物流动脉，如今水上似乎只有花花绿绿的游艇游船了。岸上楼房联体矗立，没有一丝间隙。由于荷兰式楼梯的狭窄，大件家具需要从窗户进出，每幢楼房顶部都安有吊臂。这是阿姆斯特丹的建筑特点之一。西城教堂似乎是王子大街上仅有的独自耸立的建筑，钟楼顶上金蓝两色的皇冠在骄阳下熠熠生辉。安妮密室在王子大街263号楼里，位于西城教堂北面不到百米的地方。与263号毗邻的楼房也成了安妮·弗兰克纪念馆的一部分，参观者从那里进出。买票的人排起的长龙蜿蜒不尽，盘住了半个街区。我提前在网上买好了票，可以直奔入口。

　　毗邻楼房用于照片和物品陈列，其中最珍贵的一件当然是玻璃橱里聚光灯下那本红格布面的日记。有人说，日记不是安妮本人写的。也有人说，安妮这个人并不存在。甚至还有人说，犹太人大屠杀根本不曾发生。无心也好，有意也罢，这些质疑现在都不值一驳。得到确认的是，安妮日记并非完全是她的私密心语。藏身密室期间，安妮从收音机里听到了流亡英国的荷兰首相的号召，让荷兰人民拿起笔，把战争的苦难和法西斯的罪行记录下来。喜欢写作的女孩便有了出版日记的打算，并对已经写的部分进行了修改和加工。她给日记本取名"凯蒂"，以给凯蒂写信的体裁记录密室生活。她还给密室里家人以外的四个人物取了化名，范皮耶斯一家三口改姓范达恩，费法先生则变成了杜塞尔先生。大概是因为安妮向凯蒂宣泄了对他们太多的不满，觉得不便发表他们的真实身份吧。

　　费法先生是最后一个加入密室的人。已经有了藏身之处的两家人收留了这位无处可去的牙医，弗兰克先生安排他跟安妮合住一室。花季少女和中年男人自然没有多少共同语言，就寝更衣也不方便，这种安排也是没有办法的办法。相敬如宾的阶段很快过去，这对千差万别的室友露出了真实面目，两人纠纷不断，经常找弗兰克先生评理。牙医抱怨安妮久占卫生间，安妮指控牙医独霸写字台，如此等等。安妮对范皮耶斯夫妇也嗤之以鼻，在日记里把他们描写成自私猥琐的小市民。大人之间也不能保持和平共处，两位主妇今天谈笑甚欢明天互不理睬。同是天涯沦落人，同心同德谈何易。有人群的地方就一定有矛盾，这是颠扑不破的道理。

　　战乱的阴霾，未卜的命运，食物的匮乏，与世隔绝的处境，阴暗逼仄的生存空间放大了种种因鸡毛蒜皮引起的摩擦和分歧，何况安妮本来就是一个清高张扬口无遮拦有点自以为是的女孩。她甚至无法跟自己的母亲保持融洽，曾在日记里写下大量对母亲的负面看法，抱怨母亲如何不懂自己，如何偏袒姐姐玛戈。有了出版日记的想法后，安妮勾去了一些谴责母亲的文字，战后奥托·弗兰克替已故女儿整理稿件时又做了删减。即便这样，在正式发行的作品中仍能看到"我气得想扇母亲耳光""母亲就是死掉我也可以接受"等激烈言辞。

安妮·弗兰克远远不是完美无瑕的少年楷模，透过她的日记和照片，我们看到的是一个普普通通并不十分美丽的叛逆期少女。这种真实给了《安妮日记》这部作品最强的生命力。安妮不是坚强勇敢的圣女贞德，也不是卓娅·科斯莫捷米杨斯卡娅那样的抗德英雄，她只是一个躲在暗处瑟瑟发抖祈求幸免于难的女孩。安妮之所以能够进入20世纪最有影响力的人物名单，是因为作为犹太人大屠杀的见证者和记录者，她为世界留下了一部真实深刻的报告文学和人性教材，一部真人版的"战争与和平"。

三

我汇入人流，走向安妮密室，其情形与昨天自己独享安妮故居形成悬殊对比。现在我只是河流中的一滴水。各种肤色的男女老少接踵前行。楼板在我们脚下作响，人流单向移动，不能驻足，不能拍照，不能喧哗。我听到身后不远处两位女性操着四川普通话窃窃私语，讨论安妮·弗兰克到底是一战还是二战时期的人物。两人没能达成共识，秒转话题，开始抱怨酒店服务，"连打开水的地方也没有"。这几年中国观光客汹涌奔向世界各个角落，无论我走到哪个景点，周围10米之内一定会有同胞，各种腔调的中文不绝于耳。听到中文我不会回头去看，因为早已习以为常；但听清这两位的谈话内容，我忍不住回头看了一眼。是两位花枝招展的姑娘，一胖一瘦，互相挽着手臂，表情神态与身之所在完全脱节。安妮·弗兰克是什么时期的人物都不清楚，显然是那种景点打卡式游客。不过肯排长龙也算难能可贵，让我想起俄国供应短缺时期的家庭主妇，外出采购见队就排，根本不问卖的是什么。

当年用于遮挡密室入口的书架像门一样敞成90度，默许我们鱼贯而入。踏进密室的时候，我听见后面有工作人员喝止游客拍照，回头一看，犯规的正是那两位姑娘。她们不睬工作人员，坚持手机互拍，照例是用手比二，配以甜笑。拍完才吐舌缩脖，表示有错。工作人员的脸涨红了，也有游客脸上写出批评。我知道，对于他们来说，拍照是头等大事。

安妮密室位于后楼的三层和四层，上面还有一间阁楼，其结构恰似现在人们所说的复式单元。密室的窗虽不面街，仍然遮得严不透光。当年如此，现在依旧。昏黄的灯泡照着空空荡荡的屋子，帮助人们想象那段不见天日的苦难。我们首先进入楼下弗兰克夫妇的卧室，这是密室中私密度相对较高的房间。牙医费法先生来了以后，玛戈也挪进这里。相邻的是安妮和牙医合住的房间，墙上安妮粘贴的明星照片已经模糊发黄，由玻璃挡板小心翼翼地护卫着。这里是安妮密室的核心部位，但我们仍然不能停下脚步。穿过卫生间，我顺着陡峭的楼梯爬到楼上一个大房间里。这既是范皮耶斯夫妇的卧室，也是全体密室成员的起居室和厨房。旁边有间小小的侧房，是范皮耶斯夫妇的儿子彼得的卧室。彼得的卧室里有架几乎直立的木梯，通往楼顶的阁楼。阁楼不对参观者开放，让人感到有点遗憾。那里虽然不能住人，却发生过重要故事。安妮烦躁的时候会爬上阁楼独处，凝望天窗外的一方星空。密室之中，那是最清静的地方。安妮和彼得曾在阁楼上面倾心交谈，并擦出了爱的火花。后来，那里成了这对少男少女约会的去处。与玛戈同龄的彼得最初给安妮留下了极其糟糕的印象，安妮对他不屑一顾，觉得他是个呆头呆脑的家伙。后来渐渐发现彼得其实是密室里最能理解她的人。但这场稚嫩的恋爱终究没能持续多久。安妮是个宁缺毋滥的完美主义者，当她意识到，这不过是在密室的局限中产生的一份感情，就放弃了它。身处孤岛，但她不甘爱上孤岛上唯一的男孩。她要等到战争结束，她盼着重返自由的人间，到那时，她才会找到真正的不打折扣的爱情。

1944 年 8 月 4 日，安妮离开了密室。但她没能走向自由的人间，她走向了纳粹集中营。当然，她再也没有过爱情。她像一朵没来得及完全绽放的花，过早地凋谢了。

我们像机场行李传送带上的箱包一样不由自主地匀速移动，很快转遍楼上楼下几个房间，被从安妮密室中吐了出来。这实在是我不喜欢的参观方式。我喜欢不慌不忙地细品历史遗址，就像昨天那样。不过到底进过安妮密室，实现了多年的愿望。

我回到了阳光灿烂的大街上，顺着河岸，走向西城教堂。我奋力爬了近二百级旋转台阶，登上巍峨的钟楼。这座建于 17 世纪的教堂是阿姆斯特丹最高的建筑，站在钟楼上可以鸟瞰全城。我的眼睛找到了仿佛是悬在半空中的安妮密室，可以清楚看见阁楼的小窗。当然，身处密室的人也能从阁楼小窗窥望到教堂钟楼。安妮曾在日记里多次提到西城教堂的钟声。站在钟楼上，眺望安妮密室，我好像听见了安妮的声音："西城教堂的钟每一刻钟报时一次，父亲母亲很不习惯。但我喜欢听这钟声，从一开始就喜欢。它能安抚我的心情，特别是在夜里。"

（原载《南方周末》2019 年 9 月 11 日副刊）

宋陵

_ 于坚

我偶然看到一幅摄于宋陵的久远年代的模糊照片，上面有一头石头狮子。画面模糊，但依然令人震撼。那是一头狰狞的怀着黑暗之心的石灰岩雄狮，有着尼罗河畔那种狮身人面的力量。埃及出现于3100年前，尼罗河畔的那些巨石垒成的狮身人面、金字塔还在着，埃及在空间中没有散去。语言创造了世界，金字塔是一种已经加入到"天地无德"中去的世界。

《世说新语》有个故事，"过江诸人，每至美日，辄相邀新亭，藉卉饮宴。周侯中坐而叹曰：'风景不殊，正自有山河之异！'皆相视流泪。唯王丞相愀然变色曰：'当共戮力王室，克复神州，何至作楚囚相对？'"宋已经过去千年，克复宋朝是不可能的了。

海德格尔说："语词破碎处，无物存在。"宋没有破碎，依然存在于宋词中。"二十四桥仍在，波心荡，冷月无声。念桥边红药，年年知为谁生。"（姜夔）这种叫作宋词的语言如今更像是某种忧郁的魅影、废墟。先贤陈寅恪断言："华夏民族之文化，历数千年之演进，造极于赵宋。"他根据什么？时间无情，热衷于进步的时代也不珍惜世界的细节，宋正在向着抽象观念的空洞隐去。这张照片令我动心，登峰造极的细节。还看得见凿痕。

尼罗河在着。创造了宋的世界的那块地面也还在着。黄河依旧东去，落日还是圆的。我决定去看看。宋的地面如今叫作河南。一出郑州，就回到了平原、河、麦子、盐巴、羊子、侧柏……"青青河畔草，郁郁园中柳。盈盈楼上女，皎皎当窗牖。"（《古诗十九首》）即使这些产生于河南地区的诗章如今已经改为简体字印刷，"盈盈楼上女"诗中的情景依然如故。令人安心，此刻她没有在楼上，正蹲在一座桥上用一把簸箕簸油菜花籽。她当仁不让地占据了桥面的一片，路过的乡村汽车都慢下来，致敬似的缓行，人们依旧尊重劳动。

河南可去。江南不可去，最近乘坐高铁穿过杭嘉湖平原，发现我 40 年前见过的"春风又绿江南岸"已不见了，那里已经成为工业与农耕混杂的支离郊区，忧郁的、自卑的、渴望着搬走。

在黄昏抵达巩义。穿过灰尘滚滚的道路，乡镇企业塞满轮胎的小仓库、激动不安的加油站、野心勃勃欣欣向荣的小镇、无人问津的农家乐……回到藏在它们后面正在撤退的土地上。土已经挡不住现代主义的进攻了。"土"这个词在我们时代是贬义的。"土，地之吐生物者也。"（许慎）"四顾何茫茫，东风摇百草。"（《古诗十九首》）夏天正在凉下来，汽车离开柏油路转入土路，在微茫的麦地间行驶，落日西沉，麦穗饱满低垂，"古墓犁为田，松柏摧为薪"。下一场麦收正在酝酿中。有个骑摩托的农夫听说我们要去找宋陵，斯芬克司般地指了指西面的麦地，"这些傻子呵！"然后放出一股汽油臭，疾驰而去。仕女腮帮似的天空中有几丝纤云，村庄在田野背后，背后，又一个建筑集团的吊车正在崛起。宋无影无踪。这不是尼罗河畔人潮滚滚的朝圣之路，寂寞、荒凉、遥远、萎缩、怀疑。一个光着背的健壮男子站在最后麦地里整理着什么，他不是麦田守望者。麦地肥厚、辽阔，沉着、肃穆、古奥。不时会遇到几个星子般的农人，重复着古老的动作，扬着锄头或弯腰刈草，令人安心。

忽然间，某块穗子沉郁的地面，一个巨石阵从天而降。灰色的陨石。一群远古的武士、文官、雄狮、大象、马匹、怪兽……或立、或蹲、或踞，排列在大地中央。怀疑停止了，呆住不动，哑掉。圆满、厚重、肥壮、实在、威严、从容、朴素、幽暗、苍凉……怀着信任、职守、自重和暗喜。法度森严。那种气象、质地的出场构成了一种苍老的伟大。仿佛一场仪式刚刚结束，一幕悲剧凝固在天地之间，一案献给美的牺牲。犹如来到尼罗河畔。没有狮身人面那么庞大，但精神气质强烈庄重。恐怖而又安稳。这是强大的精神产生的黑暗恐怖而不是物的恐怖。那头低头在田野上狞笑着的狮子，离开了它本来的位置，仿佛刚刚从黑暗的灵魂里走出来，为大地的光明、满载与坦然而庆幸，窃喜着。

我不敢走到这巨石的身边去，它不是对狮子的模仿，而是对狮子的超越，暗藏在狮子中的那种威慑的形而上之力的出场。落日在巨石阵背后投过来一束束宽厚的阴影。它们从前守护着帝国死去的领袖，现在臣服着大地。守护比开始的时候更加沉重，也更加自信。时代、制度的宰制消散了，石头中的时间、伟制、力量、质地变身一头狮子敞开、出场。这巨石的核心是一头似狮非狮的雄狮。还有那位文官，天真、朴素，柳叶眼垂向土地。那位高山般的武士，稳若铁山，蓄势待发，不是要动武，而是在固守其土。一切都在守护，它们守的不仅是远处的那个已经变成小山丘的永泰陵，也是大地。

几个妇女蹲在一位石头武士的脚下种着什么，她们要赶在天黑之前种完。

宋代就有的动作。落日的光辉令这些巨石逐渐内敛。

黑暗来临，石头们比大地更黑。灰路上走过来一位穿裙子的美丽女子，带着她的小孩，小孩站在一台电动脚踏车上，轮子发出一串诡异的绿光，小女孩熟练地掌握着小方向盘，朝着村子那边飞过去，扬起一股细灰。妈妈在后面追着她，无风的暮晚，她的裙子没有飘动。

这是永泰陵，宋哲宗赵煦的陵墓。公元1100年2月，哲宗患病，"不数日死去"。农历二月初十，造陵工程队抵达工地，为"七月而葬"。4600个工匠、9744个士兵、500民工参与这项工程。用了27600块石头。石头来自30公里外的偃师粟子山，这儿的石头"岩棱温润，罕与为比"。炎热的盛夏，有些工匠死在工地上，"居山土人皆云，至久积阴晦，常闻山中有若声役事之歌者，意其不幸横夭者，沉鬼未得解脱，逍遥而然乎"。美是悲剧。人类创造的世界总是有无数生命祭奠。玛雅、埃及、长城、吴哥莫不如此。那些匿名的死者含冤？自觉的献身？不得而知。水落石出，天人合一，他们的作品没有悲伤。俊秀儒雅的文官，肥壮坚定的武士，朴实忠厚的大象，仰天歌唱的犀牛；得天独厚，窃喜中的雄狮……世界意志自黑暗的石头中喷薄而出。存在者的意志。仿佛并非人为，它们本来就待在这里。大地本来就是博物馆。

埃及的石头敲开了石头的黑暗。金字塔，冷漠、强悍、狰狞、孤傲、形而上之数的具象。宋的石头敲开了在世的光明。母性的刚毅、圆劲、庇护感。那些石头文官尽职尽责，知恩图报的公务员。文明是对虚无的抵抗。那头大象驮着土地。那匹马将奔跑转化为一种定力……毋庸讳言，黑暗也是光明。黑暗是温暖的，它不只是一个负面的力量。光是好的，暗也是好的，这构成了阴阳互补，有无相生、知白守黑。那头狮子不是绝对狮子，在狮与非狮之间，在狰狞与温润、强悍与柔和之间。文照亮黑暗，有无相生。文明通过文将虚无物化，人创造的永恒必战胜虚无，因此一千年后，我还可以站在宋的空间中。我终于有胆量摸了摸这头狮子，它的斯芬克斯式的脸。它的胯部有些夏天暴雨留下的黄色水渍，已经浸透了骨头。这头狮子不是模仿狮子身体的狰狞、凶悍、不可战胜。"三年春，从征淮南，首败万众于涡口，斩兵马都监何延锡等。南唐节度皇甫晖、姚凤众号十五万，塞清流关，击走之。追至城下，晖曰：'人各为其主，愿成列以决胜负。'太祖笑而许之。晖整阵出，太祖拥马项直入，手刃晖中脑，并姚凤禽之。宣祖率兵夜半至城下，传呼开门，太祖曰：'父子固亲，启闭，王事也。'诘旦，乃得入。韩令坤平扬州，南唐来援，令坤议退，世宗命太祖率兵二千趋六合。太祖下令曰：'扬州兵敢有过六合者，断其足！'"（《宋史》）

这头狮子令意志出场，我们看见那时代的人如何理解时间、制度。宇宙间那种不可思议的力量已经转移到它身上,它留住了宋这种东西。仿佛某个叫罗丹或者马约尔的石匠才刚刚扔掉锤子去睡觉。这位匿名的石匠可比他们强多了,伟大的匿名,不是要自我表现,逞能。他的创造呈现的是天地、时间的精神气质,材料内蕴的张力。他是个亦步亦趋、保守、重复着的家伙。这种狮子是从唐或更远的时间走过来的,他不是先锋派,不是革命者,他守护着一种古老的制式。罗丹的东西在宋陵只能说是做作。宋、皇陵这些概念早已灰飞烟灭,只有匿名工匠的伟大作品留在大地上。对于大地上的人来说,它们就是一座座神庙。永恒被艺术物化了!唐追求意义,进取、豪迈、健朗、浪漫。宋是一种保守主义。从容、内敛、雍容、敦厚、道法自然,"合于天造,厌于人意""短长肥瘠各有态,玉环飞燕谁敢憎"(苏轼)。宋厌倦志在必得,拒绝释义,大块假我以文章,敞开材料,物以载文,意义任时间评论。苏轼在总结他自己的时代时说,"宋兴七十余年,民不知兵。富而教之,至天圣、景祐,天盛极矣"。赵熙与苏轼是同时代人,永泰陵反映着那时代的审美风尚。"简而有法。"(欧阳修)"心存乎雅正,由是至于和。""温而正,峭而容,淡而味,贞而润,美而不淫,刺而不怒,非君子乎,反于是,小人尔。"(赵湘)

  黑暗降临,一切都看不清了,苍茫里凸着两排更浓重的苍茫。自卑的时代看不见宋。如果大地上曾经有过这样的石头,那么这地面就是值得依靠的。

2019 年 6 月 21 日星期五在昆明

(原载《南方周末》2019 年 7 月 11 日副刊)

茨维塔耶娃的布拉格

_ 刘文飞

一

我们乘坐的 HU7937 航班经过 10 个小时飞行，于 7 月 16 日清晨抵达布拉格；将近一百年前，1922 年 8 月 1 日，茨维塔耶娃自柏林抵达这座城市，她乘坐的是火车，当时的航空交通还不发达，逃亡中的茨维塔耶娃也买不起机票，她一生从未坐过飞机，她说她害怕飞机，害怕一切高速运动的东西，她在布拉格的友人回忆，她从来不敢独自一人过马路，而总要紧紧抓住同行者的手，东张西望、脚步急促地穿过马路，嘴里还不停地嘀咕："汽车可真是个怪物！"茨维塔耶娃对运动和速度的恐惧，似乎与她永远激荡的内心生活、与她诗歌中无处不在的跌宕和跃进形成了巨大反差。

步出登机桥，看到航站楼上的一行大字："瓦茨拉夫·哈维尔机场。"(Václav Havel Airport) 这可能是世界上唯一以文学家的名字命名的国际机场，不过，我想象着茨维塔耶娃就走在我们身边的人群中，她提着寒酸的行李，牵着 10 岁的女儿阿丽娅，高傲地昂着诗人的头颅，看到哈维尔的名字后她摇了摇头，有些不屑地说道："还不是因为这位文学家后来当上了总统。"

此番应十月杂志社和徐晖、韩葵夫妇邀请来十月布拉格作家居住地小住，主要目的就是寻访茨维塔耶娃留在布拉格的痕迹。1922 年 8 月至 1925 年 10 月，茨维塔耶娃在布拉格生活了三年多。这是她生活中颠沛流离、捉襟见肘的三年，后来却被她视为一生中最幸福的时光。当年三十多岁的茨维塔耶娃风华正茂，在异国他乡顽强生存，在持家、恋爱、生子的同时不懈地写作，登上了她创作的高峰。三年三个月的时间里，茨维塔耶娃共写下139首长短诗作，平均每周一首，显示出旺盛的文学创造力，可以说，正是在布拉格，茨维塔耶娃成了一位世界级的大诗人。

二

布拉格最著名的去处或许就是查理大桥（Karl v most），桥面上终日人流如织，人们踩着古老的石头桥面散步，或凭栏欣赏伏尔塔瓦河两岸的风光，或端详桥上鳞次栉比的巨大雕塑，却很少有人注意到大桥靠近古城堡一端的一尊骑士雕像。这雕像不知为何竟被置于桥墩之上，需俯视方能看见，这便是茨维塔耶娃的"布拉格骑士"。

雕像上的人物是捷克民间传说中的英雄布隆茨维克（Bruncvík），石质雕像上的武士头戴盔甲，左手扶着放在脚边的正方形巨大盾牌，右手持一把笔直细长的利剑，黑色的石头与金色的宝剑构成强烈的明暗对比，一如静立的雕像与其背后流动的河水构成的静动反差。来到布拉格后不久的茨维塔耶娃，一次在友人斯洛尼姆的陪伴下游览查理大桥，斯洛尼姆把藏在桥下的骑士雕像介绍给茨维塔耶娃，女诗人看到后兴奋不已，惊呼道：他太像我了！

把茨维塔耶娃布拉格时期的照片与这位骑士的面容做比较，老实说，我们很少能看到两者的相像。布拉格骑士脸庞瘦削，眉清目秀，表情安静，而茨维塔耶娃却是宽脸庞，浓眉大眼，五官都洋溢着冲动和激烈。但茨维塔耶娃坚持认为这位骑士像她，一定有着她的逻辑：首先，这位骑士的面容倒是与茨维塔耶娃的丈夫埃夫隆的相貌十分接近，而埃夫隆毕竟是年轻的茨维塔耶娃一见钟情并以身相许的男人，茨维塔耶娃在布拉格疯狂爱上的另一位男人罗泽维奇长得也很像这尊雕像，也就是说，布拉格骑士长着一副茨维塔耶娃喜欢的男性面容；其次，茨维塔耶娃一贯欣赏女人身上的男性特征和男人身上的女性特征，这位富有阴柔韵味的布拉格骑士，在茨维塔耶娃看来或许就是男女两种性别特征的结合，或曰矛盾组合，是不协调的协调，是对立的统一，这是会让茨维塔耶娃心动的一种组合状态；最后，在茨维塔耶娃对这位骑士的情感中，无疑掺杂着某种同情和怜悯，这位骑士毕竟只是一位骑士，比不上查理大桥栏杆上的高大雕塑，那些雕塑形象不是神话人物、宗教圣人，便是帝王将相，而一位普通的骑士是难以与他们平起平坐的，因此被放在了桥墩上。那些大型雕像需要仰视，即便你不仰视它们，它们也会俯视你，而这位骑士却被所有人俯视着，或者说被忽略着，他的这种处境一定会引起茨维塔耶娃的同情。

在与斯洛尼姆一同散步查理大桥后不久,茨维塔耶娃写出一首题为《布拉格骑士》(Пражский рыцарь)的诗:

苍白的脸庞,
世纪水声的守卫——
骑士啊,骑士,
紧盯着河水。
(哦我能否在河里找到
嘴唇和手的宁静?!)
守——卫——者,
在离别的岗位。
誓言,戒指……
是啊,但石头扔进河,
我们这样的人有过多少,
在四个世纪!
进入河水的自由
通行证。让玫瑰开放!
他扔出,我冲过去!
就这样报复你!
我们不累——
激情至今尚存!
用大桥复仇。
张开翅膀吧!
向着泥潭,
向着锦缎般的河水!
桥面的错,
如今我不哭!
"从命定的桥上
跳下,别怕!"
我身高与你相同,
布拉格骑士。
无论甜蜜还是忧郁,
你都看得更清楚,
骑士啊,你在守护

岁月的河。

"我身高与你相同"，茨维塔耶娃就这样写出了她与布拉格骑士本质上的相像；在对岁月的河的守护中，在对跃入河水的冲动的不断抑制中，在对命中注定的守护角色既不认同、又无法逃避的痛切感受中，她深刻地理解了这位布拉格骑士，或者说，她把自己流亡捷克时的内心感受一股脑儿地投射到了这位布拉格骑士的身上。这首写于1923年9月27日的诗，因此成为茨维塔耶娃最著名的诗作之一，而查理大桥一端的布拉格骑士也由此成为20世纪俄语诗歌中的一处"名胜"。

离开捷克后，茨维塔耶娃始终惦记着查理大桥上这位"守护着河水的小伙子"，在寄往布拉格的书信中，她一遍又一遍地重复着："我的骑士""我的布拉格兄弟""我命中注定的同貌人""我在布拉格有位男朋友，他的脸长得很像我"……她数次求人给她往巴黎邮寄布拉格骑士的照片或肖像："有没有一幅他的画像，更大一些，更清楚一些，比如版画？我会把它挂在书桌上方。如果我有一位护佑天使，就应该带有他的面孔，他的狮子，他的宝剑。"茨维塔耶娃的捷克友人捷斯科娃后来果真给她寄去了一幅布拉格骑士的画，这幅画被茨维塔耶娃视作最珍贵的艺术品，在颠沛流离的生活中一直带在身边。

三

十月布拉格作家居住地的窗户正对着一座山，即布拉格著名的佩伦山（Petřín）。佩伦是斯拉夫原始宗教中的雷神，这座不高的山因为这个高贵的名称而具有了特别的含义。无论是在茨维塔耶娃的心目中，还是在布拉格的文学地图中，这座并不高大的山都有着超越它自身的海拔高度。

茨维塔耶娃有一部题为"山之诗"（Поэма горы）的长诗，写的就是这座山，也写于这座山上（此山南坡的一幢小楼），在《山之诗》开篇的"献诗"中茨维塔耶娃写道：

> 颤抖，山从肩头卸下，
> 心却在爬山。
> 让我来歌唱痛苦，
> 歌唱我的山！
> 无论现在还是往后，

> 黑洞我都难以封堵。
> 让我来歌唱痛苦，
> 在山的顶部。

这是一部"山之诗"，也是一部"爱之诗"，它记录了茨维塔耶娃一生中最刻骨铭心的一场爱情。1923年8月，来到布拉格刚好一年的茨维塔耶娃疯狂地爱上了康斯坦丁·罗德泽维奇（Констатин Родзевич，1895—1988），这位风度翩翩的男人是茨维塔耶娃的丈夫埃夫隆在布拉格查理大学的同学。罗德泽维奇生于彼得堡，比茨维塔耶娃小三岁，大学未毕业他便参军，成为黑海舰队水兵，十月革命期间两次转换身份，先成为红军，后随白军流亡海外，在20年代初来到布拉格，获捷克政府奖学金，成为查理大学法律系学生。1926年底，罗德泽维奇来到法国，在巴黎大学继续学习法律，同时接近法国左翼政党；1936年他投身西班牙内战，在国际纵队任军事专家；"二战"时期他参加法国抵抗运动，曾被关进纳粹集中营，战后留在法国，据说身为苏联特工。晚年，罗德泽维奇成为一位艺术家，曾创作一尊茨维塔耶娃的木雕头像。

罗德泽维奇保存了茨维塔耶娃写给他的所有书信，并在1960年把它们转交给茨维塔耶娃的女儿阿丽娅，后者把这些信原封不动地封存起来，但其中两封（9月22、23日）被转交者私自复印，因而流传开来，通过这两封信中的只言片语，我们不难感觉出茨维塔耶娃当时的情感之炽烈：

> 我第一次爱上有福的人，或许是第一次寻求幸福而非伤害，想获得而非给予，想生存而非毁灭！我在您身上感受到一种力量，这是我从未有过的体验。
>
> 您在我的身上创造了奇迹，我第一次感觉到了天和地的统一。
>
> 啊，您多么深沉，多么实在！您无比优雅，又极其淳朴！您是教会我人性的游戏高手。我和您在相遇之前似乎不曾活在世上！对于您，我就是灵魂；对于我，您就是生命。
>
> 离开您，抑或您不把我放在心上，我就难以活下去。只有通过您，我才能热爱生活。您如果放开手，我就会离开，不过会更加痛苦。您是我第一根、也是最后一根支柱！
>
> 您是我的救星，让我把生死置之度外吧，您就是生命！（上帝啊，因为这幸福饶恕我吧！）
>
> 我把你黑发的脑袋揽入怀中。我的眼睛，我的睫毛，我的嘴唇。
>
> 朋友，记住我吧。

茨维塔耶娃改称爱人的姓氏，称他为"拉德泽维奇"（Радзевич）而非"罗德泽维奇"（Родзевич），因为"拉德泽维奇"有"欢乐之子"的意思。然而，就像茨维塔耶娃一生中所有火一般的爱情一样，这段始于秋天的罗曼史也仅持续数月，在冬季便开始暗淡了。后来，罗德泽维奇娶俄国宗教哲学家谢尔盖·布尔加科夫的女儿玛丽娅为妻，茨维塔耶娃则留在了丈夫身边。不过，作为这场爱情之文学结晶的《山之诗》（以及另一部长诗《终结之诗》和抒情诗《嫉妒的尝试》等作品），却构成茨维塔耶娃布拉格时期诗歌创作乃至她整个文学创作的巅峰。在茨维塔耶娃与罗德泽维奇热恋的这段时间，茨维塔耶娃租住在佩伦山坡一户人家，两人经常一起爬山，佩伦山于是就成了他俩热烈爱情的见证人，也成了茨维塔耶娃心目中爱情的等价物。

在《山之诗》中，茨维塔耶娃将佩伦山写成情感的高峰，将她与罗德泽维奇的爱情比喻成登山之旅。在长诗的开头，"那山像新兵的胸口，/新兵被弹片击中。/那山渴望少女的唇，/那山在希求/盛大的婚礼"，这座山"不是帕那索斯，不是西奈，/只是兵营似的裸丘""为何在我眼中/……/那山竟是天堂？"然而，激情、爱和幸福都像山一样，终归是有顶峰的，"据说，要用深渊的引力／测量山的高度"，于是，"山在哀悼（山用苦涩的黏土/哀悼，在离别的时候），/山在哀悼我们无名的清晨/鸽子般的温柔""山在哀悼，如今的血和酷暑/只会变成愁闷。/山在哀悼，不放走我们，/不让你爱别的女人""痛苦从山开始。/那山像墓碑把我压住"，但是，这座山又是"火山口"，蕴藏着愤怒的熔岩，这将是"我""记忆的报复"！

爱情是一座山，需要两个人携手攀爬，但爬到山顶之后却面临两种选择：要么原路返回，这就意味着注定要走下坡路，越来越低；要么追求更高，这就意味着从山头跃起，短暂地飞向高空。如此一来，佩伦山在茨维塔耶娃的诗中便从爱情之山转化为存在之山，构成了关于人类存在之实质的巨大隐喻。或许正因为如此，茨维塔耶娃才在《山之诗》中运用了这对令人震惊的韵脚：山/痛苦（ropa/rope）。

傍晚，当夕阳渐渐西沉，或粉或金的云彩会在佩伦山背后的天空聚汇成一幅缓慢流动的水彩画；待天完全黑下来，山就会显得雄伟起来，黑压压一片绵延在地平线上，而山坡上此起彼伏的灯火则像一只只不知疲倦的眼睛，看向我们住处的窗口；夜深之后，山的轮廓线才渐渐隐去，与夜幕融为一体，于是，山坡上的零星灯火也就与天上的繁星连成了一片。

四

　　佩伦山南坡瑞典街（Švédská）51/1373号，是茨维塔耶娃在布拉格市区的故居。1923年9月2日，茨维塔耶娃一家租住此处，直到1924年5月。茨维塔耶娃住进这幢房子后心情愉悦，她在给友人的信中写道："我在布拉格一切都好：一扇巨大的窗户敞向整个城市，敞向整个天空，阶梯构成的街道，远方，火车，雾。"

　　如今这里像是布拉格的富人区，沿着整洁的坡道向上走去，路边是一幢接一幢风格各异的别墅，绿树掩映着庭院，门前和露台上鲜花盛开，身边不时有几辆高级轿车静静地驶过。茨维塔耶娃一家住了近一年的这幢两层小楼，从外貌上看与当年留下的照片并无二致，绿色的铁皮屋顶像是给小楼扣上一顶硕大的钢盔，淡黄色的外壁与四周的绿树构成色彩上的呼应，房子侧面有一道长长的阶梯，阶梯的末端消失在一片幽静的树林中。房子正中有一个露台，露台四周围着半圆形的铁栏杆，房屋立面的左侧有两个门牌号，较小的蓝色号牌上标明"51"，稍大的红色号牌上却写有"1373"，据说蓝牌上写的是街道编号，而红牌上写的是布拉格第五区的编号。正门的右侧悬挂着一面纪念铜牌，铜牌右上角有茨维塔耶娃的头像浮雕，浮雕的左侧和下方镌刻着这样几行文字：

　　致捷克
　　人民，你不会死去！
　　上帝在将你护佑！
　　让石榴石成为心脏，
　　让花岗岩成为胸膛。
　　俄国诗人
　　玛丽娜·茨维塔耶娃
　　1923—1924年曾在此生活和创作

　　纪念牌上的诗句引自茨维塔耶娃的组诗《致捷克》（К Чехии）。1939年3月，纳粹德国吞并捷克斯洛伐克，当时侨居法国的茨维塔耶娃闻之义愤填膺，很快写出对捷克人民饱含深情的组诗《致捷克》。布拉格人为茨维塔耶娃的故居设置纪念牌，并引用此诗，显然是对茨维塔耶娃的"捷克情结"的一种回报。

看到这幢"豪宅",人们往往会惊叹于茨维塔耶娃当年流亡生活的舒适和惬意,殊不知茨维塔耶娃一家仅仅租住了这幢房子阁楼上的一个房间,即便如此,茨维塔耶娃当年也满意得不得了;尽管在莫斯科市中心长大的"城里人"茨维塔耶娃曾将这幢小楼所处的区域称为"郊外",可这幢小楼实际上却是她整个捷克流亡期间在布拉格市区的唯一固定住处,其余时间她都落脚在距布拉格数十公里远的真正的郊外;看到这幢房子前的纪念铜牌,人们不禁为布拉格人对茨维塔耶娃的怀念而心生感激,但楼前高高的栏杆和铁门上崭新的电子门锁,以及停在楼前的几辆豪华轿车,却又形成一种拒斥,似乎在有意与茨维塔耶娃当年的生活构成反差,划清界限;楼前有一条路,左拐向山上延伸,这大约就是茨维塔耶娃和罗德泽维奇"登山"时常走的路,而楼的一侧那道通向树林的漫长阶梯,则有可能是茨维塔耶娃独自下山的必经之路,据说她在接到书信后便会走下阶梯,在树林深处找一个地方坐下来仔细阅读。

茨维塔耶娃住在这幢楼里的时候,自柏林到布拉格的纳博科夫曾来此造访茨维塔耶娃,看来,纳博科夫对这幢小楼很满意,他后来出资租下这套住宅,让他侨居布拉格的母亲和姐妹住在了这里。

五

布拉格旧城木炭市场(Unelny trh)1号是幢三层小楼,这里曾是俄国侨民文学杂志《俄罗斯意志》(Воля России)编辑部的所在地。《俄罗斯意志》由流亡布拉格的俄国社会革命党人创办,起初是日报,后改成周报,到茨维塔耶娃来布拉格时它已为月刊。十月革命之后,大批俄国知识分子流亡境外,他们在异域坚守俄国文学传统,或不懈写作,或创办刊物,使得俄语文学在俄国境外继续开花结果,构成"20世纪俄国侨民文学"这一文学奇观。在所谓"第一浪潮"俄国侨民文学中,布拉格与巴黎、柏林以及我国的哈尔滨等地一样也是一座重镇,而《俄罗斯意志》则是布拉格俄侨文学生活的中心,与这家杂志的合作,是茨维塔耶娃布拉格时期文学生活的主要内容,而她在《俄罗斯意志》上不间断发表的作品,则不仅塑造了她布拉格第一俄侨诗人的身份,也奠定了她最优秀俄侨诗人乃至20世纪最优秀俄语诗人的文学史地位。

茨维塔耶娃与《俄罗斯意志》的关系,得益于该刊文学主编斯洛尼姆。马克·斯洛尼姆(Марк Слоним,1894—1976)生于敖德萨,先后就读于佛罗伦萨大学和彼得堡大学,后加入社会革命党,十月革命期间前往南俄活动,后经海参崴到日本,从日本到欧洲,1922年至1927年侨居布拉格,后去法国,并于1941年定居美国,在纽约劳伦斯学院教授俄国文学,成为美国最重要的俄国文学研究家,他出版多部俄国文学论著,其中的《苏维埃俄罗斯文学》(Soviet Russian Literature: Writers and Problems, 1977)一书在我国影响很大。作者在这部文学史性质的书中写道:"茨维塔耶娃是在她创作的全盛时期到欧洲的。在17年的流亡生活中,她创作了她的最佳诗歌和散文。旅居捷克斯洛伐克的那几年,是她创作最旺盛的时期,也证实了她是有创新天才的诗人。""她像所有真正的诗人一样,致力于使现实理想化,并把最微不足道的小事变为激动人心的事件,变为一种令人振奋、经常是神话式的东西。她把客观的事实、感情和思想加以扩大,不论当时什么样的东西占据她的思想和心灵,她都以非常强烈的手法,用诗歌甚至简单的对话来表达它们,使她的读者和听众都能全神贯注。""无论在东方或西方,人们都普遍地认为茨维塔耶娃是20世纪最伟大的俄罗斯诗人之一。"就是在这部文学史著中,在提及《俄罗斯意志》时,作者还加了这样一个注脚:"作为该月刊的文学编辑,笔者1922—1932年间连续发表了茨维塔耶娃的大量诗作、论文和诗剧。"作为《俄罗斯意志》文学编辑的斯洛尼姆,从未拒绝发表茨维塔耶娃的作品,茨维塔耶娃布拉格时期创作的诗文大多首发于《俄罗斯意志》,这家杂志开出的稿费也成了茨维塔耶娃一家布拉格时期生活的重要经济来源之一,甚至可以说,没有《俄罗斯意志》和斯洛尼姆的关注和帮助,茨维塔耶娃布拉格时期的生活和创作都是难以想象的。

斯洛尼姆写有一篇题为《忆玛丽娜·茨维塔耶娃》(О Марине Цветаевой. Из воспоминаний)的长篇回忆录,回忆了他与茨维塔耶娃的交往和合作。斯洛尼姆写了他与茨维塔耶娃的"布拉格散步",也谈到他对茨维塔耶娃及其创作的理解和认识:

> 1922年末,尤其是1923年,我常对茨维塔耶娃说,我们的友谊是行走中的友谊。我俩一边在街道和花园漫步,一边相互交谈,我们的散步注定会在咖啡馆结束。茨维塔耶娃曾对安娜·捷斯科娃说,她由于我而熟知了数十家咖啡馆。不过,她也同样熟悉了布拉格。我当年和现在都十分喜爱这座十分出色的、带有几分悲剧色彩的城市,我常领着茨维塔耶娃走过现已成为大学的克莱门特学院附近的胡同,走过布满宫殿和神话的小城,走过狭窄的黄金小巷,传说在15—17世纪,小巷两旁的低矮房屋曾是炼金术师和占星学家的居所,我们还一起漫步于壮观的洛布科维茨宫和华伦斯坦宫,在这些宫殿建筑中,崇高的文艺复兴风格转变成了巴洛克。
>
> 在1922年至1925年末的这三年间,我与茨维塔耶娃经常见面,一连

数小时地谈话和散步，我们很快亲近起来。文学方面的一致很快转变成私人友谊。这种友谊持续17年之久，它并不平缓，有些复杂，伴有争执与和解，高潮与低落。有一点我却始终不渝，即我认为她是一位大诗人，非凡的诗人，堪与帕斯捷尔纳克、马雅可夫斯基、曼德施塔姆和阿赫马托娃并列，早在1925年我就写道，在侨民界仅有霍达谢维奇可与她比肩。我至今仍持这一看法。

从斯洛尼姆的文字中不难看出，在布拉格期间，他是茨维塔耶娃诗歌天赋的赏识者，他力排众议，发表了茨维塔耶娃交给他的所有作品。在布拉格时期之后，斯洛尼姆仍在继续研究和宣传茨维塔耶娃，为茨维塔耶娃文学史地位的确立做出了突出贡献，反过来说，斯洛尼姆后来成为一位杰出的俄国文学研究家，他与茨维塔耶娃在布拉格的相识或许也发挥了一定的作用。

斯洛尼姆与茨维塔耶娃的亲近，甚至一度超出了友谊的范畴，斯洛尼姆在回忆录中不无遮掩地写道：茨维塔耶娃在与罗德泽维奇分手后需要"一个友善的肩膀"，她仿佛觉得"我"能够给她这种精神支持，"我"当时与第一任妻子的分手也使两人生出同病相怜的感觉，但两人在个性、激情和追求等方面的差异构成障碍，使"我"最终意识到，"我既不能接受那种暴风雨，也不能接受她那种导致拒绝生活、拒绝自己本人、拒绝自己的道路的绝对现象"。"我知道，我们的生活道路无法会合，只是有时相互交叉，我俩的命运完全不同。她由此得出错误的看法，似乎我在推开她，而且还看上了一些卑微的女人，我宁肯要'石膏的碎屑，而非卡拉拉的大理石'（她在《嫉妒的尝试》一诗中就是这样写的）。"在《嫉妒的尝试》（Попытка ревности）一诗中，茨维塔耶娃的确曾向离她而去、娶了另一个女子的负心汉发出了嫉妒的质问："在卡拉拉的大理石之后，/您与石膏碎屑过得如何？"然而，斯洛尼姆在这里多少有些自作多情了，因为，无论是茨维塔耶娃的同时代人，还是当今的茨维塔耶娃研究者，大多认为《嫉妒的尝试》一诗的矛头还是指向罗德泽维奇的。

斯洛尼姆第一次向茨维塔耶娃约稿时曾告诉她，《俄罗斯意志》编辑部所在的木炭市场1号曾是莫扎特的下榻之处，据说在1787年，莫扎特在楼上一间阳台朝向内院的房间里写成了歌剧《唐璜》，茨维塔耶娃闻之大为振奋："如果是这样的话，我答应与你们合作。"斯洛尼姆在他的回忆录中一本正经地写道："我直到如今依然坚信，正是莫扎特影响了她的决定。"在这幢小楼的墙面上，如今可以看到一尊不大的莫扎特头像浮雕。

六

在茨维塔耶娃布拉格时期的生活中，如果说斯洛尼姆在创作上对她帮助最大，那么在生活上对她搀扶最多的人，无疑就是捷斯科娃。

安娜·捷斯科娃（Anna Tesková，1872—1954）生于布拉格，两岁时便随父母迁居莫斯科，父亲在莫斯科一家啤酒厂任厂长，安娜·捷斯科娃在莫斯科上学，在她12岁时，父亲在一场车祸中丧生，她和母亲、妹妹后来被迫返回布拉格，中学毕业后成为教师。她终身未嫁，却将情感投向俄国文学，将包括索洛维约夫、陀思妥耶夫斯基、托尔斯泰等人作品在内的大量俄国文学、哲学著作译成捷克语。茨维塔耶娃来到布拉格时，捷斯科娃是捷俄友好协会（Česko-ruská jednota/Чешско-русская Еднота）负责人，对俄国和俄国文化充满友好感情的捷斯科娃，为在布拉格接待和安置俄国侨民做了大量工作。她对茨维塔耶娃的帮助更是无微不至，她张罗举办茨维塔耶娃诗歌晚会，亲自翻译茨维塔耶娃的作品，对茨维塔耶娃有求必应，提供接济，送去食品和衣物，在茨维塔耶娃离开捷克去巴黎之后，她仍为诗人着想，甚至发起成立了一个"帮助茨维塔耶娃委员会"。

茨维塔耶娃这样描写捷斯科娃的相貌："头发花白，举止端庄，没有欲望的叶卡捷琳娜，不，比叶卡捷琳娜更好！内在的威严。两只平静如水的眼睛像两汪天蓝色的湖水，中间的鹰钩鼻子像是山脊，头发像银色的皇冠（冰川，永恒），高耸的脖子，高耸的胸口，一切都是高耸的。"照片上的捷斯科娃的确相貌端庄，圆圆的脸庞与茨维塔耶娃倒有几分相像。捷斯科娃年长茨维塔耶娃20岁，她对茨维塔耶娃的关照几乎是带有母性意味的，而茨维塔耶娃对捷斯科娃的态度也十分坦诚，甚至不无撒娇和任性。她们两人的关系能完整地呈现在我们面前，得益于捷斯科娃保留下了茨维塔耶娃写给她的140封信，捷斯科娃在去世之前将这些书信捐给了布拉格的国家文字博物馆。1969年，这些书信部分面世；2009年，它们被悉数编辑成书，书名为"感谢长久的爱的记忆：茨维塔耶娃致捷斯科娃书信集"，由莫斯科"俄罗斯道路"出版社出版（Спасибо за долгую память любви...: Письма Марины Цветаевой к Анне Тесковой）。茨维塔耶娃给捷斯科娃的第一封信写于1922年11月2日，是对捷斯科娃要求她前来参加文学晚会所做的回应，最后一封信则写于1939年6月12日，是她在返回苏联之前对捷斯科娃的告别，她们两人的通信持续近17年，而17年正是茨维塔耶娃流亡生活的总长，也就是说，她俩的通信伴随了茨维塔耶娃流亡生活的始终。

茨维塔耶娃致捷斯科娃的书信如今已成为最珍贵的茨维塔耶娃研究资料，茨维塔耶娃布拉格时期的生活状况和心理活动，茨维塔耶娃离开布拉格之后对这座城市的眷念和"神化"，都集中地体现在这些书信中。在离开布拉格前夕，她在给捷斯科娃的信中这样写道：

> 您来和我们告别吧。我温柔地爱着您。您来自另一个世界，那里只有灵魂才有价值，是梦境或童话的世界。我很想和您漫步在布拉格，因为布拉格就本质而言是那样的城市，那里只有灵魂才有价值。我爱布拉格，仅次于莫斯科，并非因为"亲缘的斯拉夫血统"，而是因为我自己和她的亲缘关系：因为她的混合性和多灵魂性。我想我会在巴黎写布拉格，不是因为感激，而是出于喜爱。（1925年10月1日）

去往法国之后，茨维塔耶娃对布拉格的情感却逐渐增强，她在给捷斯科娃的信中一次又一次地写到布拉格，"布拉格之后"的"布拉格主题"始终贯穿在她的书信中，一如她在"俄罗斯之后"（После России，她一部诗集的名称，也是她生前出版的最后一部诗集）对于俄罗斯的眷念：

> 布拉格是一座神话般的城市：那里是礼物的世界，是枞树的世界。（1925年12月19日）
>
> 我还是更喜欢布拉格，更喜欢它的宁静，尽管有嘈杂，或许是透过嘈杂的宁静。（1925年12月30日）
>
> 我非常想去布拉格。您或许能在捷俄友协举办一场我的晚会，把我介绍给我完全不认识的捷克人，我们可以在布拉格漫步，总之，那该有多么美妙啊。（1926年9月24日）
>
> 您会来车站接我，想想吧，多么美妙啊！让我们一起来实现这个梦想吧。任何一片海洋都不会让我如此高兴，如同我此刻想到了布拉格。（1927年10月4日，复活节）
>
> 布拉格！布拉格！我从未挣脱她的怀抱，我始终在扑向她。……有人（不是您，是其他人！）会对我说："您的布拉格。"而我将狡猾地、却又内心坦荡地回答："是的，我的布拉格。"（1927年11月28日）
>
> 今天我想起了布拉格，花园。花园和桥。夏日的布拉格。这座城市给了我什么，使得我如此地爱她？（1929年6月19日）
>
> 哦，我多么思念布拉格啊，我当初为什么要离开她呢?！原以为只是

离开两个星期，可是却离开了十三年，到 11 月 1 日就整整十三年了……（1938 年 10 月 24 日）

  我经常在电影中看到布拉格，始终觉得她是我的故乡城，我更经常地收听她的 T. S. F.（电台），永远能听到亲切的话语和音乐。这个地方比地图上任何一个地方都更令我激动。（1939 年 1 月 23 日）

  颠沛流离、居无定所的茨维塔耶娃，自然无法像捷斯科娃那样完整地保存对方的信件，捷斯科娃写给她的信仅留存 11 封。茨维塔耶娃应捷斯科娃之邀参加她来到布拉格后的第一场文学晚会，时间在 1922 年 11 月 20 日，地点在哈尔科夫街（Hálková）35 号的"俄罗斯恳谈会"，这个地方离我们十月布拉格作家居住地仅百步之遥。茨维塔耶娃和捷斯科娃大约就是在这个地方首次见面的。

七

  到布拉格之前，徐晖便说要介绍我认识一位布拉格的茨维塔耶娃研究专家，在布拉格一家名叫"雾"（Mist）的中餐馆里，我终于见到了她。她名叫加琳娜·瓦涅奇科娃（Galina Vaně？ ková），是一位八十多岁的俄国老太太，但刚一见面，她就让我们用俄语中的爱称称她"加里娅"（Галя）。中餐馆的老板菲利普是加里娅的学生，在查理大学跟她学过俄语，菲利普也曾留学中国，说一口流利的中文。对于"茨维塔耶娃的布拉格"这一话题同样很感兴趣的菲利普，便在他的"文学咖啡馆"里安排了一场报告会，邀请加里娅和我发言。

  加里娅兴致勃勃，滔滔不绝，先说起她来到布拉格的原因。当年，在加里娅的故乡乌拉尔，还是少女的她遇见一位留学苏联的捷克小伙子，小伙子生有一双蔚蓝色的眼睛，所学的专业又是不无浪漫色彩的地质学，这两样东西迷倒了加里娅，她便义无反顾地跟随捷克小伙子来到了布拉格。加里娅在发言中多次重复"蔚蓝色的眼睛"和"地质学家"这两个词组，同时把微笑的目光投向听众席里一位满头银发的老头儿，老头儿也每每用微笑的目光做出回应，他的眼睛眯成了一道缝，已很难断定其中的颜色。这就是加里娅的"地质学家"，查理大学地质系教授米尔科·瓦涅切克（Mirko Vaně？ ek）。

  来到捷克后，加里娅一直在查理大学教俄语，直到退休。到布拉格后不久，她在查理大学图书馆偶然读到一部茨维塔耶娃诗集，深感震撼，而她之前在苏联居然对这样一位杰出的俄语诗人一无所知。从此,除了地质学家及其蔚蓝色的眼睛之外,她又有了另一个迷恋对象。在捷克的数十年间,她不懈地搜寻一切与茨维塔耶娃的生活和创作相关的资料,遍访茨维塔耶娃的遗迹,研究茨维塔耶娃的创作。她策划了捷克国家博物馆的茨维塔耶娃诞辰100周年纪念展(1992)、圣因德里赫教堂的"天上的拱门——里尔克、帕斯捷尔纳克和茨维塔耶娃的通信"特展(2003)、斯拉夫图书馆的"捷克人致茨维塔耶娃"特展(2004)、捷克美术学校学生茨维塔耶娃作品插图展(2004)以及"茨维塔耶娃的布拉格"图片展(2012),她发起成立了捷克茨维塔耶娃学会(2001),茨维塔耶娃在布拉格两处故居的纪念铜牌的设立,也都有加里娅的功劳。上面提及的《茨维塔耶娃致捷斯科娃书信集》一书,也是加里娅编辑和资助出版的;她还编了一本"旅游手册",即《茨维塔耶娃的布拉格:旅游指南》(Прага Марины Цветаевой. Путеводитель)。加里娅的作为令人动容,她几乎以一己之力描绘出了茨维塔耶娃的布拉格生活史,也奠基了捷克的茨维塔耶娃学。加里娅还经常参加世界各地与茨维塔耶娃相关的活动,我回到北京后不久接到她的一封电子邮件,说她刚去了一趟俄罗斯,参加在茨维塔耶娃最后的长眠之地叶拉布加举行的一场国际学术研讨会,并在会上荣获俄方颁发的茨维塔耶娃研究贡献奖。

我在加里娅之后发言,称加里娅有一位"布拉格的茨维塔耶娃",我们同样也有一位"中国的茨维塔耶娃"。我介绍了中国的茨维塔耶娃译介情况,如汪剑钊先生编选的五卷本《茨维塔耶娃文集》、谷羽先生翻译的三卷本《玛丽娜·茨维塔耶娃:生活与创作》、我翻译的《三诗人书简》等,也谈及茨维塔耶娃在中国诗人和普通读者心目中的地位,以及中国学者的茨维塔耶娃研究成果和现状。

加里娅把她编的《指南》带到会上,标明200捷克克朗一本,我们赶紧买了几本。在我们分手时,加里娅主动提出要领我们去看茨维塔耶娃在布拉格郊外的住处。

八

一个晴朗的日子里,在加里娅的率领下,我们驱车前往弗舍诺雷(Všenory)。这是位于布拉格西南方的一个村庄,它和周围的若干村庄连成一片,原是布拉格市民的别墅区,布拉格人会在周末或假期来此度假。在茨维塔耶娃来到布拉格时,这里已成为俄国侨民的聚居地。

沿着并不宽敞的高速公路驶向郊外，四周风景如画，公路两边一个接一个的广告牌上千篇一律地张贴着巨幅捷克国旗，开车的小伙子解释说，公路管理部门担心驾驶员开车时看广告分心，从而引发交通事故，便决定用国旗来覆盖所有广告，如此一来，倒是营造出了一片浓烈的爱国主义氛围。

俄国十月革命后，大批俄国贵族、白军和知识分子及其家属流亡境外，当时刚刚摆脱奥匈帝国而独立的年轻的捷克斯洛伐克共和国，却向俄国流亡者敞开了热情的怀抱，1921年，捷克斯洛伐克政府展开著名的"俄国救助行动"（Ruská pomocná akce/Русская акция помощи），由国家财政拨出大量资金，即所谓"马萨里克奖学金"（马萨里克是当时的捷克斯洛伐克总统），资助对象不仅有生活困难的难民，也有青年学生，捷克政府甚至在布拉格创办了好几所用俄语教学的大学，使得布拉格一时竟有"俄国的牛津"之别称。据统计，当年约有三万五千名俄国流亡者获得工作机会，四千名俄国大学生获得奖学金，数百名俄国文化人士按月领取津贴，茨维塔耶娃也是其中之一。捷克政府的"俄国救助行动"使布拉格成为俄国流亡者心向往之的福地，而布拉格郊外的弗舍诺雷，则因为相对低廉的生活开支而吸引来大量俄国侨民。

茨维塔耶娃一家的第一个落脚点是诺维德乌尔（Nov Dv r），1922年8月3日，也就是抵达捷克后的第三天，茨维塔耶娃和女儿被埃夫隆领到了这里，住在一位护林员的农舍里。加里娅领我们走近院门，敲打木栅栏，院里响起狗吠声，女主人应声而出，与加里娅热情拥抱，加里娅显然来过这里多次，与房东已成为熟人。房东就站在栅栏旁与加里娅交谈，不时呵斥一下身边那条黑狗；与女主人交谈的间隙，加里娅也不时转身朝向我们，她指了指正对栅栏的窗户："茨维塔耶娃当年就住那间房。"她指了指远处的山崖："茨维塔耶娃最喜欢爬这座悬崖。"她指了指村庄四周的树林："茨维塔耶娃喜欢到林中散步，一走就是好几个小时。"最后，她指了指栅栏门口的一棵树，这棵歪脖子树的根部紧贴着地面，像是一张木凳："茨维塔耶娃经常坐在这里看书写作。"她俩谈了许久，女房东却丝毫没有让我们进屋的意思，其实，如果茨维塔耶娃当年就难以在这间农舍里拥有一条木凳，那么如今那里面也就的确不会再有她的任何痕迹了。

我们乘车驶向弗舍诺雷车站，沿一条狭窄的道路穿过这座很大的村庄。即便在今天，这座村庄也显得有些萧条，房屋低矮，墙面斑驳，庭院很小，在茨维塔耶娃的时代这里可能更破落，倒是能与俄国侨民的落魄处境构成呼应。加里娅左顾右盼，不停地"导游"："茨维塔耶娃在这里住过，但是房子已经毁了。""快看，就是那间房子，山坡上的那间，茨维塔耶娃在那儿生下了儿子，生下了穆尔！""这就是著名的博仁卡别墅，奇里科夫和安德列耶娃当年的住处,茨维塔耶娃常来这里参加文学晚会。"来到弗舍诺雷车站,加里娅在下车之前又说:"我们刚才走的这段路,就是茨维塔耶娃母女每周送埃夫隆返回布拉格时走过的路。"茨维塔耶娃的丈夫当时在查理大学哲学系学习,每个周末来这里与妻女团聚,周一早晨返回布拉格,茨维塔耶娃和女儿总要把他一直送到车站。我们车行这条路用了十多分钟,茨维塔耶娃母女当年徒步来回,大约要走一两个小时,那时,茨维塔耶娃的女儿阿丽娅只有10岁。

阿丽娅是爱称,她的全名是阿里阿德涅·埃夫隆(Ариадна Эфрон,1912—1975)。阿里阿德涅是希腊神话中克里特王的女儿,她先后与忒修斯和狄奥尼索斯相爱,均遭遗弃,她曾赠忒修斯以线团,帮他逃出迷宫。茨维塔耶娃给女儿取了此名,没想到女儿后来果真在一定程度上重复了那位克里特公主的命运。阿丽娅继承了母亲的文学艺术天赋,很早就开始写诗、记日记。茨维塔耶娃曾在组诗《给女儿》(К дочери)中写道:"我是你的第一位诗人,/你是我最好的诗。"阿丽娅与母亲相依为命,从莫斯科到柏林,再从布拉格到巴黎。她在巴黎学习绘画和艺术史,成为一名美术编辑,后在1937年返回苏联,不久被捕,坐牢20年,20世纪50年代获得自由后,她以整理、宣传母亲的文学遗产为使命,并撰写了大量回忆文字。在回忆录《缅怀玛丽娜·茨维塔耶娃:女儿的回忆》(О Марине Цветаевой:Воспоминания дочери)中,阿丽娅在描写了当年她和妈妈一起送爸爸去车站的场景之后深情地写道:

> 我想,在玛丽娜到过的所有车站中,在她送过人或接过人的所有车站中,她最称心的就是这一座,弗舍诺雷小站,这是一座整洁的郊外车站,人很少,遮阳棚下有几个小花坛,花坛里是微微垂首的金莲花;站台两端有两个路灯;信号灯;铁轨。
> 玛丽娜常乘火车去布拉格。等车的时候,她站在路灯旁在内心与帕斯捷尔纳克交谈。她的思绪随着奔驰的列车飞向病榻上的里尔克,或飞向相距不远、却难以抵达的魏玛。
> 在这个站台上,玛丽娜在心中推敲着她的长诗。两条铁轨把她的思绪引向远方。那里是俄罗斯。

令人惊讶的是,眼前的铁路小站与阿丽娅的描写、与当年的老照片几乎如出一辙,时间在这座铁路小站上几乎停顿了,就连阿丽娅见过的金莲花也依然在"微微垂首"地开放,似乎就这样一直开放了将近100年。突然,一列崭新的双层客运列车从我们身边隆隆驶过,丝毫没有减速,列车就像一道彩色的拉链,把茨维塔耶娃的时代和我们所在站台拉合了起来。

紧挨着车站，就是弗舍诺雷村的图书馆，与图书馆馆长熟悉的加里娅经多方努力，把她的"茨维塔耶娃博物馆"设在了这里。所谓"博物馆"不过是一间10平方米见方的小屋，看模样像是这家图书馆的门卫室。走进小屋，墙上的茨维塔耶娃肖像让人震撼，这幅占据一面墙一半的照片因为小屋之小而显得更加巨大，茨维塔耶娃的目光似乎充斥着小屋的所有空间。加里娅一一打开巧妙地悬挂在墙上的多个展板，指着上面的照片，向我们介绍茨维塔耶娃的一生，尤其是茨维塔耶娃在弗舍诺雷的生活和创作。若将那些展板同时展开，小屋就绝无任何人的立足之地了。小屋的上方有几层搁架，摆放着加里娅从世界各地收集来的茨维塔耶娃作品或关于茨维塔耶娃的研究著作，其数量之少也令人心酸。这无疑是世界上最小的茨维塔耶娃博物馆，也极有可能是世界上最小的一家文学博物馆！

加里娅打开留言簿让我们留言，我用俄语在上面写道：

尊敬的加里娅：
　　请允许我以茨维塔耶娃的名义向您致敬，感谢您为她所做的一切！
　　　　　　　　　　　　　　——一位中国的茨维塔耶娃译者

我们在弗舍诺雷的最后一个节目，是去拜谒茨维塔耶娃在这里居住最久的一个住处。茨维塔耶娃一家在这片区域也同样是颠沛流离的，三年时间里租住过的地方就不下七八处，这处故居离车站不远，沿一道山坡上行，也就两三百米。如今这里的住户可能也不喜欢被打扰，加里娅轻轻敲了敲院门，无人应答，她竟然有些如释重负地对我们说："没人！"于是，我们便将所有的注意力投向了悬挂在斑驳院墙上的那块纪念铜牌，铜牌上刻着一幅线条画，画着一头狮子和一只猞猁，这是茨维塔耶娃留给丈夫埃夫隆的一张便条，因为他俩相互为对方取了"狮子"和"猞猁"的绰号。纪念铜牌上用捷克语写着："玛丽娜·茨维塔耶娃1923年曾生活于此。"

乘车返回布拉格市区，汽车的轰鸣声中，耳边却响起了茨维塔耶娃在给捷斯科娃的最后一封信（1939年6月12日）中所说的话。当时，茨维塔耶娃已决定返回苏联，在离开法国前夕，她却在向捷克、向布拉格道别：

十七年的生活就要结束了。当时我是多么的幸福啊！我一生中最幸福的时光——请您记住这一点！——就是莫科罗普西和弗舍诺雷，还有我那座亲爱的山。

九

　　布拉格是一座享誉世界的文学城，这里的"文学纪念碑"随处可见：旧城广场上有捷克民族语言文学的奠基人胡斯的巨大雕像，我们住处附近的查理广场上也坐落着多位作家和诗人的造像；大街小巷里，以哈谢克的小说《好兵帅克》命名的连锁餐馆随处可见，赫拉巴尔与克林顿见过面的金虎酒吧人满为患；1984年的诺贝尔文学奖得主塞弗尔特就出生在布拉格的日夫科夫区，由哈维尔、昆德拉、克里玛组成的"捷克文坛三驾马车"自20世纪下半期起更让布拉格成为世界文学的中心之一。在布拉格，一些非捷克语作家也同样受到推崇，其中最突出的就是卡夫卡，卡夫卡几乎成了文学布拉格的符号和象征，这里有卡夫卡博物馆、卡夫卡书店、卡夫卡咖啡馆，各种各样带有卡夫卡头像的旅游纪念品几乎出现在每一家商店，每一个商铺。另一位德语诗人里尔克也在布拉格得到怀念，在他就读过的德语学校旧址的墙壁上就镶嵌着一座他的雕像。

　　里尔克的这尊雕像，是茨维塔耶娃协会提议建造的，然而，在文学的布拉格，作为诗人的茨维塔耶娃却似乎是被低估的。与里尔克和卡夫卡相比，茨维塔耶娃的确只是布拉格的匆匆过客，里尔克和卡夫卡虽然只用德语写作，但他俩毕竟都是土生土长的布拉格人。早在1916年，茨维塔耶娃的一首诗就被译成了捷克文，这也是茨维塔耶娃的诗作第一次被译成外文；1927年，茨维塔耶娃写给里尔克的《你的死》一文被捷斯科娃译成捷克文，这也是茨维塔耶娃的散文首次被译成外文。然而，茨维塔耶娃似乎始终没有成为一位被捷克读者广泛接受的诗人。或许，茨维塔耶娃的"俄国诗人"身份在一定程度上构成了妨碍。在茨维塔耶娃来到布拉格时，捷克人对俄国是充满好感的，"俄国救助行动"的开展就是一个例证。捷克作为一个中欧小国，却是斯拉夫主义的倡导者和践行者，18、19世纪之交的捷克语言学家约瑟夫·东布罗夫斯基（Josef Dobrovsk？，1753—1829）被公认为"斯拉夫学之父"，19、20世纪之交的捷克画家慕夏（Alfons Mucha，1860—1939）的巨幅组画《斯拉夫史诗》曾风靡东欧，捷克国家图书馆中的斯拉夫图书馆直到目前仍是世界上最好的斯拉夫学资料库。但是，地处欧洲中部的小国捷克，毕竟像是一个在拉丁文化和斯拉夫文化之间来回摆动的钟摆，时而倾向俄国，时而亲近德国。在被德国吞并之后，德语和德国文化在布拉格占据统治地位，像茨维塔耶娃这样的俄语诗人自然会被排斥；而在捷克斯洛伐克于"二战"后再次赢得独立之时，受苏联体制影响，茨维塔耶娃所属的俄侨文学也不可能在社会主义的捷克斯洛伐克得到官方认可。东欧剧变之后，捷克社会中生发出的仇俄情绪似乎也连累到了茨维塔耶娃。我在网上看到查理大学一位俄国文学专业研究生的学位论文，《玛丽娜·茨维塔耶娃与捷克文学界》（Марина Цветаева и чешская литературная среда），论文作者就对茨维塔耶娃没有学习捷克语、不愿接近捷克文学而颇有微词。我在查理大学的一间酒吧与捷克科学院斯拉夫研究所的两位研究人员交谈，他们无意之间流露出的对于茨维塔耶娃的态度也让我大吃一惊，他们认为：茨维塔耶娃看不起捷克，认为这里是乡下，她有些居高临下；她在捷克的生活其实不太困难，捷克政府的救济足够他们一家生活，只是茨维塔耶娃不会过日子；茨维塔耶娃离开捷克后还一直在领取捷克政府的救济金；茨维塔耶娃在创作中也很少写到捷克人……我忍不住提醒他们：可是她在她的诗歌中写到了布拉格！

是的，单凭茨维塔耶娃写下的《山之诗》和《终结之诗》，她就有权被称为"布拉格诗人"，单凭她的组诗《致捷克》以及她写给捷斯科娃的书信，我们就不难判断出她对捷克和布拉格的一片深情。就对布拉格的文学呈现而言，茨维塔耶娃做了与里尔克、卡夫卡、昆德拉等相同的事情，只不过布拉格人尚未意识到，或暂时还不愿承认这一点。茨维塔耶娃毕竟在布拉格留下了深刻的痕迹，茨维塔耶娃毕竟也让布拉格在她的诗歌中留下了深刻的痕迹，在布拉格的文学神话中，在将布拉格文学化的神话中，茨维塔耶娃应该占有一席之地。

十

捷克人的斯拉夫乌托邦意识或多或少也体现在市中心一家咖啡馆的名称上，即斯拉维亚咖啡馆（Kavárna Slavia），因为"斯拉维亚"就有"斯拉夫大地"或"斯拉夫国"之意。这座咖啡馆开张于1881年，据说一直保持原样，已成为布拉格最古老的咖啡馆。咖啡馆开在最繁华的商业街，又紧邻布拉格最重要的文化场所——民族剧院，离查理大学和科学院也不远，因而成为布拉格世世代代知识分子、文化人和艺术家的聚会场所。

这座呈L形的咖啡馆位于民族大街与斯美塔那滨河街交会处，一面正对着富丽堂皇的民族剧院，一面敞向风景秀丽的伏尔塔瓦河，而河对岸就是佩伦山，这里无疑是看山看河的绝佳地方。不过，对于一家"咖啡馆"来说，这里似乎过于宽敞明亮、过于色彩缤纷了，巨大的玻璃窗就像一幅幅活动的画面，远处的红顶古堡建筑群和苍翠的佩伦山在近处的伏尔塔瓦河面上留下斑斓的倒影,河上的几座大桥像是摆在镜面上的积木,隆隆驶过的有轨电车的红色车身不时切割着民族剧院的巨大立面,剧院的绿色屋顶和屋顶上的金色雕塑也会在窗玻璃上留下复调般的反光,每个窗口上方悬挂的红色遮阳伞更使咖啡馆内洋溢着一派喜庆,散落的红色光斑似乎随着乐手奏出的钢琴曲在忘情地舞蹈。

茨维塔耶娃当年也来过这里,斯洛尼姆在他的回忆录中就写到他与茨维塔耶娃在这间咖啡馆里一连聊了两个小时。我们坐在咖啡馆里喝啤酒,吃冰激凌,只见不远处临窗的座位上坐着一位中年妇女,她正与对面的中年男性交谈,神情有些激动,幅度很大地做着手势,男子指了指墙上悬挂的哈维尔造访这家咖啡馆的大幅照片,那女子略微转过身来,面容竟有些像布拉格时期的茨维塔耶娃,只见她摇了摇头,似乎在有些不屑地说:"还不是因为他后来当上了总统。"

(原载《十月》2019 年第 2 期)

青冢

_黄纪苏

到达昭君墓,天色已从斜阳向夕阳过渡了,游客稀疏,像是在为胡思乱想清场。昭君墓虽多,但多在内蒙古的边疆地区,说明古人虽浪漫但不胡来。呼市郊区的昭君墓,听当地专家用方音讲,"胳膊(根本)就是烽火台"。其实是不是烽火台关系不大,凭吊史书上语焉不详的人物或遗迹,从来幽情是老大,土堆是老二。听说考古工作者没在这儿动过洛阳铲,说明他们知趣解风情。

整个墓区像个股份制企业,汉代的原始股就是那座"青冢",历代不断参股些碑刻之类。当代股包括白石铺就的墓道及夹道的石像生。长长的墓道被几座石头亭子及牌楼分成几段,俨然皇家规格。牌楼上的"青冢"二字为乌兰夫所题,碑亭里立着董必武的七言绝句:"昭君自有千秋在,胡汉和亲识见高。词客各摅胸臆懑,舞文弄墨总徒劳。"二十世纪七十年代末,曹禺先生承其余续创作了话剧《王昭君》,真不愧戏剧国手,用金针银线精织巧构,把民族政策落实到历史上的汉匈关系,他笔下的昭君老让人觉得是刚从杜鹃山下来、前往北方牧区开展工作的优秀女干部。就这么着,我在中巴车上一直琢磨着"胡汉和亲"。

"和亲"一词在历史上的使用有宽有窄。最宽的要数"百姓和亲,国家安宁";半宽不窄的限于国际关系,如"北匈奴复遣使诣阙,贡马及裘,更乞和亲",这类"和亲"应与"和戎"同义或近义,未必含"姻戎"的意思;最窄的才是家喻户晓的昭君出塞、文成嫁藏,专指两国或两大政治集团间的联姻,是要进洞房的。本文所谈在最窄与次窄之间。

山河大地,本无中心边缘,舜帝是"东夷之人",文王是"西夷之人"。后来中原一带畎亩井然、礼乐闾然,于是"中国"便冒着泡浮出水面,一圈圈涟漪向外扩展并强度递减,"蛮夷要服,戎狄荒服",相当于北京市的五环六环吧,房价比中央核心区差一大块。"夷夏之辨"也应运而出。那会儿是小中华,例如"淮夷"在淮河下游,"莱夷"在山东半岛。四渎之间地势徐缓,交通便利,夷夏能不同到哪儿去?人民的密集交流和文化的持续传播,会很快稀释甚至抹杀原有的差距。将蛮夷视同鸟兽的"夷夏之辨"很可能只是当年意识形态小圈子里的高调,既跟不上现实的步伐,也不是普遍的共识。蛮夷的一个重要标签是"不火食",但蛮夷地区考古出土的蒸米煮饭的炊器多了去了。《左传》里很有名的一篇讲部落酋长驹支当众反驳晋国的范宣子,不但说得有理有节、亦柔亦刚,结尾还民国大师似的来了首《诗经·小雅》中的"青蝇"。

小中华输出物质文化和精神文化"变夷"当然是事实,但博采众长"变于夷"也是事实,如穿井之术从南方的"夷"那儿拷贝,骑射之术从北方的"胡"那儿下载。中国"礼失"而求之四夷的情况也不是没有,"东夷天性柔顺,异于三方之外,故孔子悼道不行,设桴于海,欲居九夷,有以也夫",有学者因此认为仁道源自夷道。说中国"聪明睿知之所居也,万物财用之所聚也,贤圣之所教也,仁义之所施也,诗书礼乐之所用也,异敏技艺之所试也,远方之所观赴也,蛮夷之所义行也",也对也不对。把"中国"看作一再更新、不断扩容的亦实亦虚体,夏中有夷、夷中有夏,就八九不离十了。

真要"夷夏之防",那最要防的是血缘上人畜乱伦,弄出半人半豸的物种来。可周襄王首先就娶了狄女隗氏为后;姬姓的鲁庄公把女儿嫁给了东夷的莒庆;华夏正根儿的晋国,从国君到贵族跟戎狄金梭银梭地嫁姑娘聘女婿,热闹着呢。这样的和亲,固然有政治上的刚需,观念上想必也不会有多大障碍。观念上之所以没多大障碍,根本原因在于实际差别没"华夷之辨"说得那么邪乎。

后人每每罔顾上述夷夏联姻的史实,而将刘邦白登之围视作"和亲"元年,一个重要原因就在于:以往界定不清、更新不迭的"华夏"或"中国",经夏商周春秋战国的酝酿,到秦汉大一统终于比较明确并相对稳定了。东边南边的蛮夷跟华夏已基本混为一谈,而"北地之狄,五帝所不能臣,三王所不能制"(扬雄),继续逐水草而居,随着寒潮南下牧马。五服的天下一转身化作长城一刀切的胡汉格局。这个格局赋予了"夷夏之辨"新的历史内容,使得胡汉和亲具有了以往政治联姻所没有的意味。

汉胡一个播种育苗、一个骑马射雕,一个安土重迁、一个"脚下的地在走,身边的水在流"。论经济总量自然胡不如汉("短于物用"),但论战斗力汉未必就如胡("习于攻战")。那么如何与"负戎马之足、怀禽兽之心、迁徙鸟举、难得而制"的胡人相处呢？曾劝刘邦舍洛阳而都关中的娄敬又做了分析：天下初定，战士们都解甲归田，没法用武力征服匈奴；单于连爹都杀，爹的未亡人都睡，跟他们讲仁义也没用。他的建议是：寄希望于下一代，陛下把闺女，必须亲的，嫁给单于，单于就成了您女婿，生下的小单于接班后能跟外公过不去吗？这算盘打的，战略上领先杜勒斯的"和平演变"两千年，战术上比希拉里的"巧战争"（smart war）巧出好几个脑袋。刘邦说这主意太好了！

娄敬提出的和亲策略，不光是"适女"，还包括"送厚"和"风喻以礼节"。"礼节"回头再说。"适女"是转基因工程，通过嫁汉女、做阏氏、生混混（混血儿）、当单于一套流程，这在"唯以一人治天下"的皇权专制时代，称得上"精准打击"或"抓主要矛盾的主要方面"了。只是地缘政治中有着根本得多的制约力量，战国的头头脑脑谁跟谁不是亲戚，但这拦得住他们互相剿灭吗？相比之下，"送厚"——而且是岁奉——要实际得多，虽然它不如"适女"那么有看头有说头。

"适女"也好，"送厚"也好，都是迫不得已。把二十四史差不多看全了的明人说，"御戎无上策，征战祸也，和亲辱也，赂遗耻也"。早一千年的唐太宗几乎也是这意思：

太宗谓侍臣曰："北狄世为寇乱，今延陀崛强，须早为之所。朕熟思之，唯有两策：选徒十万，击而虏之，灭除凶丑，百年无事，此一策也。若遂其来请，结以婚姻，缓辔羁縻，亦足三十年安静，此亦一策也。未知何者为先。"

也就是先对付三十年不出事，没指望什么奇迹。预测形势是杰出政治家的绝活，文成嫁藏后汉蕃间还真风平浪静了二十多年。再回到西汉。贾谊对和亲很不以为然，甚至愤愤不平。他给战略分了等级："伯国战智，王者战义，帝者战德。""和亲"够不够得上"智"？大概也就是小聪明的档次，都难说。贾谊主张对匈奴"战德"，提出"建三表，设五饵"。"三表"希望对夷狄的样子、技能多一分尊重，另外也讲点信用（"百约百叛"的其实不光匈奴），这跟一般意义上的"仁义道德"有所不同。"五饵"则跟腐蚀干部的套路没任何间隙，难怪有论者怀疑贾谊不是儒家而是讲求"术"的法家。不过我猜他这里的"德"指的是"心"，"德战"无非"攻心"或心理战。贾谊的心理战是用豪宅豪车美食美色废了胡人的口、耳、腹、心。他建议对匈奴那边来的使节或起义人员给予特殊优待，等他们在这边过得要多风光有多风光的消息传回草原，等匈奴的男女老少都流着口水相信自己附汉也会是同样的待遇，匈奴就高位截瘫了。

贾谊的战略战术，所仰仗的是天朝钱多谱大的优势。他在设计买断匈奴人民的灵魂时，做了个小小的统计：按五人一卒的比例，匈奴总人口就是六万的兵力乘以五，约三十万人，不过汉朝的一个大县。贾谊的意思应该是：将匈奴全部买断，对于"不差钱儿"的天朝，就不算什么大事。但贾谊似乎觉得有些不对，没有接着往下说，而是反复强调通过搞定匈奴的代表就能搞定匈奴人民。且不说让三十万人享受国宾待遇这得多大的财政转移力度，就算东西能搜刮到，漕船也运得来，匈奴旁边还有各式各样的"胡"呢。视野再延展一些，匈奴后边，吐蕃、契丹、党项、蒙古、后金、倭寇络绎不绝呢，可不是天汉所能买得起的。

还是回到王嫱王昭君。昭君是鄂西民女，应召入宫，候补元帝的"女人们"。《汉书》的记载过于简略，没提她是不是以"公主"名分远嫁匈奴。不过，这次和亲的形势跟汉初大不一样，由于匈奴内部分裂，郅支单于刚被汉朝灭掉，匈奴遭重创，"且喜且惧"的呼韩邪单于主动求和亲、请"婿汉"。在汉重胡轻的交易天平上，看来这次不用罪王的闺女，更不用天子的闺女，村里来的姑娘小嫱就够分量了。不太清楚小嫱是怎么选为"良家子"的，《风俗通义》里说，"天子以岁八月，遣中大夫与掖庭丞相及相工，率于洛阳乡中阅视童女，年十三以上，二十以下，长壮皎洁有法相者，因载入后宫"。据说昭君是父亲王穰"献"的，王穰后来当了越州太尉，昭君的侄子也封了什么"和亲侯"。在那样一个层层压榨的社会里，女孩压在每层最底层。最低也最轻，轻得像游埃浮尘，不知被哪阵风从小山村吹到了渭水边，又不知被哪阵风从帝都吹向了草原。

不过昭君出塞也可能包含了她本人的选择。元帝时的后宫虽不算最大，但据专家说也有千把人。关于昭君被选为和亲女的过程，晚于《汉书》约两百年但传说辑录于刘歆所作《汉书》的《西京杂记》与再晚上一百年的《后汉书》，各有侧重地为我们展开了一幅本人志愿与组织安排相结合的画面：因为后宫人太多，姐妹们五万、十万地给宫廷画师塞钱，希望把自己画好点以提高被幸率，只有昭君不动那心思。这样过了好几年见不到皇帝的影儿，悲怨越积越多，昭君便向掖庭的主任申请支边。接下来的一幕最抒情也最解恨：在单于送别会上，元帝令手下把五件装的大礼包带上来请贵宾过目；四位宫女过后，昭君闪亮登场；元帝一看傻了，后悔晚了，只好忍痛割爱；割完爱就去割毛延寿等画师的狗头！这里的王昭君显然已被别人强行附体，成为老也"不遇君"的古代臣子们的形象代言人。"臣妾"这个词阴阳同体，融合了"三纲"中的君臣纲和夫妻纲。不过冷宫和阴山哪个更冷，大概只有昭君心里有数。

关于昭君出塞走的是哪条路线、出的是哪个口子，学者分成两派。一派主张东口，即从长安向东渡黄河后从晋西南角北上晋东北角，过雁门关经杀虎口出去——听着像是武松的专用通道。一派主张西口，即从长安走秦直道至包头，由秦时"九原"缩水的"五原"西行，从鸡鹿塞或高阙度阴山。我这个史学门外汉对昭君出塞的具体路线并不在意——1号航站楼还是2号航站楼，A4登机口还是D8登机口能有多大区别呀？

出了五原郡，过了阴山，那一线和亲队伍、那一点昭君便融化在了一望无际的胡天胡地之间。往后的日子是酸甜还是苦辣，都已被时光彻底埋葬，留给后人的是充分的想象自由。白居易有两首《咏昭君》是这样想象的：

满面胡沙满鬓风，眉梢残黛脸销红。
愁苦辛勤憔悴尽，如今却似画图中。

汉使却回凭寄语，黄金何日赎蛾眉？
君王若问妾颜色，莫道不如宫里时。

第二首我很不喜欢，"逐臣"企盼重新工作的心情过于急切了，加诸昭君也不贴切。初唐阎朝隐有一首：

甥舅重亲地，君臣厚义乡。还将贵公主，嫁与褥毡王。
卤簿山川暗，琵琶道路长。回瞻父母国，日出在东方。

虽然写的是金城公主嫁藏的事，但同属和亲女，境相类，心也应该相仿吧。平心说，诗不怎么出色，但后两句特别打动我，让我想起当年去国远游、父亲在熹微曙色中送我到大门口的情景。要说皇帝操心黎元、奉献社稷，把公主远嫁边荒应该算最实在的一条了。安史之乱，家国危殆，肃宗只好请回纥出兵帮忙平叛，忙不能白帮，便把宁国公主送去和亲。父亲为女儿送行的时候不断安慰，女儿哭道，"国方多事，死不恨"，千载之后读之怆然。

和亲公主对戎狄的看法，去之前和去之后应该不大一样。"前"不只是"前夕"，姑娘们在被选为和亲女之前不大会关注戎狄之国，她们所得到的零星信息——别的不说光说名称吧，什么"猃狁""秽貊""獯鬻""荤粥""犬戎""鬼戎""鬼方""肥王""狂王"——也许到不了虎穴狼窝的地步，但想必也拼不出美好前程来。预期高了会让人失望，低些倒可能带来些希望。有经验的红娘一般事先不会将某男或某女说得太好，当然也不能说太差，太差人家见都不见。和亲公主没有见不见的问题，红毛猩猩都得见。所以公主们对"禽兽之国"的感受，到了地方很可能会触底反弹，"不像孔夫子、董（仲舒）

老师他们说的那么不堪哎！"运气好赶上单于或可汗又年轻又精神还又体贴，"汉恩自浅胡恩深"，和亲女的感受会不会继续飙升，升到"他有着一颗金子般的心"，或"康巴的汉子我的情郎，我就是那白云随你流浪"，我就不瞎猜了。

　　和亲公主的物质生活不是上山下乡所能比拟的，唐太宗嫁文成公主时的嫁妆包括"医治四百二十四种疾病之药，一生足用之衣料，各色绫罗二万匹"，以及"堪使藩王见而惊奇"的"狮凤宝树"纹金丝缎。公主们都不是单枪匹马，都跟着不小的和亲团队，"解忧之媵婢二十五人，作儿伴侣"，有的奶妈都跟过来了，加上翻译、太监、医生、工匠、厨师、乐手，应该能够形成昭阳殿、大明宫的小气候，汉宣帝时宗室女相夫公主嫁乌孙前，"置官属侍御百余人舍上林苑学乌孙言"。加之公主们年纪轻轻，学习语言、融入环境的能力不能低估。

　　嫁公主当时也叫"下降"，就是下嫁的意思。中国于四夷历来文明上自觉高着一档，这种优越感和亲团队未必人人写脸上，但人人揣怀里是极可能的。元世祖的公主嫁到高丽，有所向披靡的蒙古铁骑做后盾，姑奶奶的脾气跟占领军司令似的，抬手打张口骂，夫君"禁之不得，但涕泣而已"。华夏与北方匈奴及西域诸国军事上不是这种关系——是也用不着和亲了。越想着向华夏看齐并接轨的番邦，和亲公主及其随员越可能收获树挪死、人挪活的人生惊喜。解忧公主的陪嫁丫鬟冯嫽当了乌孙国右将军的夫人，她随解忧公主归汉后又主动请缨返回乌孙，显然已把那边当第二故乡了。中行说更是"反认他乡是故乡"，他本来是和亲团的工作人员，对此行一百个不情愿，但过去后成了单于对汉政策的高参。

　　经济文化差距有让人喜出望外的时候，但也有青天白日活见鬼的时候。那位"国方多事，死不恨"的宁国公主，以前在国内已当过两次寡妇，嫁了"英武威远毗伽可汗"不到一年，第三任丈夫又死了。这次人家要求她殉葬，她居然不是昏倒在地而是据理力争：按中国的规矩，丈夫死了，老婆该哭哭该服丧服丧，你们回纥人既然娶中原老婆就该尊重中原特色，否则当地找一个就完了，万里迢迢为什么呀？！估计张骞、解忧之后，西域君臣还没听到过这么雄辩的陈述，他们左想想也对，右想想又不对。结果是各让一步，公主"依回纥法，剺面大哭，竟以无子得归"。"剺面"就是用刀子划脸，不知大哭是否为胡俗的规定动作，我想就是没这规定，公主也会痛哭失声的，因为这个女人的命真是太苦了。杜甫《即事》诗叹道"人怜汉公主，生得渡河归"——毕竟活着回到了父母之邦，而绝大多数公主都死在了异国他乡。

　　细君公主所悲者，如"穹庐为室兮旃为墙，以肉为食兮酪为浆"之类生活习惯上的不适，其实不算什么大事。不少和亲公主包括她本人在伦理上的遭遇才叫惨境或绝境。中亚及北亚的古代游牧民族，哥哥死了老婆跟弟弟过，父亲死了妻子跟儿子过。在今天已相当开放多元的性文化中，乱伦虽然会成为某些小圈子的特殊癖好，但就像嚼槟榔或吃玻璃，主流人群仍会觉得她（他）们人不人鬼不鬼一身的异味。学名"收继婚"、俗称"转房"的这种两性关系在古代叫"烝"，先秦时期的华夏并不少见，卫宣公、晋献公都"烝"过自己的庶母。但到了汉代，烝已算是"鸟兽行"了。这种伦理环境中出来的汉家女嫁入"鸟兽行"的戎狄，自是凶多吉少。番王多不年轻，死公主前头的概率要大于死她们后头。那么公主就面临从高等动物退回到低等动物的命运，她们屡屡请求天子将其弄回国，但她们是大棋局中的卒子，过了河就回不去。乌孙老王快不行了，要把细君转给孙子，细君不干，上书言状，武帝命令她"从胡俗"，说我要的是跟乌孙一起灭匈奴！呼韩邪单于死，轮到后妈给儿子当媳妇，昭君上书求归，成帝也是让她就地搞三同。唐咸安公主连续嫁了祖孙三代可汗再加一个上位的宰相。这样的公主对镜梳妆时会怎样看镜中的自己？那枚家乡带来的铜镜不像江东父老冰冷的眼睛吗？蔡文姬是被"胡羌"乱兵掳入匈奴并在那儿生儿育女的，情况与和亲公主有同有异。她被曹操赎回并嫁与董祀后所作《悲愤诗》，说自己"流离成鄙贱，常恐复捐废"。其实她只是嫁胡而已，并无更不堪的经历，就已经觉得自己脏贱得不成样子，怕哪天被丈夫遗弃。世传为文姬父蔡邕所作《琴操》有昭君一则，说单于死，其子"父死妻母""昭君乃吞药自杀"。自杀之说未必可信，有学者辩称胡人"父死子继"继的并非亲妈。但汉朝民众不是民俗学专家，不会抠那么细，被"妻"的母在他们心目中肯定是生不如死的。所以，伦理底线被突破、生命意义被扯碎的公主，就算真让她们回来，她们能痛痛快快回来吗？

思绪掐了，洗洗睡了。

（原载《读书》2019年3期）

辑十

吉姆老来得子

_李彦

  有朋友好奇,为什么我总爱写非虚构。在我看来很简单。生活中充满了俯拾皆是的奇异,何须胡编乱造呢?不是吗?只说身边的同事吉姆,就令我感动了不止一回。

  秋天的校庆宴会上,吉姆抱着刚满月的儿子露面了。众人一片夸赞声中,吉姆瘦削的面颊红了,堆满了皱纹,咧开嘴笑着,局促不安,却是无言,只见他目光在婴儿和年轻的妻子间来回穿梭,流淌着曾经沧海的满足。

  我摸摸婴儿胖乎乎的小手,由衷地为吉姆高兴。其实,这不是吉姆头一回当爸爸。

  说来话长,事情要追溯到二十年前了。那年我儿子六岁,学校就在家附近,每天由我接送。儿子的班上一共有二十多个孩子,只有他是华裔。其余的都是白种人。大家平时不多来往。

  记得有天下午接了儿子,拉着他小手回家的路上,儿子突然稚声稚气地说,"妈妈,今天我知道谁是娜塔莎的爸爸了。是吉姆!"

  奇怪,儿子怎么会对别人的爸爸感兴趣呢?

细问之下才得知，原来，女老师那天让班里的每个孩子轮流介绍自己的家庭。轮到娜塔莎时，她说："你们知道我爸爸是谁吗？就是吉姆！瞧，他一个人就把这么多间教室和走廊打扫得亮晶晶的。我很自豪有个这么能干的爸爸！"

全班孩子都很惊喜，啊，原来天天在校园里碰到的吉姆，竟是我们班娜塔莎的爸爸！于是，在女老师的带领下，孩子们朝着娜塔莎齐齐鼓掌。小姑娘十分得意。怪不得，这件事会在儿子脑中留下了如此深刻的印象。

晚饭桌上，我和儿子他爸议论起这个小插曲，两人免不了一番感慨。如果是在中国的学校里，娜塔莎会有勇气向同学们宣布，自己的爸爸是学校的勤杂工吗？轻叹了一声，内心不免沮丧。对劳动者的尊重，不知何时，在我的祖国，已变了味儿。

第二天早上到了学校，我特意留心了一下，目光穿越花木扶疏的校园、光洁明亮的走廊，寻找着那个令娜塔莎骄傲的爸爸。

接下来的岁月里，我渐渐熟悉了那个身影。吉姆三十上下吧，身材细高，面庞清瘦，蓄着短髭和栗色卷发。在白种人里面，他普通得不能再普通了，谈不上英俊潇洒。加上他整日埋头干活，少言寡语的，属于土豆筐里的一个，无人会多看他一眼。

一晃，六年便过去了。儿子小学毕业那天，我把准备好的来自中国的礼物，两盒龙井茶叶，让儿子分别送到了他的班主任和吉姆的手中。

自那以后，儿子渐行渐远，连家都很少回了，当然我再也没有踏入那所小学的大门。

谁能料到呢，多年后，我和吉姆竟然有缘重逢，成了大学里的同事。缘分也是偶然因素促成的。这就先要放下吉姆，说说他的前任布兰登了。

布兰登是个中年白男，人高马大，肩宽腰细，且眉目传情，能说会道，因此颇得人缘。

记得那个红枫飘落的深秋日子里，他在指挥几个清洁工打扫校园，见我从旁经过，便提高了嗓门亲切地打招呼，接着，便指着甬道上大雁们留下的一坨坨鸟粪，优雅地一甩额前柔发，挑起眉尖，撇着薄唇，无奈地感叹，"你瞧瞧，前边刚吃完一个苹果，后边就又造出来一个新苹果。简直拿它们没办法！"

我禁不住笑了。说实话，我挺欣赏布兰登潇洒不羁的风度、幽默诙谐的语言风格。但他上任不到两年，同事们就发现了，小庙里藏了个大和尚。此人的野心不在校园，而在政界。

那年市政府换届时，议员们竞选，大街小巷里突然间出现了布兰登魅力十足的头像，唇角绽着他的招牌微笑。晚间的电视新闻上，也闪耀着他的光辉形象，口若悬河地发表施政演说。

结果如何呢？竞选人辩论过程中，风头正健的布兰登突然遭人揭短，说他曾对前妻有家暴行为，并因此导致了离婚。舆论哗然，风头急转。品行不端，怎能当议员？

犹如看了一场马克·吐温的《竞选州长》。闹剧落幕后，布兰登整个变了个人，衣冠不再楚楚，谈吐不再俏皮。整日里牢骚满腹，常常红了一对醉眼，腆着日渐隆起的啤酒肚，在走廊里晃来晃去，活脱脱一个被剥下画皮、打回了原形的政客。

校领导忍耐了好一段时间，终于到了忍无可忍的一刻，才一纸休书，断了麻烦。

于是，吉姆就不声不响地进来了。那年，他大概有五十出头了吧？时光在他身上并未留下太多痕迹。清癯的五官、沉稳的步姿，一如当年。除却满头栗色卷发，已灰白一片。

我一眼就认出了他来。他却丝毫不记得我了。提起儿子就读的那所小学时，他疲惫的眼睛里闪过一丝光亮，点点头，告诉我，他早已离开了那所小学，到一家社区学院担任后勤主管，也有些年头了。

娜塔莎呢？那个为爸爸自豪的小姑娘，如今在做什么？

吉姆说，女儿在大学刚刚拿到护理专业学位，已经应聘到一所敬老院上班了。

吉姆与布兰登的性格截然相反，从不与人逗笑闲谈。校园里被搁置已久的清洁卫生、设备维修等杂事，在他手下，一一起死回生。

谁知不到一年，风云突变。那天学校发出了通知，吉姆的妻子癌症去世，葬礼在周末举行。我因有事，未能参加葬礼，仅在吉姆的信箱里留下了一张慰问卡。

几天后，午餐时在学校食堂碰面，见到吉姆忧郁的神情，我买了饭菜后，端到他身旁坐下，想安慰一下这个老实厚道的男人。

没想到，吉姆慢慢倾吐出来的婚姻故事，竟完全出乎我的意料。

二十多年前，遇到妻子时，吉姆还是个未婚的年轻小伙子。在一次朋友聚会时，他邂逅了她：一个在酒吧彩灯照耀下风韵犹存的寡妇。

她的丈夫在车祸中去世了。一个女人拉扯着两个年幼的子女，在工厂的装配车间上班，养活全家，个中艰辛，不言自明。

是什么打动了吉姆呢？他没提。我也没问。尽管她比他整整大了十岁，吉姆还是娶了她，帮她带大了两个年幼的孩子。小的那个，叫娜塔莎，那年才五岁。

吉姆说，他结婚的日子，全世界恐怕有不少人都难以忘怀。

"婚礼是在一处度假胜地的小酒店里举行的。宾客散后，已经很晚了。第二天清晨，我在床上一睁开眼，便听到了收音机里播送新闻，戴安娜王妃在头天车祸丧生了。"

那个时候，吉姆刚从航空学校毕业不久，取得了运输机飞行员的资格证书，天宽地阔，都在向这个年轻人招手。但是，为了给这个新建立的小巢提供温暖和安全感，他毅然选择了留在这偏僻的小城，去那所公立小学校里应聘了勤杂工。

此后，在这个行当里，一晃就是二十多年。先是看着一双小儿女长大成人，送他们到都市里升学、就业。然后呢，就开始照顾健康告警的妻子，陪伴她熬过与疾病抗衡的漫长岁月。

吉姆恐怕早已忘掉藏在抽屉深处的那张飞行员证书了。也许，午夜梦回时，他也曾偶尔伸展开日渐衰老的四肢，在白云深处，轻松自如地徜徉。

吉姆的声音依旧低沉缓慢，一如既往，旋律平淡，缺乏色彩。但我注视着对面这个男人时，却在那对疲惫不堪的眸子里，看到了丰富的宝藏。

"孩子们都已自立。她也安息了。你还年轻，应及早开始新生活。"我安慰他说。

一年多后，吉姆大概走出了阴霾，眉宇间似乎开朗了许多。我问他，开始约会了吧？

吉姆点点头，犹豫了一下才说，最近朋友给他介绍了一个菲律宾姑娘，两人通信交谈了一段，感觉还算合得来，准备利用假期，去看看她。

吉姆相亲回来后，告诉我，他打算把婚事定下来。说着，掏出手机，展示了合影照片。女郎清纯秀丽，看去像是年仅十七八岁的少女，父母和弟弟们围着吉姆，在热带花木丛中开心地笑。

我却隐隐不安。"她还这么年轻啊！"忍不住，说出了担忧。

吉姆慌忙解释："她已经二十四岁了。"

"如果她想体验生儿育女的人生乐趣，你会愿意吗？"我提醒他。

毕竟，吉姆已付出了几十年艰辛，品尝过为人父母者混杂着幸福与责任的挑战。如今年过半百，难道还有精力重蹈覆辙吗？

吉姆低头，略加思索后才说："我想，如果她有这种愿望，我会满足她的。"

"你为什么会想到去菲律宾寻找新娘呢？加拿大的单身女性不是很多吗？"

吉姆说，他本来就对亚裔族群有好感。另外，自己是天主教徒，而菲律宾人也多数信教，生活观念相同，沟通起来自然容易些。

临分手时，他又转过身来，垂下眼皮，瞧着脚下，悄声说："这件事，请你保密啊！我不好意思让别人知道，找了一个这么年轻的姑娘。"

我点头。他和我的同胞们真不一样。中国男性，不论是找妻子还是找情人，无不拿女性的青春来炫耀。

转眼又是春暖花开了。我去中国出差回来，时差倒不过来，一大清早，才六点钟，便到学校来了。大楼外，隔着玻璃，看见吉姆正拎着一串钥匙，逐一开门。多少年了，清晨即起，扫洒庭除。我却是第一回悟到这日复一日的辛劳。

进得门来，发现吉姆的精神面貌与前不同。面色红润了，头发胡须都修剪得整整齐齐的，雪白的衬衫扎进裤腰里，微弯的腰背似乎也挺直了，便顺口问道，"准备迎娶新娘子了吧？"

吉姆抿嘴微笑。原来，上个月，他悄悄飞到菲律宾，举办了婚礼，已经把新娘带回加拿大了。但除了校长和我，他没有告诉任何同事。

这是喜事啊？为何不愿与大家分享呢？

吉姆沉吟了一下。"我还是觉得不好意思。毕竟，我比她大了一倍还多啊。"

第二天，我拿了两盒从中国刚刚带回来的龙井，送给吉姆，算是新婚贺礼。

"这是今年春天新采的绿茶，很珍贵。"我向他解释，"朋友们知道我喜欢这个品种，常会送我。"

吉姆像所有西方人一样，立即拆开包装，打开铁盒，把鼻子凑到了茶叶上，轻轻地吸气。

忽然，他抬起头来，眼圈湿润了，声音里透着激动："啊，就是这种清香！你知道吗？很多年前，我曾经第一次品尝到这种绿茶，是一个华裔男孩送给我的礼物。我不记得那个男孩叫什么了，后来也再没见过他。但那种特殊的芬芳，在我心头滞留了多年。"

我一时语塞，百感交集。

其实，我并不在乎他记不得那个男孩是谁了。吉姆的谈吐，好像忽然间流畅了许多。是爱情的泉水滋润了他渐趋干枯的血管吗？还是多年前那绿茶的馨香，将他引到了那位亚裔女郎身旁？

2019 年 1 月 8 日完稿

（原载《作家》杂志 2019 年第 4 期）

家有如意

_ 蒋韵

如意坐在妈妈的车里，望着窗外的车流。她喜欢车。常常，她会为对面驰过的一辆警车、消防车，或者水泥搅拌车、工程抢险车而惊呼，就像通常人们看到了不可思议的美景一般。

有时，她会为许久看不到一辆救护车而着急，说："怎么连辆救护车也不见？"于是，我们安慰她："没有救护车是好事啊，证明没有人生急病。"对此，她很不以为然，她认为救护车就应该时时刻刻在街上跑着，就像巡逻的警车一样。忘了说，从两岁半开始，如意就有了一个人生理想——当一个急诊科医生。

有一度时期，如意最喜欢的一本书，是《急救手册》。那是家里的阿姨在家政公司培训时的课本。她不厌其烦地让我给她讲里面的各种病例和急救常识。也会突然地翻开书页，指着图片考问我："姥姥，这是什么伤？烧伤还是割裂伤？"非常专业。她还希望我能给她买一个X光机，摆在她的玩具屋里。我告诉她，这个买不了。她拿来我的手机，摆弄一阵，说："怎么买不了？下单吧。"我没办法给她下这样的单，只好把我的X光片拿出来给她欣赏。她很惊讶，说："姥姥你还有X光片啊！"顿时我的形象高大起来。她拿着我的片子，对着阳光，用小手指点着，说："看，姥姥，你脖子这里有很严重的问题，你不能总是低头看手机了。"我诺诺。当然，需要说明的是，她拿着的，是我的胸片。

那一刻，我总在想，要是她的太外公太外婆看到了，会多么高兴啊。我们这个医生世家，后继有人了。可失智的他们，正躺在不同医院的ICU病房里，被各种器械各种管子环绕，一点都不知道，这世界上，有如意这样一个蓬勃的生命、一个有可能继承他们传承的骨血的存在了。

这样的时候，心里会涌上来很深的悲凉。

如意最喜欢的，是电视，当然也包括iPid和手机。别人家都会限制孩子看电视的时间，可到了如意这里，要想让她离开电视、iPid真是一件艰苦卓绝的工程。我是最先妥协的那一个。无论现代教育理论多么正确，但是，看到小小的孩子，在视频画面前那份专注和由衷的快乐，我实在不忍心。她世界里的快乐，并没有很多，试想，一个两岁半就开始上幼儿园接受"社会"教化的小童，她能拥有多少纯粹的快乐？

这天，在她妈妈的汽车里，她没有像往常一样看到她喜欢的车辆驰过就惊呼，她显得沉默。忽然，她问妈妈，说：

"我们是在电视里吗？"

她妈妈一时没有明白，回答道：

"我们不在电视里呀。"

如意想了想，告诉妈妈，说："我们是在电视里。别人看我们，就是在看电视。我们说话，下面还有一行字。我们在别人的电视里。"

这匪夷所思的奇想，让她妈妈顿时肃然起敬。

暑假末尾，带如意去京都、大阪玩了几天。归来时，飞机呼啸着在北京首都机场降落。在跑道上滑行时，如意看到舷窗外熟悉的景致，诧异地说：

"咦？我们怎么又回到过去了？"

她的时空观，好哲学啊！那是我们进不去的世界。也许，是我们忘掉的世界。此时，她四岁。

如意人生要面对的最大的困境，是上幼儿园。那是她非常、非常不愿意去的地方。那几乎是她所有不快乐的根源。

起初，她把幼儿园叫作"欧园"。

每天早晨，都要为上"欧园"展开艰难的双边谈判。那谈判无休无止，永无尽头。她总是说："给我请一百天假吧！"在她的概念里，一百这个数字，是极限，表示无穷。那些讲给小孩子听的道理，那些正能量的教诲，我们早已说得口干舌燥，却一无用处。没有办法，只好告诉她："如果我们不让你去幼儿园，那么，妈妈、姥姥、姥爷，就犯法了。警察就要把我们都抓去坐牢了。知道吗？小孩子受教育，这是——法律。"如此耸人听闻，效果差强人意。因为怜悯，因为慈悲，她只好牺牲自己去拯救我们。去"欧园"的路上，她沉默不语。

有一天，她愤愤地对我说："姥姥，等我长大了，等你长小了，我就送你去欧园！天天都要送！你说，你愿意去吗？"

我惊讶，且不知道怎么回答。长小！原来她这样理解生命，理解生命的秩序和循环，完全碾压我的智商。那时，她三岁。

我抱着如意在院子里漫步。

我们的小区，在郊外，离寸土寸金的城市很远，但环境清幽，拥有大片的林木和草地。自然，空气和天空，都要比喧嚣的城里干净一些。

如意还不很会说话，却特别喜欢发问。

"哒哒？"她随便指着一样东西这么说。

意思就是：这是什么？

于是我告诉她："这是蒲公英。"

"哒哒？"又指一样发问。

"这是树，白杨树。"我说。

"哒哒？"这一次，她抬头，指在了天上。

"哦，这是月亮。"我告诉她。顺口就哼出了几句歌词："明月几时有？把酒问青天。不知天上宫阙，今夕是何年……"

她听着，忽然在我怀中，非常陶醉地，起舞，随着旋律，摇头晃脑，小胳膊一摆一摆地，舒张有致。我们俩，我歌，她舞，好默契。一旁走着的她妈妈，有点嫉妒地说："哼，活得好风雅！"

转天，在家里，傍晚，月亮升起来了，如意跑到我身边，隔着玻璃窗，指着树影之上的月亮，对我说："哒哒？"我明白了，说："这是月亮。"心里加了一句："苏东坡的月亮。"然后就又唱起来："明月几时有？把酒问青天。不知天上宫阙，今夕是何年……"

果然，她又跳起来。自由地、陶醉地、全身心地，伸胳膊动腿，摇头晃脑，滋情肆意。我莫名地感动。这望月起舞的小人儿，像某种小动物，浑身是原始的欢腾。

那时，她还没上"欧园"，她不满两岁。

如意是个性急的孩子。她在妈妈的肚子里，住得憋屈，于是，刚刚七个月，她就自作主张来到了人世。

比拇指姑娘大不了多少。和只小猫崽差不多。三斤二两重。一落地，就被送进了保温箱里，一住就是一个多月。所以，她最初的世界，就是一个小小的玻璃箱。

一周，允许家人探视一次。所谓探视，是隔着玻璃窗，远远张望。一个大房间里，上百只保温箱，孩子们的位置还因为种种缘故随时变换，所以，在那一个月里，我根本不知道我们的孩子在哪儿。我只能茫然地在心里喊，说："如意，姥姥来了，姥姥在这儿看你呢，你别害怕——"然后，就由大夫出面，告诉我们，孩子做了什么什么检查，发现了什么什么问题。那些问题，每一个，都足以把人吓个半死……好在，那些问题，最终没有成为事实。当孩子长到两千克也就是四斤时，她回家了。

　　曾经，她的妈妈，是个极其磨人的小婴儿。夜夜哭闹不休。就算白天睡觉，也必须睡在人的怀抱里。所以，我做好了充分的思想准备，准备接受另一个小恶魔。但，她却出乎意料地安静，静得让人不知所措。她几乎不哭。无论白天还是黑夜。有时，你以为她一定是睡着了，轻轻走到她的小床旁，却发现，她睁着大大的眼睛，在啃自己的小拳头。她安静得——让人心痛。想来，是她的人生经验，那孤独的保温箱告诉她，哭、喊、闹，一切求助，都没有用吧？这个世界的难题，只能她独自去面对，和承受。

　　一个多月后，需要去医院复查眼睛。后来我们才知道，给新生儿做眼底检查，需要用器械把孩子的头固定到检查台上。那个过程，孩子一定十分恐怖。不知是什么原因，这家医院，做检查时，不允许家长在场。点名后，孩子们被护士一个个抱了进去，告知了各自接孩子的时间，然后，家长们就被驱散了。

　　她妈妈涨奶，需要到车里去处理。停车场很远。等我们在规定时间之前到达检查室外时，就听到了凄厉的哭声。护士抱出了一个哭到几乎气绝的孩子，一边叫着她妈妈的名字。我们愣住了，不相信那是她。从来，从来没听到她这样哭过，那么凄厉，那么绝望和愤怒，那么委屈和悲伤。那是大江大河般的绝望啊！她是以为我们这些亲人，抛弃她了吗？又一次把她扔进了孤独的绝境之中了吗？

　　我冲上前，接过了她。她紧绷着的小小身体颤抖不已，脸已经哭到青紫。我紧紧紧紧抱住她，眼泪奔涌而出。我让她紧贴在我的胸口，一路疾行，边走边喊："如意，咱们回家！和姥姥一起回家！如意，咱们回家！和姥姥一起回家——"我穿行在医院里，穿行在人流中，哭泣着，毫不羞耻地这样喊叫。就像从前，很久的从前，我目不识丁的奶奶，像中国所有那些目不识丁的母亲们，面向苍穹，高声地、虔敬地，呼喊召唤着孩子被惊吓被折磨的魂灵。

　　带她回家。

　　那时，她不到三个月。

2018年11月16日于京郊如意小庐

（原载《文汇报》2018年12月6日笔会副刊）

松仔园行山记

_熊景明

1963年香港中文大学成立，校长李卓敏远见卓识，舍市区而选一座郊野荒坡建校。而今美丽的校园绿树成荫，海边高速建成后，校门前山半腰的大埔公路不再车马喧嚣。春意浓时，驾车驶过，路旁一树树洋紫荆花扑面而来，令人心旷神怡。出校门向右驶行约十多分钟，可来到大学的"后花园"，俗称松仔园的大埔滘郊野公园。

与中文大学同一年在香港设立，为中外学者提供学术服务的中国研究服务中心，1988年并入大学。从此，周六下午约上访问学者前去郊游成为中心的惯例，香港人称为"行山"。松仔园离学校近，去得最多。每次来到，作为导游的我，都会骄傲地告诉大家，香港和你想象的不一样，从空中望下来，九龙半岛和香港岛竟然绿色为主，自然覆盖的面积占整个香港的75%，从1976年《郊野公园条例》制定以来，香港一共建了24个郊野公园，使得将近40%的土地上郁郁葱葱。松仔园是其中一个，180种亚热带植物在这里生长，是这里的主人。

10月中到翻过年去的5月初，是香港的行山季节。即便又阴又雾，来到大埔滘，灰暗的天空之下，大自然依然楚楚动人。穿行于林间小道，袅袅轻雾林间飘荡，缓缓淡开，又轻轻聚拢。远处的松仔园在虚无缥缈的氤氲中，若隐若现。春天的松仔园最动人，路边高大的枫树端，不久前在风中颤抖的干枝，突然间，吐出片片新叶，繁星似的撒向枝头。香港没有金色的秋天，却有殷红的春天。一丛丛新冒出来的叶片，皆红色。

访客来到中心，通常说不上三句话，我就发出周六行山的通知。20世纪90年代初，一位女记者兼作家初次访问中大，和我商量她的演讲的日期，我说咱们先说玩的事吧。她觉得此人不够专业，但值得交朋友。重庆一位大学校长来访，我照例约他去行山，他冷冷地说：我不去了，我在重庆天天爬山。作家莫言到中大中国文化研究所访问，主人问我能否协助接待。那还用问，自然带他去大埔松仔园。一路听他讲了许多有趣的故事，他小时候趴在地上吃泥巴，后来身体抵抗力特强，百毒不侵。莫言诚恳质朴，风趣诙谐，令人舒服。

学者组成的远足队通常一路高谈阔论，我不断指指点点，提醒众人留意四周美景。有一次张鸣和李昌平两人分别脚疼腰痛，向我告假。我说，还是去去吧。不到半小时就爬到坡顶，从那里小路绕一圈还回来，你们在小河边树下谈你们的国家大事，等我们回来。两个小时后我们回到原点，两人正兴致勃勃地辩论土地资源与资本转换的问题。有人说，你们中心真周到，每次你走在前面带路，关教授在后面压阵。其实我没有担负领队的服务精神，只是自顾自，喜欢看小路在眼前蜿蜒，引至一处处新鲜。关教授倒的确在照料大家，担心有人掉队。有一次，走着走着，不见了美国和瑞典的两位学者。关教授小跑着折回去找他们。走岔路的人找到了，关教授崴了脚。他从来都是那种给人做榜样的师长。

大埔郊野公园有四条行山径，依长短为红路、蓝路、黄路和啡路。30年来，我们去过不下100趟，走的几乎都是蓝路。连路上停下休息聊天的时间，差不多三小时。蓝路也最美，沿小溪而行，路边大树上粗粗的藤蔓垂下，像是电影《泰山》的场景。身边静静流淌的溪水，待山势渐高，落到谷底。山道转弯前数十米，小河两岸横着两条木头。一次，有位同行的美国年轻博士提议说，谁敢过去我就跟上。我没多想，跨上"双木桥"，走了一个来回。轮到他，走了不到一半蹲下来，变了脸色。我过去将他牵回来。一丈多深的谷底，掉下去后果不堪设想。再次来到，我打算表演一番，被关教授制止了。

2000年初高华来访，面色红润，体格匀称，一点看不出心脏弱，膝盖有事。约他去行山，稍微犹豫了一下，还是顺从召唤。那年和傅高义去行山，他年过七十，走得不快，末了才告诉我说，准备做换膝盖的手术。耶鲁大学的戴慧思教授每次来中心，都将行山计划在行程中。有一次她计划中去行山的日子下起小雨，就我们两人，如丝细雨，轻吻人面，飘飘洒洒。小径上落叶堆积，踏上去软软的，清香而有弹性。清凉恬静的感觉和这天的风景一道存在记忆中。

林中居民有猴子，不多，偶然露真容，引来路人的大呼小叫。一次袁伟时、龙应台、钱纲等人来到中心，我们中午偷跑到松仔园野餐。登林道至坡顶，左拐沿小路行，路旁溪流湍湍，飞跃石间，水清见底。一行人围溪边树下木桌而坐，三明治的味道引来不速之客，一只猴子。大家拿相机对准它，它镇定自若，模特儿似的，任你拍。它的同类没这么礼貌，见到手提塑料袋的行人，从树上跃下，不待你反应过来，已夺而远逃之。一次关太太遭劫，转眼之间，只见劫匪坐在大树顶上，淡定地享受"嗟"来之食。关太太不敢肯定袋子里是否有她的门钥匙，大家只能树下耐心等待。猴子好像听懂了，将塑料袋翻过来抖了抖，落下来的没有钥匙，只有几小块巧克力。我捡起一块塞进口中，关教授严肃地说，猴子的爪子有细菌。已经太晚了。我被猴子偷袭过一次，幸而捏紧袋子，同时大声呵斥道：快走开，袋子是空的。同伴大笑。当天都是内地人，一路讲国语，我却用英语对猴子说话。猴子非我族类，纯属本能反应。

香港朋友笑我南蛮子，到了山中，更像回到家乡，"疯"是自然。一次，林子空地上，我带大家一道玩小时候的游戏"求人"。分为两组，手拉手横排对面站，一组迈步前进，另一组倒退。来回反复。前进一组唱道："我们要求一个人。"倒退的一组答："你们要求什么人？"前面唱："我们要求×××。"后面问："什么人来接送他？"再答："就是我来接送他。"被选中的两人比力气，看谁将对方拖动。兴致高时，众人表演节目，内地学者通常都大大方方高歌一曲。关教授曾禁不起大家一再要求，唱了粤剧"帝女花"选段。

1997年春天到松仔园，渔农处公园管理站米字旗高悬，加州大学的教授PICK BAUM当即露出政治学家本色，打算拍下将成为遗迹的景致。幽谷无风旗不展，众人陪他等了一阵，作罢。当年7月，同一竖旗杆上，红色的特区政府旗帜高悬。马照跑，舞照跳，山光水色依旧。

见证社会变迁的是住家。顺路边林道而上约数百米处，有一户人间。20世纪90年代初，主人家常在门口支一张台子。木瓜、丝瓜、金橘和林林总总园中瓜果，供品似的陈列于上。路人取走水果，将零钱留下即可。来自新西兰的罗曼英教授在香港长大，据她说，当年和中大同学来行山时，常与园中阿伯聊天。他指给同学看从各地引来，栽培于园中的花花果果，开心又自豪。2000年左右，阿伯故世，儿子将果园出售。新主人把一园花木斩净砍绝。若非麦理浩时代立下法规，香港人严格遵守之，郊野公园大概早已面目全非。

与多年不见的中心访客相遇，聊起来，一道行山给他们留下的印象最为鲜活。等将来大家老得爬不动山，许多温馨的记忆会依然相伴。忘不了伫立树下仰望，溅满雨水的一株株嫩绿、粉红在天空衬托下晶莹剔透，显示出无限生机。

（原载《南方周末》2018年9月28日副刊）

春在溪头荠菜花

_张宗子

正月将过,纽约仍在飘雪,然而春天终究来了。站在窗前向外看,白茫茫的漫天飞絮中,棕红色的玫瑰叶已经快要绽开,而荠菜在这些日子更是随处可见。看见荠菜,再想起吃荠菜,时令便晚了。舒展到巴掌大的野荠菜,即使还没老,味道也差了。

荠菜在我家乡,吃法似只有包饺子一种。我喜欢的饺子,一种算是"素"馅的,鸡蛋,韭菜,粉丝,加上剁碎的油渣子。另一种,就是猪肉荠菜的。荠菜个儿小,收拾起来麻烦,一般人家并不常吃。何况荠菜是有时令的,其他季节吃不到。

荠菜容易和几种不能吃的野草相混,和常见的车轴草甚至小蒲公英也酷似。但见多了,无论外形怎么变,还是一眼能认出来,但要告诉别人却不容易。这大概和生活中看人一样,很多感觉是难以言述的。

荠菜有不同品种,彼此差别很大。叶子有绿的,有铁锈红的,还有叶尖棕色或金属般的灰白色的。叶缘多半呈锯齿状,但有的乖巧妩媚,近乎无齿,有的则天性刁蛮,分裂太深,细长加扭曲,弄得如一团缠丝。

长在麦田和菜地里的荠菜,地腴水足,借了农人的爱护,免于牲畜的踏踩,养得鲜嫩水灵,叶子上举,回转成伞形,叶面常趴着亮晶晶的水珠,仿佛小姐颈上的珠链。这种荠菜绿得油亮,比野地的荠菜长得肥大,然而味道淡,剁碎就出水,没多少筋骨。荠菜的香主要在根,家养的荠菜植株挺拔,看起来有模有样,根却萎缩得不成比例,又细又短,像阿Q脑后拖着的小辫子。

挖荠菜自然不能到麦田和菜地里挖,只能去野地。事实上,在我老家那一带,地少人多,能从容生长荠菜的野地,早就被开垦了。山坡荒瘠,杂生着茅草和橡树,大概土质不对,荠菜不能存活,只有连日阴雨后冒出来的地衣,像细薄的小木耳，贴着地皮，混着草末子，黑黝黝地散铺开来，也能吃，素炒了，小小一盘，味道淡得只有土味和水味。据说地衣现在也能上餐桌，搅和在鸡蛋里大油热炒，这就不是当年所能想象的了。

能挖荠菜的地方，是房前屋后，菜地外围，以及路边和田埂上。

生在这里的荠菜，天天被践踏。人践踏，畜牲践踏，鸡鸭啄食，牛羊啃啮，驴车的轮子碾过，荠菜便长得异常瘦小，叶子匍匐下去，紧趴在地面上。说趴还不够确切，该说紧紧抓着地面。老叶子在外，新叶子在内，一圈一圈，几乎像个圆，但不整齐，又松散。颜色也很少是绿色，绿中带点铁灰，很枯干的那种，更多是给人红色感觉的铁锈色和棕色。因为必得结实才能生存，它们水分少，干硬，撕开叶子见到筋。麦地里的荠菜伸手便揪起来了，这些荠菜不能，贴地太紧，根特别粗壮，叶子扯碎了，根还扯不出来，要用剪刀往深处剜才行。那么板结的土里，荠菜的根足有一拃长，粗而不肥，凑近鼻孔，香气四溢。

两种荠菜，两种品质，同样时代，不同命运，像是遗民和贰臣的对比。这是我童年的印象，几十年了，免不了被陶冶，被修补，也许并不可靠。

唐人郭湜的《高力士外传》，记录了高力士亲口所说的一件与荠菜有关的故事。高力士是唐玄宗的亲信太监。安史之乱，肃宗即位，玄宗从四川还都，做了太上皇，大权旁落，受肃宗猜忌，亲信被一一剪除。忠心耿耿的高力士自不能幸免，垂暮之年被流放巫州。巫州在今天湖南的怀化，荠菜甚多，而当地人不吃。高力士喜欢荠菜，经常采来做羹。日暮途穷，他乡流落，有感于荠菜味道的鲜美，作了一首小诗："两京秤斤买，五溪无人采。夷夏虽有殊，气味应不改。"（《新唐书》所引文字有小异）怀化远离京都，当时算是化外之地吧。高力士说，虽然地方不同，荠菜的味道仍然没变啊。这首诗朴实无文，读来却能令人反复回味。无限感伤，尽以浅淡通达之言出之。杜甫流落蜀中，怀念长安，冬至日作诗说："江上形容吾独老，天涯风俗自相亲。"高力士表达的是差不多的意思。他那时的年纪，可比杜甫大多了。

初到纽约，每发现一种过去见惯的草木虫鸟，都觉得欣喜。第一次看到萤火虫，竟然忍不住惊叫出声。荠菜，很快就发现在公园里，运动场周围，乃至一些僻静小街的两边，到处都是。拔起闻闻，气味仿佛。儿子出生那年冬天，母亲来帮助照顾孩子，我们一起在附近的草地上挖了很多。包饺子之后，还有剩余，下到面条里吃掉了。

后来几年还挖过几次，感觉却不对了，不仅不香，还有一股腥气，根老，咬不动，从此便没了兴趣。高力士说虽然夷夏有别，荠菜气味不改，看来适用范围有限。远，要看远到什么程度，太远，所有漂亮的假设都不成立了。

荠菜开花细小而白，杂在草丛中，毫不起眼。反倒是结籽之后，分叉得很好看的细枝条上，缀满扁扁的小种子，摇摇摆摆，风致不亚于狗尾草，都是朴素又让人觉得舒服的。辛弃疾的名句："城中桃李愁风雨，春在溪头荠菜花。"平平淡淡一首词，这两句大有深意。

（原载《财新周刊》2019 年第 8 期）